Über dieses Buch Die Heldin dieses Romans, Madame Wu, ist die Gattin eines reichen Kaufmanns. Als Oberhaupt einer zahlreichen Familie und leidenschaftliche Mutter lenkt sie fast unmerklich die Schicksalsfäden ihrer Söhne und Schwiegertöchter mit sicherer und leichter Hand. In der Nacht nach ihrem vierzigsten Geburtstag beschließt sie, ihre scheinbar harmonische Ehe zu beenden, und führt dem Gatten eine Nebenfrau zu.

Die Begegnung mit einem italienischen Priester und die Liebe zu diesem fremden Mann, die sie über seinen Tod hinaus erfüllt, eröffnet ihr eine völlig neue Welt und verändert ihre Seele. Im intimen geistigen Umgang mit diesem seltsamen Freund wird sie eingeweiht in die letzten Erkenntnisse der Ehe und der Liebe.

»Das Buch ist die fesselndste chinesische Familiengeschichte, die Pearl S. Buck je schrieb, und zugleich eine einmalig schöne Liebesgeschichte. Pearl S. Buck, die große Chinakennerin, hat schon viele Meisterwerke geschaffen. Dieses Buch scheint uns ihr Gelungenstes.« (St. Galler Tagblatt)

Die Autorin Pearl S. Buck wurde 1892 in West-Virginia geboren und wuchs als Tochter von Missionaren in China auf. Nach dem Studium in England und Amerika kehrte sie als Missionarin nach China zurück und dozierte dort an verschiedenen Universitäten. 1932 erhielt sie für den Roman ›Die gute Erde‹, der auch erfolgreich verfilmt wurde, den Pulitzer-Preis, 1938 den Nobelpreis für Literatur. Durch viele Werke, in denen sie die soziale, ethische und religiöse Welt vor allem Asiens darstellte, wurde die Dichterin in aller Welt bekannt und berühmt. Pearl S. Buck starb am 6. März 1973 in Zürich.

Im Fischer Taschenbuch Verlag erschien von Pearl S. Buck außerdem: ›Zurück in den Himmel‹. Erzählungen (Bd. 8095).

Pearl S. Buck

Die Frauen des Hauses Wu

Roman

Deutsch von
Justinian Frisch

Fischer Taschenbuch Verlag

426.–429. Tausend: August 1986

Ungekürzte Ausgabe
Veröffentlicht im Fischer Taschenbuch Verlag GmbH,
Frankfurt am Main, März 1952

Lizenzausgabe mit freundlicher Genehmigung der
S. Fischer Verlag GmbH, Frankfurt am Main
Die amerikanische Originalausgabe erschien 1946
unter dem Titel ›Pavilion of Woman‹

Umschlaggestaltung: Rambow, Lienemeyer, van de Sand
Druck und Bindung: Clausen & Bosse, Leck
Printed in Germany
880-ISBN-3-596-28096-6

I

Es war ihr vierzigster Geburtstag. Madame Wu saß vor dem schrägen Spiegel ihres Toilettentisches und besah ihr ruhiges Gesicht. Im Geiste verglich sie es mit dem Antlitz, das sie in demselben Spiegel gesehen hatte, als sie sechzehn war. An jenem Tage war sie zeitig aus ihrem Ehebett aufgestanden, denn sie war immer eine Frühaufsteherin gewesen, war in ihrem neuen Morgenrock in dieses selbe Zimmer gekommen und hatte sich an den Toilettentisch gesetzt. In ihrer stillen Art, lässig, unbewegt, hatte sie dagesessen und ihr junges Gesicht betrachtet.

»Ist es möglich, daß ich heute genau so aussehe wie gestern?« hatte sie sich an jenem ersten Morgen nach ihrer Hochzeit gefragt.

Sie hatte sorgsam ihr Gesicht geprüft: breite, niedere Stirn, die tags zuvor ihrer Stirnlocken – der Jungmädchenfrisur – beraubt worden war, längliche Augen, zartgeformte Nase, Wangen und Kinn oval, kleiner roter Mund, sehr rot an jenem Morgen. Dann kam Ying, ihr neues Mädchen, hereingelaufen.

»O Fräulein – o Madame«, hatte sie gestottert, »ich dachte nicht, daß Sie heute so zeitig aufstehen würden!« Dabei war ihr das Blut in die Wangen geschossen.

Madames Wangen waren perlenblaß, wie immer, über dem roten Mund. »Ich stehe gerne früh auf«, hatte sie mit ihrer gewohnten sanften Stimme geantwortet, mit jener Stimme, von der der junge Mann, den sie nie zuvor gesehen, in der Nacht gesagt hatte, sie sei wie die Stimme eines Singvogels.

In diesem Augenblick, vierundzwanzig Jahre später, sprach Ying hinter dem schweren Sandelholzstuhl, als wüßte sie, woran ihre Herrin dachte. Ihre Hände waren mit den Flechten von Madame Wus schimmerndem schlichtem schwarzem Haar beschäftigt, aber sie hatte diese Wickel nun schon so viele Jahre hindurch gemacht, daß sie die Augen von ihrer Arbeit erheben konnte und auf das schöne Gesicht im Spiegel zu schauen vermochte:

»Gnädige Frau, Sie haben sich in all diesen vierundzwanzig Jahren gar nicht verändert.«

»Denkst du auch an jenen Morgen?« erwiderte Madame Wu. Liebevoll begegnete sie Yings Blicken im Spiegel. Ying war in den zwanzig Jahren ihrer Ehe mit dem Chefkoch dick geworden, aber Madame Wu war schlank wie immer zuvor. Ying lachte laut. »Ich war an jenem Morgen verlegener als Sie, gnädige Frau«, sagte sie. »Ai ya, wie verlegen war ich – und wie wenig Ursache hatte ich dazu, nicht wahr, gnädige Frau? Was zwischen Männern und Frauen vorgeht, ist doch nur natürlich, aber damals kam es uns vor wie eine Art Zauberei!«

Madame Wu lächelte, ohne zu antworten. Sie räumte Ying volle Redefreiheit ein, aber wenn sie ein Gespräch nicht fortzusetzen wünschte, dann lächelte sie ein flüchtiges Lächeln und sagte nichts mehr. Auch Ying verfiel in Schweigen. Sie tat, als wäre sie mit einer Rolle des glatten schwarzen Haares, das sie unter den Fingern hatte, nicht zufrieden, und ließ mit geschürzten Lippen eine Strähne fallen, um sie wieder zu befestigen. Als die Frisur fertig war, steckte sie zwei Jadenadeln in den Knoten, auf jede Seite eine, befeuchtete ihre Hände mit einem öligen Parfüm und glättete den ohnedies schon glatten Kopf Madame Wus.

»Meine Jadeohrringe!« sagte Madame Wu mit ihrer klaren, angenehmen Stimme. Einer Stimme, die so weiblich war, daß sie nichts verriet.

»Ich wußte, Sie würden sie heute tragen wollen!« rief Ying aus. »Ich habe sie schon vorbereitet.«

Sie öffnete eine kleine, mit geblümter Seide überzogene Schachtel, nahm die Ohrringe heraus und befestigte sie behutsam in Madame Wus kleinen Ohrläppchen. Vor vierundzwanzig Jahren war der junge Herr Wu gerade in dem Augenblick in dieses Zimmer getreten, als Ying ihre Herrin eben fertig angezogen hatte – weitärmeliger roter Satinrock über einem plissierten schwarzen Satinschoß, dessen Einsätze vorne und hinten mit Vögeln und Blumen bestickt waren. In der Hand trug Herr Wu eben jene Schachtel. Seine schönen Augen waren voll schläfriger Zufriedenheit. Er reichte die Schachtel Ying, da er zu gute Manieren hatte, um in Gegenwart einer dienenden Person seine junge Frau anzu-

sprechen. »Befestige sie an den Ohren deiner Herrin«, hatte er gesagt. Ying hatte laut ihr Entzücken über die fleckenlose Reinheit der Jade geäußert und sie der jungen Frau vor die Augen gehalten. Diese Augen hatten sich einen Moment lang zu dem Ehemann erhoben, bevor sich die Lider wieder mit anmutiger Schüchternheit senkten. »Danke«, hatte sie geflüstert.
Er hatte genickt und war dann, während das Mädchen die Ohrringe an den Ohren der jungen Frau befestigte, wartend stehen geblieben. Madame Wu hatte in diesem Spiegel hier sein Gesicht gesehen, das hübsche volle Gesicht eines eigenwilligen und stolzen Mannes.
»Ai«, hatte er mit einem Seufzer des Vergnügens gesagt. Ihrer beider Blicke trafen sich im Spiegel und ermaßen einer des anderen Schönheit. »Bring mir heißen Tee«, hatte er unvermittelt zu Ying gesagt, und bei dem Klang seiner Stimme war das Mädchen erschrocken davongeeilt.

Sie waren wieder allein, wie sie es in der Nacht gewesen waren. Er hatte sich über sie gebeugt und die Hände auf ihre Schultern gelegt. Er betrachtete ihr Gesicht im Spiegel.
»Wenn du häßlich gewesen wärest«, sagte er, »würde ich dich in der vergangenen Nacht auf dem Kissen getötet haben. Ich hasse häßliche Frauen.«
Dazu hatte sie gelächelt, ohne sich unter seinen Händen zu rühren. »Aber warum hättest du mich getötet?« fragte sie mit ihrer hübschen Stimme. »Es hätte genügt, mich nach Hause zu schicken.«
Sie war an jenem Morgen sehr erregt gewesen. Wird dieser ihr Ehemann ebenso intelligent sein wie hübsch? Das wäre vielleicht zuviel verlangt. Aber wenn er es wäre?
In diesem Augenblick – vierundzwanzig Jahre später – sagte nun Ying: »Jade steht Ihrem Teint gut wie immer. Welche andere Frau von vierzig Jahren kann das sagen? Kein Wunder, daß der Herr niemals eine andere Frau haben wollte.«
»Sprich nicht so laut«, sagte Madame Wu. »Er schläft noch.«
»An Ihrem vierzigsten Geburtstag, Madame, sollte er zeitig aufwachen«, erwiderte Ying. Sie rieb sich die Nase an ihrem Handrücken. Nach all den Jahren glaubte sie Herrn Wu zu kennen, und *einer* Sache war sie sicher: trotz seiner Zärtlich-

keit schätzte er seine schöne Frau, die vom ganzen Hause geliebt wurde, noch immer nicht hoch genug. Ja, wer von den etlichen sechzig Menschen unter diesem Dache liebte nicht Madame Wu – von der alten Gnädigen bis zum kleinsten Enkelkind und zum niedrigsten Diener –? Wenn im Quartier der Dienerschaft eine neue Magd zu murren wagte, weil die Herrin den Staub gesehen hatte, der hinter eine Tür gefegt worden war, dann stellte Ying die Ohren auf.

»Dies ist das Haus der Familie Wu«, sagte sie mit ihrer lauten Stimme; »dies ist nicht ein gewöhnliches Haus wie das Haus Wang oder Hua!«

Der Oberkoch, wenn er so was hörte, grinste nur. Während seines ganzen Lebens als Ehemann war er sich immer darüber klar gewesen, daß er neben der Herrin in Yings Augen ein Niemand sei. Aber in diesem Hause wußten nicht einmal die beiden Schwiegertöchter etwas Böses zu sagen. Diese schmalen Hände, die Madame Wu so oft leicht verschränkt in den Schoß legte, waren, wenn sie herrschten, fest und gütig.

»Ich möchte mein Frühstück haben«, sagte jetzt Madame Wu zu Ying. »Nachdem ich gegessen habe, möchte ich mit meinem ältesten Sohn sprechen. Du wirst mich um die Mittagsstunde für das Fest ankleiden. Aber gib acht, wenn der Herr erwacht, und laß es mich wissen.«

»Gewiß, gnädige Frau«, antwortete Ying. Sie bückte sich, um einen Kamm aufzuheben, den sie hatte fallen lassen. Der Kamm war aus duftendem Sandelholz gemacht, denn dies war das Parfüm, das Madame Wu für ihr Haar verwendete. Ying zupfte ein paar lange Haare aus dem Kamm, wikkelte sie sorgfältig um den Finger und legte sie in einen kleinen blauen Porzellankrug. Sie bewahrte diese Haare für das Greisenalter ihrer Herrin auf, für eine Zeit, da selbst sie vielleicht gezwungen sein würde, ihren Knoten durch eine Einlage zu verstärken.

Madame Wu erhob sich von ihrem Stuhl. Sie war bereit für diesen Tag. Der vierzigste Geburtstag einer Frau, in einer reichen und traditionsbewußten Familie, war ein Tag feierlicher Würde. Sie erinnerte sich sehr gut des Tages, an dem die Mutter ihres Gatten – vor zweiundzwanzig Jahren – dieselbe Grenze überschritt. An jenem Tage hatte die alte

Dame die Leitung des großen Hauses mit seinen vielen Mitgliedern in aller Form ihrer Schwiegertochter übergeben. Seit zweiundzwanzig Jahren hielt nun Madame Wu diese Leitung in ihren eigenen Händen, wobei sie nach außen hin die alten Gewohnheiten geschickt wahrte, so daß die alte Dame keine Veränderung bemerkte, obschon sie gleichzeitig viele Neuerungen vornahm. So hatte Madame Wu, ehe sie sich entschloß, die allzu wild wuchernden Päoniensträucher im östlichen Garten, gleich außerhalb dieses Raumes, zu entfernen, ganz einfach die Pflanzen eines Winters absterben lassen. Als im Frühjahr nicht wie gewöhnlich die starken roten Knospen hervorsprossen, machte Madame Wu die alte Dame darauf aufmerksam und unterstützte sie in der Ansicht, daß die Päonien wohl den Boden und die Luft dieses Gartens erschöpft hätten und es daher besser sei, für eine oder zwei Generationen etwas anderes hier anzupflanzen.

»Narzissen?« hatte Madame Wu, damals achtzehn Jahre alt, bescheiden vorgeschlagen. »Orchideen? Blühende Sträucher? Es liegt mir nur daran, dir gefällig zu sein, Mutter.« Die Orchideen hatte sie in der Mitte des Satzes erwähnt. Orchideen liebte sie besonders.

Binnen fünf Jahren hatte sie den schönsten Orchideengarten der Stadt. Sie hielt sich viel in ihm auf. Jetzt, in der ersten Hälfte des sechsten Monates, begannen die zarten silbergrauen Blüten der ersten Orchideen sich zu entfalten. Im achten Monat würden die dunkelroten in voller Blüte stehen und im neunten Monat die gelben.

Sie ging aus ihrem Wohnzimmer in den Garten, pflückte zwei der duftlosen grauen Blüten und trug sie ins Zimmer zurück, wo das Frühstück wartete. Es war eine leichte Mahlzeit; am Morgen hatte sie nie viel essen können. Tee, Reissuppe in einem kleinen, geschlossenen Fäßchen aus poliertem Holz mit Silberreifen und zwei oder drei kleine Schüsseln mit Dörrfleisch und Salzfisch standen auf dem viereckigen Tisch in der Mitte des Zimmers. Sie setzte sich nieder und nahm die Elfenbeinstäbchen zur Hand, die am oberen Ende mit einem dünnen Silberkettchen verbunden waren.

Sie hatte nicht die Absicht, an diesem Tag ihre Stellung an Meng, die Frau ihres ältesten Sohnes, abzutreten. Vor allem hatte sie vier Söhne, von denen zwei bereits verheiratet wa-

ren. Die alte Dame aber hatte nur den einen gehabt, so daß Eifersucht zwischen jungen Frauen kein Problem gewesen war. Außerdem war die Frau ihres ältesten Sohnes sehr jung. Liangmo war nach der alten Sitte verheiratet worden. Sie hatte die Frau für ihn ausgesucht – es war die Tochter ihrer ältesten Freundin, Madame Kang. Es war nicht ihre Absicht gewesen, Liangmo so bald zu verheiraten, da er erst neunzehn Jahre alt war; aber ihr zweiter Sohn, Tsemo, der in Schanghai eine Schule besuchte, hatte sich in ein um zwei Jahre älteres Mädchen verliebt und hatte darauf bestanden, mit achtzehn Jahren zu heiraten. Das bedeutete, daß Rulan älter war als ihre Schwägerin, die ihr nichtsdestoweniger im Hause vorgesetzt war. Aus diesem Dilemma, an dem Madame Wu sich selber die Schuld zuschrieb, weil sie nämlich nicht besser über Tsemo gewacht hatte, wußte sie nun keinen anderen Ausweg, als ihren Platz noch einige Jahre zu behalten. In dieser Zeit konnte sich so manches ereignen.
Sie wird also heute keine Veränderungen im Hause ankündigen. Sie wird die Geschenke entgegennehmen nebst dem großen Fest, das geplant ist. Sie wird gütig sein zu den Enkelkindern, die sie innig liebt, und der alten Dame, die, um an dem Fest teilzunehmen, mittags das Bett verlassen wird, in allem nachgeben.
Für Madame Wu war das ein Tag, dem sie seit langem mit einer seltsamen Mischung von Erleichterung und stiller Melancholie entgegengesehen hatte. Der erste Teil ihres Lebens war vorüber, und der zweite Teil sollte nun beginnen. Sie fürchtete das Alter nicht, denn das Alter bringt neue Ehren. Mit jedem Jahre wird sie an Würde gewinnen und in der Achtung ihrer Familie und ihrer Freunde steigen. Auch fürchtete sie den Verlust ihrer Schönheit nicht, die sich im Laufe der Jahre so unmerklich verändert hatte, daß sie noch immer mehr ins Auge fiel als ihr Alter. Sie besaß nicht mehr die blühenden Farben ihrer Jugend, aber heute wie eh und je hob sich die Feinheit ihres Gesichts und ihres Teints von dem weichen Silberblau und Graugrün ihrer Kleider ab. Das Altern wirkte auf sie eher verfeinernd und läuternd als zerstörend. Weil sie wußte, daß sie noch schön war, war sie entschlossen, ihre Absicht durchzuführen. Eine Frau, die ihre Schönheit eingebüßt hat, würde vielleicht gezögert haben –

im Gefühl der Niederlage oder aus Eifersucht. Aber sie hatte es nicht nötig, eifersüchtig zu sein, und was sie vorhatte, tat sie aus eigenem, klarem, ruhigem Entschluß.
Sie beendete ihr Frühstück. Mit Ausnahme der Enkelkinder schliefen noch alle Mitglieder der Familie. Aber nie brachte man die Kinder zu ihr, außer wenn sie sie holen ließ. Daher war sie etwas überrascht, als nach einer Weile in dem Hof, der vor ihrem Zimmer lag, sich etwas zu rühren schien. Dann hörte sie eine Stimme:
»Es geschieht nicht alle Tage, daß meine beste Freundin vierzig Jahre alt wird! Macht es etwas, wenn ich zu früh komme?«
Sie erkannte sofort die Stimme Madame Kangs, der Mutter Mengs, ihrer älteren Schwiegertochter, und sie eilte zur Tür, die nach dem Hof führte.
»Bitte, komm herein!« rief sie und streckte beide Hände aus; in der einen hielt sie noch die beiden silbergrauen Orchideen, die sie vom Tisch genommen hatte.
Madame Kang kam schwerfällig über den Hof auf ihre Freundin zu. Sie war in den Jahren, in denen Madame Wu sich so zart erhalten hatte, dick geworden, war aber viel zu großherzig, um nicht trotzdem ihre Freundin zu lieben.
»Ailien«, rief sie aus, »bin ich die erste, dir langes Leben und Unsterblichkeit zu wünschen?«
»Die erste«, sagte Madame Wu lächelnd. Die Dienerschaft zählte natürlich nicht mit.
»Dann komme ich nicht zu früh«, sagte Madame Kang mit einem vorwurfsvollen Blick auf Ying, die versucht hatte, sie aufzuhalten. Es galt als Regel im Hause, daß niemand Madame Wu beim Frühstück stören durfte, weil sie dann nicht weiteraß. Ying ließ sich nicht einschüchtern. Niemand fürchtete sich vor Madame Kang, und Ying hätte sogar der Behörde getrotzt, um ihrer Herrin eine friedliche Morgenstunde zu sichern.
»Niemanden hätte ich lieber gesehen als dich«, sagte Madame Wu, hakte ihre schlanken Finger in die dicken der Freundin und zog sie hinter sich her in den Orchideengarten. Unter einer hängenden Weide standen drei Bambusstühle — dorthin gingen die beiden Damen. Zu ihren Füßen lag ein kleiner ovaler Teich, in dessen Grund eine Gruppe von Was-

serlilien wurzelte. Zwei blaue Blüten schwammen auf dem Wasserspiegel.

»Wie geht es dem Sohn deines ältesten Sohnes?« fragte Madame Wu ihre Freundin. In den Jahren, in denen Madame Wu vier lebende Söhne und drei Kinder, die gestorben waren – eines davon ein Mädchen –, zur Welt gebracht hatte, in diesen Jahren hatte Madame Kang elf Kinder geboren, darunter sechs Mädchen. Von dem Frieden dieses Gartens war in Madame Kangs Haus nichts zu spüren. Um ihre dicke, gutmütige Person herrschte ununterbrochener Tumult von Kindern und Leibeigenen und Bediensteten. Trotz alledem liebte Madame Wu ihre Freundin.

»Es geht ihm nicht besser«, sagte Madame Kang. Das runde, rote Gesicht, das wie ein Lampion geleuchtet hatte, wurde plötzlich traurig. »Ich überlege, ob ich ihn nicht in das ausländische Krankenhaus bringen soll. Wie denkst du darüber?«

»Handelt es sich um Leben oder Tod?« fragte Madame Wu, die Frage erwägend.

»Vielleicht ist es in ein paar Tagen soweit«, erwiderte Madame Kang. »Aber es heißt, der fremde Doktor kann nicht sagen, was für eine Krankheit es ist, ohne die Menschen aufzuschneiden und nachzusehen. Und unser ›Kleines Glück‹ zählt doch erst fünf Jahre, du weißt, Schwester. Ich glaube, er ist noch zu zart, um aufgeschnitten zu werden.«

»Warte wenigstens bis morgen«, sagte Madame Wu. »Wir wollen uns den Tag nicht verderben.« Dann setzte sie, aus Furcht, für egoistisch gehalten zu werden, hinzu: »Inzwischen will ich Ying mit einer Schale Fleischbrühe hinschikken, die nach einem Rezept meiner Urgroßmutter gemacht ist, gerade für einen solchen Husten, wie er ihn hat.«

»Ailien, du bist immer so gütig«, sagte Madame Kang dankbar. Es war noch früh, und im Garten war es kühl; trotzdem holte sie einen kleinen Fächer aus dem Ärmel und begann lachend zu fächeln. »Mir wird heiß, sowie der Schnee weg ist«, sagte sie.

Eine kurze Weile saßen sie schweigend da. Madame Kang schaute ihre Freundin liebevoll und ohne Eifersucht an. »Ailien, ich wußte nicht, was ich dir zum Geburtstag schenken soll; deshalb hab ich dir dies hier mitgebracht.«

Sie langte in den losen Busen ihres weiten blauen Satinkleides und holte eine kleine Schachtel hervor, die sie ihrer Freundin reichte.
Madame Wu nahm das Etui und erkannte es sofort: »Ah, Meichen, willst du mir wirklich deine Perlen schenken?«
»Ja.« Über Madame Kangs einfaches, gutes Gesicht flog ein beinahe schmerzlicher Ausdruck.
»Warum?« fragte Madame Wu, die es bemerkt hatte.
Madame Kang zögerte, aber nur einen Augenblick lang: »Als ich sie das letzte Mal trug, sagte der Vater meines Sohnes, sie sähen aus wie Tautropfen auf einer Melone.« Madame Kang lächelte. Dann traten ihr Tränen in die Augen. Sie beachtete sie nicht, und sie rollten langsam über die Wangen hinunter und zerspritzten auf dem dicken Satin über ihrem Busen, ohne in den Stoff einzudringen.
Madame Wu sah die Tränen, aber sie ließ sich's nicht anmerken. Sie rührte sich nicht in ihrem Stuhl. In der Hand hielt sie das Perlenetui. Sie hatte sich oft von Madame Kang von ihren Schwierigkeiten mit Herrn Kang erzählen lassen. Über Herrn Wu wurde nie gesprochen, abgesehen von ein paar Worten, die Madame Kang gelegentlich einwarf.
»Ach, Ailien«, mochte sie sagen, »der Vater deiner Söhne macht dir so wenig Schwierigkeiten. Bisher habe ich noch nie gehört, daß er ein Blumenhaus auch nur betreten hätte. Aber *mein* Mann – nur, gut ist er auch, ja – nur –.«
An dieser Stelle hielt Madame Kang stets inne und seufzte. »Meichen«, hatte Madame Wu einmal vor vielen Jahren gesagt, »warum willst du ihm nicht erlauben, sich zu unterhalten, solange er vor Sonnenaufgang nach Hause kommt?« Niemals konnte sie den Ausdruck der Beschämung vergessen, der in die ehrlichen Augen ihrer Freundin gekommen war. »Ich bin eifersüchtig«, hatte Madame Kang erklärt. »Ich bin so eifersüchtig, daß mein Blut sich in Feuer verwandelt.«
Madame Wu, die die Eifersucht nie gekannt hatte, schwieg. Diesen Zug an ihrer Freundin konnte sie nicht begreifen. Sie begriff ihn um so weniger, wenn sie an Herrn Kang dachte, der ein gewöhnlicher wohlhabender Kaufmann und nicht einmal hübsch war. Er war schlau, aber nicht intelligent. Sie konnte sich nicht vorstellen, was für ein Vergnügen es sein mochte, mit ihm verheiratet zu sein.

»Ich wollte dir schon lange etwas sagen«, begann sie nach einer kurzen Weile. »Anfangs, als ich darüber nachzudenken begann, dachte ich, dich um deinen Rat zu bitten. Aber – ich habe es nicht getan. Jetzt kommt, glaube ich, jeder Rat zu spät. Es ist bereits beschlossene Sache.«
Madame Kang wartete und fächelte sich. Das leise Lüftchen des Fächers trocknete ihre Tränen. Sie kam leicht ins Weinen und Lachen, rein aus übermäßiger Gutmütigkeit. In dieser Freundschaft, das wußte sie in aller Bescheidenheit, nahm sie den zweiten Platz ein. Nicht nur, weil sie nicht schön war; aber in ihren eigenen Augen konnte Madame Wu alles besser als sie. So war ihr Haus, obgleich ebenso groß und schön wie dieses, trotz aller Anstrengungen selten sauber und niemals in Ordnung. Trotz all ihrer Bemühungen kommandierte das Dienstpersonal, und an die Stelle der guten Sitten war die Bequemlichkeit getreten. Wenn sie hierherkam, fühlte sie das, aber im eigenen Hause sah sie es nicht.
»Sag es mir immerhin«, erwiderte sie jetzt.
Madame Wu erhob die Augen. Sie waren langgeschnitzt und groß, die schwarze Iris hob sich sehr deutlich vom Weiß des Augapfels ab – und das verlieh ihnen das Aussehen unverwelklicher Jugend. Kühl und klar sagte sie: »Meichen, ich habe beschlossen, den Vater meiner Söhne heute zu bitten, er möge sich eine Nebenfrau nehmen.«
Madame Kangs runder Mund blieb offenstehen. Ihre kleinen weißen Zähne, ihre einzige Schönheit, wurden zwischen den vollen Lippen sichtbar. »Hat er – hat er auch –?« keuchte sie.
»Nein«, sagte Madame Wu, »nein, nichts dergleichen. Selbstverständlich habe ich ihn nie gefragt, was er bei seinen Männerfesten tut. Das hat mit mir oder mit meinem Hause nichts zu tun. Nein, es liegt nur in seinem – und in meinem Interesse.«
»Aber wieso in deinem Interesse?« fragte Madame Kang.
»Ich wünsche es«, sagte Madame Wu. Sie starrte in die Tiefe des kleinen klaren Teiches. Die Orchideen, die sie vor einer Stunde gepflückt hatte, lagen, noch frisch, auf ihren Knien.
»Gibt es denn nicht immer Schwierigkeiten in einem Hause, wo zwei Frauen unter eines Mannes Dach wohnen?«

»Ich darf mich nicht beklagen, wenn er sie auf meinen Wunsch ins Haus nimmt«, sagte Madame Wu.
Irgend jemand hustete, und beide Damen blickten auf. In der Tür stand Ying. Auf ihrem runden, fröhlichen Gesicht lag ein mutwilliger Ausdruck, den Madame Wu sofort erkannte.
»Erzähle mir nicht, daß gerade am heutigen Tag Schwester Hsia erschienen ist!« rief sie aus. In ihrer schönen Stimme war eine spöttische Munterkeit, die sie zu bereuen schien.
»Sie ist es«, sagte Ying. Sie hörte auf zu lachen und bedeckte den Mund mit der Hand. »O Himmel, sie wird mich hören«, flüsterte sie. »Aber gnädige Frau, ich schwöre, sie versteht nicht, wenn man nein sagt! Ich sagte ihr, Sie hätten Gäste –.«
»Ich gehe«, sagte Madame Kang hastig. »Ich habe heute keine Zeit, mir eine ausländische Predigt anzuhören. Wirklich, Ailien, ich bin nur gekommen, um dir mein Geschenk zu bringen, obwohl ich mich eigentlich um die Angelegenheiten meines Hauses kümmern sollte.«
Madame Wu streckte ihre schlanke Hand aus: »Meichen, du darfst nicht gehen. Du mußt bei mir sitzen bleiben, und beide werden wir freundlich sein zu ihr und sie anhören. Wenn sie nach einer halben Stunde nicht geht, dann kannst du aufstehen und dich verabschieden.«
Madame Kang gab wie immer nach, unfähig, jemandem, den sie liebte, etwas abzuschlagen. Gefällig und fügsam setzte sie sich wieder hin. Ying entfernte sich und kam mit einer Ausländerin zurück.
»Schwester Hsia!« meldete sie an.
»O Madame Wu – o Madame Kang!« rief Schwester Hsia aus. Sie war eine hochgewachsene, magere, blasse Frau in mittleren Jahren, sie war in England geboren. Das spärliche Kopfhaar war sandfarben und sie hatte Fischaugen. Die Nase war schmal und lang, die Lippen waren blau. In ihrem abendländischen Kleid aus gestreifter grauer Baumwolle sah sie älter aus, als sie war, aber selbst in ihren besten Jahren konnte sie nicht hübsch gewesen sein. Zu diesem Schluß waren die beiden chinesischen Damen schon vor langem gekommen. Aber sie liebten sie ihrer Güte wegen und bemitleideten sie wegen ihres einsamen Lebens in einer Stadt, wo es so wenige Menschen ihres Schlages gab.

»Bitte, nehmen Sie Platz, Schwester«, sagte Madame Wu mit ihrer hübschen Stimme. »Haben Sie schon gefrühstückt?«
Schwester Hsia lachte. Sie lachte unaufhörlich beim Sprechen. »O ich stehe früh auf, um Bauern zu boxen«, sagte sie. Sie lernte gewissenhaft jeden Tag Chinesisch, aber da sie ein stumpfes Ohr hatte, sprach sie noch immer wie ein Europäer.
»Bauern zu boxen?« wiederholte Madame Kang.
»Es den Bauern gleichzutun«, sagte Madame Wu leise. »Die beiden Wörter haben allerdings große Ähnlichkeit.«
»O habe ich das gesagt?« rief Schwester Hsia lachend aus. »O bitte, ich bin so dumm!«
Aber Madame Wu sah die Röte, die ihr vom Halse her aufstieg und den blassen Teint fleckig färbte, und sie verstand die Unruhe in diesem unsicheren fremden Herzen.
»Ying, bring etwas Tee und kleine Kuchen«, sagte sie. »Bring ein paar von den Glückskuchen«, setzte sie nachgiebig hinzu. »Warum soll ich nicht meiner ausländischen Freundin sagen, daß ich Geburtstag habe?«
»O Ihr Geburtstag!« rief Schwester Hsia aus. »O das wußte ich nicht –.«
»Woher sollten Sie es wissen?« fragte Madame Wu. »Ich werde heute vierzig Jahre alt.«
Schwester Hsia starrte sie gedankenvoll an. »Vierzig?« wiederholte sie. Sie schlug die Hände zusammen und lachte ihr sinnloses, schüchternes Lachen. »Aber«, stotterte sie, »aber – Madame Wu –, Sie sehen ja aus wie Zwanzig!«
»Wie alt sind Sie, Schwester?« fragte Madame Kang höflich.
Schwester Hsia wurde plötzlich ernst. »Oh – in den Dreißigern«, sagte sie rasch und leise.
Madame Kang verstand sie nicht. »Sechsunddreißig«, wiederholte sie liebenswürdig.
»Nein, nein, nicht Sechsunddreißig – so alt bin ich nicht.« Schwester Hsia lachte wieder, aber es lag ein Protest in diesem Lachen.
Madame Wu hörte diesen Protest heraus. »Was spielt denn das Alter für eine Rolle?« sagte sie. »Das beste ist, man lebt sein Leben Jahr für Jahr und freut sich jedes einzelnen Jahres.« Vermöge ihrer Gabe, andere Menschen zu durch-

schauen, begriff sie, daß die Frage des Alters dieser abendländischen Frau deshalb so naheging, weil sie noch Jungfrau war.
In ihrer großen Güte sagte nun Madame Wu: »Ich habe heute Gäste – sie werden bald hier sein, Schwester; aber bevor sie kommen, lesen Sie uns etwas aus dem Evangelium vor.« Sie wußte, daß der Fremden nichts so viel Freude machte wie zu predigen.
Schwester Hsia sah sie dankbar an und langte mit der Hand in eine große schwarze Handtasche, die sie immer bei sich trug. Sie holte ein dickes Buch mit abgenutztem Lederdeckel und ein schwarzes Brillenfutteral hervor. Sie nahm die Brille heraus, setzte sie auf ihre lange Nase und öffnete das Buch.
»Ich empfing heute die Weisung, liebe Madame Wu«, sagte sie mit ernster und rührender Stimme, »Ihnen die Geschichte des Mannes zu erzählen, der sein Haus auf Sand gebaut hatte.«
Madame Kang erhob sich. »Ich bitte um Entschuldigung«, sagte sie mit ihrer lauten, monotonen Stimme. »Ich habe meine Familienangelegenheiten vernachlässigt.«
Sie verbeugte sich und verließ mit ihren schweren, festen Schritten den Garten.
Madame Wu, die aufgestanden war, setzte sich wieder, sobald Madame Kang fort war, rief nach Ying und gab Auftrag, die versprochene Fleischbrühe für das Enkelkind zu Madame Kang zu schicken. Dann lächelte sie Schwester Hsia zu und sagte höflich: »Erzählen Sie mir, was Ihr Herr zu jenem Mann sagte, der sein Haus auf Sand gebaut hatte.«
»Liebe Madame Wu, er ist auch *Ihr* Herr«, sagte Schwester Hsia leise. »Sie brauchen ihn nur anzunehmen.«
Madame Wu lächelte. »Das ist sehr gütig von ihm – und das müssen Sie ihm sagen«, erwiderte sie, immer noch höflich. »Nun weiter, liebe Freundin.«
In Madame Wus Würde war etwas so Unnahbares, daß Schwester Hsia nervös zu lesen anfing. Ihre gebrochene Aussprache machte es schwer, der Geschichte zu folgen, aber Madame Wu hörte ernst zu. Sowie Schwester Hsia geendet hatte, erhob sich Madame Wu. »Ich danke Ihnen, Schwester«, sagte sie. »Das war eine erfreuliche Geschichte. Bitte kommen Sie wieder, wenn ich Zeit habe.«

Damit ging sie auf die Tür des Hofes zu, Ying erschien im selben Augenblick, um Schwester Hsia zu übernehmen, und Madame Wu war wieder allein. Sie kehrte zum Teiche zurück, blieb dort stehen und blickte ins Wasser, das ihre schlanke Figur vom Kopf bis zum Fuß recht deutlich widerspiegelte. Da bemerkte sie, daß sie die Orchideen noch immer in der Hand hielt – sie hob die Hand und ließ die Blüten ins Wasser fallen.

»Mutter, ich hätte schon früher kommen sollen, um dir ein langes Leben zu wünschen.« Sie hörte von der Tür her die Stimme ihres ältesten Sohnes und drehte sich um.

»Komm herein, mein Sohn!« sagte sie.

»Langes Leben, Mutter!« sagte Liangmo liebevoll. Beim Hereinkommen hatte er sich halb scherzhaft vor der Mutter verbeugt.

Madame Wu nahm ihrerseits seinen Gruß mit einer graziösen Verbeugung entgegen. »Ich danke dir, mein Sohn«, sagte sie. »Setz dich – ich möchte mit dir sprechen.«

Sie ließ sich wieder auf einen der Bambusstühle nieder und deutete mit einer Handbewegung auf den anderen Stuhl. Liangmo setzte sich auf den äußersten Rand – aus Ehrerbietung gegen seine Mutter.

»Wie gut du aussiehst, mein Sohn!« sagte sie, sein hübsches junges Gesicht prüfend. Er war womöglich noch hübscher, als sein Vater in seinem Alter gewesen war, denn sie hatte ihm auch etwas von ihrer reizvollen Erscheinung mitgegeben.

An diesem Morgen trug er ein langes Kleid aus Sommerseide in der Farbe blaßgrünen Wassers. Sein dunkles kurzes Haar war zurückgebürstet und seine dunkle, olivenfarbige Haut glatt von Gesundheit und guter Ernährung. Die Augen waren still zufrieden.

Unwillkürlich erwiderte er das Lächeln der Mutter. Es herrschte große Zuneigung zwischen den beiden. Er verließ sich auf ihre Klugheit viel mehr als auf seine eigene, und deshalb hatte er, als sie ihn bat, zu heiraten, damit nicht durch die frühere Heirat eines jüngeren Bruders Unordnung in der Familie entstehe, sofort gesagt: »Such mir eine aus, Mutter. Du kennst mich besser, als ich selbst mich kenne.«

Er war mit Meng, seiner hübschen Frau, vollkommen zufrieden, wie auch mit dem Sohn, den sie ihm im ersten Jahr ihrer Ehe geschenkt hatte. Nun war sie wieder schwanger.

»Ich habe mir für diesen Tag eine gute Neuigkeit aufgespart, Mutter«, sagte er nun.

»Es ist ein Tag für gute Neuigkeiten«, erwiderte Madame Wu.

»Die Mutter meines Sohnes bekommt ihr zweites Kind«, verkündete er stolz. »Ihre zweite Mondperiode ist vorüber, und nun ist sie sicher. Sie sagte es mir vor drei Tagen, und ich meinte, wir wollten bis zu Mutters Geburtstag warten, um es dann der Familie mitzuteilen.«

»Das ist wirklich eine gute Neuigkeit«, sagte Madame Wu warm. »Du mußt ihr sagen, daß ich ihr ein Geschenk schikken werde.«

In diesem Moment fiel ihr Blick auf das kleine Etui mit den Perlen, das sie auf ein Porzellantischchen gelegt hatte. »Ich habe ein Geschenk!« rief sie aus. Sie nahm die Schachtel und öffnete sie. »Ihre eigene Mutter hat mir vor einer Stunde diese Perlenohrgehänge geschenkt. Aber Perlen sind für junge Frauen, denke ich, und es gehört sich wohl, daß ich sie unserer Tochter gebe. Wenn du zu Meng zurückkehrst – nein, ich werde dich begleiten. Zuerst aber, mein Sohn, habe ich irgend etwas zu tun für das Fest und unsere heutigen Gäste?«

»Nichts, Mutter«, antwortete er. »Wir nehmen dir alles ab. Deine Kinder wollen dir einen Tag froher Muße schenken. Du sollst dich um nichts kümmern – du sollst nur genießen. Wo ist mein Vater?«

»Ich zweifle, ob er sogar an meinem Geburtstag vor Mittag aufzustehen vermag«, sagte Madame Wu lächelnd. »Aber ich habe ihm gesagt, er *darf* nicht – wirklich nicht. Er genießt den Tag um so mehr, wenn er nicht zeitig aufsteht. Und beim Fest wird er frisch und glücklich sein.«

»Du bist viel zu gut zu uns allen«, sagte Liangmo.

Sie sah ihn mit ihren ruhigen schönen Augen an, als hätte sie seine Worte nicht gehört. »Mein Sohn«, sagte sie, »da wir zweifellos bald unterbrochen werden, will ich gleich davon sprechen, was ich zu tun beabsichtige. Ich habe einen Entschluß gefaßt, und doch habe ich das Gefühl, daß es meine Pflicht ist, dich als meinen ältesten Sohn von meiner

Absicht zu unterrichten. Ich habe mich entschlossen, deinem Vater nahezulegen, sich eine Nebenfrau zu nehmen.«
Sie sprach diese ungeheuerlichen Worte mit ihrer ruhigen, schönen Stimme. Liangmo hörte die Worte, ohne sie zu verstehen. Dann ergriffen sie von seinen Sinnen Besitz und betäubten ihn wie ein Donnerschlag. Sein hübsches Gesicht wurde kreideweiß.
»Mutter!« keuchte er. »Mutter, hat er – hat mein Vater –?«
»Gewiß nicht«, sagte sie. Aber es berührte sie schmerzlich, daß auch Liangmo vor allem diese Frage gestellt hatte. War es möglich, daß ihr Gatte allen als der Mann erschien, der vielleicht...? Sie schob den unwürdigen Gedanken von sich. »Dein Vater ist trotz seiner fünfundvierzig Jahre noch so jugendlich und noch so hübsch, daß es kein Wunder ist, wenn sogar du, sein Sohn, diese Frage stellst«, sagte sie. »Nein, er war und ist mir unbedingt treu.«
Sie machte eine Pause und fuhr dann mit einem Ausdruck von Schüchternheit, wie ihn der Sohn an ihrem ruhigen Wesen noch nie beobachtet hatte, fort: »Nein, ich habe meine eigenen Gründe für diesen Entschluß. Aber ich möchte gerne sicher sein, daß du, mein ältester Sohn, ihr Kommen akzeptierst und dazu beiträgst, daß auch das Haus die Tatsache akzeptiert, sobald sie bekannt wird.«
Nun hatte Liangmo, obwohl seine Wangen noch kreideweiß waren, seine Fassung wiedergefunden. Seine schwarzen Brauen beruhigten sich über den Augen, die denen seiner Mutter glichen. »Es geht selbstverständlich nur dich und meinen Vater an«, sagte er. »Wenn du mir aber gestattest, meine Schranken zu überschreiten, so bitte ich dich, es nicht von meinem Vater zu verlangen, falls er es nicht selbst wünscht. Wir sind eine glückliche Familie. Wissen wir denn, was eine fremde Frau ins Haus bringen wird? Ihre Kinder werden das gleiche Alter haben wie deine Enkel. Wird das nicht die Generationen in Unordnung bringen? Wenn sie sehr jung ist – werden nicht die Frauen deiner Söhne auf ihre Stellung bei meinem Vater eifersüchtig sein? Ich sehe mancherlei Sorgen kommen.«
»In deinem Alter verstehst du vielleicht nicht die Beziehungen zwischen Männern und Frauen meiner Generation«, erwiderte Madame Wu. »Aber gerade weil ich mit deinem

Vater immer glücklich war – so wie er mit mir –, habe ich mich zu diesem Schritt entschlossen. Bitte, mein Sohn, begib dich zurück in deine Schranken. Ich verlange von dir nur, daß du deiner Mutter gehorchst, wie du es in allen Dingen getan hast.«

In seinem Innern sträubte sich Liangmo dagegen. Aber der gewohnte Gehorsam gegenüber der Mutter war so tief in ihm verwurzelt, daß er ihr auch jetzt gehorchte. »Ich werde mein Bestes tun, Mutter, aber ich kann dir nicht verhehlen, daß das, was du mir gesagt hast, mir die Freude an diesem Tag trübt.«

Sie lächelte leise. »Ich erspare dir gewiß größere Betrübnis an anderen Tagen«, sagte sie. Und dann sah sie, daß ihre Worte für diesen jungen Menschen – er war doch so viel jünger als sie – ein Rätsel waren. »Komm«, sagte sie. »Wir wollen zu Meng gehen – ich will ihr mein Geschenk bringen.«

Er war zugleich mit ihr aufgestanden und stand nun neben ihr, jung und kräftig gebaut wie sein Vater, sie mit Kopf und Schultern überragend. Sie legte ihre kleine Hand einen Augenblick auf seinen Arm, mit einer so unvergleichlich liebevollen Geste, daß Liangmo überrascht war. Sie ertrug nicht leicht die Berührung eines anderen Menschen, nicht einmal die ihrer eigenen Kinder. Er sah zu ihr hinab und begegnete ihrem klaren, aufwärts gerichteten Blick.

»In dir«, sagte sie deutlich, »habe ich mein Haus auf einen Fels gebaut.«

Meng spielte mit ihrem kleinen Jungen auf dem Hofe ihres eigenen Hauses innerhalb des großen Hauses. Sie war mit ihm allein, abgesehen von seiner Amme, die auf den Fersen hockte und lachend zusah. Die beiden jungen Frauen – Mutter und Amme – umgaben den kleinen Jungen den ganzen Tag lang mit ihrer Liebe. Nachts schlief er in den Armen der Amme. In dieser gemeinsamen Vergötterung fanden die zwei Frauen eine tiefe Kameradschaft.

Mengs Körper war zum Kindergebären geschaffen, und ihre Brüste waren voller Milch. Aber niemand, nicht einmal sie selbst, hatte daran gedacht, dem Baby zu erlauben, daß es an ihren schönen kleinen Brüsten sauge und ihre Festigkeit verderbe. Lien war gemietet worden, um Milch zu liefern. Sie war die junge Frau eines Bauern auf den Ländereien der Wus. Ihr eigenes Kind, auch ein Junge, war von seiner Großmutter bei Mehl und Wasser und Reisschleim aufgezogen worden statt mit der Milch seiner Mutter. Aus diesem Grunde war er jetzt mager, klein und gelb, während Liens Pflegling dick und rosig war.

Wer jetzt die beiden Frauen gesehen hätte, wie sie dem Kleinen zuschauten, hätte an den zwei Gesichtern kaum unterscheiden können, welche von ihnen die Mutter war. Ja, das Kind selbst machte keinen Unterschied. Strahlend lächelte es beide an.

Meng war immer glücklich, aber in den letzten Tagen war ihr Glück tiefer geworden, als es jemals gewesen. Außer Liangmo hatte sie niemandem von der bevorstehenden Ankunft des zweiten Kindes etwas gesagt. Die Dienerschaft wußte es natürlich. Ihre eigene Kammerfrau hatte sie zuerst darauf aufmerksam gemacht, daß ihre zweite Mondperiode ohne Anzeichen vorübergegangen war.

Lien wußte es, und dieses Wissen machte sie froher denn je. Ein Haus mit vielen jungen Armen war ein glückliches Haus. Allmählich hatte sie aufgehört, ihr eigenes Kind zu lieben. All ihre üppige animalische Liebe übertrug sie auf ihren Pflegling. Ihr eigenes Heim war arm und mühselig, die Nahrung kärglich. Jetzt war dies ihr Heim, und den Säugling liebte sie mehr als ihr eigenes Kind.

»Ein kleiner Gott«, sagte sie zärtlich. »Noch nie und nirgends habe ich so ein Kind gesehen, gnädige Frau.«

Meng konnte gerade nur lächeln, da hörte sie Schritte. Das Kind lief zu Lien und starrte aus ihren Armen zu Großmutter und Vater hin. Meng erhob sich.

»Hier bist du, Meng«, sagte Madame Wu. »Setz dich, mein Kind. Ruhe dich aus, bitte. Komm zu mir, Sohn meines Sohnes.«

»Ein reizender Junge«, sagte sie leise. »Habt ihr schon einen Namen für ihn bestimmt?«

»Das hat keine Eile«, erwiderte Liangmo. »Er braucht ihn erst, wenn er zur Schule geht.«

Sie wandte die Blicke von dem reizenden kleinen Gesicht und erinnerte sich an den Grund ihres Kommens.

»Meng, Liangmo sagt mir, daß dein Glück sich vermehrt hat«, sagte sie. »Ich bin gekommen, um dir zu danken und dir ein Geschenk zu bringen.«
Meng errötete wie eine Pfirsichblüte und wandte das Köpfchen ab. Ihr einziger Schönheitsfehler war das Haar, das trotz des duftenden Holzöls, mit dem sie es unaufhörlich glättete, dazu neigte, sich zu kräuseln. Jetzt wurde ihre Freude von der Furcht getrübt, ihr Haar könnte sich vor den Augen der Mutter Liangmos wieder kräuseln. Sie liebte Madame Wu, aber sie fürchtete sich vor ihr. Auf Madame Wus Haupt hatte man noch nie ein Härchen in Unordnung gesehen. Dann streckte sie beide Hände aus, um das Geschenk in Empfang zu nehmen, und alle Furcht war vergessen.
»Die Perlen meiner Mutter«, flüsterte sie.
»Sie hat sie mir geschenkt, aber ich bin zu alt für Perlen«, sagte Madame Wu. »Nun fügt sich alles günstig in diesem Hause. Du hast heute dein Glück offenbart, und ich hatte diese Perlen bereit, um sie dir zu geben.«
»Diese Perlen habe ich mir immer schon gewünscht«, sagte Meng. Sie öffnete das Etui und schaute auf die Juwelen hinab.
»Leg sie an«, befahl ihr Liangmo.
Meng gehorchte. Ihre weichen Wangen erröteten noch tiefer. Alle, auch der kleine Junge, sahen ihr zu. Aber ihre schlanken Finger befestigten die Perlen mit auffallender Geschicklichkeit an den Ohrläppchen.
»Ich hatte sie oft angelegt und meine Mutter gebeten, sie behalten zu dürfen«, gestand sie.
»Jetzt hast du sie dir verdient«, sagte Madame Wu. Sie wandte sich ihrem Sohne zu: »Sieh, wie rosig die Perlen geworden sind. Sie waren silbergrau.«
Das war richtig. Auf Mengs weicher Haut sahen die Perlen rosarot aus.
»Ai ya«, rief Lien aus. »Sie darf nicht zu hübsch aussehen, sonst wird das Kind ein Mädchen!«
Alle lachten, und Madame Wu machte dem Lachen ein Ende, indem sie sich zum Gehen erhob: »Mir wäre ein Mädchen recht. Schließlich muß es in der Welt nicht nur Männer, sondern auch Frauen geben.«

Es war die Stunde des Geburtstagsfestes. Madame Wus Platz war zur Linken der alten Gnädigen, die auf Grund ihres Alters und Ranges den Hochsitz innehatte. Herr Wu saß zur Rechten seiner Mutter, und auf der anderen Seite saß Liangmo. Tsemo, der zweitälteste Sohn, saß links von Madame Wu, und links von Tsemo saß der drittälteste Sohn Fengmo. Yenmo, der vierte Sohn, war erst ein Kind von sieben Jahren. Aber er wohnte schon in seines Vaters Räumen, und nun stand er in der Armbeuge seines Vaters. So befand sich jedes Familienmitglied an seinem gebührenden Platz, und nach den Söhnen kamen die Frauen der zwei Söhne. Meng mit ihrem Kind auf den Knien, und in der Nähe stand eine Dienerin, um das Kind wegzutragen, falls es stören sollte. Die alte Dame war stolz auf ihren Urenkel, wurde aber schnell ungeduldig, während Madame Wus Geduld keine Grenzen kannte.

Es schien sie wirklich nichts aufzuregen. Ihr glattes, perlenfarbiges Gesicht blickte mit Vergnügen auf diese große Versammlung ihrer Angehörigen. An sechs weiteren Tischen, deren jeder acht Plätze hatte, saßen Onkel und Tanten und Vettern und Freunde und deren Kinder; an einem der Tische präsidierte Madame Kang. Schon vorher hatten alle ihre Geschenke geschickt. Es waren Geschenke verschiedener Art: Vasenpaare, Dattelpakete, Schachteln mit weichen Kuchen und Süßigkeiten, Streifen von Seide, auf denen aus Goldpapier ausgeschnittene Figuren aufgeklebt waren, jede mit einem Glückwunsch versehen. Daneben gab es noch viele andere Geschenke. Herr Wu hatte zwei Rollen schwerer Brokatseide beigesteuert und die alte Dame zwei Büchsen feinen Tees als persönliche Gabe.

Das Familiengeschenk war sehr teuer gewesen. Man hatte beim ersten Künstler der Stadt ein Gemälde bestellt, das die Göttin des langen Lebens darstellte. Alle Gäste lobten, als sie Madame Wu ihre ersten Grüße darbrachten, einstimmig die Schönheit des Bildes.

An der Wand hinter Madame Wu hing ein Viereck aus rotem Satin, übersät mit den Symbolen des langen Lebens, die aus schwarzem Samt ausgeschnitten waren. Von diesem leuchtenden Satin hob sich Madame Wus dunkler Kopf streng und zierlich ab.

Alle die Grüße und Glückwünsche der Gäste wurden in Madame Wus Namen von Liangmo beantwortet. Ehe noch die Gäste Platz genommen hatten, ging er mit Meng zu jedem Tische und dankte den Gästen als ältester Sohn des Hauses – Meng als die älteste Schwiegertochter – im Namen der Mutter.

Das alles geschah ungezwungen und doch mit einer gewissen Förmlichkeit, woraus zu ersehen war, daß die Familie Wu die alten Sitten hochhielt und für die neuen Formen Verständnis hatte. Ab und zu erhob Madame Wu sich von ihrem Sitz und ging zwischen den Gästen umher, um sich zu vergewissern, daß alle ordentlich bedient würden. Sooft das geschah, standen die Gäste auf und baten sie, sich keine Mühe zu machen, während sie ihrerseits die Bitte aussprach, es möchten sich doch alle wieder setzen.

Als sie das zweimal getan hatte, lehnte sich beim dritten Mal Herr Wu über die Ecke des Tisches und sagte: »Ich bitte dich, Mutter meines Sohnes, nicht wieder aufzustehen. Wenn die Süßspeise aufgetragen wird, will ich deine Stelle einnehmen.«

Madame Wu neigte den Kopf und dankte mit einem leisen Lächeln.

In diesem Augenblick kam der gesüßte Reis mit den acht köstlichen Früchten herein – ein Zeichen, daß das Fest zur Hälfte vorüber war –, und alle schauten beim Anblick dieses Leckerbissens erfreut drein. An der Tür sah Ying halb versteckt ihren Mann stehen, der das Lob der Gäste belauschen wollte. Madame Wu bemerkte ihn auch und neigte sich zu Ying.

»Sag ihm, er soll herkommen«, befahl sie.

Yings dicke Backen erröteten vor Stolz, aber aus Wohlerzogenheit tat sie so, als wollte sie ihren Mann herabsetzen.

»Gnädige Frau, machen Sie sich keine Mühe mit meinem Taugenichts«, sagte sie laut.

»Aber es ist mein Wunsch«, betonte Madame Wu.

Also winkte Ying mit erkünsteltem Widerwillen ihrem Mann, und er kam herein und stand nun vor Madame Wu, voller Stolz seine schmutzige Schürze glättend.

»Ich muß dir für den süßen Reis und seine acht köstlichen Früchte danken«, sagte Madame Wu in ihrer gütigen Art.

»Ich nehme dies als Zeichen deiner Treue und deiner Herzensgüte. Ich werde daran denken, ehe der Tag zu Ende ist.«

Der Koch wußte, was sie damit meinte: nach Beendigung des Festes wird sie die Dienerschaft beschenken. Aber aus Wohlerzogenheit tat er, als wüßte er es nicht.

»Geh weg, Dummkopf!« flüsterte Ying hörbar, während ihre Augen vor Stolz glänzten. Er entfernte sich hochbefriedigt.

Und nun mußte Herr Wu sich erheben, um sein Versprechen zu erfüllen. Er trat an jeden Tisch und bat die Gäste, der Süßspeise kräftig zuzusprechen. Gedankenvoll folgte ihm Madame Wu mit den Augen. War es Einbildung, daß er einen Augenblick bei Madame Kangs Tisch verweilte, wo neben ihrer Mutter die hübsche drittälteste Tochter saß?

»Pudding, Pudding!« jammerte die alte Dame, und Madame Wu streckte den schlanken Arm aus, nahm, den Ärmel zurückschiebend, einen Porzellanlöffel und schöpfte eine reichliche Portion in die Schüssel der alten Dame.

»Löffel – wo ist mein Löffel?« brummte die alte Dame, und Madame Wu steckte ihr einen Löffel in die runzlige Hand.

Dann fuhr sie fort, Herrn Wu nachdenklich zu beobachten, während alle am Tische schwiegen, dem Genuß der Speise hingegeben. Zweifellos zögerte Herr Wu bei Madame Kangs hübscher Tochter. Das Mädchen war modern, allzu modern, denn ihr Haar war an den Schultern abgeschnitten und nach ausländischer Mode gewellt. Sie war ein Jahr lang in Schanghai zur Schule gegangen, bevor die Stadt vom Feind eingenommen wurde. Nun machte sie ihre Eltern oft unglücklich, weil sie mit dem Leben in der kleinen Provinzstadt unzufrieden war.

Madame Wu beobachtete sie, wie sie den Kopf hob und auf eine Bemerkung des Herrn Wu eine kecke Antwort gab. Herr Wu lachte und ging weiter, während Madame Wu ihren Löffel ergriff und ein Stückchen von der klebrigen Süßigkeit aufnahm. Als Herr Wu zurückkam, sah sie ihn mit ihren langen, klaren Augen an.

»Ich danke dir, Vater meines Sohnes«, sagte sie, und ihre Stimme war die gewohnte Musik.

Das Fest nahm seinen langen vergnüglichen Verlauf. Auf die

Süßspeise folgten Fleischgerichte und dann, als Letztes, die sechs Schüsseln. Statt des Reises hatte der Koch lange, dünne Nudeln gemacht, weil es ein Geburtstagsfest war und die langen Nudeln ein Symbol für langes Leben sind.
Einer nach dem andern erhoben sich die Gäste mit den Weinschalen in der Hand und brachten Trinksprüche aus. Madame Wu beantwortete sie nicht. Sie war eine stille Frau; sie schaute zu Herrn Wu hin, der sich an ihrer Statt erhob und alle die Glückwünsche in Empfang nahm. Nur Madame Kang hob schweigend, den Blick der Freundin erhaschend, ihre Schale, Madame Wu hob ebenso schweigend die ihre, und die beiden tranken einander in geheimem Einverständnis zu.
Nunmehr war die alte Dame vollkommen gesättigt; sie lehnte sich gegen die hohe Lehne ihres Stuhles und ließ den Blick über die Familie wandern. »Liangmo sieht krank aus«, erklärte sie.
Alle schauten zu Liangmo hin, dessen Lächeln wirklich etwas Kränkliches hatte. »Ich bin nicht krank, Großmutter«, beeilte er sich zu versichern.
Meng starrte ihn mit besorgten Augen an. »Du *siehst* merkwürdig aus«, sagte sie halblaut. »Schon den ganzen Vormittag hast du merkwürdig ausgesehen.«
Daraufhin sahen ihn die Brüder und die Frauen seiner Brüder alle an, und er schüttelte den Kopf. Madame Wu sagte kein Wort. Sie verstand recht gut, daß Liangmo sich noch immer nicht mit dem abfinden konnte, was sie ihm heute früh gesagt hatte. Jetzt sah er sie mit bittenden Augen an, aber sie lächelte bloß ein wenig und wandte den Blick ab.
Dabei begegnete sie den schlauen, allzu intelligenten Augen ihrer zweiten Schwiegertochter. Rulan, Tsemos Frau, hatte während des ganzen Festes kein Wort gesprochen, aber sie bedurfte keiner Worte, um alles zu begreifen, was um sie herum vorging. Madame Wu merkte, daß sie nicht nur des Sohnes Bitte, sondern auch die Antwort der Mutter aufgefangen hatte. Tsemo selbst achtete auf diese Vorgänge nicht. Er war ein ungeduldiger junger Mann, hatte seinen Stuhl zurückgerückt und trommelte ruhelos mit dem Fuß gegen den Boden. Ihm hatte das Geburtstagsfest schon zu lange gedauert.

Die alte Dame erhob sich schwankend. »Ich gehe zu Bett«, sagte sie. »Ich muß mich auf die Übelkeit vorbereiten.«
Madame Wu stand auf. »Geh, Mutter«, sagte sie. »Wir bleiben noch mit unseren Gästen im anderen Zimmer.«
Sie wartete, bis zwei Dienerinnen die alte Dame hinausgeführt hatten; alle Gäste hatten sich erhoben. Dann sah sie zu Herrn Wu hinüber.
»Bitte, führe deine Gäste in die Haupthalle«, befahl sie sanft. »Die Damen werden in meinen Salon kommen.« Dabei ging sie hinaus, die Frauen folgten ihr, während die Männer in getrennter Kolonne Herrn Wu folgten. Die Kinder wurden in die Höfe gebracht und dort, während sie schliefen, von ihren Kindermädchen behütet.
Das Fest war vorüber. In ihrem Salon präsidierte Madame Wu der Damengesellschaft mit taktvoller Würde. Sie sprach wenig, was aber nicht auffiel, da sie ja aus Gewohnheit ein schweigsamer Mensch war. Nur wenn irgendeine Entscheidung zu treffen war, wandte man sich instinktiv an sie, weil man wußte, daß in diesem Hause alle Entscheidungen von ihr getroffen wurden. Dann gab sie, was immer sie entschieden hatte, mit ein paar einfachen, klaren Worten bekannt, und ihre Stimme war immer lieb und weich und angenehm wie ein über Steine gleitendes Wasser.
Das Gespräch um sie her kam ins Stocken und floß wieder weiter. Zur Unterhaltung war eine kleine Schauspielertruppe engagiert worden, die ihre Kunststücke vorführte. Die Kinder sahen mit Vergnügen zu, und die Älteren folgten der Darbietung, wobei sie plauderten und heißen Tee schlürften, Tee von den feinsten, vor dem Sommerregen gepflückten Blättern. In Gegenwart der jüngeren Frauen war ein Gespräch zwischen den älteren unmöglich, und Madame Kang schlummerte ein bißchen. Einmal sagte Madame Wu zu Ying: »Geh und sieh nach, ob unsere alte Dame unwohl ist.«
Ying ging und kam lachend zurück. »Es war ihr übel, und sie hat alles erbrochen«, berichtete sie. »Aber sie sagt noch immer, es habe sich gelohnt.«
Alles lachte, und über dem Lachen erwachte Madame Kang. »Es ist Zeit, daß wir nach Hause gehen«, sagte sie zu Madame Wu. »Wir dürfen dich nicht ermüden, Schwester, denn du mußt hundert Jahre leben.«

Madame Wu lächelte, und als die Gäste einer nach dem anderen zu ihr kamen, um sich zu verabschieden, stand sie auf. Päckchen mit Süßigkeiten, Geschenke und Geld hatten die Gäste für die Dienerschaft bereitgelegt; Ying brachte alles auf einem Tablett herein und die Diener kamen ins Zimmer, um die Gaben in Empfang zu nehmen. Sie verbeugten sich, die Hände höflich über der Brust gekreuzt, vor Madame Wu, die jedem einzelnen freundlich antwortete und ihm seine Geschenke einhändigte. Die gesamte Dienerschaft hatte in der Küche das Fest mitgefeiert.

Dann war sie endlich wieder allein und gestattete sich, einen Augenblick müde zu sein. Kleine Muskeln, die ihre Knochen anmutig aufrecht hielten, erschlafften an Hals, Brust und Hüfte, und für eine kurze Weile sah sie aus wie eine welke Blume – fast so alt, wie sie wirklich war. Dann straffte sie die schmalen Schultern. Es war noch zu früh, um müde zu sein. Der Tag war noch nicht zu Ende.

Eine Stunde später, nachdem sie sich ausgeruht hatte, stand sie auf und ging siebenmal im Zimmer auf und ab. Dann trat sie ans Fenster und stützte sich auf das niedrige Sims. Das Fenster war hoch und breit, und die Gitter waren zurückgeschlagen. Draußen lag der Garten, in dem sie diesen Morgen mit Madame Kang und dann mit Liangmo gesessen hatte. Sie erinnerte sich, wie die beiden sich über ihr Vorhaben entsetzt hatten, und unbewußt lächelte sie ihr hübsches Lächeln, das weder traurig noch froh war. In diesem Augenblick tauchte Ying am »Tor des vollen Mondes« auf und erhaschte das Lächeln. »Gnädige Frau, Sie sehen dort im Mondschein aus wie ein junges Mädchen!« rief sie aus.

Madame Wus Lächeln änderte sich nicht, aber sie wandte sich um und ließ sich am Toilettentisch nieder. Ying kam herein und zog ihr die Kleider aus, bis auf die feine weiße Seide der Unterkleider. Dann löste sie Madame Wus langes Haar auf und begann es mit dem feingezähnten Sandelholzkamm in kräftigen Strichen zu kämmen. Im Spiegel sah sie das stille Gesicht und merkte, wie groß und schwarz die Augen heute abend aussahen.

»Sind Sie müde, gnädige Frau?« fragte Ying.

»Keineswegs«, erwiderte Madame Wu.

»Sie hatten einen langen Tag«, fuhr Ying fort. »Und nun, gnädige Frau, sind Sie Vierzig und fangen ein anderes Leben an. Ich glaube, Sie sollten nicht mehr so viel arbeiten. Sie sollten die Leitung des Hauses und der Geschäfte Ihrem ältesten Sohn übergeben; Sie sollten die Führung der Küche der Frau Ihres Sohnes überlassen, und auch die Aufsicht über das Personal könnte die Frau Ihres zweiten Sohnes besorgen. Jetzt sollten Sie im Garten sitzen und lesen und Ihre Blumen ansehen und daran denken, wie gut Ihr Leben unter diesem Dache ist und wie die Frauen Ihrer Söhne Söhne zur Welt bringen.«

»Vielleicht hast du recht«, antwortete Madame Wu. »Daran habe ich selbst schon gedacht. Ying, ich werde den Vater meiner Söhne bitten, sich eine kleine Frau zu nehmen.«

Sie sagte das so ruhig, daß sie einen Augenblick lang überzeugt war, nicht verstanden worden zu sein. Dann spürte sie, wie der Kamm in ihrem Haar steckenblieb, sie fühlte, wie Yings Hand, die ihr Haar zusammenhielt, es im Nacken fester umspannte.

»Du brauchst nicht zu sprechen«, sagte Madame Wu. Der Kamm kam wieder in – allzurasche – Bewegung. »Du reißt an meinen Haaren«, sagte Madame Wu.

Ying warf den Kamm zu Boden. »Ich will keiner anderen Dame dienen außer Ihnen!« stieß sie hervor.

»Das wird von dir nicht verlangt«, antwortete Madame Wu.

Ying aber kniete neben Madame Wu auf dem Ziegelboden nieder und wischte sich mit dem Zipfel der neuen Satinjacke, die sie aus Anlaß des Tages angezogen hatte, schluchzend die Augen. »Oh, meine Herrin!« stöhnte sie. »Zwingt er Sie dazu, mein Augenstern? Hat er all Ihre Güte und Schönheit vergessen? Sagen Sie mir bloß eines.«

»Es ist mein eigener Wille«, sagte Madame Wu mit Entschiedenheit. »Ich erzähle es zuerst dir, Ying, damit ich dir sagen kann, wie sich die Dienerschaft benehmen soll. Ihr sollt miteinander nicht laut darüber sprechen und nicht diesen oder jenen tadeln. Wenn die junge Frau kommt.«

»Wer ist es?« fragte Ying.

»Ich weiß es noch nicht«, sagte Madame Wu.

»Wann kommt sie?« unterbrach Ying wiederum.

»Ich habe mich noch nicht entschieden«, sagte Madame Wu.

»Aber wenn sie kommt, so muß sie im Hause mit Ehren aufgenommen werden – etwas weniger geehrt als ich, etwas mehr als die Frauen meiner Söhne. Sie wird keine Schauspielerin, keine Sängerin oder dergleichen sein, sondern eine gute Frau. Alles muß ordnungsmäßig geschehen. Vor allem darf kein Wort gegen den Vater meines Sohnes oder gegen die junge Frau gesagt werden, denn *ich* bin es, die sie einladen wird zu kommen.«
Das konnte Ying nicht ertragen. »Gnädige Frau, wir sind jetzt schon so viele Jahre beisammen – ist es mir erlaubt zu fragen, *warum?*«
»Du kannst fragen, aber ich werde es dir nicht sagen«, erwiderte Madame Wu ruhig.
Schweigend beendete Ying ihre Arbeit – das Kämmen, Parfümieren und Flechten des Haares. Sie drehte es zu einem Knoten, denn Madame Wu sollte baden; dann überwachte sie das Eingießen des Wassers im Badezimmer. Dort stand ein tiefes, rundes Becken aus grünglasiertem Porzellan, zwei Wasserträger brachten durch eine äußere Tür heißes und kaltes Wasser in großen hölzernen Eimern, gossen es in das Becken und gingen wieder. Ying prüfte mit der Hand, träufelte aus einer Flasche etwas Parfüm hinein und ging dann mit frischer Seife und seidenen Handtüchern ins andere Zimmer.
Madame Wu legte ihr letztes Kleidungsstück ab und ging, schlank wie ein junges Mädchen, völlig nackt durch das Zimmer und ins Badezimmer. Sie ergriff Ying bei der Hand, stieg in das Becken und blieb mit gekreuzten Beinen im Wasser sitzen, während Ying sie so behutsam wusch, als wäre sie ein Kind. Das Wasser war klar, und Madame Wus zarte Haut leuchtete elfenbeinweiß gegen das tiefe Grün des Porzellans. Das Wasser reichte ihr bis über die Schultern hinauf, und während sie so dasaß, dachte sie über ihre eigene Klugheit nach. Ihr Körper war heute so schön wie nur je. Herr Wu hatte nicht gestattet, daß sie ihre Kinder stillte, und ihre kleinen Brüste sahen aus wie Lotosknospen unter Wasser.
Als sie herausstieg, hüllte Ying sie in das seidene Tuch, trocknete ihr die Haut, zog ihr ein frisches seidenes Nachtgewand an und pflegte ihr die Nägel an Händen und Füßen. Dann, als dies alles beendet war, öffnete sie die Tür des Schlafzim-

mers. Es war noch leer, denn Herr Wu kam niemals herein, bevor Ying gegangen war. Selbstverständlich kam es vor, daß er nachts überhaupt nicht erschien, aber das ereignete sich selten. Madame Wu stieg auf den langen Schemel zu seiten des Bettes und von diesem in das hohe, von einem seidenen Himmel überdachte Lager.

»Soll ich nicht die Bettvorhänge zuziehen?« fragte Ying. »Der Mondschein ist zu hell.«

»Nein«, sagte Madame Wu, »ich will den Mondschein sehen.«

Die Vorhänge blieben also hinter den großen Silberhaken hängen, Ying sah nach, ob die Teekanne da war und die kleine silberne Pfeife, aus der Madame Wu bisweilen rauchte, wenn sie nachts nicht schlafen konnte, und überzeugte sich, daß neben der Kerze Zündhölzer lagen.

»Bis morgen«, sagte Madame Wu.

»Bis morgen, gnädige Frau«, erwiderte Ying und entfernte sich.

Madame Wu lag ganz still und ausgestreckt unter dem seidenen Laken und der weichen, seidengefütterten Sommerdecke. Weder wartete, noch erwartete sie etwas. Kam er heut nacht nicht, dann wird sie bald einschlafen und es ihm ein andermal sagen. Die Zeiten sind gewählt und bestimmt. Wenn man sie erzwingt, sind es falsche Zeiten.

In diesem Augenblick hörte sie auf dem Hof den festen Schritt Herrn Wus. Er ging durch den Vorraum in ihren Salon. Dann öffnete sich die Tür, und er stand da in seinem Schlafzimmer. Er hatte Wein getrunken. Ihre empfindlichen Nüstern spürten den Geruch heißen Weines – der Alkohol drang ihm durch Atem und Haut. Aber sie war nicht beunruhigt, denn er trank niemals übermäßig, und heute abend hatte er wohl mit Freunden getrunken. Was war natürlicher am Ende eines Festes als ein solches Trinken? Er hielt die Pfeife in der Hand und war im Begriff, sie auf den Tisch zu legen. Dann hielt er einen Augenblick inne und blieb mit der Pfeife in der Hand stehen.

»Bist du müde?« fragte er unvermittelt.

»Durchaus nicht«, antwortete sie ruhig.

Er legte die Pfeife hin, löste die Vorhänge von den Haken und begab sich hinter ihnen zu Bett.

Nach vierundzwanzig Jahren hatte das Leben der beiden selbstverständlich etwas Gewohnheitsmäßiges. Sie hätte gerne etwas Abwechslung gesehen, da es doch die letzte Nacht war, die er mit ihr verbringen sollte. Aber sie hatte über eine solche Abwechslung nachgedacht und sich dagegen entschieden. Es würde ihr nur schwerer fallen, ihn von der Weisheit ihres Entschlusses zu überzeugen – soferne es überhaupt notwendig war, ihn zu überzeugen. Sie hatte versucht, sich auf die Möglichkeit vorzubereiten, daß ihm dieser Entschluß sogar angenehm sein könnte. Das würde die Sache erleichtern. Vielleicht aber war er ihm nicht angenehm. Und es bestand auch die Möglichkeit, daß er sich endgültig weigerte, ihren Entschluß zu akzeptieren. Aber sie glaubte nicht, daß er sich weigern würde, sicherlich nicht bis zuletzt.
Deshalb bemühte sie sich um ein wohl abgewogenes Mittelmaß. Das heißt, sie war weder kalt noch glühend. Sie war freundlich, sie war zärtlich. Sie sah zu, daß es an nichts fehlte, aber daß es auch kein Zuviel gab. Erfüllung und nicht Übermaß war ihr Wesenszug in allem und jedem.
Es verwirrte sie jedoch einigermaßen, daß er selbst nicht ganz so war wie gewöhnlich. Er schien beunruhigt und ein wenig zerstreut.
»Du warst heute schöner als je«, sagte er leise. »Alle haben es gesagt.«
Sie lächelte zu seinen Augen empor, die über den ihren waren, während sie auf dem Kissen lag. Es war ihr gewohntes hübsches Lächeln, aber im schwachen Licht der einzigen Kerze auf dem Tischchen neben dem Bett sah sie, wie seine dunklen Augen flackerten und brannten, mit einem Feuer, das so heftig war, wie sie es seit langem nicht gesehen hatte. Sie schloß die Augen, und ihr Herz begann zu pochen. Wird sie ihren Entschluß bereuen? Weich wie eine gepflückte Blüte lag sie die nächsten zwei Stunden da, sich oft und oft dieselbe Frage stellend. Wird sie es bereuen? Wird sie es nicht bereuen?
Als die zwei Stunden vergangen waren, wußte sie: sie wird es nicht bereuen. Als er eingeschlafen war, stand sie auf, ging leise in ihr Badezimmer und badete nochmals in kühlem Wasser. Sie kehrte nicht in das Bett zurück, wo er, Arme und Beine von sich gestreckt, in tiefen Zügen atmend, schlafend

dalag. Sie griff zu ihrer eigenen kleinen Pfeife, füllte den winzigen Kopf mit süßem Tabak und zündete sie an. Dann trat sie ans Fenster und blieb dort stehen, den Blick zum Himmel emporgerichtet. Der Mond war im Untergehen. In fünf Minuten wird er hinter der langgestreckten Silhouette der Dächer dieses alten Hauses hinabgesunken sein. Friede erfüllte ihr Wesen. Niemals wieder wird sie in diesem Zimmer schlafen, solange sie lebte. Sie hatte ihren Platz schon gewählt. Neben dem Hof der alten Dame lag der leere Hof, in dem einst Herrn Wus Vater gewohnt hatte. Diesen wird sie sich nehmen, unter dem Vorwand, daß sie dort bei Nacht wie bei Tag auf die alte Dame aufpassen könnte. Es war ein schöner Hof, genau im Mittelpunkt des großen Gebäudes. Dort wird sie leben, allein und in Frieden, das einsame Herz in all dem Leben, das um sie herum vorgeht.
Plötzlich hörte sie, wie Herr Wu in dem breiten Bett gähnte und erwachte. »Ich sollte in meine Zimmer zurückgehen«, sagte er. »Du hast heute einen langen Tag gehabt und solltest schlafen.«
Sooft er dies sagte – und er sagte es immer, da er sowohl in der Liebe wie in Geschäften ein höflicher Mann war –, antwortete sie stets: »Ich bitte dich, bleib liegen. Ich schlafe sehr gut.«
Aber heute abend sagte sie es nicht. Ohne den Kopf zu wenden, erwiderte sie: »Ich danke dir, Vater meiner Söhne. Vielleicht hast du recht.«
Darüber war er so erstaunt, daß er aus dem Bette kletterte und auf dem Fußboden nach seinen Pantoffeln tastete. Aber er fand sie nicht, und da kam sie rasch herbei, kniete nieder, fand die Pantoffeln und zog sie ihm, immer noch kniend, über die Füße. Und er lehnte wie ein großes Kind plötzlich den Kopf an ihre Schulter und schlang die Arme um ihren Körper.
»Du duftest lieblicher als eine Jasminblüte«, flüsterte er.
Sie lachte leise in seiner Umarmung. »Bist du noch betrunken?«
»Betrunken«, murmelte er, »betrunken – betrunken!«
Er zog sie wieder an sich, und sie wurde unruhig. »Bitte«, sagte sie, »kann ich dir beim Aufstehen helfen?« Sie erhob sich, stark wie Stahl mit einem Male, und zog ihn mit sich empor.

»Habe ich dich gekränkt?« fragte er. Jetzt war er hellwach. Sie sah, daß seine dunklen Augen klar waren.
»Nein«, sagte sie. »Wie kannst du mich nach vierundzwanzig Jahren kränken? Aber – ich bin am Ende.«
»Am Ende?« wiederholte er.
»Ich bin heute vierzig Jahre alt geworden«, sagte sie. Plötzlich wußte sie, daß dies der Augenblick war, jetzt, mitten in der Nacht, während ringsumher das ganze Haus in tiefem Schlummer lag. Sie entfernte sich von ihm, der da auf dem Bett saß, und zündete mit der einzigen brennenden Kerze die anderen Kerzen an. Eine nach der anderen flammte auf, und der Raum füllte sich mit Licht. Sie setzte sich an den Tisch, und er saß auf dem Bett und starrte sie an.
»Ich habe mich viele Jahre lang auf diesen Tag vorbereitet«, sagte sie. Sie faltete die Hände auf den Knien. In ihrem weißseidenen Gewand, die Hände auf den Knien, sammelte sie alle Kräfte ihres Wesens.
Er beugte sich vor, die Hände zwischen den Knien verschränkt, und wandte den Blick nicht von seiner Frau.
»Ich bin dir eine gute Frau gewesen«, sagte sie.
»War ich nicht auch dir ein guter Mann?« fragte er.
»Gewiß, immer«, erwiderte sie. »Mann und Frau können nicht besser miteinander leben als wir. Aber nun ist die Hälfte meines Lebens vorüber.«
»Erst die Hälfte«, sagte er.
»Aber die Hälfte deines Lebens ist noch weit entfernt«, fuhr sie fort. »Diesen Unterschied zwischen Männern und Frauen hat der Himmel gemacht.«
Er hörte zu, wie er allem zuhörte, was sie sprach, als wüßte er, daß ihre Worte stets über das bloß Gesprochene und vielleicht auch über sein Begriffsvermögen hinaus einen gewichtigen Sinn enthielten.
»Du bist noch ein junger Mann«, setzte sie fort. »Dein Feuer brennt noch und ist stark. Du solltest noch mehr Söhne bekommen. Ich aber habe mich erschöpft.«
»Ich brauche keine andere Frau.« Seine Stimme klang rauh. »Ich habe jene andere Frau niemals angesehen. Du warst schöner als jede andere Frau, die ich je gesehen habe, und du bist noch heute schöner als jede andere.«
Er stockte; sein Blick senkte sich von ihrem Gesicht zu ihren

Händen hinab. »Ich habe heute dieses junge Mädchen gesehen – und als ich sie sah, dachte ich, um wieviel schöner du bist als sie!«
Sie wußte sofort, welches Mädchen er meinte. »Oh, Linyi ist hübsch«, stimmte sie zu. Innerlich erneuerte sie ihren Entschluß. Sollte erst einmal die Sprache darauf kommen, *wer* ihm die zweite Frau auszusuchen habe, dann wird *sie* die Wahl treffen. Es wäre schlecht für das Haus, wenn die Generationen durcheinanderkämen, und Liangmo war schon mit Meng verheiratet, Linyis Schwester, und beide waren Töchter ihrer besten Freundin.
Er schürzte die vollen, weichen Lippen. »Nein«, sagte er. »Ich bin mit deinem Plan nicht einverstanden. Was würden meine Freunde sagen? Ich war nie ein Mann, der Frauen nachläuft.«
Sie lachte leise, und dabei überraschte es sie, daß sie in der Brust einen kleinen Stich verspürte – wie von der Spitze eines Dolches, der nicht durch die Haut dringt. Wenn er erst anfängt daran zu denken, wie seine Freunde es auffassen werden, dann werde ich ihn bald überredet haben – schneller als ich dachte.
»Es steht einer Frau über vierzig schlecht an, ein Kind zu bekommen«, sagte sie. »Auch das würden deine Freunde dir zum Vorwurf machen.«
»Mußt du denn ein Kind bekommen?« wandte er ein.
»Es könnte immerhin geschehen«, erwiderte sie. »Ich möchte gerne von der Furcht befreit sein, dich in Verlegenheit zu bringen.«
Er sprach von Freunden und sie von Scham. Noch waren sie nicht übereingekommen. Sie mußte in seinem Herzen wühlen und ihre Wurzeln herausreißen, es wäre denn, sie säßen zu tief.
Er sah sie an. »Hast du ganz aufgehört mich zu lieben?« fragte er.
Sie neigte sich ihm zu. Jetzt ging es von Herz zu Herz. »Ich liebe dich wie immer«, sagte sie mit ihrer schönen Stimme. »Ich will nichts außer deinem Glück.«
»Wie kann das mein Glück sein?« fragte er traurig.
»Du weißt, daß ich immer dein Glück in meinen Händen gehalten habe«, antwortete sie. Dabei erhob sie beide Hände,

als ob sie in ihnen ein Herz hielte. »So habe ich es gehalten, seit dem Augenblick, da ich an unserem Hochzeitstag zum erstenmal dein Gesicht sah. So werde ich es halten bis zu meinem Tode.«
Sie merkte, wie sie allmählich Macht über ihn gewann. Er saß regungslos da, den Blick auf ihre Hände gerichtet. »Vertraue mir«, flüsterte sie, die Hände noch immer wie einen Kelch emporgehoben.
»Ich habe dir immer vertraut«, sagte er.
Sie ließ die Hände sinken.
Eigensinnig fuhr er fort: »Ich verspreche nichts, ich kann nicht, so plötzlich –.«
»Du brauchst nichts zu versprechen«, sagte sie. »Ich werde dich nicht zweingen, selbst wenn ich es könnte. War es jemals meine Art, Zwang auszuüben? Nein, wir sprechen jetzt nicht mehr weiter darüber. Geh in dein Bett, ich will dich zudecken. Die Nacht wird kühl, denn die Morgendämmerung ist nahe. Du mußt schlafen und darfst nicht zeitig aufwachen.«
Mit einem sanften Druck gegen Schultern, Arme und Hände geleitete sie ihn. Er gehorchte unwillig, aber er gehorchte.
»Wo wirst du schlafen?« wollte er wissen.
»Ach, mein Bett steht bereit«, sagte sie halb im Scherz. »Wir sehen uns morgen. Im Hause wird sich nichts ändern. Wir werden Freunde bleiben, das verspreche ich dir, weder Furcht noch Scham sollen uns trennen –.«
Er ließ sie gehen, eingeschläfert von ihrer schönen, verheißenden Stimme. Sie verstand es immer, ihn einzuschläfern. Er glaubte nie ganz an das, was sie im Sinne hatte.
Und als er eingeschlafen war, ging sie weg und wanderte langsam und einsam durch die Höfe zu jenem Hof, der neben der alten Dame lag. In ihrem Auftrage war er all die Jahre hindurch seit dem Tode des alten Herrn sauber und bewohnbar gehalten worden, und erst vor wenigen Tagen hatte sie dafür gesorgt, daß die Matratzen mit frischem Bettzeug versehen wurden. Nun kroch sie in dieses neue Bettzeug. Es fühlte sich kalt und allzu frisch an, einen Augenblick zitterte sie vor Frost und einer seltsamen, tödlichen Müdigkeit. Dann fiel sie, als hätte eine Art Tod sie aufgenommen, in einen traumlosen Schlaf.

II

Allein erst der Morgen setzt sein Siegel unter die Ereignisse der Nacht. Richtig oder falsch – das wird erst im Licht der Sonne klar. Madame Wu erwachte an diesem Tag nach ihrem vierzigsten Geburtstag mit einem neuen, leichten Gefühl. Ihr Blick fiel auf das bekannte, aber ungewohnte Zimmer. Dieses Zimmer unterschied sich beträchtlich von jenem, in dem sie jahrelang geschlafen hatte. Jener Raum war für eine junge Frau ausgeschmückt worden, für eine Frau, die im Begriff stand, einen Mann zu heiraten, und die ihm Kinder gebären sollte. Das Zimmer, das sie in der vergangenen Nacht verlassen hatte, war unverändert seit dem Tage, da die alte Dame sie als Braut ihres einzigen Sohnes hineingeschickt hatte. Die alte Dame hatte so starke Satinstoffe und so farbbeständige Seiden für den gestickten Betthimmel gekauft, daß nach vierundzwanzig Jahren kein Anlaß bestand, einen neuen anzuschaffen. Der einzige Gegenstand, den Madame Wu in das Zimmer mitgebracht hatte, war das Bild mit der bergaufwärtsstrebenden Gestalt. Dieses Bild fehlte ihr jetzt. Heute muß sie es nebst ihren Kleidern und Toiletteartikeln herüberschaffen lassen. Im übrigen wird ihr altes Zimmer für eine junge Konkubine sehr geeignet sein.

Madame Wu lag allein in ihrem neuen Bett. Es war sogar breiter als das, welches sie verlassen hatte, und während sie darin lag, prüfte sie kritisch ihr Herz. Litt sie unter dem Gedanken, daß eine andere unter den rosenroten Satindekken ihres Hochzeitsbettes liegen wird? Sie fühlte etwas wie einen leisen, entfernten Schmerz, aber er war weder heftig noch persönlich.

Sie grübelte lange. Warum hat der Himmel das Leben der Frauen nicht doppelt so lang gemacht wie das der Männer, damit ihre Schönheit und Fruchtbarkeit so lange dauerte, wie der Mann lebt, und erst mit dem nächsten Geschlecht verginge? Warum soll das Bedürfnis des Mannes, seinen Samen einzupflanzen, allzu lange andauern, als daß es sich in einer einzigen Frau erfüllen könnte?

Daher müssen Frauen, dachte sie, einsamer sein als Männer. Einen Teil ihres Lebens müssen sie allein verbringen – so hat der Himmel sie geschaffen...

Nach dieser Überlegung war der ferne, große Schmerz in ihr vergangen, und sie fühlte sich erlöst und ruhig. Ja, sie fühlte ihr ganzes Wesen wiederhergestellt, fühlte sich fast wieder so, wie sie als Mädchen gewesen. Wie seltsam und wie angenehm wird es sein, sich abends niederzulegen und zu wissen, daß man bis zum Morgen schlafen darf, oder daß man, wenn man wach ist, wach sein kann, ohne befürchten zu müssen, daß man einen anderen weckt! Ihr Körper war ihr wiedergegeben. Sie schob den Ärmel hinauf und betrachtete ihr Fleisch – es war fest und gesund wie immer.

Wer wird diese junge Frau sein? Madame Wu hatte viel über sie nachgedacht. Jetzt begann sie wieder über sie nachzudenken. Selbstverständlich muß sie ganz anders sein als sie selbst. Jung muß sie sein, aber nicht jünger als die Schwiegertöchter, denn das würde Verwirrung im Hause hervorrufen. Das richtige Alter wäre Zweiundzwanzig. Sie darf nicht allzu gebildet sein – Madame Wu besaß selbst einiges Wissen. Sie darf nicht modern sein, denn eine moderne Frau würde sich mit der Rolle einer Nebenfrau nicht zufriedengeben, würde Madame Wu bald beiseiteschieben und Herrn Wus ganze Zeit und sein ganzes Herz verlangen, und das wäre beschämend vor den Söhnen im Hause. Ein älterer Mann mag in Ehren eine Konkubine nehmen, darf sich aber nicht von ihr beherrschen lassen. Hübsch muß sie selbstverständlich sein, doch nicht so hübsch, daß sie den jungen Männern – oder gar Herrn Wu selbst – den Kopf verdreht. Angenehm hübsch – das würde genügen. Und da Madame Wus Schönheit von der einen Art war, sollte die der jungen Frau von einer anderen Art sein. Nämlich: sie sollte rundlich und rosig sein, und es würde keine Rolle spielen, wenn sie etwas derbknochig wäre.

Das alles, so überlegte Madame Wu, wies auf eine junge Person vom Lande hin. Kinder müssen natürlich kommen, denn ohne Kinder ist keine Frau zufrieden, und wo keine Kinder sind, dort wird die Frau mürrisch, beschäftigt sich mit sich selbst und quält den Mann mit Forderungen. Nein, Herrn Wus Glück darf nicht durch seine Nebenfrau beeinträchtigt werden. Und ein bißchen dumm muß sie sein, überlegte Madame Wu, damit sie mit allem, was er ihr gibt, zufrieden ist

und sich nicht den Kopf zerbricht, wie es zwischen ihm und mir steht.
Nun stand allmählich das Bild dieser jungen Frau klar vor ihrem inneren Auge. Sie sah eine gesunde, ein wenig dumme, hübsche junge Person vor sich, eine, die gutes Essen liebt, die vorher nicht in einem reichen Hause gelebt hat und daher mit ein wenig Angst in dieses Haus kommen wird, eine, die nicht eigensinnig oder stolz ist und nicht ihre Angst durch Temperamentsausbrüche und Lärm zu überwinden versuchen wird.
Sie beschloß, gleich nach dem Aufstehen und nach Erledigung der Tagespflichten nach der alten Frau zu schicken, die die Vermittlerin für Meng gewesen war. Denn Madame Wu hatte sich auch bei ihrer Freundin einer Vermittlerin bedient, damit Madame Kang in ihrer Gutmütigkeit nicht zu wenig verlange und damit nicht späterhin die Ehe darunter leide, daß es ungerecht zugegangen sei. Diese alte Lui Ma muß hergerufen werden, dachte Madame Wu, und ich werde ihr klipp und klar erzählen, was gebraucht wird.
Dann ließ sie ihre Gedanken in den Räumen umherwandern, in denen sie den Rest ihres Lebens zubringen sollte. Sie wird wenige Veränderungen vornehmen. Den alten Mann – ihren Schwiegervater – hatte sie immer sehr gern gehabt. Er setzte sich über die Konvention hinweg, die einem alten Manne verbietet, mit der Frau seines Sohnes zu sprechen. Oft schickte er sogar nach ihr, um ihr etwas aus den alten Büchern seiner Bibliothek vorzulesen. Sie hatte sich angewöhnt, noch zu seinen Lebzeiten in die Bibliothek zu kommen und in den Büchern zu lesen.
Es machte ihr Vergnügen, zu denken, daß die Bibliothek mit ihren vielen Büchern jetzt ihr gehörte. In den mittleren Jahren ihres Lebens hatte sie keine Zeit gehabt, viel in die Bücher hineinzuschauen. Herrn Wu machte das Lesen kein Vergnügen, und daher sah er auch sie nicht gern mit einem Buch in der Hand. Heute, nachdem sie jahrelang Leib und Seele anderen gegeben, fühlte sie das Bedürfnis, tief aus den alten Quellen zu trinken.
Immer mehr wurden diese Räume zu ihrem eigenen Besitz. Der alte Herr war schon so lange tot, daß er aufgehört hatte, für sie als Fleisch und Blut zu existieren. Deshalb wünschte

sie in diesen Räumen nichts geändert zu sehen – da sie keine körperlichen Einflüsse fühlte. Die Bettvorhänge waren aus dünner, dunkelblauer gestickter Seide. Die weißgetünchten Wände waren gelblich vom Alter. Die Dachbalken waren nicht verkleidet. Türen und Fenster, Tische und Stühle waren schwer und glatt und aus einfachem, poliertem Holz, dunkel von Ningpo-Firnis, jener öligen Beize, die in einem Haus durch Generationen dauert. Einer der drei Räume war das Schlafzimmer, und der dritte war das langgestreckte Wohnzimmer, das auf einen Hof hinausging. Nur im Hof wird sie vielleicht eine kleine Änderung treffen. Die Bäume waren zusammengewachsen und ließen nicht genug Sonne durch, und die Steine darunter waren schlüpfrig vom Moos.
Jemand klopfte an der Tür. »Herein!« rief sie.
Es war Ying, die eintrat und erschreckt aussah. »Ich wußte nicht, wo Sie sind«, stotterte sie. »Ich bin überall hingegangen. Ich ging in Ihr altes Zimmer und weckte den Herrn – er war ärgerlich über mich.«
»Du wirst mich nun jeden Morgen hier finden, bis ich sterbe«, sagte Madame Wu ruhig.

Im Laufe des Tages sickerte die Neuigkeit durch das ganze Haus. Der Sohn erzählte es der Frau, eine Frau erzählte es der anderen, Ying erzählte es dem Koch und der Oberkoch dem Unterkoch, und so gab es am Ende des Tages keine einzige Seele, die nicht wußte, daß Madame Wu in die Räume des alten Herrn übergesiedelt war. Durch die Dienerschaft gelangte die Nachricht zu den Ohren der Kammerfrau der alten Dame, und auf diesem Wege erfuhr es die alte Dame selbst, wollte es aber nicht glauben. Der alten Dame hatte Madame Wu absichtlich nichts gesagt. Sie wußte, sie würde es durch ihre Kammerfrau erfahren, und das war gut so, denn da würde sie ihren ersten Zorn an einer Dienerin auslassen. Nach diesem Zornesausbruch würde sie unentschlossen sein, ob sie zuerst mit ihrem Sohne oder mit seiner Frau zanken solle. Kam sie erst zu Madame Wu, so würde das bedeuten, daß sie ihr Vorwürfe machte; ging sie erst zu ihrem Sohn, so hieß das, daß sie ihn als den Schuldigen betrachte.

Gegen Mittag, als Madame Wu in dem Wohnzimmer, das nun das ihre war, die monatlichen Ausgaben zusammenrechnete, sah sie, wie die alte Dame von ihrem Mädchen über den Hof geführt wurde. Die Bäume waren schon gefällt und weggeschafft worden, die moosbewachsenen Steine gereinigt und gescheuert. Die alte Dame blieb stehen, um zu sehen, was hier geschehen war. Mit der einen Hand stützte sie sich auf den Arm des Mädchens, in der anderen hielt sie ihren langen Stock mit dem Drachenkopf. In den einst schattigen Hof ergoß sich die Sonne, und die Fische im Mittelteich hatten sich, vom Licht geblendet, in den Schlamm vergraben – das Wasser war leer. Darüber aber tanzten, vom neuen Sonnenschein betrunken, zwei blaue Libellen.
»Du hast den ›Stolz-von-China‹-Baum fällen lassen«, sagte die alte Dame vorwurfsvoll.
Madame Wu, die aufgestanden und an ihre Seite getreten war, lächelte. »Diese Bäume schießen so leicht hervor«, sagte sie, »und sie wachsen so schnell. Der da war gar nicht gepflanzt – er hat sich selbst zwischen zwei Steinplatten hervorgedrängt.«
Die alte Dame seufzte und ging weiter, auf die Tür zu. Als Madame Wu sie am Ellbogen nahm, schob sie sie fast verächtlich weg. »Rühr mich nicht an«, sagte sie mürrisch. »Ich bin sehr böse auf dich!«
Madame Wu antwortete nicht. Sie folgte der alten Dame ins Wohnzimmer. »Du hast mir nicht gesagt, daß du hierher übersiedelst«, sagte die alte Dame mit ihrer rauhen alten Stimme. »Mir erzählt man nichts in diesem Hause.« Während sie das sagte, setzte sie sich nieder.
»Ich hätte es dir sagen sollen«, gab Madame Wu zu. »Es war sehr unrecht von mir. Ich muß dich um Verzeihung bitten.«
Die alte Dame brummte. »Hast du mit meinem Sohn gestritten?« fragte sie streng.
»Keineswegs«, erwiderte Madame Wu. »Gestern wurde ich vierzig Jahre alt. Ich bin schon seit langem entschlossen, mich an diesem Tage von meinen ehelichen Pflichten zurückzuziehen und meinem Herrn eine junge Frau zu suchen. Er ist erst fünfundvierzig Jahre alt – hat noch viele Jahre vor sich.«
Die mageren Hände über dem Drachenkopf gekreuzt, saß die alte Dame und schaute nach der Frau ihres Sohnes.

»Liebt er eine andere?« fragte sie. »Wenn er sich in Blumenhäusern herumgetrieben hat, dann werde ich – werde ich –.«
»Nein, es ist keine andere Frau da«, entgegnete Madame Wu.
»Die Leute werden sagen, er habe Seitensprünge gemacht, und du hättest dich dafür gerächt«, sagte die alte Dame ernst. »Wer wird glauben, daß du dich aus freien Stücken zurückgezogen hast – es sei denn, du hast wirklich aufgehört ihn zu lieben?«
»Ich habe nicht aufgehört ihn zu lieben«, sagte Madame Wu.
Die alte Dame schnaubte. »Hoffentlich werden wir nicht alle darunter zu leiden haben«, sagte sie laut. »Hoffentlich kommt kein neuer Störenfried ins Haus!«
»Das soll meine Sorge sein«, sagte Madame Wu entgegenkommend. »Ich müßte es mir allein zum Vorwurf machen, wenn so etwas geschähe.«
»Wo ist dieses neue Frauenzimmer?« wollte die alte Dame wissen. Sie war noch immer gekränkt, spürte aber, wie gegen ihren Willen ihr Ärger verging. Gewiß wollte keine Frau nach ihrem vierzigsten Lebensjahr empfangen. Ihr selbst war dieses Mißgeschick widerfahren, aber zum Glück kam das Kind tot zur Welt.
»Geh, such dir eine Dirne!« hatte sie dem Unglücklichen gesagt. »Geh, such dir ein junges Mädchen, das immer bereit ist!«
Der alte Herr war durch derartige Bemerkungen tief verletzt und kam ihr nicht mehr in die Nähe. Aber er hatte sie seither auch nicht mehr so lieb. Sie hatte sich oft über seine Schweigsamkeit geärgert, denn er war sanft und schüchtern – allzu viele Bücher können einen Mann leicht dazu machen –, nachher aber sprach er fast überhaupt nicht mehr mit ihr.
Die alte Dame seufzte. »Wo ist das Frauenzimmer?« fragte sie nochmals –, sie hatte vergessen, daß sie schon einmal gefragt hatte.
»Ich habe sie noch nicht gefunden«, sagte Madame Wu.
Die Leibeigene hörte jedes Wort, während sie sich mit allerlei zu schaffen machte: einmal goß sie ihrer Herrin Tee ein,

dann wieder fächelte sie sie und dann rückte sie wieder einen Paravent zurecht, damit die Sonne der alten Dame nicht ins Gesicht scheine. Aber das hatte Madame Wu schon in Betracht gezogen und sich gesagt, es sei gut so: die ganze Dienerschaft sollte alles aus erster Quelle erfahren.

»Sie wird schwer zu finden sein«, sagte die alte Dame eigensinnig.

»Ich glaube nicht«, entgegnete Madame Wu. »Ich weiß genau, wie sie sein soll. Es handelt sich nur darum, keine andere zu nehmen.«

»Trotzdem«, fuhr die alte Dame fort, »habe ich noch immer das Gefühl, daß ich meinen Sohn zur Rechenschaft ziehen müßte.«

»Bitte, tu das nicht«, bat Madame Wu. »Ihm Vorwürfe zu machen, das hieße in ihm das Gefühl erwecken, als sei er irgendwie schuldig, und er trägt ja keine Schuld. Man darf ihn nicht zu Selbstvorwürfen drängen, bloß weil ich vierzig Jahre alt bin. Es wäre höchst ungerecht.«

Nun blieb offenbar nichts mehr zu sagen übrig. Die alte Dame erinnerte sich unaufhörlich an die ähnliche Lage, die ihr vor vielen Jahren so beschwerlich gewesen war. Sie würde sich sehr geärgert haben, wenn der Vater ihres Sohnes sich damals eine jüngere Frau genommen hätte –, obgleich sie ihm ins Gesicht geschrien hatte, er solle es tun. Diese Frau hier, die Frau ihres Sohnes, war vielleicht klüger.

Als die alte Dame gegangen war, setzte Madame Wu sich wieder zu ihren Rechnungen. Den ganzen übrigen Tag kam niemand zu ihr. Alle im Hause waren unglücklich und still. Sie hätte gerne gewußt, ob Herr Wu sie nicht aufsuchen würde, und bei dem Gedanken an ihn empfand sie, zu ihrer eigenen Überraschung, eine gewisse Schüchternheit. Aber auch er kam nicht in ihre Nähe. Sie begriff genau, was in dem großen Hause vorging. Die Söhne und Schwiegertöchter sprachen wohl den halben Tag miteinander, überlegten, was zu tun und zu sagen wäre, und berieten sich mit Vettern und deren Frauen. Da sie zu keiner Einigung gelangen konnten, war keiner zu ihr gekommen, und da die Eltern nicht kamen, hielt man auch die Kinder fern. Was die Dienerschaft betraf, so war es nur natürliche Klugheit, daß sie sich still verhielt und ihrer Arbeit nachging, bis die Atmosphäre

im Hause sich geklärt haben würde. Nur Ying bediente sie den ganzen Tag, sprach aber wenig, obwohl ihre Augen, so oft sie ins Zimmer kam, aufs neue gerötet waren.
Jetzt studierte sie ein Buch nach dem andern: erst das Haushaltskonto, das vom Verwalter geführt wurde, dann die Kleiderrechnungen — für Reparaturen und neue Kleider —, dann die Hausreparaturen und Anschaffungen, lauter große Ausgaben in einer so zahlreichen Familie, und schließlich die Abrechnungen des Gutsbesitzes. Die Erbgüter der Familie Wu waren groß und ertragreich; auf ihnen und auf den Werkstätten beruhte der Wohlstand des Hauses. Weder Herr Wu noch einer seiner Söhne waren jemals arbeiten gegangen. Es war viele Jahre her, daß Herr Wu mehr getan hatte, als die Abrechnungen einmal jährlich, knapp vor dem Jahreswechsel, durchzusehen. Madame Wu jedoch studierte die häuslichen Rechnungen zweimal monatlich, die Bücher der Landgüter einmal im Monat. Sie wußte genau, wie groß der Ertrag an Reis und Weizen, an Eiern, Gemüse und Brennmaterial war. Der Gutsverwalter berichtete ihr über jede Veränderung, jeden Schaden. Manchmal besprach sie es mit Herrn Wu, und manchmal tat sie es nicht.
Rings um sie her war das Haus so still, als wäre sie darin die einzige lebende Seele. Die Stille bedeutete für sie Ausruhen. Freilich wollte sie es nicht alle Tage so haben. Das hätte geheißen zu bald in den Tod eingehen. Aber nach vierzig Jahren war es angenehm, einen Tag ganz allein zu verbringen, ohne daß sich eine einzige Stimme erhob, um etwas zu verlangen. Die Abrechnungen waren genau und zufriedenstellend.
Sie schloß die Rechnungsbücher und blieb sitzen, sich in die holde, schweigende Einsamkeit versenkend. Sie spürte, wie die Müdigkeit mit dem Atem ihrer Lungen wie ein Gift aus ihrem Körper entwich. Sie war müder gewesen, als ihr zu Bewußtsein gekommen war — es war eine nicht so sehr körperliche als vielmehr seelische Müdigkeit.
In diesem Augenblick hörte sie Schritte. Es waren klare, entschlossene Schritte, die im Näherkommen leicht auf den Steinen klapperten. Einen Moment dachte sie: Lederschuhe? Welche von den Frauen trug Lederschuhe? Denn es war ein Frauenschritt. Dann wurde es ihr klar: es war Rulan, Tse-

mos Frau aus Schanghai, die Frau ihres zweitältesten Sohnes. Madame Wu seufzte –, sie verzichtete ungern auch nur für einen Augenblick auf Stille und Alleinsein. Aber sie wies sich selbst zurecht: Niemand durfte glauben, sie habe sich vom Hause zurückgezogen. Vielmehr sollte man sich diese Räume als Mittelpunkt des Hauses vorstellen, weil *sie* hier wohnte.

»Komm her, Rulan«, rief sie. Ihre hübsche Stimme klang heiter. Als sie aufblickte, sah sie, wie die dunklen Augen des Mädchens ihr Gesicht musterten. Die junge Frau stand groß und schlank in der Türöffnung. Ihr langes, gerade abfallendes Kleid war nach der halbausländischen Mode von Schanghai in der Taille eingezogen. Ihre Brust war flach. Schön war sie nicht – sie hatte zu hohe Backenknochen. Madame Wus Gesicht hatte die ovale Weichheit einer klassischen Schönheit. Rulans Gesicht war an den Augen breit und am Kinn schmal. Der Mund war eckig und verdrossen.

Madame Wu beachtete den verdrossenen Ausdruck nicht. Das Mädchen ist nicht hübsch, und doch hat es Augenblicke, in denen es schön ist, dachte Madame Wu, während sie es beobachtete, wie es sich mit eckiger Bewegung auf einem Stuhl niederließ. Es besaß nichts von dem Schliff und der Wohlerzogenheit, die alle anderen jungen Frauen im Hause hatten. Vielmehr schien es, als mache es diesem Mädchen geradezu Vergnügen, unartig und immer unberechenbar zu sein. Madame Wu sah sie interessiert an. Es war das erstemal, daß sie mit Rulan allein war.

»Du mußt auf deinen schönen Mund bedacht sein, mein Kind«, sagte sie nun in der milden, leidenschaftslosen Art, die alle jungen Menschen verwirrte, weil weder Tadel noch guter Rat darin lag.

»Was willst du damit sagen?« stotterte Rulan. Ihre Lippen zitterten, als sie sich öffneten.

»Jetzt ist es ein lieblich vibrierender Mund«, sagte Madame Wu. »Aber der Mund einer Frau ändert sich, wenn sie älter wird. Der deine wird schöner werden, wenn er an Festigkeit gewinnt, sonst wird er grob und eigensinnig.«

In ihrer kühlen Stimme war kein Interesse zu merken; es klang nur wie eine Feststellung dessen, was zu erwarten war.

»Bist du gekommen, um mit mir über etwas zu sprechen?«

fragte Madame Wu. Sie war von dem geraden hölzernen Stuhl am Tisch auf einen bequemeren übergesiedelt. Auch dieser Stuhl war aus Holz, hatte aber eine geschwungene Lehne. Aber sie lehnte sich nicht an. Sie blieb, während sie ihre kleine Pfeife stopfte, aufrecht sitzen. Dann zündete sie die Pfeife an und machte ihre gewohnten zwei feinschmeckerischen Züge.

»Mutter!« begann Rulan heftig. Sie war beklommen und verwirrt und wußte nicht, wie sie anfangen sollte.

»Ja, mein Kind?« sagte Madame Wu sanft.

»Mutter«, begann Rulan abermals, »du hast alle in Aufregung versetzt.«

»Habe ich das getan?« fragte Madame Wu. Ihre Stimme war voller Musik und fragenden Staunens.

»Ja, das hast du getan«, wiederholte Rulan. »Tsemo sagte, ich dürfe nicht kommen und mit dir sprechen. Das sei Liangmos Pflicht, die Sache des ältesten Sohnes. Aber Liangmo wollte nicht. Er sagte, es hätte keinen Zweck. Und Meng tut nichts anderes als weinen. Ich aber weine nicht. Ich sagte, einer müsse gehen und mit dir sprechen.«

»Und keiner ist gekommen – außer dir.« Madame Wu lächelte. Rulan erwiderte das Lächeln nicht. Ihr allzu ernstes junges Gesicht zerquälte sich zwischen Schüchternheit und Entschlossenheit. »Mutter«, fing sie wieder an, »ich hatte immer die Empfindung, daß du mich nicht gern hast, und ich hätte die letzte sein sollen, die zu dir kommt.«

»Kind, du hast unrecht«, sagte Madame Wu.

Rulan zuckte zusammen. »Du magst mich wirklich nicht«, wiederholte sie. »Ich weiß es. Ich bin älter als Tsemo, und deshalb magst du mich nicht. Und du hast mir nie verziehen, daß wir uns in Schanghai ineinander verliebten und selbst zu heiraten beschlossen, statt dir die Ordnung unserer Angelegenheiten zu überlassen.«

»Selbstverständlich war mir das nicht recht«, gab Madame Wu zu.

»Wenn ich so wäre wie Meng und die anderen«, sagte Rulan in ihrer heftigen, ungestümen Art, »dann würde mir das, was du getan hast, nicht so nahe gehen. Mutter, du darfst nicht zulassen, daß Vater sich eine andere Frau nimmt!«

»Es handelt sich nicht darum, ob ich es zulasse«, sagte Ma-

dame Wu, noch immer sanft. »Ich bin zu dem Entschluß gekommen, daß es für ihn das beste ist.«
»Man wird uns auslachen«, sagte Rulan. »Es ist altmodisch, sich eine Konkubine zu nehmen.«
»In Schanghai vielleicht«, sagte Madame Wu, und ihre Stimme ließ Rulan merken, daß es nicht die geringste Bedeutung habe, was die Leute in Schanghai denken.
Rulan verschränkte die Hände über den Knien und sah sie starr an: »Mutter, es verstößt jetzt tatsächlich gegen das Gesetz, wenn ein Mann sich eine zweite Frau nimmt – weißt du das?«
»Gegen welches Gesetz?« fragte Madame Wu.
»Gegen das neue Gesetz«, schrie Rulan, »das Gesetz der revolutionären Partei!«
»Diese Gesetze«, sagte Madame Wu, »stehen bloß auf dem Papier, genau wie die neue Verfassung.«
»Viele von uns haben sich sehr bemüht, das Konkubinat abzuschaffen«, erklärte sie. »Wir sind in der größten Sommerhitze in Massen durch die Straßen von Schanghai marschiert –, der Schweiß rann in Strömen an uns hinab. Wir trugen Fahnen mit der Forderung, daß die Einehe eingeführt werden solle, wie man sie im Westen hat. Ich selbst trug eine blaue Fahne mit der Aufschrift: ›Fort mit den Konkubinen!‹«
»Mein Kind«, fragte Madame Wu mit ihrer freundlichen, vernünftigen Stimme, »was würdest du tun, wenn Tsemo eines Tages eine andere Frau haben wollte, eine Frau, die, sagen wir, weniger energisch und intelligent ist als du, eine sanfte, bequeme?«
»Ich würde mich sofort von ihm scheiden lassen«, erwiderte Rulan stolz. »Ich würde ihn nicht mit einer anderen Frau teilen.«
Madame Wu zündete ihr Pfeifchen wieder an und machte abermals zwei Züge. »Das Leben eines Mannes besteht aus vielen Teilen«, sagte sie. »Wenn eine Frau älter wird, erkennt sie es.«
»Ich glaube an die Gleichheit von Mann und Frau«, beharrte Rulan.
»Oh«, sagte Madame Wu, »zwei gleiche Dinge sind nichtsdestoweniger nicht ein und dasselbe. Sie sind gleich an Wich-

tigkeit, gleich notwendig fürs Leben, und doch nicht dasselbe.«
Sie legte die Pfeife hin. »Du bist so jung«, sagte sie nachdenklich, »daß ich mich frage, wie ich es dir erklären könnte. Siehst du, mein Kind, Zufriedenheit ist das Wichtigste – Zufriedenheit des Mannes, Zufriedenheit der Frau.«
»Aber Liangmo hat uns gesagt, daß unser Vater keine andere haben will«, sagte Rulan eigensinnig.
»Wenn du mit einem Mann fünfundzwanzig Jahre gelebt hast«, sagte sie freundlich, »hast du mit ihm bis ans Ende alles Wissens gelebt.«
Sie seufzte und wünschte plötzlich, die junge Frau möchte weggehen. Und doch gefiel sie ihr besser als je zuvor. Es erforderte Mut, allein herzukommen und diese geraden, tapferen, närrischen Worte zu sprechen.
»Kind«, sagte sie, sich Rulan zuneigend, »ich glaube trotz allem, daß es der Himmel mit den Frauen gut meint. Man könnte nicht in alle Ewigkeit Kinder gebären. Ich will den Rest meines Lebens damit zubringen, meinen Geist und meine Seele zu sammeln. Ich will meinen Körper sorgsam pflegen, nicht daß er noch einem Manne gefalle, sondern weil er mich beherbergt und ich daher von ihm abhängig bin.«
»Hassest du uns alle?« fragte das Mädchen. Ihre Augen öffneten sich weit, und zum ersten Male sah Madame Wu, daß es sehr schöne Augen waren.
»Ich liebe euch alle mehr denn je«, sagte Madame Wu.
»Auch unseren Vater?« forschte die junge Frau.
»Auch ihn«, sagte Madame Wu. »Weshalb sollte ich sonst so ängstlich auf sein Glück bedacht sein?«
»Ich verstehe dich nicht«, sagte das Mädchen nach einer Weile. »Ich glaube, ich weiß nicht, was du meinst.«
Rulan erhob sich. »Ich muß zu ihnen und es ihnen sagen«, erklärte sie. »Aber ich glaube nicht, daß auch nur einer von ihnen es verstehen wird.«
»Sag ihnen allen, sie mögen Geduld mit mir haben«, sagte Madame Wu lächelnd.
Als Rulan gegangen war, genoß Madame Wu wieder das Alleinsein und die Stille. Bei dem Gedanken, daß die ganze Familie ohne sie versammelt war, daß alle bestürzt waren,

alle sich fragten, was sie tun sollten, mußte sie lächeln; es war ihres Wissens das erste Mal, daß sie etwas ganz für sich allein getan hatte. Sie lächelte und war dabei von tiefem Frieden erfüllt. Ohne auf Ying zu warten – es fehlten noch zwei Stunden zu ihrer üblichen Schlafenszeit –, badete sie, legte ihr weißseidenes Nachtgewand an und legte sich in das mächtige, von dunklen Vorhängen verhangene alte Bett.

In Liangmos Hof sprachen die beiden älteren Söhne und ihre Frauen miteinander, bis die Wasseruhr die erste Hälfte der Nacht überschritten hatte. Die beiden jungen Ehemänner schwiegen meist. Sie fühlten sich ihres Vaters wegen verwirrt und verlegen. Auch er war jetzt ein Mann wie sie selber. Wird es mit ihnen und ihren Frauen ebenso gehen, wenn sie in die mittleren Jahre kommen? Sie zweifelten an sich und verbargen ihre Zweifel.

Von den beiden jungen Frauen war Meng die schweigsamere. Sie war in ihrem eigenen Leben allzu glücklich, um mit irgend jemand über irgend etwas zu streiten. Sie hielt Liangmo für den hübschesten und besten aller Männer und wunderte sich unablässig darüber, daß sie das Glück gehabt hatte, ihm fürs ganze Leben gegeben zu sein. Er hatte nichts, was nicht nach ihrem Geschmack gewesen wäre. Sein kräftiger junger Körper, sein gutes Naturell, die Freundlichkeit seines Wesens, seine grenzenlose Güte, seine Geduld, sein allzeit bereites Lachen, die Art, wie seine Lippen einander begegneten, die flachen Wangen, das dichte, glatte schwarze Haar, die weichen und doch festen Hände, die trockenen, kühlen Handflächen – das alles kannte sie so gut und schwelgte darin. Sie fand an ihm keinen Fehler. Sie hatte sich ganz an ihn verloren und war es zufrieden. Ihr lag nichts an einem eigenen Dasein. Ihm zu gehören, nachts in seinen Armen zu liegen, tagsüber ihm zu dienen, seine Kleider zusammenzulegen, ihm selber das Essen zu bringen, ihm den Tee einzugießen und die Pfeife anzuzünden, jedem seiner Worte zu lauschen, emsig ihn zu betreuen, wenn ein leichter Kopfschmerz ihn plagte, den Geschmack einer Speise oder die Wärme des Weines zu prüfen – das waren ihre Freuden und ihre Tätigkeit. Das Höchste aber war, ihm Kinder zur Welt zu bringen. Ihm viele Kinder zu gebären, war ihr einziger Wunsch. Sie war sein Werkzeug der Unsterblichkeit.

Daß sein Vater sich eine Nebenfrau nehmen könnte, ließ Liangmo in ihren Augen nur um so vollkommener erscheinen. Niemand gleicht Liangmo. Er ist besser als sein Vater, klüger, treuer. Und Liangmo begnügte sich mit ihr.

Während Rulan sprach, hörte Meng zu und dachte dabei an Liangmo. Als Rulan sie fragte: »Meng, du bist die Frau des ältesten Sohnes –, was meinst du?«, da wandte Meng sich zu Liangmo, um zu erfahren, was sie meine.

Kein Zweifel: Rulan wußte das und verachtete Meng, weil sie nicht selbständig denken konnte. Auch sie liebte ihren jungen Gatten, und oft genug, wenn sie allein waren, sagte sie zu Tsemo, daß sie ihn um so mehr liebe, weil er kein solcher Dummkopf sei wie Liangmo. Im stillen grämte sie sich darüber, daß Tsemo nicht der ältere Sohn war. Er war kräftiger als Liangmo, lebhafter, gescheiter. Er war gewandt und schlagfertig. Liangmo glich dem Vater, Tsemo der Mutter. Auch wenn Rulan sich mit ihm zankte, liebte sie ihn zu gleicher Zeit. Aber sie zankte sich oft mit ihm und war sich selbst dabei zuwider. Jeder solche Zank endete damit, daß sie ihn bitter bereute, und diese Reue entsprang einer ständigen heimlichen Angst – die sie sogar vor sich selber geheimhielt –: sie war älter als Tsemo und wußte, daß sie ihn geliebt hatte, bevor er sie liebte. Ja, das war ihre geheime Scham, daß sie in der Schule, in der sie sich kennengelernt hatten, ihr Herz an ihn verloren hatte, daß ihr Herz sie dazu getrieben hatte, ihn mit schlechtverhohlenen Ausreden aufzusuchen: sie verstehe ein Buch nicht oder habe ihr Kollegienheft verlegt, kurz, unter allerhand Vorwänden, die in seine Nähe zu führen geeignet waren. Sie hatte zuerst ihm die Freundschaft angeboten, *sie* hatte zuerst die Hand ausgestreckt, um die seine zu berühren.

Das alles rechtfertigte sie kühn vor sich selber und vor ihm. Sie sagte, sie sei eine moderne Frau, sie sei nicht altmodisch, habe keine Angst vor Männern, sondern sie sei der Ansicht, daß Mann und Frau gleich geschaffen seien. Trotzdem war sie sich dauernd bewußt, daß Tsemo der jüngere war, daß er vor ihr noch keine Frau gekannt hatte, daß ihn ihre Liebe in die Enge getrieben, daß er nachgegeben hatte, aber nicht von ganzer Seele. »Du fürchtest dich vor deiner altmodischen Mutter!« hatte sie ihn angeschrien.

Darauf hatte er geantwortet, sehr nachdenklich: »Ich fürchte mich vor ihr, weil sie immer recht hat.«

»Kein Mensch hat immer recht!« hatte Rulan erklärt.

»Du kennst meine Mutter nicht«, hatte Tsemo lachend erwidert. »Auch wenn ich wünsche, sie hätte unrecht, weiß ich doch, daß sie recht hat. Sie ist die klügste Frau der Welt.«

In aller Unschuld hatte er diese Worte ausgesprochen, aber mit ihnen einen Dolch in Rulans Herz gestoßen – und dort war er steckengeblieben, sie kam ins Haus der Familie Wu mit dem Vorsatz, Tsemos Mutter zu hassen und auf sie eifersüchtig zu sein. Denn die kühle Freundlichkeit, mit der Madame Wu allen auf die gleiche Weise entgegenkam, bot ihr keinerlei Handhabe. *Wenn* sie Rulans Haß fühlte, so ließ sie es sich jedenfalls nicht anmerken, und die junge Frau erkannte bald, daß Madame Wu sich weder um Liebe noch um Haß bekümmerte.

Auch eifersüchtig konnte Rulan nicht sein. Gelegentlich einer Auseinandersetzung mit Tsemo hatte sie es ihm ins Gesicht geschleudert: »Warum liebst du deine Mutter so sehr? Sie liebt dich nicht besonders.«

Darauf erwiderte Tsemo gelassen wie immer: »Ich will nicht allzuviel geliebt werden.«

So schleuderte er den Pfeil wieder zurück, und der blieb in ihrem bebenden Fleisch stecken. Sie war leicht zu verwunden, ihr Herz stand verletzenden Worten jederzeit offen, immer erzitterte ihr gekränkter Stolz.

»Wahrscheinlich glaubst du, ich liebe dich zu sehr!« stieß sie hervor.

Darauf aber wollte er nicht antworten. Er war eine angenehme Erscheinung – breite Schultern, schmale Hüften. All die Brüder waren hübsch, ausgenommen Yenmo, der noch zu dick war, aber Tsemo sah in gewissem Sinne vornehmer aus als die anderen. Dieses vornehme Äußere quälte Rulan. War es ein Abbild seiner Seele oder nur ein Kniff der Knochen, fein im Schädel zusammengefügt und mit zartem Fleisch und glatter, goldener Haut überzogen? Sie wußte es nicht, und er

verbarg die Wahrheit vor ihr –, zumindest war sie davon überzeugt.
»Sag mir, was du denkst!« fragte sie ihn oft.
Manchmal antwortete er, manchmal nicht. »Laß mir ein bißchen Eigenleben«, sagte er dann hart.
»Du liebst mich nicht!« pflegte er zu erwidern, und sie verfluchte ihre nörgelnde, boshafte Zunge. Und doch gab es Zeiten, da er sie liebte, mit all der Zärtlichkeit, die sie forderte –, und wie sollte sie wissen, *wann* das war? Einsam wütete sie gegen seine Heiterkeit, gab sich völlig ihrer eigenen Liebe preis und sehnte sich danach, von dieser Liebe frei zu sein, weil sie durch sie geringer wurde als er und von ihm abhängig.
In diesem Aufruhr lebte sie so geheim, wie sie nur konnte, aber sie vermochte ihn nicht gänzlich zu verbergen. Sie geriet leicht in Zorn und hatte einen beißenden Spott.
So kam es, daß Tsemo, als sie in dieser Nacht sich allzulange über seinen Vater beschwerte, es satt bekam. Er gähnte und streckte sich und brach in Gelächter aus.
»Unser armer Vater!« sagte er wohlgelaunt. »Wenn wir auf dich hören wollten, Rulan, müssen wir schließlich *ihn* bedauern. Wir werden die Frau nur gelegentlich sehen, aber er muß sie Tag und Nacht mit sich umherschleppen. Komm, Mädel, es ist Mitternacht. Geh zu Bett und ruh dich aus – und laß auch mich in Ruhe.«
Er stand auf, schüttelte sich, fuhr sich mit den Händen durchs Haar, pfiff nach ihr, als wäre sie sein Hund, und ging weg. Was blieb ihr übrig, als ihm in die gemeinsame Wohnung zu folgen?

III

Am Morgen erwachte Madame Wu nach durchschlafener Nacht. Es gehörte zu ihren guten Gaben, daß sie beim Erwachen aus dem Schlaf den Weg wie den Mondglanz auf dunklem Meer vor sich sah, den Weg, den zu gehen sie entschlossen war. Nun lag er klar vor ihr.
Ich muß die Frau sofort aussuchen, sagte sie zu sich selbst. Dieses Warten kann für das Haus nicht zuträglich sein.

Sie wird also noch heute die alte Vermittlerin kommen lassen und nachforschen, welche junge Person ländlicher Herkunft geeignet wäre. Sie hatte sich schon alle anderen, die sie kannte, ins Gedächtnis gerufen, aber keine entsprach ihren Wünschen. Sie waren entweder zu hohen oder zu niedrigen Standes, Töchter reicher Leute, stolz und beschwerlich, oder in so schwerem Geist erzogen, daß sie vielleicht sie selbst verdrängen wollten. Oder es waren Töchter armer Leute, ebenso stolz und beschwerlich. Nein, sie mußte eine junge Person ausfindig machen, die weder zuviel noch zuwenig hatte, so daß sie frei von Furcht und Neid wäre. Am besten aber wäre es, überlegte sie, wenn die junge Frau eine völlig Fremde wäre, wenn auch ihre Familie fremd wäre und womöglich weit weg wohnte, so daß sie, wenn sie ins Haus käme, all ihre Wurzeln ausgraben und hierherbringen und neu einpflanzen müßte.
Als Ying mit dem Morgentee und den Süßigkeiten hereinkam, sagte Madame Wu nach dem Morgengruß: »Sobald ich gefrühstückt habe, möchte ich mit der alten Liu Ma sprechen.«
»Jawohl, gnädige Frau«, sagte Ying bekümmert.
Schweigend half sie Madame Wu beim Aufstehen und Anziehen. Sie bürstete das lange seidenweiche Haar, rollte es zu einem Knoten zusammen; dann entfernte sie sich und kam mit Madame Wus Frühstück zurück. Sie ließ sich ankleiden, und ihr schlanker schöner Körper überließ sich Yings Händen, schlaff wie eine Puppe. Aber sie aß mit Appetit und fühlte sich befriedigt.
Kaum hatte sie den letzten Schluck Tee getrunken, als Ying mit Liu Ma hereinkam. Selbstverständlich wußte Liu Ma schon, weshalb sie gerufen worden war. Sie besaß in jedem wohlhabenden Hause ihre bezahlten Spione, die sie benachrichtigten, wenn es zwischen Mann und Frau zu Mißhelligkeiten kam. Ihre breite, flache Nase hatte eine genau so empfindliche Witterung fürs Kupplergeschäft wie eine Hundeschnauze fürs Wildbret. Sie wußte also schon, daß für Herrn Wu eine Konkubine gefunden werden sollte. Aber sie war schlau genug, Madame Wu nicht merken zu lassen, daß sie davon erfahren hatte.
»Früh aus dem Bett, gnädige Frau!« keuchte Liu Ma beim

Eintreten. Sie war eine untersetzte, dicke Frau, die ihre Jugend in einem Blumenhaus verbracht hatte. Aber sie wurde frühzeitig dick und fand, daß sie mehr Geld verdienen konnte, wenn sie den Männern andere Frauen als sich selber anzubieten hatte. So heiratete sie einen kleinen Geschäftsmann, gab ihm als Mitgift ihr erspartes Geld und ergriff den Beruf einer Heiratsvermittlerin bei guten Familien.

»Ich liebe den frühen Morgen«, erwiderte Madame Wu freundlich.

Sie erhob sich nicht, da Liu Ma unter ihrem Stande war, aber sie forderte die alte Frau mit einer liebenswürdigen Gebärde auf, Platz zu nehmen, während Ying ihr Tee eingoß und sich dann entfernte.

Liu Ma schlürfte hörbar ihren Tee. Sie sagte kein Wort darüber, daß Madame Wu in diesen Hof übergesiedelt war. Vielmehr sagte sie mit ihrer rauhen Stimme: »Sie sind schöner denn je. Ihr Herr ist sehr glücklich.« Damit wollte sie das Gespräch auf die Konkubinen bringen.

Liu Ma holte ein weißes viereckiges Baumwolltuch hervor und hustete hinein. Sie wußte schon, daß man in diesem Hause nicht auf den Fußboden spuckt.

Sie hatte auf den Knien ein längliches Paket, eingebunden in ein blaues baumwollenes Halstuch. Sie knüpfte es auf, und zum Vorschein kam eine alte ausländische illustrierte Zeitschrift, die Bilder von Filmschauspielerinnen enthielt. Sie öffnete das Heft und nahm einige Photographien heraus.

»Ich habe da drei junge Mädchen, lauter sehr gute Partien«, sagte sie.

»Nur drei?« murmelte Madame Wu lächelnd.

»Ich meine nicht, daß diese drei alles sind, was ich habe«, beeilte sich Liu Ma zu erwidern. »Ich habe bestimmt ebenso gute Kundschaften wie jede andere Vermittlerin der Stadt. Aber das hier sind meine allerbesten. Die drei jungen Mädchen sind aus guten Familien, die in der Lage sind, ihnen Geld mitzugeben und die schönste Einrichtung und die besten Hochzeitsgewänder.«

»Zeigen Sie mir dieses ausländische Buch«, sagte Madame Wu. Nun, da der Augenblick gekommen war, die Frau zu wählen, die ihren Platz einnehmen sollte, bekam sie ein we-

nig Angst. Vielleicht hatte sie sich mehr zugemutet, als sie voraussehen konnte.
»Keine dieser jungen Frauen gehört mir«, erklärte Liu Ma. »Das sind nur die elektrischen Schattenbilder amerikanischer Frauen.«
»Das weiß ich«, sagte Madame Wu und lachte ihr weiches Lachen. »Ich bin bloß neugierig, was die Ausländer an einer Frau schön finden.«
Sie nahm das Heft, das Liu Ma ihr reichte. Es war beschmutzt, aber nicht zerknittert, denn Liu Ma legte großen Wert darauf. Keine von beiden konnte die fremde Sprache lesen, und daher blieben ihnen die Namen unbekannt.
Madame Wu blätterte in den Seiten und betrachtete ein lachendes Antlitz nach dem andern. »Sie sehen alle gleich aus«, murmelte sie, »aber alle Ausländer sehen natürlich gleich aus.«
»Manche Männer schauen sich gerne solche Gesichter an«, erklärte Liu Ma. »Es erweckt ihre Begierden und bringt mir Geschäfte. Auch gibt es moderne Männer, die moderne Frauen haben wollen – und sie zeigen dann auf eines dieser Bilder und sagen: ›So eine will ich haben.‹ Dann suche ich irgendwo ein Mädchen, das bereit ist, sich ein möglichst ähnliches Aussehen zu geben.«
Madame machte das Heft rasch zu und gab es Liu Ma zurück. »Lassen Sie mich die drei Photographien ansehen«, sagte sie.
Sie nahm die Bilder, ohne Liu Mas schmutzige Hand zu berühren, und sah eines nach dem anderen an.
»Aber diese drei Gesichter sehen auch alle gleich aus«, wandte sie ein.
»Sehen nicht alle jungen Mädchen gleich aus?« entgegnete Liu Ma. »Helle Augen, glänzendes Haar, kleine Näschen und rote Lippen –, und wenn man ihnen die Kleider auszieht, was ist dann für ein Unterschied zwischen einer Frau und der anderen?« Ihr Bauch schüttelte sich vor Lachen unter dem weiten Kleid aus schäbiger Seide.
Madame Wu lächelte ein wenig und legte die Photographien auf den Tisch. Die jungen Gesichter, alle recht hübsch, alle umrahmt von glattem schwarzem Haar, blickten zu ihr empor. Sie drehte die Bilder um, mit den Gesichtern nach unten.

»Haben Sie Mädchen, deren Familien weit von hier wohnen?« fragte sie.
»Sagen Sie mir genau, was Sie wünschen«, erwiderte Liu Ma. Sie fühlte, daß jetzt der entscheidende Augenblick gekommen war, und wandte der Sache ihren ganzen schlauen Verstand zu.
»Ich glaube, die Frau, die ich brauche, vor mir zu sehen«, sagte Madame Wu etwas zögernd.
»Dann ist sie so gut wie gefunden«, sagte Liu Ma eifrig, »wenn sie auf Erden ist und nicht schon in den Himmel eingegangen.«
»Eine junge Person ...«, sagte Madame Wu, immer noch mit etwas zögernder Stimme. Vor ihrer Familie hatte sie gar nicht gestammelt, wenn sie von der jungen Frau sprach, aber in Gegenwart dieser alten, hartgesottenen Seele, die berufsmäßig mit Männern und Frauen handelte, wußte sie, daß sie nichts geheimhalten könne.
Liu Ma wartete, die scharfen kleinen Augen auf Madame Wus Gesicht gerichtet. Madame Wu wandte den Kopf ab und blickte in den Hof hinaus. Es war ein schöner Morgen, und Sonnenschein lag auf den frisch gereinigten Steinen, und sie leuchteten in sanften Farben – rosa, blau, gelb.
»Eine hübsche Frau«, sagte Madame Wu leise, »sehr hübsch, aber nicht schön. Ein Mädchen – das heißt eine Frau im Alter von zweiundzwanzig Jahren, mit runden Backen, jung und glatt wie ein Kind, zärtlich bereit, jeden zu lieben und nicht nur einen bestimmten Mann – eine, die wirklich nicht *einen* Mann zu sehr liebt und die über einem neuen Kleid oder einer Süßigkeit alle Sorgen vergißt –, die selbstverständlich Kinder gern hat, von ruhigem Wesen ist – und deren Familie so weit weg wohnt, daß sie nicht immer nach dem Elternhaus weint –.«
»Ich habe genau das, was Sie wünschen«, sagte Liu Ma triumphierend. Dann wurde ihr rundes Gesicht ernst. »Ach nein«, fuhr sie fort, »das Mädchen ist eine Waise.«
»Das Mädchen ist als kleine Frau für meinen eigenen Herrn bestimmt.«
Liu Ma tat erschreckt und überrascht. Sie schürzte die dikken Lippen, holte das Baumwolltuch wieder hervor und hielt es an die Augen.

»Ach«, murmelte sie, »ach, also auch er!«
Madame Wu schüttelte den Kopf.
Liu Ma nahm das Tuch von den Augen und schob es wieder in ihren mächtigen Busen. »In diesem Falle ist vielleicht die Waise gerade das richtige«, sagte sie lebhaft. »Sie ist kräftig und verwendbar.«
»Ich brauche keine Dienerin für mich«, unterbrach Madame Wu sie. »Für den Haushalt bin ich reichlich mit Mägden versehen –, und für mich hat seit jeher Ying gesorgt, und sie würde jede andere einfach vergiften. Nein, wenn sie eine Magd ist, kommt sie nicht in Frage.«
»Eine Magd ist sie nicht«, erwiderte Liu Ma beunruhigt. »Ich meine nur, sie ist so willig, so sanft, so freundlich –.«
»Aber sie muß stark und gesund sein«, betonte Madame Wu.
»Das ist sie«, antwortete Liu Ma. »Auch ist sie wirklich recht hübsch, und wäre sie keine Waise, so hätte ich sie schon vor vielen Monaten verheiraten können. Aber Sie wissen ja, wie das ist, gnädige Frau. Gute Familien wollen kein wildes Blut für ihre Söhne, und die, die sie nehmen würden, sind etwas zu gering für sie. Kräftig ist sie, aber nicht von niedriger Herkunft.«
»Haben Sie ein Bild von ihr?« fragte Madame Wu.
»Leider nicht. Ich habe nie daran gedacht, ein Bild von ihr machen zu lassen, und sie auch nicht«, sagte Liu Ma. »Um die Wahrheit zu sagen« – das Taschentuch kam wieder zum Vorschein, und sie hustete hinein –, »das Mädchen hat einen einzigen Fehler –, sie ist einfach und unwissend. Das Schlimmste will ich gleich sagen: Sie kann nicht lesen, gnädige Frau. In alten Zeiten wäre das sogar als ein Vorzug angesehen worden, aber heutzutage ist es selbstverständlich Mode, daß ein Mädchen ebenso lesen kann wie ein Junge. Das ist der fremdländische Geist, der sich in unser Land eingeschlichen hat.«
»Daß sie nicht lesen kann, macht mir nichts aus«, sagte Madame Wu.
Liu Mas Gesicht legte sich in vergnügte Fältchen. Mit beiden Handflächen schlug sie sich auf die fetten Knie. »Ja, dann ist ja alles in Ordnung, gnädige Frau!« rief sie aus. »Ich bringe sie her, sobald Sie es wünschen. Sie lebt bei ihrer Ziehmutter auf einem Bauernhof auf dem Land.«

»Wer ist die Ziehmutter?« fragte Madame Wu.

»Nichts ist sie«, sagte Liu Ma eifrig. »Ich will Ihnen nicht einmal sagen, wer sie ist. In einer kalten Nacht hat sie das Kind gefunden, gnädige Frau, vor der Stadtmauer. Irgend jemand hat es dort zurückgelassen –, ein unerwünschtes Mädelchen. Die alte Frau war gerade auf dem Nachhauseweg von einem Festmahl mit ihrem Bruder, der an diesem Tag seinen dreißigsten Geburtstag gefeiert hatte. Er führt ein kleines Geschäft in –, nein, ich will gar nicht davon reden. Es ist egal, wo er lebt und wo sein Geschäft ist. Also, sie hört ein Kind weinen und sieht das kleine Ding. Nun würde sie nicht noch einen Esser nach Hause mitgenommen haben, denn sie ist arm, aber die Sache ist die, sie hatte einen Sohn, und als sie das Mädchen sah, dachte sie, es könnte eines Tages eine Frau für den Sohn abgeben, und da würde sie die Kosten ersparen, ihm auswärts eine zu suchen. Wie konnte sie denn wissen, daß ihr einziger Sohn krank werden und sterben würde, bevor sie heiraten konnten? Die Pest hat ihn geholt. Jetzt hat sie das Mädchen und keinen Gatten für sie.«

Madame Wu hörte zu, ohne den Blick von Liu Mas Gesicht zu wenden. »Will sie das Mädchen ganz aufgeben?« fragte sie jetzt.

»Dazu wird sie bereit sein«, sagte Liu Ma. »Sie ist sehr arm, und schließlich ist das Mädchen ja nicht von ihrem Fleisch und Blut.«

Madame Wu blickte wieder in den Garten hinaus. Die Sonne war über die Mauer emporgekrochen, und die Schatten der Bambusse auf den Steinen waren kürzer und schwärzer geworden. »Ich sollte sie mir ansehen«, sagte Madame Wu nachdenklich. Sie führte ihren zierlichen Finger an die Lippe, wie immer, wenn sie nachdenklich war. »Nein, wozu auch?« fuhr sie fort. »Sie hätten ja kein Interesse daran, mich zu betrügen, und, wie Sie sagen, ein Mädchen ist wie das andere, wenn wir uns erst einmal über ihre Eigenschaften geeinigt haben.«

»Wieviel würden Sie bezahlen, gnädige Frau?« fragte jetzt Liu Ma.

»Ich muß sie natürlich ausstatten«, sagte Madame Wu nachdenklich.

»Ja, da aber die Alte nicht ihre Mutter ist, wird es ihr gleichgültig sein, was Sie in dieser Richtung tun«, sagte Liu Ma. »Sie will nur schweres Silber auf die Hand haben.«

»Hundert Dollar ist nicht zu wenig für ein Landmädchen«, sagte Madame Wu ruhig. »Aber ich will ihr mehr geben –, ich will zweihundert bezahlen.«

»Legen Sie fünfzig zu, gnädige Frau«, sagte Liu Ma schmeichelnd. Der Schweiß brach aus ihrer dunklen Haut hervor. »Dann kann ich der Frau volle zweihundert geben. Für diesen Betrag läßt sie das Mädchen noch heute gehen.«

»Nun gut«, sagte Madame Wu so rasch, daß sie in den kleinen alten Augen, die ängstlich auf sie gerichtet waren, habgierigen Verdruß aufflackern sah. »Sie brauchen nicht zu bedauern, daß Sie nicht mehr verlangt haben«, sagte Madame Wu. »Ich weiß, was angemessen und was reichlich ist.«

»Ihre Weisheit ist mir bekannt, gnädige Frau«, sagte Liu Ma eifrig. Sie raffte die Bilder zusammen. Dann nach einer Pause: »Brauchen Sie nicht auch für Ihren Sohn eine hübsche Frau, gnädige Frau? Bei zwei Mädchen auf einmal würde ich es etwas billiger machen.«

»Nein«, sagte Madame Wu mit einer gewissen Strenge. »Fengmo kann warten. Er ist noch sehr jung.«

»Das stimmt«, gab Liu Ma zu. »Soll ich das Mädchen gleich herholen?«

»Bringen Sie sie heute abend in der Dämmerung«, sagte Madame Wu.

»Gut«, sagte Liu Ma, »gut –, das ist die beste Tageszeit. Da bleibt ihr der ganze Tag, um sich und ihre Kleider zu waschen und das Haar zu reinigen.«

»Sagen Sie ihr, sie soll nichts mitbringen«, sagte Madame Wu. »Nichts in der Hand, nichts in einer Schachtel. Mit leeren Händen soll sie zu mir kommen, in dem Kleid, das sie anhat.«

»Ich verspreche es Ihnen –, ich verspreche es Ihnen«, plapperte Liu Ma, und mit Knicksen und Geplapper eilte sie davon auf ihren Füßen, die in ihrer Kindheit schlecht gewickelt worden waren und jetzt aussahen wie dicke Strümpfe.

Gleich darauf kam Ying mit frischem Tee ins Zimmer. Sie sagte kein Wort, und auch Madame Wu schwieg. Schweigend sah sie zu, wie Ying den Tisch und den Stuhl abwischte, auf dem die Alte gesessen hatte, wie sie die Teetasse, aus der Liu Ma getrunken hatte, mit spitzen Fingern anfaßte, als wäre es ein Stück Schmutz. Als sie dabei war, mit der Tasse hinauszugehen, begann Madame Wu zu sprechen:

»Heute in der Abenddämmerung wird eine junge Frau ans Tor kommen.«

Ying blieb regungslos stehen und hörte zu, die schmutzige Tasse zwischen Daumen und Zeigefinger.

»Bring sie gleich zu mir«, befahl Madame Wu, »und stell in diesem Zimmer ein kleines Bambusbett für sie auf.«

»Ja, gnädige Frau«, murmelte Ying. Die Stimme versagte ihr und sie entfernte sich rasch.

Der Tag schritt fort dem Abend zu. Es war Madame Wus Gewohnheit, sich nach dem Mittagessen in ihr Schlafzimmer zurückzuziehen und eine Stunde zu ruhen. Als sie aber an diesem Tag ihr großes, dämmeriges Schlafzimmer betrat, spürte sie, daß sie weder schlafen noch ruhen konnte.

»Ich werde mich heute nicht niederlegen«, sagte sie zu Ying. Ying starrte sie an, böse Ahnungen in den treuen Augen. »Sie sollten heut nachmittag lieber schlafen, gnädige Frau«, sagte sie. »Ich weiß nicht, ob Sie heut nacht, mit einer Fremden im Hause, gut schlafen werden.«

»Ich brauche offenbar keinen Schlaf«, sagte Madame Wu. Angesichts der Ängste Yings schlug ihre Stimmung um. Sie wurde übermütig und eigensinnig. Sie streckte die Hand aus und berührte Ying leicht am Arme –, es war beinahe ein kleiner Stoß. »Geh –, laß mich allein, Ying«, befahl sie. »Ich werde mir ein Buch suchen –, ich will mich unterhalten.«

»Wie Sie wünschen«, antwortete Ying, wandte sich mit ungewohnter Schroffheit um und ließ Madame Wu mitten im Zimmer stehen.

Madame Wu fühlte sich frei und kühn wie noch nie in ihrem Leben. Keine Menschenseele beobachtete ihr Tun und Lassen. In dieser Stunde gehörte sie sich ganz allein.

Aufs Geratewohl wählte sie ein Buch. Es war ein langes Buch. Viele schmächtige Bändchen lagen in der tuchüberzogenen Kassette. Den Namen des Buches hatte sie schon gehört. Unter den vielen Frauen in einem Hause, das so groß war wie das ihrer Mutter, so groß wie das der Familie Wu, gab es immer einige, die eine gemeine Rede führten. Alle hatten sie die Geschichte von Hsi Men Ch'ing und seinen sechs Frauen in der einen oder anderen Form schon vernommen. »Pflaumenblüte in einer Goldvase« –, diese Worte waren in zierlichen Lettern auf den Satindeckel des ersten Bandes gepinselt.

Die Stunden verrannen.

Ying war wieder in die Tür getreten. Schwarz hob sich ihre kräftige Silhouette vom Grau der Abenddämmerung ab. Draußen im Hofe, hinter Ying, stand noch ein Schatten.

»Gnädige Frau, die alte Liu ist gekommen –, das Mädchen ist hier«, meldete Ying.

Madame Wus Hände flogen wieder zu den Wangen hinauf. Einen Augenblick lang antwortete sie nicht. Dann nahm sie die Hände vom Gesicht, ging zum Stuhl und setzte sich.

»Zünde die Kerze an«, befahl sie Ying, »und bring das Mädchen allein her. Ich will die Alte nicht sehen.«

Ying trat schweigend beiseite, und im Türrahmen erblickte Madame Wu das Mädchen. Der matte Schein des Kerzenlichtes fiel auf seine Gestalt. Das war fast genau das Gesicht, das sie sich vorgestellt hatte, und fast auf ein Haar die Figur. Ein gesundes, rotbackiges Mädchen schaute ihr mit kindlichen, großen und tiefschwarzen Augen entgegen. Das schwarze Haar war im Nacken geknotet und fiel in Fransen über die Stirn, wie es bei Frauen vom Lande üblich ist. In der Hand hielt sie ein zusammengeknüpftes Tuch.

»Was hast du da in der Hand?« fragte Madame Wu. »Ich habe doch gesagt, du sollst nichts mitbringen.« Das Mädchen sah so unschuldig, so kindlich aus, daß Madame Wu nur diese einfachen Worte einfielen.

»Ich habe Ihnen ein paar Eier mitgebracht«, antwortete das Mädchen. »Ich dachte, es wird Sie freuen, und ich hatte nichts anderes. Sie sind ganz frisch.« Sie hatte eine angenehme Stimme, kräftig, aber etwas schüchtern.

»Komm her, zeig die Eier«, sagte Madame Wu.

Das Mädchen trat etwas zaghaft näher, auf den Fußspitzen, als fürchtete sie, in der großen Stille des Raumes Lärm zu machen. Madame Wu blickte auf ihre Füße hinab. »Ich sehe, daß dein Füße nicht gewickelt wurden«, sagte sie.

Das Mädchen schaute beschämt drein. »Es war niemand da,

der sie mir wickeln konnte«, erwiderte sie. »Außerdem mußte ich immer auf den Feldern arbeiten.«
»Sie hat sehr große Füße«, mischte sich Ying ein. »Sicher ist sie barfuß gegangen wie alle Kinder auf dem Lande, und da sind ihre Füße grob geworden.«
Das Mädchen schaute ängstlich von Yings Gesicht zu Madame Wu.
»Komm, zeig mir die Eier«, befahl Madame Wu neuerlich.
Das Mädchen kam also näher und legte das Bündel vorsichtig auf den Tisch. Dann knüpfte sie das Tuch auf, nahm jedes Ei einzeln heraus und prüfte es. »Keines ist zerbrochen«, rief sie aus. »Ich hatte Angst, ich könnte im Dunkeln stolpern und sie zerbrechen. Es sind fünfzehn Stück –.«
Sie hielt inne, und Madame Wu verstand, daß sie nicht wußte, wie sie sie anreden solle.
»Nenne mich Ältere Schwester«, sagte sie.
Aber dazu war das Mädchen zu schüchtern. »Fünfzehn Eier«, wiederholte sie, »und keines älter als sieben Tage. Sie sind für Sie zum Essen.«
»Danke«, sagte Madame Wu. »Sie sehen sehr frisch aus.«
Madame Wu hatte schon allerlei an der Kleinen bemerkt, wie sie da vor ihr stand. Ihr Atem war angenehm und rein und ihre Haut duftete nach Gesundheit. Die Zähne waren gesund und weiß. Die Hände, die das Tuch aufgeknüpft hatten, waren braun und rauh, aber wohlgestaltet. Der Körper unter der verwaschenen und blauen Baumwolljacke und Hose war rundlich, ohne fett zu sein. Der Hals war glatt und das Gesicht von unschuldiger Anmut.
Unwillkürlich mußte Madame Wu ihr zulächeln. »Glaubst du, daß du gerne hier bleiben würdest?« fragte sie. Sie hatte ein wenig Mitleid mit diesem jungen Wesen, das wie ein Stück Vieh vom Bauern gekauft wurde. Trotz der sonnverbrannten Wangen und der rohen Kleidung entdeckte sie in ihr etwas Zartes und Gutes.
Das Mädchen spürte die Güte, und in seinen dunklen, klaren Augen flammte eine plötzliche Ergebenheit auf. »Liu Ma hat mir gesagt, daß Sie gütig sind. Sie sagt, Sie sind nicht wie andere Frauen. Sie sagte mir, daß ich vor allem Ihnen zu Gefallen sein muß, und das will ich tun.« Sie hatte eine lebhafte, frische Stimme.

»Dann mußt du mir alles erzählen, was du von deinem Leben in Erinnerung hast«, antwortete Madame Wu. »Du darfst mir nichts, gar nichts verbergen. Wenn du aufrichtig bist, werde ich dich sehr lieb haben.« Sie merkte des Mädchens Ergebenheit und verspürte zu ihrer eigenen Überraschung etwas wie Gewissensbisse.
»Ich werde Ihnen alles erzählen«, versprach das Mädchen. »Aber soll ich nicht vorher die Eier in die Küche tragen?«
»Nein«, sagte Madame Wu, wobei sie ein Lächeln unterdrückte. Die Dienerschaft würde beim Anblick eines solchen Besuches nicht wenig erstaunt sein! »Ying wird sie in die Küche mitnehmen. Du mußt dich auf diesen Stuhl mir gegenüber setzen – wir wollen miteinander reden.«
Das Mädchen knüpfte das Bündel mit den Eiern wieder zusammen und ließ sich auf der Kante des Stuhles nieder. Aber sie sah irgendwie unglücklich aus.
»Hast du Hunger?« fragte Madame Wu.
»Danke, nein«, sagte das Mädchen wohlerzogen. Sie saß aufrecht mit gefalteten Händen da und schaute gerade vor sich hin.
Wieder lächelte Madame Wu. »Schau, du mußt aufrichtig sein«, sagte sie. »Bist du nicht hungrig?«
Plötzlich lachte das Mädchen heraus – es war ein jäher Ausbruch klingenden Lachens. »Ich bin so ungeschickt«, sagte es ungeniert, »ich kann nicht lügen, selbst wenn ich es aus Höflichkeit möchte. Aber Liu Ma hat mir gesagt, ich muß antworten: ›Danke, nein‹, wenn Sie mich fragen, ob ich hungrig bin, damit Sie mich nicht gleich im ersten Augenblick für gierig halten.«
»Hast du nicht zu Abend gegessen, ehe du herkamst?« fragte Madame Wu.
Das Mädchen errötete. »Wir haben nicht viel zu essen«, sagte sie. »Meine Ziehmutter hat gesagt – meine Ziehmutter hat gemeint –.«
Madame Wu unterbrach sie. »Ying!« befahl sie, »bring etwas zu essen.«
Das Mädchen seufzte. Ihr Körper entspannte sich, und sie wandte Madame Wu ihr Gesicht zu, aber ohne sie anzusehen.
Wenn sie einen Fehler hat, dachte Madame Wu, so ist es der,

daß sie ein bißchen zu derb gebaut ist. Das bedeutet wohl, daß sie aus nördlichem Blut stammt. Kann sein, daß ihre Familie auf der Flucht vor irgendeiner Katastrophe war, vor einer Überschwemmung – vielleicht des Gelben Flusses – oder vor einer Hungersnot, und daß ihre Leute gezwungen waren, ein Kind weiblichen Geschlechts auszusetzen und sterben zu lassen.

»Liu Ma hat mir erzählt, du seist eine Waise«, sagte Madame Wu. »Weißt du etwas von deiner Familie?«

Das Mädchen schüttelte den Kopf. »Ich war ein neugeborenes Kind, als sie mich verließen. Ich kenne die Stelle, an der man mich hingelegt hatte –, meine Ziehmutter hat sie mir oft gezeigt, wenn wir in die Stadt auf den Markt gingen. Aber sie sagt, ich hatte keinerlei Zeichen an mir, außer daß ich nicht in Baumwolle, sondern in Seide eingewickelt war. Freilich war es verschlissene Seide.«

»Hast du die Seide bei dir?« fragte Madame Wu.

Wieder nickte das Mädchen. »Woher wissen Sie das?« fragte sie mit naiver Überraschung.

»Ich dachte mir, du würdest das einzige, das dir gehört, mitnehmen«, sagte Madame Wu. Sie beantwortete den Blick der runden Augen mit einem Lächeln.

»Aber woher kennen Sie das Herz einer Fremden?« sagte das Mädchen beharrlich.

»Zeig mir die Seide«, erwiderte Madame Wu. Sie hatte keine Lust, das Mädchen über ihre Fähigkeit intuitiver Einsicht aufzuklären.

Ohne zu zögern, als sei sie tatsächlich entschlossen, Madame Wu in allen Dingen zu gehorchen, steckte das Mädchen die Hand in den Busen und brachte ein zusammengefaltetes Stück Seide zum Vorschein. Es war sauber gewaschen, aber das ursprüngliche Rot war zu einem Rosa verblichen. Madame Wu nahm es und entfaltete es. Es war ein Frauenkleid, eine kurze Jacke, schmal in der Breite, aber mit langen Ärmeln.

»Wenn das ein Kleid deiner Mutter ist, so war auch sie hochgewachsen«, bemerkte Madame Wu.

»Das wissen Sie!« rief das Mädchen aus.

Madame Wu prüfte die Stickerei. Das Kleidungsstück war altmodisch; rings um den Kragen und hinunter bis zu dem

seitlichen Schlitz lief ein gesticktes Band. Gleiche Bänder säumten die langen Ärmel.
»Es ist eine reizende Stickerei«, sagte Madame Wu, »es ist Pekinger Knüpfstich.«
»Sie sagen mir mehr, als ich je wußte«, sagte das Mädchen leise.
»Aber das ist auch alles, was ich dir sagen kann«, erwiderte Madame Wu. Sie faltete das Kleidungsstück zusammen und reichte es dem Mädchen.
Aber das Mädchen streckte nicht die Hand danach aus.
»Bewahren Sie es mir auf«, sagte sie. »Hier brauche ich es nicht.«
»Wenn du willst, hebe ich es dir auf«, sagte Madame Wu. »Wenn du es aber später einmal wirst haben wollen, werde ich es dir zurückgeben.«
»Wenn Sie mich hier behalten«, erwiderte das Mädchen in bittendem Tone, »dann werde ich es nie wieder haben wollen.«
Aber Madame Wu war nicht bereit, ihr ein Versprechen zu geben. »Du hast mir noch nicht einmal gesagt, wie du heißt«, sagte sie.
Das Gesicht des Mädchens veränderte sich deutlich –, sein Ausdruck war der eines enttäuschten Kindes. »Ich habe keinen wirklichen Namen«, sagte sie demütig. »Meine Zieheltern haben mir nie einen Namen gegeben. Sie können weder lesen noch schreiben und ich kann's auch nicht.«
»Aber irgendwie haben sie dich doch genannt«, sagte Madame Wu.
»Als ich noch klein war, nannten sich mich ›Kleine Waise‹, und ›Große Waise‹, als ich groß wurde«, sagte das Mädchen.
»Das ist allerdings kein Name«, bestätigte Madame Wu freundlich. »Sobald ich dich besser kenne, werde ich dir einen Namen geben.«
»Ich danke Ihnen«, sagte das Mädchen demütig.
In diesem Augenblick kam Ying mit zwei Schüsseln herein und stellte sie auf den Tisch. Madame Wu warf einen Blick in die Schüsseln. Wenn Ying Essen aus der Dienerküche gebracht hat, wird sie es zurückschicken. Aber Ying war taktvoll gewesen. Sie hatte Speisen gebracht, die zwar für die

Familie nicht ganz gut genug gewesen wären, sicherlich aber zu gut für die Küche. Sie setzte eine Suppe mit Hühnerklößen auf den Tisch und ein Gericht aus Schweinefleisch und Kohl. Die Eßstäbchen waren nicht die der Familie, aus Elfenbein und Silber, noch auch die ordinären Bambusstäbchen aus der Küche, sondern solche aus rotlackiertem Holz, wie die Kinder sie benutzten.

»Bediene sie!« befahl Madame Wu.

Ying zögerte, dann aber gehorchte sie schweigend, mit zusammengepreßten Lippen. Aber das Mädchen merkte nichts.

»Ich komme in einer kleinen Weile zurück«, sagte Madame Wu. »Laß dir's inzwischen gut schmecken.«

Mit diesen Worten entfernte sie sich und ging in ihr Wohnzimmer. Dort stand schon das Bambusbett, das Ying für das Mädchen vorbereitet hatte. Nachdenklich sah Madame Wu auf das Bett hinab. Ein paar Nächte wollte sie das Mädchen hier schlafen lassen. Vielleicht sollte sie sie hier behalten, bis sie begriff, welcher Platz ihr in der Familie zukam, und bis auch sie, Madame, das Mädchen verstand. Erst mußte zwischen ihnen ein tiefes Einverständnis geschaffen werden, ehe sie das Mädchen aus diesem Hof in den anderen entließ –, sonst könnten Unannehmlichkeiten im Hause entstehen. Es handelte sich um eine heikle und schwierige Sache, die großes Geschick erforderte. Madame Wu stand da, Daumen und Zeigefinger an der Unterlippe.

Das Mädchen erschien ihr offenherzig wie ein Kind. Ihre ganze Seele, ihr ganzes Wesen lagen für jedermann offen zutage. Aber das bedeutete, daß sie noch unentwickelt war –, und wie wird sie sich entwickeln? Dumm war sie nicht. Ihre Augen blitzten von Verstand. Die Lippen waren zärtlich in ihrer Fülle. War sie vielleicht allzu gescheit? Und dann das seidene Kleidungsstück mit der feinen Stickerei! In ihren Adern floß kein gemeines Blut, es sei denn, daß ihre Mutter Magd in einer reichen Familie gewesen war. Ja, es bestand die Möglichkeit, daß sie das Kind einer Dienstmagd war, die einer der Söhne im Hause geschwängert hatte, und das Kleid aus den ausgemusterten Beständen der Herrin stammte. Vielleicht hatte ein Teehausmädchen das Kleid getragen und es einem unerwünschten Kind mitgegeben.

Nach einer Weile ging Madame Wu in die Bibliothek zurück. Dort saß das Mädchen ganz allein und starrte verängstigt in das große, von Schatten erfüllte Zimmer. Die Hände hielt sie über den Knien verschränkt. Sie hatte gegessen, und Ying hatte die Schüsseln weggetragen.
»Was soll ich jetzt tun, Ältere Schwester?« fragte sie. Vertrauensvoll kam die Anrede über ihre Lippen, und unwillkürlich empfand Madame Wu ein warmes Gefühl. Doch hütete sie sich, ihre Zuneigung allzu rasch zu gewähren.
»Was tust du gewöhnlich um diese Stunde?« fragte sie.
»Ich gehe gleich zu Bett, sobald ich Abend gegessen habe«, antwortete das Mädchen. »Man verschwendet Kerzenlicht, wenn man aufbleibt, nachdem es dunkel geworden ist.«
Madame Wu lachte. »Dann ist es vielleicht besser, du gehst zu Bett«, sagte sie. Sie ging voran in das Zimmer, wo das schmale Bett wartet. »Das ist dein Bett, und hinter der Tür dort drüben ist das Zimmer, in dem du dich fertigmachen kannst.«
»Ich bin ja fertig«, erwiderte das Mädchen. »Ich habe mich sauber gewaschen, ehe ich hierherkam. Ich ziehe mein Kleid aus –, das ist alles.«
»Dann sehen wir uns also morgen«, antwortete Madame Wu.
»Bis morgen«, erwiderte das Mädchen. »Aber ich bitte Sie, Ältere Schwester, wenn Sie nachts etwas brauchen, rufen Sie mich!«
»Wenn ich dich brauche, werde ich dich rufen«, sagte Madame Wu und ging in ihr Zimmer hinüber.
Noch lange nachdem sie zu Bett gegangen war, konnte sie keinen Schlaf finden. Gegen Mitternacht stand sie auf, ging ins Nebenzimmer, zündete die Kerze an und betrachtete das schlafende Mädchen. Sie hatte sich im Schlafe nicht herumgeworfen, ja nicht einmal bewegt. Sie lag auf der rechten Seite, eine Hand unter der Wange. Sie atmete ruhig mit rosigem Gesicht und geschlossenem Mund. Im Schlafen war sie noch hübscher als im Wachen. Madame Wu nahm es zur Kenntnis und stellte auch fest, daß das Mädchen sich nicht rührte und nicht schnarchte. Die Bettdecke war bis zur Hüfte hinaufgezogen. Sie schlief in ihren Unterkleidern, hatte aber den Kragen geöffnet, so daß der runde Hals und ein Teil

der Brust sichtbar wurden. Die eine Brust konnte Madame Wu deutlich sehen –, sie war jung und rund und fest.
Sie lag in tiefem Schlafe, immer noch ohne sich zu rühren. Das war gut. Madame Wu selbst hatte stets einen leichten Schlaf gehabt und war sofort aufgewacht, wenn Herr Wu sich auch nur auf die Seite drehte, und dann konnte sie nicht wieder einschlafen. Dieses Mädchen aber wird die ganze Nacht gesund durchschlafen und des Morgens frisch erwachen. Madame Wu blendete mit der Hand das Kerzenlicht ab und beugte sich nahe zum Gesicht des Mädchens hinunter. Immer noch derselbe liebliche Atem! Sie richtete sich auf, ging in ihr Zimmer zurück, löschte mit Daumen und Zeigefinger die Kerze aus und legte sich wieder nieder.
Vor Tagesanbruch wurde sie durch leise Geräusche geweckt, die aus dem anderen Zimmer kamen. Das Bambusbett knarrte, etwas raschelte. Sie war sofort hellwach wie immer und blieb horchend liegen. Wollte die Kleine am Ende zu dieser frühen Stunde davonlaufen? Sie stand auf, zog ihr Kleid an, zündete die Kerze an und ging hinüber. Das Mädchen saß auf einem Stuhl und bürstete ihr langes Haar. Sie war angekleidet, hatte sogar ihre Schuhe an und ihre weißen Strümpfe aus Baumwolltuch.
»Wo willst du hin?« fragte Madame Wu.
Beim Klang ihrer Stimme fuhr das Mädchen zusammen und ließ den hölzernen Kamm fallen. Die schwarzen Haare hingen ihr ins Gesicht.
»Nirgendhin«, sagte sie. Sie stand auf und schaute Madame Wu an. Die dunklen Augen leuchteten durch die fliegenden Schatten des Haares. »Ich stehe auf.«
»Aber weshalb stehst du zu dieser frühen Stunde auf?« fragte Madame Wu.
»Es ist Zeit aufzustehen«, antwortete das Mädchen erstaunt. »Ich hörte einen Hahn krähen.«
Madame Wu mußte gegen ihre Gewohnheit plötzlich laut lachen.
»Muß ich mich wieder ins Bett legen?« fragte das Mädchen.
»Was sonst willst du tun?« fragte Madame Wu.
»Ich werde die Zimmer fegen«, sagte das Mädchen, »oder den Hof.«
»Schön, tu, was du willst«, erwiderte Madame Wu.

»Ich werde ganz still sein«, versprach das Mädchen. »Gehen Sie wieder schlafen, Ältere Schwester.«
Madame Wu ging also wieder zu Bett, und bald darauf hörte sie das Geräusch eines Besens, den das Mädchen im Korridor gefunden hatte. Sie fegte den Hof und den Fußboden, wobei sie sich mit leichten, behutsamen Schritten bewegt. Dann fiel Madame Wu, ohne es zu wissen, wieder in Schlaf, und als sie erwachte, war es schon spät. Sonnenschein lag auf dem Fußboden, und Ying stand wartend neben dem Bett.
Madame Wu erhob sich rasch, und es begann die Zeremonie des Ankleidens. Ying sagte kein Wort über das Mädchen und auch Madame Wu schwieg. In den Zimmern war es still – man hörte keinen Laut.
Das Schweigen wurde so drückend, daß Madame Wu es schließlich brach. »Wo ist das Mädchen?« fragte sie Ying.
»Sie ist draußen auf dem Hof und näht«, antwortete Ying. »Sie mußte etwas zu tun haben, und da gab ich ihr ein paar Schuhsohlen für die Kinder.«
Aus dem etwas verächtlichen Ton in Yings Stimme erkannte Madame Wu, daß sie keine besonders hohe Meinung von einem Mädchen hatte, das Beschäftigung brauchte wie eine Magd. Madame Wu sprach nicht wieder. Sie wollte sich nicht durch Yings Sympathien und Antipathien beeinflussen lassen.
Sie nahm vielmehr ihr Frühstück ein und ging dann auf den Hof hinaus. Dort saß das Mädchen im Schatten des Bambus auf einem kleinen dreibeinigen Schemel. Sie nähte, ihre Finger stachen die Nadel flink durch die dicke Tuchsohle. Am Mittelfinger trug sie einen Messingring, der ihr als Fingerhut diente. Als sie Madame Wu erblickte, erhob sie sich und blieb wartend stehen, ohne als erste den Mund zu öffnen.
»Bleib sitzen, bitte«, sagte Madame Wu. Sie selbst ließ sich auf einer der Gartenbänke aus Porzellan nieder.
Nun war diese Bank zufällig so aufgestellt, daß Madame Wu mit dem Rücken zu dem runden Tor des Hofes saß, während das Mädchen den Eingang im Auge hatte. Kaum hatte sie sich wieder auf den Schemel gesetzt und die Nadel ergriffen, als sie aufschaute und jemanden im Tor erblickte. Madame Wu sah, wie ihre großen Augen aufblickten und sich wieder senkten, wie die pfirsichfarbene Röte ihrer Wan-

gen dunkler wurde. Madame Wu drehte sich um. Nach dem Benehmen des Mädchens erwartete sie einen Mann zu sehen, vielleicht den Koch.

Aber es war nicht der Koch, es war Fengmo, ihr drittältester Sohn. Er war, die Hand am Pfosten des Eingangs, stehen geblieben und starrte das Mädchen an.

»Was willst du, Fengmo?« fragte Madame Wu. Sie empfand plötzlich einen ungewohnten Ärger, weil er sie überrascht hatte. Sie wußte, daß sie diesen Sohn am wenigsten liebte. Er war eigenwillig und weniger liebenswürdig als Liangmo und Tsemo und nicht so heiter wie der kleine Yenmo. Als er noch ein Kind war, hatte er sich lieber bei den Dienern als bei der Familie aufgehalten, und das hatte sie als ein Zeichen niedriger Gesinnung angesehen. Äußerlich hatte sie ihn genau so behandelt wie die übrigen, innerlich aber wußte sie, daß sie ihn weniger liebte. Zweifellos hatte er diesen Unterschied gespürt, denn von seinem fünfzehnten Lebensjahr an kam er selten zu ihr, wenn sie ihn nicht gerade rufen ließ.

»Was führt dich her, Fengmo?« fragte sie wieder, als er nicht antwortete. Unverwandt starrte er das Mädchen an, und sie, als fühlte sie es, hob die Augenlider, warf einen raschen Blick auf ihn und schlug die Augen nieder.

»Ich bin gekommen, um zu sehen – wie es dir geht, Mutter«, stotterte Fengmo.

»Es geht mir ganz gut«, erwiderte Madame Wu kühl.

»Und noch etwas anderes . . .«, fuhr Fengmo fort.

Madame Wu erhob sich. »Dann komm in die Bibliothek.«

Sie ging voraus, und er folgte ihr, aber keiner von beiden setzte sich nieder. Vielmehr deutete Fengmo mit der Hand auf das Mädchen. »Mutter«, sagte er, »ist das – sie?«

»Fengmo, warum bist du gekommen, um mich auszufragen?« sagte Madame Wu streng. »Das ist nicht deine Sache.«

»Doch, Mutter, es *ist* meine Sache«, sagte er leidenschaftlich. »Was glaubst du denn, Mutter, wie ich dastehe? Meine Freunde werden mich auslachen und verspotten –.«

»Bist du gekommen, um mir das zu sagen?« fragte Madame Wu.

»Ja«, schrie Fengmo. »Es war schon vorher schlimm genug.

Aber jetzt, da ich sie gesehen habe –, sie ist so jung, und mein Vater –, er ist so alt.«

»Du wirst sofort in deinen Hof zurückgehen«, sagte Madame Wu im gleichen kühlen Ton. »Es war eine Zudringlichkeit von dir, hierherzukommen, ohne vorher einen Diener zu schicken, um zu hören, ob mir dein Besuch paßt. Und was deinen Vater betrifft, so entscheidet nicht die jüngere Generation über die ältere.«

Sie war Fengmos Eigensinn gewohnt, und es überraschte sie daher, als er unsicher wurde. Sie sah, wie sein hübsches Gesicht errötete und zuckte. Dann machte er wortlos kehrt und verließ Zimmer und Hof, ohne sich umzuschauen.

Aber Madame Wu war äußerst verdrossen darüber, daß die beiden einander gesehen hatten. Obgleich sie mit vielen alten Sitten gebrochen hatte – und sie zögerte nicht, mit ihnen zu brechen, wenn sie dazu entschlossen war –, hielt sie doch standhaft an dem Brauche fest, der die Angehörigen des männlichen Geschlechts in jugendlichem Alter streng von jenen des weiblichen fernhielt.

Nun hatte Fengmo das Mädchen gesehen, bevor sie ihren Platz im Hause eingenommen hatte, und das Mädchen hatte ihn gesehen. Wer weiß, was für ein Feuer hier auflodern mag? Sie ging in der Bibliothek auf und ab. Sooft sie an der offenen Tür vorbeikam, sah sie den Kopf des Mädchens emsig über die Schuhsohle gebeugt, während die Hand die Nadel führte. Madame Wu war mit einem Male fest entschlossen: die Sache mußte sofort entschieden werden. Sie wird das Mädchen behalten. Mit rascheren Schritten als sonst ging sie wieder hinaus und setzte sich.

»Ich habe meinen Entschluß gefaßt«, begann sie unvermittelt. »Du sollst in diesem Hause bleiben.«

Das Mädchen blickte auf, die Nähnadel bereit, das Tuch zu durchstechen, aber sie bewegte sich nicht, ließ den Stich unvollendet. Respektvoll stand sie auf.

»Heißt das, daß ich Ihnen gefalle?« fragte sie mit leiser, atemloser Stimme.

»Ja, wenn du deine Pflicht tust«, sagte Madame Wu. »Du verstehst –, du kommst hierher, um meinem eigenen Herrn zu dienen –, meine Stelle einzunehmen – in gewissen Dingen.«

»Ich verstehe«, sagte das Mädchen mit derselben halb erstickten Stimme. Sie wandte kein Auge von Madame Wus Gesicht.
»Du mußt wissen«, fuhr Madame Wu fort, »daß unser Haus in mancher Hinsicht noch altmodisch ist. Zwischen den Höfen der Männer und der Frauen gibt es kein Kommen und Gehen.«
»O nein«, stimmte das Mädchen rasch zu. Ihre Hände fielen in den Schoß, aber die Augen bewegten sich nicht.
»Dann besteht kein Grund«, sagte Madame in der merkwürdig unvermittelten Art, die so gar nicht ihrer gewöhnlichen Redeweise ähnelte, »die Sache nicht als abgeschlossen zu betrachten.«
»Aber sollte ich nicht einen Namen bekommen?« fragte das Mädchen beunruhigt. »Werde ich nicht in diesem Haus einen Namen haben?«
Es lag etwas Rührendes und Ergreifendes in dieser Frage, und das fühlte auch Madame Wu. »Ja«, sagte sie, »du mußt einen Namen haben, und ich selbst will ihn dir geben. Ich werde dich Ch'iuming nennen. Mit diesem Namen übernimmst du deine Pflicht. Er bedeutet ›Sonniger Herbst‹. *Er* ist der Herbst, und *du* bist die Sonne.«
»Ch'iuming«, wiederholte das Mädchen. Sie kostete den Namen auf der Zunge. »Ich bin Ch'iuming«, sagte sie.

IV

Herr Wu mied die Nähe seiner Frau, und sie ließ es dabei bewenden. Nach so vielen Jahren wußte sie, was in seinem Kopfe vorging. Wäre er entschieden gegen das Mädchen gewesen, dann würde er gekommen sein und es Madame Wu heftig und bestimmt, vielleicht sogar lachend gesagt haben. Daß er sich aber fernhielt, bewies ihr, daß ihm das Mädchen in seinem Hof nicht unwillkommen war und daß er sich im stillen vor Madame Wu schämte, weil es ihm nicht unwillkommen war. Sie kannte ihn gut genug, um zu wissen, daß er sich vielleicht im Innern verachtete, wenn auch in zu geringem Maße, als daß ihn dieses Gefühl vor der Anziehungskraft des Mädchens hätte schützen können. Kurzum, er war

der, als den Madame Wu ihn kannte: seinem Wesen nach war er wohl fähig zu erkennen, welches die Eigenschaften eines vortrefflichen Mannes seien, fähig, diese Eigenschaften zu bewundern und sie sich selbst zu wünschen, aber seine Seele war durch die Begierden des Körpers gelähmt.
So wird er, wie er nicht fähig ist, bei Tische einer wohlzubereiteten Speise zu widerstehen, auch nicht fähig sein, sich den Genuß eines jungen Weibes zu versagen, so sehr er auch nach Vollendung strebt. Er war nicht sittenstreng, obwohl er sich jahrelang mit Madame Wu als einziger Frau begnügen konnte. Aber Madame Wu war sich ohne Eitelkeit bewußt, daß er, wäre sie weniger schön und als Frau weniger gewissenhaft gewesen, leicht hätte auf Abwege geraten können. Sie hatte sich Mühe gegeben, ihn in allen Dingen zufriedenzustellen. Fühlte er das Bedürfnis, über irgendeinen Gegenstand etwas zu erfahren, was in Büchern zu finden war, so unterrichtete sie sich und sagte es ihm dann. Erwähnte er eine Besonderheit, die sich auf das Ausland bezog, so brachte sie sie in Erfahrung und ließ es ihn wissen. In all den gemeinsamen Jahren blieb keiner seiner Wünsche unerfüllt. Aber sie wußte ohne Betrübnis: das war nur dadurch möglich gewesen, daß sie seine Wünsche genau studierte und, wenn sie allzu unbestimmt waren, durch eingehende Diskussion dazu beitrug, sie auch vor ihm selber klarzumachen. Waren seine Wünsche deutlich und unmittelbar verständlich, dann verlor sie keine Zeit, sie zu erfüllen. Sie war ihm eine gute Frau.
Auch sie war mit ihm nicht unzufrieden gewesen. Niemals hatte sie an ihm eine jähe Enttäuschung erlebt. Zunächst nahm sie seine eigensinnigen Launen als Äußerungen eines Wesens, das von seiner Mutter vom Tage der Geburt an verwöhnt worden war.
Es dauerte an die zehn Jahre, bevor Madame Wu den Mann, mit dem sie verheiratet war und den sie noch immer zärtlich liebte, durchaus verstand. Ganz allmählich, so schrittweise, daß sie den Schmerz der Enttäuschung nicht empfand, hatte sie die Grenzen seines Geistes und seiner Seele entdeckt. Der Raum zwischen diesen Grenzen war schmal. Sie sah, daß die wißbegierigen Fragen, sie sie anfänglich erregt für Äußerungen von Intelligenz genommen hatte, keine tieferen Wur-

zeln hatten. Sie waren nicht mehr als eine Art Zeitvertreib. Sie führten zu keinem Ziel. Jeden Augenblick konnte er einer Frage überdrüssig werden und sie nicht weiter verfolgen, und dann war es ihre Sache, aufzuspüren, woher der nächste Wind blies.

Um jene Zeit trat sie selbst aus seinen Grenzen hinaus und ließ ihre eigenen Grenzen sich ausdehnen, so weit sie wollten. Aber das sagte sie ihm nicht. Warum hätte sie es ihm auch sagen sollen, da er sie ja doch nicht verstanden hätte? Innerhalb seiner Grenzen blieb genug von ihr übrig, so daß er glaubte, sie sei noch bei ihm. Aber sie hatte bereits angefangen, von ihrem vierzigsten Geburtstag zu träumen und für diesen Tag ihre Pläne zu machen.

Nun kam sie zu dem Entschluß, sie müsse zu Herrn Wu gehen und ihm selber sagen, daß Ch'iuming gefunden und bereit sei. Er wird es ja durch die Dienerschaft erfahren –, aber sie muß es ihm doch sagen. Es duldete keinen Aufschub, da Fengmo das Mädchen gesehen hatte. Für einen jungen Mann brauchte es *nichts* zu bedeuten, eine junge Frau zu sehen, konnte aber auch *sehr viel* bedeuten. Im Wechsel der Jugendjahre gibt es Augenblicke, da jede solche Begegnung, sei sie auch ganz zufällig, gefährlich werden kann wie ein Rendezvous... Findet sie Herrn Wu in der richtigen Stimmung, dann wird sie ihm Ch'iuming so schnell schicken, wie sie sie nur dazu bereitmachen kann.

Ch'iuming war an diesem sonnigen Sommermorgen sehr glücklich. Madame Wu hatte Ying in einen Tuchladen geschickt, um geblümte Baumwolle guter Qualität und Seide mittlerer Qualität zu bestellen, und ein Kommis hatte ganze Ballen solcher Ware gebracht. Daraus suchte nun Madame Wu so viel aus, daß man Ch'iuming drei verschiedene Kleider machen konnte. Sie wollte dem Mädchen eine Freude bereiten und überließ es ihr, ihre Lieblingsfarben auszuwählen. Es gefiel ihr, daß das Mädchen sich für kleine Muster und matte Farben entschied. Noch mehr gefiel es ihr, daß das Mädchen sich sofort an die Arbeit machte, um die Kleider selbst zu nähen.

Ch'iuming stand an dem viereckigen Tisch und breitete vorerst den bedruckten Kattun aus. Dann hielt sie inne, die eiserne Schere in der erhobenen Hand.

»Soll ich sie zuschneiden wie Ihre Kleider, Ältere Schwester?« fragte sie. Ihre eigenen Kleider hatten weite Ärmel und waren kurz wie die Kleider ländlichen Volkes.
»Ying wird dir helfen, die richtige Fasson für dieses Haus zu finden«, erwiderte Madame Wu.
Ying nahm also das Maß, zeichnete den Schnitt mit einem kalkweißen Stein vor und schnitt dann den Stoff so zu, daß er Ch'iumings schlankem, wohlgeformtem Körper paßte.
Das Mädchen stand in einer Verzückung reiner Freude dabei. »In meinem ganzen Leben habe ich nie ein Kleid aus neuem Stoff gehabt«, murmelte sie.
Als die Stücke zugeschnitten waren, fädelte sie die Nadel ein, schob den Messingring, der ihr als Fingerhut diente, über den Zeigefinger und setzte sich in einem Freudentraume nieder. Langsam und behutsam machte sie die Stiche, wobei Ying ihr zusah und die Stiche auf ihre Kleinheit und Gleichmäßigkeit prüfte. Während Madame Wu Ch'iuming beobachtete, empfand sie wieder jene seltsamen Gewissensbisse, als wäre sie im Begriff, dem Mädchen ein Unrecht anzutun. Sie beschloß, sofort Herrn Wu aufzusuchen.
Jetzt verließ Madame Wu zum ersten Male, seit sie hierher übersiedelt war, ihren eigenen Hof. Pflichtgemäß machte sie halt, um die alte Dame zu sehen. Sie fand sie wohlauf, vor der Tür sitzend und ungewöhnlich heiter, während eine Magd ihr die Füße und Gelenke, die an diesem Tage ein bißchen angeschwollen waren, mit Öl einrieb.
»Das sind die Krabben«, sagte die alte Dame. »Von Krabben schwellen immer meine Füße an. Aber da ich jeden Augenblick ins Grab steigen kann, soll ich deshalb auf Krabben verzichten? Meine Füße und Gelenke sind ohnedies nicht mehr viel wert. Ich habe viel Wein zu den Krabben getrunken, um das Gift wegzujagen.«
Die alte Dame schien ganz vergessen zu haben, daß sie wegen der Konkubine auf ihre Schwiegertochter böse gewesen war, und Madame Wu erinnerte sie nicht daran. Sie blieb stehen, prüfte die geschwollenen Füße der alten Dame und befahl der Magd, aufwärts zu reiben, damit das Blut hinaufsteige und nicht hinab. Dann ging sie ihres Weges.
Sie erwartete, Herrn Wu eher in ihrem alten Hof als in seinem eigenen zu finden, und dorthin begab sie sich. Ihre Sil-

berorchideen waren verwelkt. Sie bückte sich, um zu sehen, ob Blattläuse auf den Blättern seien, fand aber keine. In diesem Augenblick sah sie Herrn Wu in seinem Hauskleid im Zimmer sitzen. Wegen der Hitze trug er ein Paar weiße Seidenhosen, sehr weit um die Fußknöchel, und eine Seidenjacke, die über der glatten Brust offenstand. Er fächelte sich mit einem weißen Seidenfächer, der mit grünen Bambussen bemalt war, und in der anderen Hand hielt er eine Tasse. Auf dem Tische standen die leeren Teller von seinem Frühstück. Sein wohlgenährtes, hübsches Gesicht ließ Verlegenheit und Verdruß erkennen, und aus alter Gewohnheit sprach sie ihn heiter an: »Ich glaube, es wäre Zeit, in diesem Hof wieder Päonien anzupflanzen. Was meinst du, Vater meiner Söhne?«

»Diese kleinen grauen Orchideen haben mir nie recht gefallen«, antwortete er. »Ich liebe farbige Sachen.«

»Ich werde sie wegnehmen und noch heute Päonien pflanzen lassen«, fuhr sie fort. »Wenn wir sie in Töpfen kaufen, dann werden sie unbehindert weiterblühen.«

Er stand auf, schlenderte auf den Hof hinaus und blieb, auf die Orchideen hinabblickend, neben seiner Frau stehen. »Rote und rosa Päonien«, entschied er, »und auf je fünf, sagen wir, eine weiße.«

»Ein gutes Verhältnis«, stimmte sie bei. »Wo ist Yenmo?«

Ihr jüngster Sohn hielt sich gewöhnlich in der Nähe des Vaters auf.

»Ich habe ihn gestern aufs Land geschickt«, sagte Herr Wu ernst. »Er ist zu jung für das, was hier im Hause vorgeht.«

»Das war sehr überlegt von dir«, sagte sie. »Du bist durchaus weise.« Dabei schaute sie ihn liebevoll an. Er war ein hochgewachsener Mann, ein bißchen dick, weil er gutes Essen liebte. »Wie geht es dir heute morgen?« fragte sie. »Du siehst aus wie ein Fürst von Chu.«

»Gut«, antwortete er, »sehr gut.« Aber sie entdeckte an ihm eine gewisse Ungeduld. Sie lächelte.

»Ich habe dich nicht vergessen«, sagte sie. Ihre hübsche Stimme war von Zärtlichkeit erfüllt.

»Ich habe die Empfindung, als hättest du mich wirklich vergessen«, brummte er. Er öffnete die Jacke und fächelte rasch und heftig seine nackte Brust. »Ich war sehr einsam, während ich darauf wartete, daß du dich entschiedest. Ich bin ein guter Ehemann, Ailien! Ein anderer Mann würde eine so lange Trennung nicht ausgehalten haben. So viel Tage! Aber jetzt ist es genug!«

»Ich habe dich keinen Augenblick vergessen«, sagte sie. »Ich habe emsig gesucht, und die junge Frau ist da.«

Eine feine Röte schoß in Herrn Wus Gesicht. »Ailien«, sagte er, »sprich nicht wieder davon!«

»Du hast wohl schon gehört, daß sie hier ist«, fuhr Madame Wu mit ihrer klaren Stimme fort.

»Ich kümmere mich nicht um das Gerede der Dienerschaft«, sagte er mit stolzer Miene. Aber sie wußte, daß er sich das nur einbildete. Er horchte auf alles, was ihm sein Diener erzählte, und lachte über seine Witze, denn dieser Mensch war ein Lustigmacher und wußte, daß sein Herr gern lachte.

Madame Wu schritt anmutig zu einer Gartenbank. »Die junge Frau eignet sich wirklich für ihre Rolle«, sagte sie leise. Ihre zierlichen Hände fielen in die gewohnte Ruhelage auf ihrem Schoß. »Gesund, jung, hübsch, unschuldig –.«

»Bist du denn nicht ein bißchen eifersüchtig?« unterbrach er sie schroff. Das klare Sonnenlicht fiel auf ihn, wie er so dastand, und ihr gefiel das Bild: schimmerndes schwarzes Haar, glatte goldene Haut, schöne Lippen und große, stolze Augen.

»Du bist so hübsch«, sagte sie lächelnd, »daß ich eifersüchtig werden könnte, wäre sie nicht so ein Kind, so einfach, so viel weniger als nichts zwischen dir und mir.«

»Ich kann nicht begreifen, warum du über Nacht so unmenschlich kalt geworden bist«, klagte er. »Ailien –, letzte Woche warst du – wie du immer gewesen bist. Und in dieser Woche –.«

»Ich habe den vierzigsten Geburtstag hinter mir«, sagte sie mit dem gleichen Lächeln. Dann lud sie ihn ein, auf der Bank neben ihr Platz zu nehmen. »Komm«, schmeichelte sie, »setz dich.«

Kaum hatte er sich niedergelassen, als sie Fengmo an der Tür vorbeigehen sah. Er schaute hinein, sah die Eltern Seite an Seite sitzen und entfernte sich rasch.

»Fengmo!« rief sie. Aber der Junge hörte sie nicht und kam nicht zurück.

»Wir müssen diesen unseren dritten Sohn verheiraten«, sagte sie zu Herrn Wu. »Was würdest du dazu sagen, wenn ich gleich mit Madame Kang spräche – vielleicht morgen –, und nach Linyi fragte?«
»Immer hast du den Jungen ihre Frauen ausgesucht«, erwiderte er.
»Tsemo hat sich die seine selbst ausgesucht«, erinnerte sie ihn. »Ich möchte bei Fengmo diesen Fehler vermeiden.«
»Um so besser«, sagte er. Sie stellte mit Vergnügen fest, daß bei der Erwähnung Linyis seine Stimme kein Interesse verriet. Er hatte sie vergessen. Er dachte nur an sich selbst. Sie entschloß sich, ohne Umschweife zu sprechen, gerade so, als ob sie ihm einen neuen Anzug oder ein Paar Schuhe bestellt hätte.
»Wenn du nichts dagegen hast, schicke ich dir das Mädchen morgen«, sagte sie.
Wieder überzogen sich Herrn Wus Wangen mit heller Röte. Er steckte Daumen und Zeigefinger in das kleine Täschchen seiner Jacke, holte ein Paket ausländischer Zigaretten hervor und zündete sich eine an. »Ich weiß, du bist ein so verteufelt eigensinniges Weib, daß ich mir den Kopf einrennen könnte, wenn ich gegen deinen Willen ankämpfte«, brummte er zwischen den Rauchwolken. »Warum soll ich mir den Kopf einrennen?«
»Habe ich dich jemals durch meinen Eigensinn unglücklich gemacht?« fragte sie. In ihrer Stimme klang helles Lachen. »War ich denn nicht immer nur deinetwegen so eigensinnig?«
»Sprich mir nicht mehr von dieser Sache«, sagte er. Er blies eine heftige Rauchwolke von sich. »Erwähne mir das Mädchen nicht wieder!«
»Es liegt kein Grund vor, von ihr zu sprechen«, stimmte Madame Wu bei. »Ich schicke sie dir morgen abend hierher.«
Wieder sah sie an der Tür zum Hofe einen Schatten und erkannte ihren ältesten Sohn Liangmo. Auch er wollte nicht hereinkommen –, wenigstens schien es so.
»Liangmo!« rief sie. Aber auch Liangmo ging weiter und kam nicht zurück.
Plötzlich erhob sich Herr Wu. »Es fällt mir jetzt ein, daß ich mit einem Mann eine Verabredung im Teehaus habe«,

sagte er zu Madame Wu. »Der Gutsverwalter ist der Meinung, wir sollten das Stück Feld kaufen, das mein Großvater – vor drei Generationen – einem seiner Diener geschenkt hatte. Die Nachkommen des Mannes sind bereit zu verkaufen, und wir könnten dadurch den Besitz in seinem alten Umfang wiederherstellen.«

»Sehr gut«, sagte sie, »aber es darf nicht mehr kosten als fünfundsiebzig Dollar für den Fünftelmorgen.«

»Wir könnten ihm achtzig geben«, sagte Herr Wu.

»Ich werde glücklich sein, wenn es nicht mehr ist«, sagte sie. »Wir müssen an unsere Kinder denken.«

»Mehr als achtzig nicht«, versprach Herr Wu. Er wandte sich um und ging ins Haus; sie erhob sich und machte sich zum Gehen bereit. An der Schwelle aber blieb Herr Wu stehen und drehte sich um. Er sah sie an. »Ailien«, rief er aus, »ich kann die Verantwortung nicht auf mich nehmen!«

»Wer zieht dich zur Verantwortung?« erwiderte sie. »Übrigens habe ich vergessen, dir ihren Namen zu sagen. Sie heißt Ch'iuming. Sie wird die Sonne deines Herbstes sein.«

Herr Wu hörte es, öffnete den Mund, schloß ihn wieder und ging weiter.

Madame Wu betrachtete mit nachdenklichen Augen die welkenden Orchideen. Er wollte mich verfluchen, dachte sie, aber er wußte nicht, wie er es anfangen sollte.

Plötzlich bekam sie Angst und sehnte sich zurück nach ihren eigenen stillen Räumen. Aber sie wußte, daß sie noch nicht zurück durfte: das war sie ihren Söhnen schuldig, die auf sie warteten. Sie mußte sie alle aufsuchen – einen nach dem anderen.

Sie fand Liangmo in dem anstoßenden Hofe, seinem und seiner Familie eigenem Heim. Es war ein glückliches, heiteres Heim. Liangmos Söhnchen spielte mit der Amme im Garten, und als Madame Wu eintrat, kam es ihr entgegen. Sie streichelte ihm die Wangen und beugte sich zu ihm nieder, um den lieblichen Duft seiner Haut einzuatmen.

Liangmo hörte ihre Stimme und kam aus dem Haus heraus. Er war zum Ausgehen gekleidet. »Da bin ich, Mutter. Ich wollte eben vor die Stadt gehen, um zu sehen, wie der Reis steht. Es ist Zeit, an die Ernte zu denken.«

»Schiebe deinen Weg auf, mein Sohn«, sagte sie. Er reichte ihr den Arm, und sie legte ihre Hand auf seinen Arm und ließ sich von ihm zu einer Gartenbank führen, unter einer Fichte, die so gezogen war, daß sie sich wie ein Baldachin über die Bank wölbte.

»Ich wollte dich bitten, daß du deinen Vater ins Teehaus begleitest. Er hat die Absicht, das Stück Land zurückzukaufen, das die Familie Wang seit drei Generationen besitzt. Der gegenwärtige Sohn ist, wie du weißt, Opiumraucher, und es ist eine günstige Gelegenheit, das Land wieder unserem Besitz einzuverleiben. Aber du mußt mitgehen und dafür sorgen, daß nicht mehr als siebzig Dollar angeboten werden. Dein Vater spricht von achtzig. Aber wir können es für siebzig haben. Die Menschen plündern uns aus, weil sie uns für reich halten – aber niemand ist reich genug, um sich ausplündern zu lassen.«

»Selbstverständlich gehe ich mit, Mutter«, sagte er. Sie merkte, daß er zögerte, und wußte sofort, daß er nach Ch'iuming fragen wollte. Aber sie war entschlossen, mit keinem ihrer Söhne über das Mädchen zu sprechen. Es tut nicht gut, wenn man der einen Generation erlaubt, über die andere zu diskutieren.

»Wo ist Meng?« fragte sie. »Seit meinem Geburtstag habe ich sie nicht gesehen. Ich möchte sie fragen – übrigens auch dich, mein Sohn –, was haltet ihr davon, wenn wir Linyi Fengmo zur Frau geben würden?«

»Linyi?« Daran hatte Liangmo nicht gedacht. »Wird denn Fengmo dir die Entscheidung überlassen?«

»Wenn er sie mir nicht überläßt, werde ich es ihm überlassen, sich für Linyi zu entscheiden«, sagte Madame Wu mit ihrem hübschen, weichen Lachen. »Ich zwinge niemanden zu etwas.«

In diesem Augenblick kam Meng aus dem Hause. Ihr Hauptfehler war, daß sie morgens schläfrig und ein bis zwei Stunden nach dem Aufstehen unordentlich gekleidet war. An diesem Morgen hatte sie, als sie Madame Wu hörte, mit ungekämmtem Haar in ihrem Nachtgewand dagesessen. Sie war rasch in das innere Zimmer gelaufen und hatte Toilette gemacht. Nun kam sie heraus mit dem Aussehen einer Rose, keine Knospe mehr, aber noch nicht voll erblüht. Ihre erneute Schwangerschaft gab ihr eine weiche und sanfte Schlaffheit. Die großen Augen schimmerten feucht und die Lippen standen offen. An den Ohren trug sie die Perlen, die Madame Wu ihr geschenkt hatte.

»Mutter!« rief sie zum Gruß. »Bist du gekommen?«

»Wie gut dich die Perlen kleiden«, sagte Madame Wu. Sie sah Liangmo an. »Geh, mein Sohn«, sagte sie mit jener liebenswürdigen Autorität, die, weil sie so unbeschwert war, nicht ernst gemeint schien. »Meng und ich, wir wollen ein wenig miteinander reden.«

»Meng, mein Kind«, begann Madame Wu jetzt, »ich komme zu dir um einen Rat. Wie denkst du darüber, wenn ich deine Mutter um die Hand deiner Schwester Linyi für Fengmo bitten würde? Sie sind fast im gleichen Alter –, deine Schwester ist, glaube ich, um vier Monate jünger als Fengmo. Sie ist hübsch, und auch Fengmo sieht recht gut aus. Beide sind gesund. Ich habe die Horoskope noch nicht befragt, aber ich weiß, daß ihre Geburtsmonate günstig sind. Sie ist Wasser, und er ist Stein.«

»Wie gern würde ich meine Schwester hier haben!« rief Meng aus. Sie klatschte in die Hände, und ihre Ringe klirrten aneinander. Dann ließ sie die Hände sinken. »Aber ich muß dir sagen, Mutter –, Linyi hält Fengmo für altmodisch.«

»Warum denn?« fragte Madame Wu erstaunt.

»Er war nie in einer auswärtigen Schule. Er ist in diesem Hause aufgewachsen«, erklärte Meng.

»Deine Mutter hätte Linyi nicht ein Jahr lang nach Schanghai in die Schule schicken sollen«, sagte Madame Wu. Die schönen Linien ihres Mundes wurden streng und hart.

»Selbstverständlich könnte Fengmo die auswärtige Schule nachholen«, sagte Meng, hinter ihrer Grübchenhand ein Gähnen verbergend.

»Ich will Fengmo nicht wegschicken, bevor er nicht seine Form gefunden hat. Ich will, daß meine Söhne in diesem Haus ihre Form finden und nicht auf einer ausländischen Schule«, entgegnete Madame Wu.

Meng diskutierte nie. »Soll ich Linyi fragen?«

»Nein«, sagte Madame Wu mit Würde. »Ich werde selbst mit deiner Mutter sprechen.«

Einen Augenblick lang war Madame Wu über Meng ungehalten. Aber ehe sie sich dessen recht bewußt wurde, flog ein erschreckter Ausdruck über Mengs kindliches Gesicht.
»O Himmel!« rief sie aus, die Hände über den Bauch verkrampft.
»Was denn?« fragte Madame Wu.
»Spüre ich schon das Kind – so zeitig?« sagte Meng mit ernstem Gesicht.
»Wieder ein Junge«, verkündete Madame Wu. »Wenn es sich so früh bewegt, ist es ein Junge.«
In einem solchen Augenblick Meng ihre Ungeduld fühlen zu lassen, wäre nicht schicklich gewesen; sie beherrschte sich also.
Sie ging weg, und während sie durch die schönen alten Höfe schritt, fühlte sie sich aus ihrem eigenen Wesen herausgehoben und, wie so oft, auf dem Strom dieser Familie Wu dahingetragen, mit der sie sich vor so vielen Jahren vereinigt hatte. Leben und Heirat, Geburt und wieder Geburt – der Strom zog weiter.
Aber nun war noch Tsemo übrig. Mit Fengmo wollte sie nicht sprechen, ehe sie Linyis Einstellung kannte. Yenmo war fort. Sobald sie Tsemo und Rulan besucht hat, wird sie die Aufgabe dieses Tages erfüllt haben.
Tsemos Hof war von allen der unfreundlichste. Als sie den beengten Raum betrat, bereute sie, an ihrem Sohn für seine Heirat Rache genommen zu haben. Es waren bloß zwei Zimmer, und sie gingen nach Norden. Im Winter wärmte die Sonne sie nicht, und im Sommer waren sie dumpfig.
Sie fand Tsemo im Hauptzimmer. Er war damit beschäftigt, irgendeine ausländische dünnflüssige Tinte aufzuwischen, die er aus der Flasche verschüttet hatte. Sie sah ihn zuerst und sah, daß er übler Laune war. Er war oft übler Laune – den hübschen Mund nach unten gezerrt, die Augen hart. So war er heute.
An der Schwelle blieb Madame Wu stehen.
»Nun, mein Sohn?« sagte sie zum Gruße. »Bist du allein?«
»Rulan ist krank«, antwortete er, das tintige Tuch zu Boden werfend.
»Krank? Davon hat mir niemand etwas gesagt.« Madame Wu trat über die hohe Türschwelle und kam ins Zimmer.

»Sie sah schlecht aus – ich sagte ihr, sie solle im Bett bleiben«, sagte Tsemo.
»Ich will zu ihr hineingehen«, sagte Madame Wu.
Sie schob den roten Seidenvorhang, der zwischen den beiden Zimmern hing, zur Seite und ging hinein. Es war das erstemal, daß sie dieses Zimmer betrat, seit Rulan ins Haus gekommen war; sie merkte, daß der Raum verändert war. Das Bett hatte keine Vorhänge, statt dessen hingen Vorhänge vor dem Fenster. Einige ausländische Bilder hingen an den Wänden, und unter den Büchern auf den Regalen längs der Wände standen auch ausländische Bücher.
Auf dem nackten Bett lag Rulan. Ihr Kopf lag auf einem hohen Kissen, das kurze Haar fiel ihr aus dem Gesicht und ließ die Ohren sehen. Sie waren klein und hübsch wie kleine Muscheln. Madame Wu bemerkte sie sofort.
»Ich habe noch nie deine Ohren gesehen«, sagte sie freundlich. »Sie sind sehr hübsch. Du solltest Ohrringe tragen. Ich werde dir ein Paar Ohrringe schicken.«
Rulan wandte ihre dunklen, strahlenden Augen Madame Wu zu. »Ich danke dir, Mutter«, sagte sie mit ungewohnter Sanftmut.
Diese Sanftmut beunruhigte Madame Wu. »Ich fürchte, du bist sehr krank«, rief sie aus.
»Ich bin müde«, gab Rulan zu.
Madame nickte lächelnd und ging wieder zu Tsemo hinaus. Er schrieb Briefe in einer fremden Sprache, einen nach dem anderen, eine fremdartige Feder in der Hand.
»Rulan ist müde. Sie muß sich ausruhen.«
»Ich werde sie dazu zwingen«, sagte er eifrig. »Sie ist viel zu aktiv. Gestern ging sie zu einer Versammlung des Nationalen Wiederaufbau-Komitees im Rathaus und wurde zur Vorsitzenden gewählt. Als sie nach Hause kam, war sie völlig erschöpft.«
»Wieder der Nationale Wiederaufbau?« ihre Stimme klang silbern. »Oh, der ist sehr erschöpfend.«
»Das habe ich ihr auch gesagt«, stimmte Tsemo bei.
Sie nickte. Dann verließ sie den Raum und ging mit ungewohnter Lebhaftigkeit in ihren eigenen Hof hinüber. Ch'iuming saß im Garten auf einem Schemel und nähte an den neuen Kleidern. Madame Wu blieb bei ihr stehen, und

das Mädchen wollte sich erheben, aber Madame Wu drückte sie sanft nieder, die Hand auf ihrer Schulter. »Bleib bei deiner Arbeit«, befahl sie ihr. »Morgen ist der Tag, und du mußt dich vorbereiten.«
Das Mädchen setzte sich wieder und hob die Nadel auf, die heruntergefallen war und am Faden hing. Sie sprach kein Wort. Mit gebeugtem Kopf und raschen, flinken Hand- und Fingerbewegungen nähte sie weiter. Madame Wu blickte auf das geneigte junge Haupt hinab und sah, wie eine pfirsichblütenfarbene Röte zwischen den Schulterblättern aufstieg und sich über den runden Nacken und Hals bis in die Wurzeln des glatten schwarzen Haares verbreitete.

Als der nächste Tag zu Ende ging, war Madame Wu sich über die Art, wie Ch'iuming in Herrn Wus Hof einzuführen sei, schlüssig geworden. Am wenigsten Aufsehen würde es erwecken, wenn es in aller Stille und bei Nacht geschähe. Zu Feierlichkeiten war kein Anlaß. Hier handelte es sich um eine Angelegenheit ihrer eigenen Generation und der des Herrn Wu, und wollte man die jüngere Generation daran irgendwie teilnehmen lassen, würde man ihr nur Verlegenheiten bereiten.
Demgemäß befahl sie am nächsten Tag Ying, dem Mädchen in gewissen kleineren Einzelheiten ihrer Toilette behilflich zu sein, von denen Ch'iuming natürlich nichts wissen konnte. Sie selbst brachte den Tag in der Bibliothek zu.
Nach Einbruch der Dunkelheit wartete sie noch eine Stunde, und dann ging sie ins Haus zurück. Ch'iuming hatte gebadet und sich das Haar gekämmt. Sie hatte das neue Kleid angezogen. Jetzt saß sie aufrecht auf der Kante des schmalen Bettes, die Hände im Schoß gefaltet. Ihr junges Gesicht war unbewegt und ausdruckslos. Aber unter dem über die Ohren gestrichenen Haar sah Madame Wu zwei dünne Schweißbächlein hervorsickern. Sie setzte sich neben das Mädchen.
»Du brauchst dich nicht zu fürchten«, sagte sie. »Er ist ein sehr gütiger Mann.«
Das Mädchen warf unter den gesenkten Lidern einen raschen Blick hervor und sah dann wieder zu Boden.
»Du mußt ihm bloß gehorchen«, sagte Madame Wu. Aber selbst in diesen Worten empfand sie eine gewisse Härte.

Weshalb aber sollte sie diese Härte fühlen? Das Mädchen war kein Kind mehr. Der Mann, der ihr Gatte hätte werden sollen, war tot. Wäre sie weiterhin im Hause ihrer Ziehmutter geblieben, was hätte sie als junge, nie verheiratete Witwe anderes erhoffen können, als mit irgendeinem Bauern vermählt zu werden, dessen Weib gestorben war und ihn mit vielen Kindern zurückgelassen hatte? Sicher war das hier ein besseres Los als jenes!

So versuchte Madame Wu sich selbst hart zu machen. Aber das Mädchen hob verstohlen die Hand, wischte sich den Schweiß von den Wangen und verharrte in Schweigen.

»Es ist besser, du nimmst sie jetzt mit«, sagte Madame Wu unvermittelt zu Ying, die wartend dastand.

Ying trat vor und faßte den Ärmel des Mädchens mit Daumen und Zeigefinger. »Komm!« sagte sie.

Ch'iuming stand auf. Ihr roter Mund öffnete sich, sie begann schwer zu atmen und zögerte. Ihre Augen weiteten sich und wurden sehr schwarz.

»Komm!« wiederholte Ying hart. »Wozu sonst hat man dich in dieses Haus gebracht?«

Das Mädchen schaute erst Ying, dann Madame Wu ins Gesicht. Dann, als sie in keinem der beiden Gesichter etwas sah, was ein Entrinnen bedeuten konnte, beugte sie das Haupt und folgte Ying aus dem Zimmer, durch das Tor und aus dem Hof hinaus.

Allein gelassen, blieb Madame Wu eine Zeitlang sitzen, ohne sich zu rühren. Auch bewegte kein Gedanke ihren Geist. Sie saß da in einem Zustand von Gefühlslosigkeit, und sie ließ diesen Zustand gewähren. Litt sie? Sie wußte, daß sie nicht litt. Bereute sie? Nein, sie empfand keine Reue. In diesem Zustand der Leere mochte eine Seele sich im Tode verloren finden.

Dann erhob sie den Kopf. Ihr Mund zitterte. Existierte nicht auch eine ungeborene Seele im Mutterschoß in ebensolcher Leere? So wird auch sie vielleicht neugeboren. Sie stand auf, ging in den Hof hinaus und erhob das Gesicht zum dunklen Himmel. Die Nacht war weich und schwarz, das rechteckige Stück Himmel über dem Hof war von Wolken bedeckt, durch die kein Stern hindurchschimmerte. Noch vor Tagesanbruch wird es regnen. Aber in einer regnerischen Nacht schlief sie immer gut.

Ying kam zurück und ging, da sie sie in der Dunkelheit nicht sah, an ihr vorbei. Sie trat in das leere Haus und erschrak über seine Leere.

»Himmel!« hörte Madame Wu sie murmeln. »Wohin ist sie gegangen? Gnädige Frau – gnädige Frau!« schrie Ying.

»Hier bin ich, du Dumme«, sagte Madame Wu ruhig an der Tür. »Ich bin bloß in den Hof hinausgetreten, um zu sehen, ob es regnen wird.«

Ying seufzte und ließ die Hand sinken. »Wollen Sie jetzt zu Bett gehen, wie gewöhnlich, gnädige Frau?«

»Warum nicht?« fragte Madame Wu mit ihrer hübschen Stimme. »Es beginnt zu regnen. Ich höre es auf dem Dach.«

Eine Stunde später kletterte sie in das hohe, große Bett. Frisch gebadet, frisch gekleidet in ihr weißes seidenes Nachtgewand, legte sie sich nieder.

Plötzlich begann Ying zu schluchzen. »Welche Braut ist so schön wie Sie?« rief sie dazwischen aus.

Madame Wu hatte den Kopf auf das Kissen gebettet. Nun hob sie ihn wieder. »Wie kannst du wagen zu weinen, wenn *ich* nicht weine?« sagte sie.

Ying unterdrückte das Schluchzen, machte die Vorhänge los und zog sie vor das Bett. Und eingeschlossen von ihrer Seidenpracht, faltete Madame Wu die Hände über der Brust und schloß die Augen. Auf dem Ziegeldach ihr zu Häupten hörte sie das stete besänftigende Niederrauschen des Regens.

Ch'iuming war im Dunkeln in einer ihr unbekannten Richtung gewandert. Seitdem sie den Hof betreten, war sie nicht von Madame Wus Seite gewichen. Nun, da sie fortgeschickt wurde, fühlte sie sich vollständig heimatlos, genau so verwaist, wie sie es gewesen war, als die Frau, die sie geboren hatte, sie außerhalb der Stadtmauer niederlegte und dort liegen ließ. Damals hatte sie ihren Zustand nicht gekannt. Heute kannte sie ihn.

Ch'iumings Herz begann zu klopfen. Alle ihre Sinne belebten sich. Feucht spürte sie die Luft auf ihrer Haut. Sie hörte eine Frau schluchzen. Hilflosigkeit überwältigte und ängstigte sie, und auch sie empfand das Bedürfnis zu weinen. Sie mußte reden, sie mußte nach einer lebenden Seele greifen und eine Stimme hören, die ihr antwortete, und sei es auch nur die dieser Magd.

»Es kommt mir seltsam vor, daß man mich haben will«, sagte sie atemlos. »Ich hätte gedacht, er würde lieber ein Mädchen aus einem Blumenhaus wollen, eine, wissen Sie, die versteht, wie man –. Ich habe nur auf dem Land gelebt –.«

»Ein solches Mädchen würde unsere Herrin nicht im Hause haben wollen«, sagte Ying kühl.

Ehe Ch'iuming antworten konnte, waren sie am Ziele angelangt. Der Hof war voller Päonien. Ein Lampion schien auf die Blüten herab, die im Schatten glühten.

»Es ist niemand da«, sagte Ying. Sie ging voraus, und Ch'iuming folgte ihr. Ein so großes Zimmer hatte sie noch nie gesehen. Die Einrichtung war reich und dunkel, und an den Wänden hingen Bilder. Im Türeingang ließ der Nachtwind die Satinvorhänge leise vor- und zurückschwingen. Sie waren scharlachrot, die Wände elfenbeinfarben. Ch'iuming trat ängstlich ein. Hier also sollte sie leben –, wenn sie ihm gefiel.

Aber wo war er?

Sie fragte nicht, und Ying sprach nicht von ihm. Nüchtern, wie sie alles bisher getan, half Ying ihr, sich für das Bett fertig zu machen –, und entfernte sich.

Einsam und angsterfüllt lag Ch'iuming hinter den Vorhängen. Was wird in den nächsten Stunden mit mir geschehen? Das große Haus umschloß sie. Irgendwo hörte sie das Klappern von Mah-Jongg-Steinen. Die Dienerschaft spielte – oder waren es die Söhne? Oder spielte *er* mit seinen Freunden? Ihr war, als sei sie keine Konkubine, sondern eine Ehefrau. Aber die Ehefrau, das war nicht sie, sondern die ältere Dame. Und wie konnte sie jemals so schön sein wie diese Frau, wie konnte er nach dieser Frau an ihr Gefallen finden, nach dieser Frau, deren jeder Blick Schönheit war?

Ich bin so gewöhnlich, dachte sie. Sogar meine Hände! Sie hob sie in der Dunkelheit und ließ sie wieder fallen. Sie waren rauh, und die feine Seide der Bettdecke blieb an ihnen haften.

Ich wollte, ich läge wieder in meinem Bett! stöhnte sie halblaut. Zeitlebens hatte sie in einem kleinen Anbau, neben dem Zimmer ihrer Ziehmutter, geschlafen. Ihr Bett hatte aus Brettern bestanden, die über zwei Bänke gelegt waren, und nachts hörte sie das Schnaufen der Ochsen und das Flattern des wenigen Geflügels, das in dem Stall schlief. Auf den Brettern lag eine Baumwolldecke, die sie, als Matratze und Bettdecke zugleich, um sich herumwickelte. Des Morgens wurde sie bisweilen dadurch geweckt, daß ein Vogel etwas auf ihr Gesicht fallen ließ; denn unter den Dachbalken nisteten Sperlinge.

Dann dachte sie an den Jungen, mit dem sie aufgewachsen war, an den Sohn ihrer Ziehmutter, der niemals ihr Bruder war. Aus der Zeit, da ihr Bewußtsein erwachte, wußte sie, daß man sie ins Haus gebracht hatte, damit sie sein Weib werde. Sie liebte ihn nicht, da sie ihn zu gut kannte. Er war ein Bauernjunge wie alle anderen aus dem Dorf. Jetzt, da sie daran dachte, wie er ausgesehen hatte, als sie noch ein kleines Mädchen war, sah sie sein rundes Gesicht und seine dicken Backen vor sich. Dann war er gewachsen, war lang und mager geworden, und sie hatte eben angefangen, ihm gegenüber schüchtern zu werden, als er starb. Sie hatte noch nicht einmal irgendwelche Hochzeitskleider gemacht. Er war so jung gestorben – sie hatte kaum begonnen, sich ihn als ihren Gatten vorzustellen. Als er starb, machte ihre Ziehmutter ihr Vorwürfe.

»Du hast einen Fluch über mein Haus gebracht!« hatte sie gesagt. »Ich hätte dich an der Stadtmauer sterben lassen sollen. Du warst nicht für meinen Sohn bestimmt.«

Was blieb mir übrig, als herzukommen? fragte sie sich.

In diesem Augenblick hörte sie Schritte, und das Blut stockte ihr in den Adern. Sie packte die Seidendecke, zog sie bis ans Kinn hinauf und starrte auf die geschlossenen Vorhänge. Die Vorhänge teilten sich. Sie sah ein hübsches, breites Gesicht – weder alt noch jung – vom Trinken gerötet. Der Weingeruch verbreitete sich in dem Alkoven des Bettes. Eine volle Minute starrte er sie an, um dann die Vorhänge wieder leise zu schließen.

Lange Zeit hörte sie überhaupt nichts. War er fortgegangen? Sie wagte nicht, sich zu rühren. Wartend lag sie in der engen Dunkelheit. Wenn sie ihm nicht gefällt, wird man sie morgen wieder fortschicken. Aber wohin konnte sie gehen?

Wenn man sie fortschickt –, wird man ihr etwas Geld geben? Was geschieht mit Konkubinen, die nicht gefallen? Sie fürchtete sich so sehr vor einem solchen Schicksal, daß ihr jetzt alles andere besser erschien.
Ungestüm richtete sie sich auf, schob die Vorhänge mit einer Hand auseinander und schaute hinaus. Dort saß er regungslos in einem großen Stuhl. Er hatte sein Obergewand abgelegt und hatte nur das Unterkleid aus weißer Seide an. Aber – hatte er sich so lautlos bewegt, daß sie ihn nicht hörte?
Sie sah ihn und er sie. Dann schloß sie rasch die Vorhänge, legte sich nieder und barg das Gesicht in die Hände. Er kam! Sie hörte seinen weichen, schweren Schritt auf den Fliesen des Fußbodens. Die Seidenvorhänge öffneten sich, als würden sie auseinandergerissen, und dann spürte sie, wie seine Hände die ihren von ihrem Gesicht wegzogen.

V

Madame Wu erwachte aus dem tiefsten Schlaf, den sie je geschlafen hatte. Es war Morgen –, sie hatte die Nacht durchgeschlafen, ohne auch nur ein einziges Mal aufzuwachen. Sie konnte sich nicht erinnern, daß das jemals geschehen war. Die frische Kerze, die Ying abends neben das Bett gestellt hatte, zeigte noch ihren weißen Docht.
Ihr erstes Gefühl war das des vollkommenen Ausgeruhtseins. Die Müdigkeit war aus Leib und Seele geschwunden. Aber in diesem Gefühl lag auch etwas Vertrautes. Sie ließ die Gedanken zurückwandern über ihr reiches Leben und fand, woran es sie erinnerte. So hatte sie sich gefühlt nach der Geburt jedes ihrer Kinder. Jedesmal war die Bürde in ihr durch die zehn Mondmonate schwerer, drückender und drängender geworden, so daß schließlich nur die sorgsamste Selbstbeherrschung es ihr möglich gemacht hatte, die Gemütsruhe zu bewahren, die ihr Wesen ausmachte. Dann war die Geburt des Kindes gekommen. Für sie aber war es nicht so sehr eine Geburt als vielmehr die Wiedereroberung ihres Körpers. Wenn mit einem Male die Schmerzen aufhörten, wenn sie das durchdringende Schreien des von ihr getrenn-

ten Kindes vernahm, dann galt ihr erster Gedanke ihrer eigenen Befreiung. Sobald man das Kind, gewaschen und bekleidet, zu ihr brachte, begann sie es zu lieben, als das, was es war, aber nicht, weil es ein Stück ihrer selbst war. Ja, sie wünschte gar nicht eine Teilung ihres Ichs. Sie wollte wieder ein Ganzes sein.

Dieses Ganzsein empfand sie also auch an diesem Morgen, aber tiefer und vollständiger. All ihre Pflichten waren nun erfüllt. Keinem im Hause mangelte etwas, dessen er bedurfte.

... Aber da fiel ihr ihr dritter Sohn Fengmo ein. Solange er nicht verheiratet ist, ist sie nicht ganz frei!

»Sag mir, ist das Wetter schön?« sagte sie zu Ying, die eben hereinkam.

»Als ob es nie geregnet hätte«, antwortete Ying.

»Dann zieh mich für einen Besuch an«, sagte Madame Wu. »Ich will, sobald ich gegessen habe, zu Madame Kang gehen. Ich habe etwas mit ihr zu besprechen. Was hältst du von Linyi für unseren Fengmo?«

»Zwei Knoten in demselben Seil«, erwiderte Ying nachdenklich. »Nun, gnädige Frau, besser etwas Gutes zweimal tun als etwas Schlechtes. Unser ältester junger Herr ist mit der älteren Kangtochter recht glücklich. Aber unser zweiter Sohn hat gestern abend seine Frau geschlagen.«

»Tsemo hat Rulan geschlagen?« rief Madame Wu aus.

»Ich hörte sie schluchzen«, sagte Ying. »Er muß sie geschlagen haben.«

Madame Wu seufzte. »Werde ich unter diesem Dache niemals Frieden haben?«

Sie aß rasch ihr Frühstück, erhob sich und ging nach Tsemos Hof. Aber Tsemo war noch zeitiger aufgestanden und war schon fort. Die Magd sagte, Rulan liege noch im Bett und schlafe. Madame Wu wollte eine Dienstperson nicht fragen, weshalb ihr Sohn seine Frau geschlagen habe, und so sagte sie nur: »Sag meinem Sohn, daß ich ihn heut abend zu sprechen wünsche.«

Dann ging sie weiter, um, wie sie es gewöhnlich jeden Tag tat, die Küchen und die Familienhöfe zu inspizieren, und als sie alle Teile des Hauses besichtigt, hier Lob und dort Rügen erteilt hatte, kehrte sie nach ihrem eigenen Hof zurück.

Zwei Stunden später trat sie aus dem Tor des Hauses der Familie Wu. Vor etwa zwei Jahren hatte Herr Wu ein ausländisches Automobil gekauft, aber die Straßen waren so schmal, daß Madame Wu es nicht gerne benutzte. Es widerstrebte ihr, zu sehen, wie die gewöhnlichen Menschen sich an die Hauswände drückten, während der große Wagen die Breite der Straße einnahm. Andererseits liebte sie auch die ungedeckte Rikscha nicht, die Herr Wu ihr einmal geschenkt hatte. Am liebsten war ihr die diskrete, altmodische Sänfte, die sie in die Ausstattung mitbekommen hatte. Daher sagte sie Ying, sie solle ihr in der Rikscha folgen. Einer der vier Träger hob den Vorhang auf, Madame Wu stieg hinein, setzte sich und ließ den Vorhang fallen.
Durch das kleine Glasfensterchen in diesem Vorhang konnte sie alles sehen, was auf der Straße vorging, ohne selbst gesehen zu werden.
Die Entfernung zwischen den Häusern Wu und Kang war nicht gering, sie betrug beinahe den ganzen Durchmesser der Stadt. Aber Madame Wu hatte keinen Sinn für Eile. Sie freute sich an dem Sonnenschein, der in die vom Nachtregen noch feuchten Straßen fiel. Die Pflastersteine waren sauber gewaschen, und die Menschen waren fröhlich und vergnügt über den heiteren Himmel. Die Märkte waren belebt, und schon brachten die Bauern ihre Lasten frischen, grünen Kohls, Körbe voller Eier und Bündel von Heizgras in die Stadt. Der Anblick all dieses Treibens hatte stets eine beruhigende Wirkung auf Madame Wu. Die Familie Wu war in dieser Stadt nur *eines* von vielen Häusern. Es war ein angenehmer Gedanke, daß es all diese anderen Häuser gab, wo Männer und Frauen miteinander lebten und Kinder und Kindeskinder zur Welt brachten. Und in diesem Lande gab es noch viele andere solcher Städte, und in der ganzen Welt gab es viele andere Länder, wo, wenn auch auf verschiedene Weise, Männer und Frauen das gleiche Leben führten.
In etwas weniger als einer Stunde war die Sänfte vor dem Tor des Hauses Kang angelangt. Ying hatte selbstverständlich einen Diener vorausgeschickt, damit er Madame Wus Ankunft anmelde; sie wurde also erwartet. Das große, rotlackierte Tor ging auf, und ein Diener empfing sie. Ying

eilte aus ihrer Rikscha herbei, um Madame Wu aus der Sänfte zu helfen. Unter dem Arm trug sie Madame Wus kleinen Reisetoilettekoffer, falls sie wünschen sollte, sich das Haar zu glätten oder etwas Puder aufzulegen.

Dann traten sie durch das Tor ein, aber noch ehe sie den ersten Hof durchschritten hatten, kam Madame Kang selbst, um ihre Freundin zu begrüßen. Die beiden Damen drückten einander die Hand.

»Wie lieb von dir, Schwester!« rief Madame Kang lebhaft aus. Sie konnte es nicht erwarten, aus Madame Wus eigenem Munde zu hören, was alles geschehen sei. Da die Diener der beiden Häuser dauernd kamen und gingen, wußte sie bereits, daß Madame Wu ihren Plan durchgeführt hatte. Sie wußte sogar, daß Ch'iuming am vergangenen Abend in Herrn Wus Hof gegangen war.

»Ich bin gekommen, um mit dir über vieles zu sprechen, Schwester«, erwiderte Madame Wu. »Aber ich komme zu früh –, ich störe dich.«

»Wie kannst du das sagen!« wehrte Madame Kang ab. Forschend blickte sie in das frische, liebliche Gesicht der Freundin. Es hatte sich nicht im geringsten verändert. Die ruhigen Augen, der feine, gelassene Mund, die perlenblasse Haut –, alles sah überaus vorteilhaft aus.

»Wie schön du immer bist«, sagte Madame Kang zärtlich, wobei sie sich, wenn auch ohne unangenehme Empfindung, ihres eigenen, noch unfrisierten Haares bewußt war.

»Ich stehe zeitig auf«, sagte Madame Wu. »Gehen wir jetzt hinein, und während du dir das Haar bürstest, will ich warten.«

»Kümmere dich nicht um mein Haar«, entgegnete Madame Kang. »Ich werde mich nachmittags kämmen. Der Vormittag vergeht mir zu schnell.«

Gemeinsam gingen die beiden Freundinnen ins Haus und durch zwei Höfe, bis sie Madame Kangs eigenen Hof erreichten. Dann ergriff sie wieder Madame Wus Hand, führte sie in ihr Zimmer und schloß die Tür.

»Jetzt sind wir unter uns«, sagte sie. Sobald Madame Wu Platz genommen hatte, setzte auch sie sich nieder; sie saß vorgebeugt, die Hände auf den Knien. »Erzähl mir alles«, sagte sie.

Madame Wu sah ihre Freundin an. Eine gewisse Verständnislosigkeit trat in ihre Augen, gemischt mit Überraschung. »Es ist seltsam«, sagte sie nach einer sekundenlangen Pause, »aber ich habe das Gefühl, daß es nichts zu erzählen gibt.«
»Wie ist das möglich!« rief Madame Kang aus. »Ich bin voll mit Fragen wie eine Henne mit Eiern. Das Mädchen –, wer ist es? Hat sie ihm gefallen?«
»Mir gefällt sie«, sagte Madame Wu. In der Pause, die nun eintrat, wurde ihr klar, daß sie an diesem Morgen geflissentlich nicht an Herrn Wu und Ch'iuming gedacht hatte. Gefiel sie ihm? Sie zwang sich weiterzugehen, ohne diese Frage zu beantworten, die wie eine Schlange in ihrem Herzen aufsprang.
»Ich habe ihr einen Namen gegeben: Ch'iuming. Sie ist nur ein einfaches, aber gutes Mädchen. Ich bin überzeugt, sie wird ihm gefallen. Jedermann wird sie gut leiden können, denn es ist nichts an ihr, was man nicht leiden könnte. Im Hause wird keiner neidisch sein.«
»Himmel!« rief Madame Kang verwundert aus. »Und all das sagst du, als ob du für ein Enkelkind eine neue Amme gemietet hättest! Nun, als mein Vater sich eine Nebenfrau nahm, weinte meine Mutter und versuchte sich zu erhängen, und wir mußten sie Tag und Nacht bewachen, und als er sich eine zweite Mätresse nahm, verschluckte die erste ihr Ohrgehänge, und so ging es weiter bis zur fünften –, das war die letzte. Sie alle haßten einander und kämpften um ihn.« Mächtiges Lachen kollerte aus ihr hervor.
»Es müssen lauter dumme Frauenzimmer gewesen sein, diese Mätressen«, sagte Madame Wu seelenruhig.
»Eine Frau wie du hat es noch nicht gegeben, Ailien«, sagte Madame Kang zärtlich. »Sag mir wenigstens: konntest du in der vergangenen Nacht schlafen?«
»Heut nacht schlief ich sehr gut wegen des Regens auf dem Dach«, antwortete Madame Wu.
»Wegen des Regens auf dem Dach!« rief Madame Kang aus und brach in ein so hemmungsloses Gelächter aus, daß sie sich mit dem Ärmel die Augen trocknen mußte.
Lächelnd wartete Madame Wu, bis es vorüber war. Dann sagte sie ernst: »Ich habe eine Angelegenheit mit dir zu besprechen, Meichen.«

Als Madame Kang diesen Ton in der Stimme der Freundin vernahm, wurde sie todernst: »Ich werde nicht mehr lachen. Worum handelt es sich?«

»Du kennst meinen Sohn Fengmo«, sagte Madame Wu. »Glaubst du, daß ich ihn wegschicken soll, auf eine Schule?«

Sie formulierte diese Frage geschickt. Wenn Madame Kang es für überflüssig erklären sollte, dann wird sie sofort nach Linyi fragen. Wenn sie jedoch –.

»Vor allem kommt es darauf an, was der Junge selbst will«, antwortete Madame Kang. Ihr breites, rundes Gesicht legte sich in Falten.

»Er hat nie merken lassen, was er will«, sagte Madame Wu. »Bis jetzt ist er nur gewachsen. Aber nach dem siebzehnten Jahr muß eine Mutter anfangen, ihren Sohn zu überwachen.«

»Selbstverständlich«, stimmte Madame Kang bei. Sie schürzte die Lippen und dachte an Fengmo, an seinen arroganten, geschmeidigen Körper, an sein stolzes Haupt.

»Übrigens«, sagte Madame Wu offen, »weshalb soll ich dir nicht die Wahrheit sagen? Ich dachte daran, unser Blut abermals in denselben Strom zu lenken. Fengmo und Linyi –, was sagst du dazu?«

Madame Kang klatschte zweimal in die Hände. »Gut!« rief sie aus. Dann ließ sie die rundlichen Hände fallen. »Aber diese Linyi«, sagte sie mit betrübter Miene. »Ich habe leicht ›gut‹ sagen –, weiß ich denn, was *sie* sagen wird?«

»Du hättest sie nicht in eine ausländische Schule schicken sollen«, sagte Madame Wu. »Ich habe es dir schon damals gesagt.«

»Du hast recht gehabt«, erwiderte Madame Kang bekümmert. »Jetzt ist ihr zu Hause nichts gut genug. An allem hat sie etwas auszusetzen.«

Madame Kang sah ihre Freundin zweifelnd an. »Ich wäre sehr froh, wenn du sie bekämest«, sagte sie. »Es ist nötig, daß sie heiratet und auf andere Gedanken kommt. Aber ich liebe dich zu sehr, um dir ihre Fehler zu verschweigen. Sie wird es für eine Schande halten, daß Fengmo keine fremde Sprache versteht.«

Nachdenklich sahen die beiden Damen einander an. Dann sagte Madame Wu geradeheraus: »Entweder muß Linyi mit Fengmo vorlieb nehmen, wie er ist, oder ich lasse die ganze Sache fallen. Krieg liegt in der Luft, und ich lasse meine Söhne nicht in eine Küstenstadt gehen. Hier sind wir sicher, denn unsere Provinz ist weit vom Meer entfernt.«

»Warte!« stieß Madame Kang plötzlich freudig aus. »Ich hab's!« sagte sie. »In der Stadt lebt ein ausländischer Priester. Könntest du ihn nicht als Hofmeister für Fengmo engagieren? Wenn ich dann mit Linyi spreche, kann ich ihr sagen, daß Fengmo fremde Sprachen lernt.«

»Ein Ausländer?« wiederholte Madame Wu mißtrauisch. »Könnten wir ihn denn ins Haus nehmen? Wird es da nicht Schwierigkeiten geben? Ich höre, daß alle Männer aus dem Westen lüstern und zudringlich sind.«

»Er ist ein Priester«, sagte Madame Kang. »Er ist über einen solchen Verdacht erhaben.«

Madame Wu wurde immer nachdenklicher. »Nun«, sagte sie schließlich, »falls Linyi darauf besteht, ist es besser so, als Fengmo in eine fremde Schule zu schicken.«

»Richtig«, stimmte Madame Kang bei.

Madame Wu erhob sich. »Du wirst also mit Linyi sprechen, und ich werde mit Fengmo sprechen.«

»Und wenn Fengmo nicht will?« fragte Madame Kang.

»Er wird wollen«, sagte Madame Wu, »denn ich werde den richtigen Zeitpunkt wählen. Bei einem Mann, ob jung oder alt, ist es das Wichtigste, den richtigen Zeitpunkt zu wählen.«

»Wie gut du alles weißt«, murmelte Madame Kang.

Die beiden Damen standen auf und gingen Hand in Hand aus dem Zimmer.

Madame Wu sagte adieu und ließ etwas Geld für die Magd zurück, die den Tee serviert hatte. Ying kam aus dem Zimmer der Dienerschaft, wo sie mit dem Personal geklatscht hatte, und Madame Wu kehrte nach Hause zurück.

Der erste Mensch jedoch, mit dem sie nach ihrer Heimkehr sprach, war nicht Fengmo, sondern die Ausländerin, Klein-Schwester Hsia.

Klein-Schwester Hsia ging eben über den Haupthof innerhalb des Tores, als sie Madame Wu erblickte. Sie blieb sofort stehen und rief: »Oh, Madame Wu, ich habe eben *gehört* –, es kann doch nicht wahr sein?«

»Kommen Sie herein«, sagte Madame Wu freundlich. »Ein schöner Tag heute, nicht wahr? Nicht oft ist zu dieser Jahreszeit die Luft so rein. Wir wollen im Freien sitzen –, Ying wird uns etwas zu essen bringen. Es muß bald Mittag sein.«
Sie geleitete Klein-Schwester Hsia über den allgemeinen Hof und in ihren eigenen Wohnhof hinüber.
»Bitte, nehmen Sie Platz«, sagte sie. »Ich muß nur für einen Augenblick in mein Zimmer gehen. Ruhen Sie sich aus. Genießen Sie den Vormittag.«
Lächelnd und mit einer graziösen Verbeugung zog Madame Wu sich in ihre Räume zurück. Als sie sich vor dem Spiegel niederließ, lächelte sie. Sie brachte eine verirrte Haarsträhne in Ordnung, puderte sich die Wangen und vertauschte die einfachen Goldohrgehänge mit den Jadeblumen; dann wusch und parfümierte sie sich die Hände und ging wieder hinaus.
Klein-Schwester Hsias Gesicht lag in teilnahmsvollen Falten. Mit der ihr eigenen ungeschickten Hast erhob sie sich von ihrem Stuhl.
»Ich freue mich sehr, daß Sie heute gekommen sind«, sagte Madame Wu leichthin mit ihrem warmen Lächeln. »Sie können mir helfen.«
Klein-Schwester Hsia nickte. Ihre Hände fielen kraftlos auseinander. Über den blassen Lippen und den Augen hing ein Schatten der Enttäuschung.
Madame Wu berührte ihre Lippen mit dem parfümierten Seidentaschentuch. »Ich habe das Gefühl, daß mein drittältester Sohn etwas mehr Bildung braucht«, sagte sie mit ihrer sanften Stimme, deren Freundlichkeit stets einen gewissen Abstand zwischen sie und den Angesprochenen zu legen schien. »Ich habe daher beschlossen, ihn bei einem geeigneten Ausländer eine fremde Sprache sprechen und fremde Bücher lesen lernen zu lassen. Können Sie mir sagen, ob es hier in der Stadt einen Ausländer gibt, den ich bitten kann, Fengmo zu unterrichten?«
Schwester Hsia war so verblüfft über dieses Verlangen, das nichts mit dem zu tun hatte, was sie gehört hatte, daß sie einen Augenblick lang überhaupt kein Wort über die Lippen brachte.
»Ich höre, daß ein ausländischer Priester hier lebt«, fuhr Madame Wu fort. »Können Sie mir etwas über ihn sagen?«

»Ein Priester?« murmelte Schwester Hsia.
»Das habe ich gehört«, sagte Madame Wu.
Klein-Schwester Hsia machte ein bedenkliches Gesicht. »Wenn es der ist, an den Sie vermutlich denken«, sagte sie, »dann glaube ich nicht, daß Sie ihn für Ihren Sohn haben wollten.«
»Ist er kein Gelehrter?« fragte Madame Wu.
»Was bedeutet die Weisheit des Menschen, liebe Freundin?« fragte Klein-Schwester Hsia. »Er ist so gut wie ein Atheist!«
»Warum sagen Sie das?« fragte Madame Wu.
»Ich kann mir nicht denken, daß er ein wahrer Gläubiger ist«, erwiderte Klein-Schwester Hsia ernst.
»Vielleicht hat er seine eigene Religion«, meinte Madame Wu.
»Es gibt nur eine wahre Religion«, sagte Klein-Schwester Hsia bestimmt.
Madame Wu lächelte. »Wollen Sie ihn bitten, mich zu besuchen?« fragte sie. Es überraschte sie, zu sehen, wie über das reizlose Gesicht eine dunkle Röte flog.
»Er ist unverheiratet«, sagte Klein-Schwester Hsia. »Ich weiß nicht, was er sich dabei denken würde, wenn ich zu ihm käme.«
Madame Wu streckte ihre gütige Hand aus und berührte die knochigen Finger, die in Klein-Schwester Hsias Schoß lagen. »Niemand kann Ihre Tugend in Zweifel ziehen«, sagte sie.
Diese gütige Geste bewirkte, daß die Schüchternheit der Ausländerin dahinschmolz. »Liebe Madame Wu«, sagte sie, »ich will alles tun, um Ihnen zu helfen.«
»Sie werden den Priester bald zu mir schicken?« fragte Madame Wu, und in der Frage lag ein Befehl.
Ohne es zu wollen, versprach es Klein-Schwester Hsia.
»Wie kann ich es Ihnen vergelten?« sagte Madame Wu höflich. »Lassen Sie mich Ihnen wenigstens das eine sagen, Kleine Schwester: Zum Dank dafür, daß Sie meinem dritten Sohn einen Lehrer verschaffen, bitte ich Sie, für mich zu beten, so oft es Ihnen beliebt.« Damit entließ sie den Gast.
Den ganzen Tag hatte Madame Wu nicht vergessen, was Ying ihr erzählt hatte, nämlich, daß sie Rulan nachts hatte schluchzen hören. Aber Madame Wu hatte längst gelernt, daß die Affären eines großen Haushalts eine nach der an-

deren und in guter Ordnung erledigt werden müssen. Diese Ordnung bestand vor allem in ihrem Kopf. Sie hatte versucht, mit Tsemo zu sprechen, und der Himmel hatte es verhindert. Also war die Zeit noch nicht reif.
Heute bin ich einen guten Schritt weitergekommen, was die Entscheidung über Fengmos künftiges Leben anbelangt, dachte sie. Sie war von dem großen Stuhl am Bibliothekstisch, an dem sie den ganzen Tag gearbeitet hatte, nicht aufgestanden. Nun, da sie fester denn je entschlossen war, ihm Linyi zur Frau zu geben, war es gleichwohl nur gerecht, mit ihm zu sprechen und ihm vorerst die Freiheit des Widerstandes einzuräumen. Sie rief Ying, die im Nebenzimmer das Bett für die Nacht vorbereitete.
»Geh und sag Fengmo, er soll herkommen«, sagte sie. Dann überlegte sie, während Ying wartete.
»Und wenn du meinen Sohn gerufen hast«, fuhr Madame Wu fort, »dann bitte die zweite Frau, heute abend am Familienessen teilzunehmen.«
Mit verdrossenem Mund entfernte sich Ying, und Madame Wu blieb, Daumen und Zeigefinger an der Lippe, wartend sitzen.
Wenige Minuten später hörte sie Fengmos Schritt. Er erschien an der Tür der Bibliothek, gekleidet in seine Schuluniform aus dunkelblauem Tuch. Auf dem Kopf trug er eine Schirmmütze aus dem gleichen Tuch, mit einem Band, das den Namen der Schule zeigte: Nationale Wiederaufbau-Mittelschule.
Madame Wu lächelte ihrem Sohn zu und winkte ihn herein.
»Was bedeutet eigentlich dieser Nationale Wiederaufbau?« fragte sie halb scherzhaft.
»Es ist nur ein Name, Mutter«, antwortete Fengmo. Er setzte sich auf einen Seitenstuhl, nahm die Mütze ab und drehte sie wie ein Rad zwischen beiden Händen.
»Er bedeutet dir nichts?« forschte Madame Wu weiter.
»Selbstverständlich wollen wir alle den nationalen Wiederaufbau«, erwiderte Fengmo.
»Ohne zu wissen, was er bedeutet?« fragte Madame Wu in der gleichen halb scherzenden Art.
Fengmo lachte. »Augenblicklich habe ich Schwierigkeiten mit der Algebra«, sagte er. »Vielleicht, wenn ich darüber

hinwegkomme, werde ich den Wiederaufbau besser verstehen.«

»Du siehst blaß aus«, sagte sie unvermittelt. »Nimmst du dein stärkendes Mittel aus Hirschhornpulver?«

»Es schmeckt schlechter als verfaulter Fisch«, sagte Fengmo.

Sie beugte sich vor, und ihre Hände fielen verschränkt in den Schoß. »Fengmo«, sagte sie, »es ist an der Zeit, daß wir über dein Leben sprechen.«

»Mein Leben?« Fengmo blickte auf. Er hörte auf, die Mütze zu drehen.

»Ja«, wiederholte Madame Wu, »über dein Leben. Mit deinem Vater habe ich die Frage bereits erörtert.«

»Mutter, bilde dir nicht ein, daß ich mir von dir eine Frau aussuchen lasse«, sagte Fengmo erregt.

»Selbstverständlich nicht. Aber es gibt noch eine andere Schwierigkeit«, sagte Madame Wu in ihrer ruhigen Art. »Jetzt wollen die Mädchen, nämlich solche Mädchen, die dir gefallen, einen jungen Mann, der nicht zumindest eine fremde Sprache spricht, gar nicht nehmen.«

»Ich lerne in der Schule Englisch«, sagte Fengmo hochmütig.

»Aber du sprichst es nicht sehr gut«, erwiderte Madame Wu.

»Was ist das für ein Mädchen, das mich nicht haben will?« fragte Fengmo ärgerlich.

Sein Ärger trug Madame Wu auf ihr Ziel zu, wie ein Boot auf den Brandungswellen dem Ufer zustrebt. »Madame Kangs drittälteste Tochter, Linyi«, sagte sie, und während sie bisher keinerlei Interesse zwischen den beiden gemerkt hatte, genügte Fengos jetziger Verdruß: er war sofort interessiert.

»Dieses Mädchen!« brummte er. »Sie sieht zu stolz aus. Ich mag ihre Art nicht.«

»Sie ist wirklich sehr hübsch«, entgegnete Madame Wu. »Aber das ist nicht das Wichtigste. Wenn ich von ihr spreche, meine ich eben nur eine unter anderen. Wenn Linyi, die unsere Familie und unsere Stellung kennt, dich ablehnt, können wir dann unsere Augen höher erheben?«

»Du könntest mich ja auf eine auswärtige Schule schicken«, sagte Fengmo eifrig.

»Das will ich nicht«, erwiderte sie mit ihrer schönen Stimme, die gleichwohl unerbittlich war wie Sonne und Mond. »In

ein paar Jahren wird es in der ganzen Welt Krieg geben. In solchen Zeiten müssen all meine Söhne zu Hause sein.«
Der Junge schwieg, die Blicke auf das Gesicht der Mutter geheftet. Seine Augen waren groß und schwarz wie die ihren, hatten aber nicht die gleiche Tiefe. Er war noch jung. Aber er sagte nichts. Es war, als bemühe er sich, die Dinge zu begreifen, von denen sie redete.
»Ich habe gehört, daß es hier in der Stadt einen ausländischen Priester gibt«, fuhr sie fort, »einen gelehrten Mann. Es ist möglich, daß er dich gegen ein gewisses Entgelt in fremden Sprachen unterrichtet. Wäre dir das recht? Fremde Sprachen können dir eines Tages sehr von Nutzen sein. Dabei denke ich nicht nur an die Heirat. Es werden ganz andere Zeiten kommen.«
Ihre Stimme, so klar, so melodisch, war dennoch voller Vorbedeutung. Fengmo liebte und fürchtete zugleich seine Mutter. Für ihn hatte sie immer recht, und die wenigen Male, da er ihr den Gehorsam verweigerte, hatte sie ihn nicht bestraft –, und doch war er gestraft. Langsam und mühsam hatte er begriffen, daß in allem, was sie sagte, Weisheit lag.
»Ein Priester?« wiederholte er. »Ich glaube nicht an Religionen.«
»Ich verlange von dir nicht, daß du an Religionen glaubst«, antwortete sie. »Davon ist hier nicht die Rede.«
»Er wird versuchen, mich zu bekehren«, schmollte Fengmo.
»Mußt du denn diesen Bekehrungsversuchen nachgeben?« fragte Madame Wu. »Bist du so schwach? Du mußt lernen, von einem Menschen sein Bestes anzunehmen und alles andere nicht zu beachten. Bitte, probier's mit dem Priester einen Monat lang.«
Es war das Geheimnis ihrer Macht in diesem Hause, daß sie niemanden ihren Willen unumschränkt empfinden ließ. Sie räumte Fristen ein und eröffnete Aussichten auf ein Ende, und dann nutzte sie die Zeit, um Tatsachen zu schaffen, die ihren eigenen Absichten dienten.
Fengmo begann wieder die Mütze langsam zwischen den Händen zu drehen. »Also einen Monat«, sagte er. »Und wenn es mir nicht gefällt, dann nicht länger als diesen einen Monat.«
»Einen Monat«, bestätigte Madame Wu. Sie erhob sich. »Und jetzt, mein Sohn, wollen wir gemeinsam zum Abend-

essen gehen. dein Vater wird schon ohne uns angefangen haben.«

Im Hause Wu aßen Männer und Frauen an besonderen Tischen. Somit trennte Fengmo sich an der Schwelle des großen Eßzimmers von der Mutter und begab sich auf jene Seite, wo der Vater, die Brüder und die Vettern saßen, während Madame Wu mit gewohnter Anmut zu den Tischen ging, an denen die Frauen sich versammelt hatten. Bei ihrem Kommen erhoben sich alle. Sie sah sofort, daß Ch'iuming unter ihnen Platz genommen hatte. Das Mädchen saß schüchtern von den übrigen getrennt und hielt ein kleines Kind auf den Knien. Mit dem Kind in den Armen stand sie auf und es gelang ihr, das Gesicht mit dem Körper des Kindes zu verdecken. Aber schon vorher hatte Madame Wu sie genau betrachtet. Das Mädchen machte ein ernstes Gesicht, aber das war in einem fremden Hause nur natürlich. Genug, daß sie da war.

»Bitte, setzt euch«, sagte Madame Wu höflich zu allen und zu keinem. Sie nahm ihren Platz an der Spitze des Tisches ein und griff zu den Eßstäbchen. Meng war damit beschäftigt, die anderen zu bedienen, und Madame Wu legte die Eßstäbchen wieder hin. »Bitte, komm zu mir, Meng«, sagte sie. »Ich hatte den ganzen Tag mit Wirtschaftsangelegenheiten zu tun und bin etwas müde.«

Lächelnd lehnte sie sich zurück, in ihrer gewohnten Art jeder ihrer Schwiegertöchter ein paar Worte widmend, auch Mengs kleinem Jungen, den die Amme hielt. Das Kind war unruhig, und Madame Wu nahm die Eßstäbchen, wählte ein Stückchen Fleisch und gab es ihm. Dann wandte sie sich an Ch'iuming.

»Zweite Frau«, sagte sie freundlich, »du mußt essen, was dir am besten schmeckt. Der Fisch pflegt gut zu sein.«

Ch'iuming schaute auf und wurde feuerrot. Sie erhob sich und machte, immer noch das Kind in die Arme schließend, eine kleine Verbeugung. »Danke, Ältere Schwester«, sagte sie mit leiser Stimme. Dann setzte sie sich und sprach nicht wieder.

Aber durch ihre freundliche Anrede gab Madame Wu dem ganzen Hause zu verstehen, daß Ch'iuming ihren rechtmäßigen Platz innehatte und daß das Leben der Familie die Hin-

zugekommene in sich aufnehmen müsse. Alle hatten die wenigen Worte gehört, denen nun ein kurzes Schweigen folgte. Dann redeten die Dienerinnen untereinander und die Ammen mit den Kindern, um das Schweigen zu verwischen.
Madame Wu nahm die ihr dargereichten Speisen und begann in ihrer langsamen, genießerischen Art zu essen.
Sie war mit dem Essen fertig, bevor die anderen gegessen hatten. Sie erhob sich, bat die übrigen, sich nicht stören zu lassen, und ging langsam aus dem Zimmer. Als sie an Herrn Wu und ihren Söhnen vorbeikam, grüßten sie, sich halb von ihren Sitzen erhebend. Sie neigte lächelnd das Haupt und ging weiter.
Auch diese Nacht schlief sie durch, ohne aufzuwachen.
Für Ch'iuming war aber die halbstündige Anwesenheit Madame Wus ihre Hochzeitsfeier. Die Nacht hatte sie in einem verwirrten Zustand zurückgelassen. Hatte sie ihm gefallen oder nicht? Herr Wu hatte kein einziges Wort zu ihr gesprochen und war vor Tagesanbruch von ihr gegangen. Nachher hatte sie bis Mittag geschlafen. Den ganzen Nachmittag war ihr außer einer Dienstmagd niemand in die Nähe gekommen. Dann war sie durch Ying aufgefordert worden, an der Familienmahlzeit teilzunehmen.
Als die Mahlzeit zu Ende war, stand sie in zunehmender Schüchternheit wartend da, während Meng und Rulan sich entfernten. Meng jedoch blieb in ihrer liebenswürdigen Güte einen Augenblick stehen, um mit ihr zu sprechen. »Ich werde dich morgen besuchen, Zweite Frau«, sagte sie.
»Ich bin dessen nicht würdig«, erwiderte Ch'iuming leise. Sie hob die Augen, und Meng sah in ihr ängstliches, trauriges Herz.
»Ich werde mein Kind mitbringen«, versprach sie.
Und Ch'iuming ging hinaus mit den Frauen und Kindern, sich vor den Blicken der Männer verbergend. Aber sie schauten ihr nach, jeder in seiner eigenen geheimen Art.
An diesem Abend kam Herr Wu zeitig in den Päonienhof, und Ch'iuming war noch nicht zu Bett gegangen. Als sie seine Schritte hörte, war sie damit beschäftigt, an den unfertigen Kleidern zu nähen. Bei seinem Eintritt wandte sie das Gesicht ab. Er setzte sich nieder, während sie stehen blieb, räusperte sich, legte die Hände auf die Knie und sah sie an.

»Du«, begann er, ohne sie beim Namen zu nennen, »du brauchst dich vor mir nicht zu fürchten.«
Sie vermochte nicht zu antworten. Mit beiden Händen umklammerte sie das Kleid und stand wie eine versteinerte Figur vor ihm.
»In diesem Hause«, fing Herr Wu nochmals an, »gibt es alles, was dich glücklich machen kann. Die Mutter meiner Söhne ist gütig. Es sind junge Frauen da, die Gattinnen meiner Söhne, und viele Kinder. Du scheinst verträglich, und gewiß bist du auch gefällig. Du wirst hier sehr glücklich sein.«
»Was mich betrifft«, fuhr er fort, »hast du nur wenige Obliegenheiten. Ich liebe es, lange zu schlafen. Weck mich nicht auf, wenn ich hier bin. Nachts, wenn ich nicht schlafen kann, habe ich gern Tee, aber keinen roten Tee. Ich bin heißblütig und kann selbst im Winter nicht mit zwei Bettdecken schlafen. Dies und anderes wirst du zweifellos lernen.«
Das Kleid entfiel ihrer Hand. Sie sah ihn an und vergaß ihre Schüchternheit. »Also – will man mich haben?« Sie stellte diese Frage aus Sehnsucht, irgendwo unter dem Himmel ein Obdach zu finden.
»Gewiß«, sagte er. »Habe ich es dir nicht gesagt?« Er lächelte, und sein glattes, hübsches Gesicht leuchtete von einer plötzlichen inneren Wärme. Sie sah es und verstand es. Es war ein geringer Preis, ein sehr geringer Preis, den sie einem Mann bezahlte, um endlich ein Heim zu besitzen.

VI

Klein-Schwester Hsia nahm es mit übernommenen Pflichten immer sehr genau, aber eine so rasche Erledigung hatte Madame Wu nicht erwartet. Sieben, acht Tage später kam Ying hereingelaufen. Ihre kleinen, runden Augen sprühten vor Überraschung.
»Gnädige Frau, gnädige Frau!« rief sie.
Madame Wu ging unter ihren Orchideen spazieren; ärgerlich blieb sie stehen. »Ying!« sagte sie streng. »Mach den Mund zu! Du siehst aus wie ein Fisch am Angelhaken. Jetzt sag mir, was los ist.«

Ying gehorchte, begann aber fast augenblicklich wieder: »Der größte Mensch –, den ich je gesehen habe –, ein Ausländer! Er sagt, Sie hätten ihn kommen lassen.«
»Ich?« sagte Madame Wu erstaunt. Dann erinnerte sie sich. »Es ist möglich«, sagte sie.
»Gnädige Frau, Sie haben mir nichts davon gesagt«, sagte Ying vorwurfsvoll. »Ich habe dem Portier gesagt, er darf ihn unter keinen Umständen einlassen. Wir hatten noch nie einen Ausländer in diesem Haus.«
»Ich sage dir nicht alles«, erwiderte Madame Wu. »Laß ihn sofort eintreten.«
Ying zog sich verdutzt zurück, und Madame Wu setzte ihren Spaziergang zwischen den Orchideen fort. Die Blumen hatten sich nach der Umpflanzung überraschend schnell erholt. In diesem schattigen Garten gediehen sie. Madame Wu fragte sich, ob auch die neuen Päonien gediehen. In diesem Augenblick hörte sie vom runden Tor her eine tiefe, klingende Stimme. »Madame!«
Die Stimme hatte sie erwartet, war aber nicht auf diesen mächtigen Ton vorbereitet. Sie blickte von den Orchideen auf und sah einen hochgewachsenen, breitschultrigen Mann in einer langen braunen Kutte, die um die Mitte mit einem Strick zusammengebunden war. Es war der Priester. Seine Rechte hielt ein Kreuz umfaßt, das auf seiner Brust lag. Sie wußte, daß das Kreuz ein christliches Symbol ist, interessierte sich aber nicht dafür. Wofür sie sich interessierte, war die Größe und Stärke der Hand, die das Kreuz umfaßt hielt.
»Ich weiß nicht, wie ich Sie anreden soll«, sagte sie mit ihrer silberhellen Stimme, »sonst würde ich Ihren Gruß erwidern. Wollen Sie eintreten?«
Der Priester neigte das mächtige Haupt und kam durch das Tor in den Garten. Das Gesicht blaß vor Furcht, folgte ihm Ying.
»Kommen Sie, bitte, in meine Bibliothek«, sagte Madame Wu. Sie blieb neben dem Eingang stehen, damit der Priester vor ihr eintrete. Er aber nahm die Hand von seinem Kreuz und machte eine leichte Geste in der Richtung zur Tür. »In meiner Heimat«, sagte er lächelnd, »gebührt der Dame der Vortritt.«

»Wirklich?« fragte sie leise. »Aber Sie mögen recht haben –, ich soll Ihnen wohl den mir vertrauten Weg zeigen.«
Sie ging hinein, ließ sich auf ihrem gewohnten Platz nieder und deutete auf den anderen Stuhl, der gegenüber am Tische stand. Ying schlich sich nach und blieb, halb versteckt, an der Tür stehen. Madame Wu sah sie. »Ying, komm her!« befahl sie. Dann wandte sie sich mit einem leisen Lächeln dem Priester zu: »Dieses dumme Frauenzimmer hat noch nie einen Mann von Ihrer Größe gesehen, und sie kann den Blick nicht von Ihnen wenden. Bitte, verzeihen Sie ihr.«
Der Priester antwortete mit den merkwürdigen Worten: »Gott gab mir vielleicht diesen Riesenkörper zur Belustigung derer, die mich anschauen. Nun, Lachen ist ja eine gute Sache.« Seine mächtige Stimme dröhnte durch den Raum.
»Ying, geh und bring uns heißen Tee«, ordnete Madame Wu an, um sie zu beruhigen, und Ying huschte davon wie eine Katze.
Der Priester saß unbewegt da; sein gewaltiger Körper füllte den großen geschnitzten Sessel zur Gänze. Und doch war er, wie Madame Wu jetzt bemerkte, überaus mager. Das Kreuz auf seiner Brust war von Gold. Er hatte eine dunkle Haut, und die großen dunklen Augen lagen klar und ernst in tiefen Höhlen. Das Haar war mittellang und leicht gewellt. Er trug einen Bart, dessen Haar schwarz und seidig war. In diesem dunklen Bart leuchteten Lippen von ungewöhnlicher Röte.
»Wie soll ich Sie anreden?« fragte Madame Wu. »Ich vergaß, Klein-Hsia nach Ihrem Namen zu fragen.«
»Ich habe keinen eigenen Namen«, entgegnete der Priester. »Aber man hat mir den Namen André gegeben. Ein Name, so gut wie ein anderer. Manche Leute nennen mich Pater André. Mir ist es lieber, Madame, wenn Sie mich Bruder André nennen.«
Madame akzeptierte diesen Wunsch nicht, lehnte ihn aber auch nicht ab. Sie sprach weder Namen noch Titel aus, stellte vielmehr eine zweite Frage: »Und Ihre Religion?«
»Sprechen wir heute nicht von meiner Religion«, erwiderte Bruder André. Madame Wu mußte lachen: »Ich dachte, alle Priester sprechen gern von ihrer Religion.«
Bruder André sah sie lange und eindringlich an. Trotz der

Gewalt seiner Augen lag keine Vermessenheit in diesem Blick –, er erschreckte Madame Wu nicht. Er war unpersönlich wie eine Lampe, die ein Mensch in die Höhe hält, um jemandem einen unbekannten Pfad zu zeigen.

»Man sagte mir, daß Sie mich zu sprechen wünschen, Madame«, sagte Bruder André.

»Ja, das ist richtig«, antwortete Madame Wu. Dann hielt sie inne. Sie bemerkte jetzt, daß Ying auf dem Weg in die Küche die Neuigkeit von dem Ungetüm verbreitet hatte. An der Tür hörte man Flüstern und Unruhe.

»Sie leben schon viele Jahre hier«, sagte Madame Wu. »Sie sprechen ausgezeichnet Chinesisch.«

»Ich spreche viele Sprachen, um mich mit allen Menschen verständigen zu können«, erwiderte er.

»Aber Sie leben schon lange in unserer Stadt?« fragte sie hartnäckig. Allmählich wurde sie außerordentlich neugierig auf diesen Menschen.

»Erst ein Jahr«, entgegnete er.

»Ich habe Sie nicht meinetwegen hierher bitten lassen«, sagte sie. »Es handelt sich um meinen drittältesten Sohn. Ich wünsche, daß er eine fremde Sprache lernt.«

»Welche Sprache?«

»Welche ist die beste?« fragte sie.

»Französisch ist die schönste«, erwiderte er, »Italienisch die poetischste, Russisch die kräftigste und Deutsch die gediegenste. Aber in der englischen Sprache werden mehr Geschäfte gemacht als in jeder anderen.«

»Dann soll er Englisch lernen«, sagte Madame Wu mit Bestimmtheit. Sie hob die Augen zu seinem dunklen Gesicht. »Was ist Ihr Honorar?«

»Ich nehme kein Honorar«, sagte Bruder André ruhig. »Ich habe für Geld keine Verwendung.«

»Ein Priester, der für Geld keine Verwendung hat?« In ihrem Lächeln war leise Ironie.

»*Ich* brauche kein Geld«, wiederholte Bruder André mit Betonung des Wortes ›ich‹.

»Aber Sie bringen mich in Verlegenheit, wenn Sie mich zwingen, etwas umsonst anzunehmen«, sagte Madame Wu. »Soll ich nicht etwas Geld für Ihre Religion geben –, für gute Werke?«

»Nein, die Religion ist besser dran ohne solche Geschenke«, erwiderte Bruder André. Er überlegte einen Augenblick und fuhr dann fort: »Mag sein, daß es ab und zu Dinge gibt, die hier in Ihrer eigenen Stadt vonnöten wären –, etwa eine Stelle, bei der man Findlinge unterbringen könnte. Ich selbst habe Findlinge zu mir genommen, bis ich gute Zieheltern für sie finden konnte. Wenn so etwas auftaucht, werde ich zu Ihnen kommen, Madame –, Ihre Hilfe wird meine Belohnung sein.«

»Aber derlei Dinge in unserer eigenen Stadt sind ja nicht nützlich für Sie«, sagte sie. »Kann ich nicht für *Sie* etwas tun?«

»Das gerade heißt etwas für mich tun, Madame«, antwortete er. Seine Stimme dröhnte durch das Zimmer, und sie widersprach ihm nicht.

»Wann sollen wir mit dem Unterricht beginnen?« fragte Madame Wu. Sie fühlte sich außerstande, diesem Mann zu widersprechen.

»Gleich jetzt, wenn Sie wollen«, erwiderte er. »Mir ist jede Zeit recht.«

»Wollen Sie jeden Abend kommen?« fragte sie. »Mein Sohn besucht tagsüber die nationale Schule.«

»So oft Sie wünschen«, antwortete er.

Sie erhob sich und rief Ying. »Sag Fengmo, er soll herkommen.« Sie stand auf der Schwelle der Tür, zur einen Hand den Garten, zur anderen die Bibliothek. Einen Augenblick lang hatte sie die seltsame Empfindung, zwischen zwei Welten zu stehen. Sie trat in den Garten hinaus und ließ den Priester allein. Horchend blieb sie stehen, als erwartete sie, daß er sie rufen werde. Aber sie hörte nichts. Auf der Umfassungsmauer ließ sich, wie jeden Abend zu dieser Stunde, eine Nachtigall nieder. Ganz langsam sang sie vier reine Töne. Dann erblickte sie sie und flog davon. Madame Wu bedauerte es beinahe, den Fremden eingeladen zu haben. Was würde er am Ende für sonderbare Dinge in fremden Worten unterrichten! Sie war voreilig gewesen. Sie ging zur Tür zurück und schaute hinein. Wird er es für ungezogen halten, daß sie ihn allein gelassen hat? Als sie aber ins Zimmer blickte, sah sie, daß sein mächtiges Haupt auf die Brust gesunken und seine Augen geschlossen waren. Schlief er?

Nein, die Lippen bewegten sich. Mit gelinder Angst zog sie sich zurück und war froh, Fengmo durch das gegenüberliegende Tor hereinkommen zu sehen.
»Fengmo!« rief sie.
Sie wandte den Kopf und sah das Haupt des Mannes erhoben, die dunklen Augen offen und glühend.
»Fengmo, komm her!« rief sie nochmals.
Im Nu war er da, sehr jung und zart, verglichen mit dem großen Priester.
»Das ist mein drittältester Sohn – Fengmo«, sagte sie zu Bruder André.
»Fengmo«, wiederholte der Priester. Höflicherweise hätte er sagen sollen: Dritter junger Herr –, aber er wiederholte einfach den Namen: Fengmo. »Ich bin Bruder André«, sagte er und ließ sich nieder. »Setz dich, Fengmo«, fuhr er fort. »Ich habe den Auftrag, dich in einer fremden Sprache zu unterrichten, und zwar soll es, wie deine Mutter sagt, Englisch sein.«
»Aber nur die Sprache«, betonte Madame Wu. Nun, da die Lektionen beginnen sollten, fragte sie sich, ob es nicht ein Fehler war, die Seele ihres Sohnes diesem Mann anzuvertrauen. Denn eine Seele lehren heißt Macht über sie gewinnen.
»Nur die Sprache«, bestätigte Bruder André. Er spürte die Furcht in Madame Wus Worten und reagierte sofort darauf. »Keine Angst, Madame, ich bin ein ehrenhafter Mann. Die Seele Ihres Sohnes soll mir heilig sein.«
Das Verständnis des Fremden verwirrte Madame Wu. Sie hatte in einem so haarigen Körper diese feinfühligen Instinkte nicht vermutet. Sie kannte keine Ausländer –, ausgenommen natürlich Schwester Hsia, und sie war nur ein kindisches Frauenzimmer. Sie verbeugte sich leicht und ging wieder in den Garten hinaus.
Eine Stunde später erschien der Priester an der Tür der Bibliothek. Er redete zu Fengmo in unbekannten Worten. Er sprach sie klar und langsam aus, und Fengmo hörte zu, als hätte er niemals etwas anderes gehört.
»So rasch haben Sie ihm das beigebracht?« fragte Madame Wu. Sie saß in ihrem Bambusstuhl unter den Bäumen, die Hände im Schoß gefaltet.

»Madame, er versteht die Worte noch nicht«, erwiderte Bruder André. »Aber ich unterrichte so, daß ich nur in der zu erlernenden Sprache rede. In wenigen Tagen wird er diese Worte selbst gebrauchen.« Er wandte sich zu Fengmo. »Auf morgen«, sagte er, machte gegen Madame Wu eine Verbeugung und ging mit seinen langen, bedächtigen Schritten durch das Tor hinaus.

»Nun, mein Sohn?« fragte Madame Wu.

Fengmo war noch ganz benommen. »Er hat mich in dieser einen Stunde eine ganze Menge gelehrt.«

Wie ein Lauffeuer verbreitete sich in dem großen Haus die Nachricht von dem gewaltigen Priester und kam auch Herrn Wu zu Ohren. Am nächsten Tag, um die Mitte des Nachmittags, hörte Madame Wu ihn kommen. Sie war eben dabei, für die Näherin, die den Kindern neue Schuhe besticken sollte, Seide auszusuchen.

»Schick die Frau weg«, sagte Herr Wu im Hereinkommen.

Madame Wu sah, daß er ärgerlich war. Sie schob die Seidensträhnen zusammen und sagte zur Frau: »Komm in einer oder zwei Stunden wieder.«

Die Frau entfernte sich, Herr Wu setzte sich nieder und zündete seine Pfeife an. »Ich habe gehört, daß du für Fengmo einen ausländischen Lehrer engagiert hast, ohne mir ein Wort davon zu sagen.«

»Ich hätte es dir sagen sollen«, erwiderte Madame Wu freundlich. »Es war ein Fehler von mir. Aber ich dachte nicht, daß du damit behelligt werden willst, fand es jedoch für notwendig, Fengmo für Linyi zu interessieren.«

»Warum?« fragte Herr Wu.

Sie hatte längst erfahren, daß zu allen Zeiten für eine Frau einem Mann gegenüber nichts zweckmäßiger ist als Aufrichtigkeit. Sie hatte Herrn Wu niemals hintergangen und tat es auch jetzt nicht. »Fengmo hatte gestern zufällig Ch'iuming gesehen, während sie hier war«, sagte sie. »Ich glaube ja nicht, daß die beiden Feuer gefangen haben, aber Fengmo ist in einem Alter, da so etwas bei jedem jungen und hübschen Frauenzimmer passieren kann. Deshalb habe ich die Flamme von einer anderen Seite her angefacht. Es wäre unangenehm, Schwierigkeiten im Hause zu haben.«

Herr Wu war wie gewöhnlich durch diese Aufrichtigkeit

beschämt, und Madame Wu sah, wie seine Haarwurzeln von verräterischem Schweiß feucht wurden. »Ich wünsche, du würdest dir solche Sachen nicht so aus dem Handgelenk ausdenken«, sagte er. »Immer verkuppelst du Männer an Frauen. Du hast von allen Männern eine geringe Meinung. Ich spüre es. Ich spüre, daß du auch mich zu einem alten Ziegenbock gemacht hast.«
»Wenn du das spürst, dann bin ich eine ungeschickte Person und sollte dich um Entschuldigung bitten«, sagte sie mit ihrer silbernen Stimme. Sie saß mit unaussprechlicher Anmut da, und das schuf einen solchen Abstand zwischen ihnen, als wäre sie gar nicht in demselben Zimmer. Darauf verstand sie sich gut. Vor langem schon hatte sie gelernt, daß in scheinbarem Nachgeben größere Stärke liegt als im Widerstand und daß das rasche Eingeständnis eines Fehlers unbesiegbare Rechtschaffenheit beweist.
Aber sie sah, daß er noch immer verletzt war, und im stillen fühlte sie sich gedemütigt dadurch, daß sie wirklich so ungeschickt gewesen war, ihn zu verletzen. »Ich wollte, du könntest sehen, wie du heute aussiehst«, sagte sie mit einem reizenden Lächeln. »Mir scheint, ich habe dich noch nie so hübsch gesehen. Du siehst um zehn Jahre jünger aus als vor wenigen Tagen.«
Er errötete und begann zu lachen. »Wirklich?« fragte er.
Er merkte die Zärtlichkeit in ihren Augen und lehnte sich über den Tisch, der zwischen ihnen stand. »Ailien, es gibt noch immer keine Frau, die dir gleicht«, rief er aus. »Nach dir sind alle reizlos. Was ich getan habe, geschah bloß, weil du darauf bestanden hast.«
»Das weiß ich«, sagte sie, »und ich danke dir dafür. In unserem ganzen gemeinsamen Leben hast du nur getan, was ich wünschte. Und nun, da ich so viel von dir verlangte, hast du auch das getan.«
Tränen der Rührung traten in seine Augen. »Ich habe dir ein Geschenk gebracht«, sagte er. Er fuhr mit der Hand in die Tasche und holte ein Päckchen in Seidenpapier hervor. Er wickelte es aus –, darin lagen zwei Stücke Haarschmuck aus Jade und kleinen Perlen und Gold in der Form von Schmetterlingen und Blumen. »Ich sah sie gestern, und da mußte ich an dich denken. Aber ich denke immer an dich.«

Er trocknete sich die feuchte Stirn. »Auch nachts«, flüsterte er, ohne sie anzusehen.
Da wurde sie sehr ernst. »Nachts darfst du nicht an mich denken«, sagte sie. »Das ist ungerecht gegen Ch'iuming. Schließlich bist du jetzt ihr ganzes Leben.«
Sein unglücklicher Gesichtsausdruck veränderte sich nicht.
»Ist sie dir nicht angenehm?« fragte sie mit ihrer hübschen Stimme.
»Oh, angenehm ist sie«, sagte er widerstrebend. »Aber du –, du bist mir in diesen Tagen so fern. Sollen wir den Rest unseres Lebens in dieser Trennung verbringen? Du hast immer im Herzen meines Lebens gelebt –.« Seine volle Unterlippe zitterte.
Madame Wu war so gerührt, daß sie unwillkürlich aufstand und zu ihm hinüberging. Er nahm sie in die Arme und drückte das Gesicht an ihren Körper. Etwas in ihr erzitterte. Sie wurde unruhig –, nicht um seinetwillen, sondern um ihrer selbst willen. Sollte die Schwäche dieses Augenblickes alles vernichten, was sie getan hatte?
»Du«, flüsterte er, »Perlen und Jade –, Sandelholz und Weihrauch –.«
Ganz sachte entzog sie sich seiner Umarmung, bis nur noch ihre Hände in den seinen lagen. »Du wirst glücklicher sein, als du es jemals gewesen bist«, versprach sie ihm.
»Wirst du zu mir zurückkommen?« fragte er.
»Auf eine neue Art«, versprach sie. Nun, da sie sein Gesicht sehen konnte, war die Gefahr vorüber. Die Lippen mit ihrem leisen Zug von Übermut waren gelockert. Bei ihrem Anblick verwandelte sich ihr Körper in eine Säule aus kühlem Marmor. Nun zog sie auch die Hände zurück.
»Und was Fengmo betrifft«, sagte sie, »so beunruhige dich nicht. Den Lehrer habe ich engagiert, weil Linyi offenbar wünscht, daß Fengmo Englisch sprechen soll. In einem Monat wird er bereit sein, Linyi zu heiraten –, du wirst es sehen!«
»Verschwörerin!« sagte Herr Wu lachend. Seine gute Laune war wiederhergestellt; er stand auf, und lachend und kopfschüttelnd ging er fort.
Als wenige Minuten nachher Ying hereinkam, fand sie Madame Wu in tiefem Schweigen. Als sie Ying erblickte, hob sie den Kopf.

»Ying«, sagte sie, »nimm eine meiner parfümierten Seifen und sage Ch'iuming, sie soll keine andere verwenden.«
Ying blieb betroffen stehen.
»Schau mich nicht so an«, sagte Madame Wu. »Es gibt noch mehr für dich zu tun. Gib ihr einen von meinen Sandelholzkämmen für ihr Haar, und streue meinen Sandelholzstaub auf ihre Unterwäsche.«
»Wie Sie wünschen, gnädige Frau«, erwiderte Ying verdrossen.
In diesem Augenblick erblickte Madame Wu Herrn Wus Pfeife. Er hatte sie im Hinausgehen auf ein Seitentischchen gelegt. Sie begriff sofort, daß er die Pfeife absichtlich hier gelassen hatte, als Zeichen, daß er wiederkommen werde. Die Pfeife liegen zu lassen, das war ein altes Verständigungsmittel zwischen Mann und Frau.
Als Ying sich umwandte, deutete Madame Wu auf die Pfeife, und ihre hübsche Stimme bekam einen harten Klang.
»Ying!« rief sie. »Er hat seine Pfeife vergessen. Bring sie ihm zurück.«
Ying drehte sich wortlos um, nahm die Pfeife und trug sie weg.

Als Madame Wu mit dem Auswählen der Seiden fertig war, war es zu dunkel geworden, um die Farben zu sehen. Eben wollte sie die Kerzen anzünden lassen, als aus der Dämmerung Fengmo hereinkam. Er hatte die Schuluniform ausgezogen und ein langes Kleid aus cremefarbener Seide angelegt, das mit einem Muster in der gleichen Farbe bestickt war. Das kurze Haar hatte er aus der breiten Stirn zurückgebürstet. Nachdem sie ihn begrüßt hatte, lobte Madame Wu ihn wegen seines Aussehens.
»Verstehst du schon, was du sprichst?« fragte sie.
Er schüttelte den Kopf. »Nein. Aber heut abend werde ich ihn fragen, was es bedeutet«, antwortete er.
Er hielt inne und lauschte. »Jetzt kommt er!« rief er aus.
Sie hörten die langen, mächtigen Schritte – den Tritt von Lederschuhen auf dem Steinpflaster. Dann erblickten sie Bruder André vor der Tür; er war vom Portier eskortiert, der zurückblieb, als er sah, daß Madame Wu sich erhob.
»Haben Sie schon gegessen?« fragte Madame Wu – es war die übliche Art der Begrüßung.

»Ich esse nur einmal des Tages – zu Mittag«, erwiderte der Bruder André. Er lächelte auf eine angenehme, fast schüchterne Weise. Als er vor ihnen stand, hatte Madame Wu wiederum das Gefühl, daß das ganze Zimmer, daß Fengmo und sogar sie selbst in Gegenwart dieses riesigen Mannes zusammenschrumpften. Er aber schien sich seiner Größe nicht bewußt zu sein.

»Fengmo hat mir einige Worte wiederholt, die Sie ihn gestern abend gelehrt haben, aber wir wissen nicht, was sie bedeuten«, sagte Madame Wu, nachdem man Platz genommen hatte.

»Es sind die Worte, die einst ein Mann in England gesprochen hat«, sagte Bruder André. »Das heißt: er war in England geboren, er hat dort gelebt und ist dort gestorben. Seine Seele aber ist überall umhergewandert.«

Er hielt inne, und dann übersetzte er die Worte in einer Art von Singsang:

»Und nicht nur durch das östliche Tor
Dringt, wenn es tagt, das Tageslicht herein.
Nur langsam, langsam steigt die Sonne empor –
Doch sieh! im Westen liegt das Land in hellem Schein!«

Madame Wu und Fengmo hörten zu, jedes Wort eintrinkend, als wäre es reines Wasser.

»Ist das keine Religion?« fragte Madame Wu zweifelnd.

»Es ist Poesie«, sagte Fengmo.

»Ich lehre dich die ersten englischen Worte, die man mich gelehrt hat«, sagte Bruder André, ihm zulächelnd. »Und auch ich habe sie zunächst nicht verstanden, als ich noch ein kleiner Junge in Italien war.«

»Also diese selbe Sonne beleuchtet die ganze Erde«, sagte Madame Wu sinnend. Sie lachte. »Sie werden über mich lächeln, Bruder André, aber ich hatte immer das Gefühl – obgleich ich weiß, daß es nicht so ist –, daß die Sonne uns allein gehört.«

»Die Sonne gehört uns allen«, sagte Bruder André, »und wir reflektieren ihr Licht, einer zum andern, im Osten und im Westen, das Licht der aufgehenden und der untergehenden Sonne.«

Die vier Wände des Zimmers schienen zu verschwinden, die Wände der Höfe, in denen sie ihr ganzes Leben in Zurück-

gezogenheit zugebracht hatte. Einen Augenblick lang stieg eine deutliche Vision vor ihr auf: Die Erde war voll von Ländern und Völkern unter demselben Himmel, und auf den sieben Meeren fielen und stiegen dieselben Gezeiten.
Gerne wäre sie geblieben und hätte die nächste Lektion Bruder Andrés mit angehört; aber sie wußte, Fengmo würde sich nicht wohl fühlen, wenn sie bliebe.

»Was fühlt Linyi jetzt, da Fengmo Englisch lernt?« fragte Madame Wu Madame Kang. Die Freundin war eines späten Abends, nachdem der Trubel des Tages vorüber war, auf Besuch gekommen. Es war ein Symbol der Freundschaft zwischen den beiden Frauen, daß Madame Wu nur einige Male im Jahr zu Madame Kang kam, daß aber diese zwei- und dreimal wöchentlich Madame Wu besuchte. Beide fanden das nur natürlich.
»Ich bin über mein Kind erstaunt«, erwiderte Madame Kang. »Sie sagt, sie will Fengmo heiraten, wenn sie mehrmals mit ihm gesprochen und er hinlänglich Englisch gelernt hat und ihr dann noch gefällt. Wie schamlos von ihr, daß sie ihn zu sehen verlangt!«
Die beiden Freundinnen saßen in der Abendkühle. Auf einen Tisch in der Nähe hatte Ying eine zerschnittene Wassermelone gestellt. Das gelbe Innere, gespickt mit glänzenden schwarzen Samenkörnern, war saftig und süß. Madame Wu wies auf die Portion, die neben ihrer Freundin stand.
»Iß ein Stückchen Melone«, sagte sie freundlich. »Es wird dich erfrischen. Du siehst heute müde aus.«
Als Madame Kang die liebenswürdigen Worte hörte, wurde ihr rundliches Gesicht verlegen. Sie zog ein geblümtes seidenes Taschentuch aus dem Busen, hielt es vors Gesicht und begann zu schluchzen. Sie suchte ihre Tränen nicht zu verbergen, da sie ja mit Madame Wu allein war.
»Nun sage mir, Meichen«, sagte Madame Wu erstaunt, »weshalb du weinst?«
Sie griff nach dem Taschentuch und zog es der Freundin vom Gesicht. Jetzt lachte und weinte Madame Kang durcheinander.
»Du bist doch nicht –«, sagte Madame Wu ernst.
»Ja«, sagte Madame Kang. Nun blickten ihre kleinen hellen und so heiteren Augen auch noch tragisch drein.

»In deinem Alter, und wo du schon so viele Kinder hast!« rief Madame Wu aus.
»Ich gehöre zu den Frauen, die empfangen, wenn ein Mann auch nur die Schuhe neben ihr Bett stellt«, sagte Madame Kang.
Madame Wu gab keine Antwort. Sie war zu gütig, um ihrer Freundin zu sagen, was sie dachte, oder ihr vorzuwerfen, daß sie nicht ihrem Beispiel gefolgt sei.
»Das Merkwürdige ist«, sagte Madame Kang, das tränenfeuchte Taschentuch drehend und faltend, »daß mir gerade Linyis Meinung am meisten ausmacht. Sie ist so kritisch gegen mich. Immer sagt sie mir, ich bin zu dick, ich soll mein Haar anders kämmen, es ist eine Schande, daß ich nicht lesen kann, das Haus ist schmutzig und es sind zu viele Kinder da. Wenn Linyi im Haus bleibt und ich ihr erzählen muß –«
»Linyi muß gleich herkommen«, sagte Madame Wu. Im stillen fragte sie sich, ob es gut sei, ein so eigensinniges, willensstarkes Mädchen, das sich zum Richter über die eigene Mutter machte, ins Haus zu bringen.
»*Du* kannst sie belehren«, sagte Madame Kang voller Hoffnung. »Ich glaube, sie fürchtet dich. Aber sie fürchtet weder ihren Vater noch mich.« Bei dem Gedanken an ihren Mann mußte sie plötzlich unter Tränen lachen. »Armer Mann«, sagte sie, sich die Augen trocknend. »Als ich es ihm heute morgens sagte, riß er sich zwei Handvoll Haare aus und sagte: ›Ich sollte von hier weggehen und in einer anderen Stadt allein ein Geschäft aufmachen.‹« Madame Wu antwortete nicht, und ihre Freundin, als finde sie dieses Schweigen gefühllos, sah sie an und sagte, halb boshaft, halb traurig: »Vielleicht hast du Glück, Ailien, weil du deinen Mann nicht liebst.«
Diese Worte trafen Madame Wu ins Herz. Sie war solche Schärfe von dieser alten Freundin nicht gewohnt. »Vielleicht liegt der Unterschied nicht in der Liebe, sondern in der Selbstbeherrschung«, erwiderte sie.
»Was *du* getan hast, könnte *ich* nicht ertragen«, erwiderte Madame Kang. »Vielleicht bist du weise, aber ich kann nicht weise sein, wenn das bedeutet, daß jemand zwischen mich und meinen Mann kommt.«

Wer hätte gedacht, daß sich in diesem Augenblick Madame Wus Herz in einem unerklärlichen Schmerz zusammenkrampfte? Plötzlich war sie so einsam, daß sie erschrak, obgleich die beiden Hände einander festhielten. Sie stand auf der Spitze eines hohen Berges, umgeben von Eis und Frost, einsam und verloren. Am liebsten hätte sie aufgeschrien, aber die Stimme wollte nicht aus der Kehle hervor. Dämmerung verbarg Madame Wu. Madame Kang sah nicht die Blässe ihres Gesichts und sah nicht, ganz mit sich selber beschäftigt, wie Madame Wus Körper in wachsender Angst erstarrt war.
Mitten in diesem seltsamen Angstzustand erblickte Madame Wu Bruder André. Die riesenhafte, aufrechte Gestalt des Priesters trat in ihre Einsamkeit, und der Zwang, mit ihm zu sprechen, verscheuchte das Gefühl des Alleinseins.
»Bruder André«, sagte sie dankbar, »treten Sie ein. Ich werde meinen Sohn holen lassen.«
Dabei machte sie sich von Madame Kangs Fingern frei und stand auf. »Meichen, das ist Fengmos Lehrer«, sagte sie. »Bruder André, das ist meine Freundin, die mir eine Schwester ist.«
Bruder André verbeugte sich, ohne Madame Kang anzusehen, aber sein Gesichtsausdruck war freundlich. Er ging weiter bis in die Bibliothek. Sie sahen, wie er sich dort beim Licht einer Kerze niedersetzte, ein Buch aus dem Gewand nahm und zu lesen begann.
»Ein Riese!« rief Madame Kang flüsternd aus. »Fürchtest du dich nicht vor ihm?«
»Ein gutmütiger Riese«, erwiderte Madame Wu. »Komm, Fengmo wird gleich hier sein. Er soll nicht merken, daß wir von ihm sprechen. Gehen wir hinein?«
»Ich muß nach Hause«, erwiderte Madame Kang. »Aber ehe ich gehe: soll Linyi mit Fengmo sprechen oder nicht?«
»Ich werde ihn fragen«, sagte Madame Wu, »und wenn er es wünscht, werde ich ihn zuerst in dein Haus bringen. Dann kannst du eines Tages mit Linyi zu mir kommen. Eine zweimalige Begegnung müßte genügen, um einander kennenzulernen.«
»Du hast immer recht«, sagte Madame Kang, drückte der Freundin die Hand und ging.

An diesem Abend behielt Madame Wu Fengmo nach der Lektion zurück. Die beiden Männer hatten lange über ihren Büchern gesessen. Ohne im Dunkel gesehen zu werden, war sie an der Tür vorbeigegangen und hatte hineingeschaut. In Fengmos aufmerksamem Blick und in Bruder Andrés tiefem Ernst war etwas, was sie erschreckte. Hext dieser Priester dem Jungen die Seele aus dem Leibe, durch die bloße Macht seines riesenhaften Wesens?
Sollte sie eintreten und den Zauber brechen, der da vor ihren Augen gewoben wurde? Sie zögerte, noch immer ungesehen, an der Schwelle. Dann zog sie sich zurück. Sie, die Mutter und nur die Mutter, war nicht stark genug, dem gewaltigen Priester Widerstand zu leisten. Fengmo würde auf jeden Fall, um seine Unabhängigkeit zu zeigen – wenn nicht aus anderen Gründen –, sich gegen sie wenden. Nein, dazu bedurfte es eines jungen Weibes, eines heiteren Mädchens, eines lieblichen Stückes Fleisch und Blut. Linyi mußte rasch ins Haus kommen.
Als der Unterricht vorbei war, rief sie aus dem Dunkel: »Bruder André, ich danke Ihnen, daß Sie meinen Sohn so gut unterrichten! Auf morgen – ich grüße Sie!«
Sie erhob sich, und bei den letzten Worten trat sie vor. Beide Männer blieben stehen, als hätte ihre Gegenwart sie erschreckt. Bruder André verbeugte sich und entfernte sich rasch, wobei die lange Kutte hinter ihm fliegende Schatten warf. Madame Wu legte die Hand in Fengmos Armbeuge, und als er weitergehen wollte, hängte sie sich fest an ihn.
»Mein Sohn«, sagte sie, »bleib eine kleine Weile bei mir. Ich habe dir etwas sehr Merkwürdiges zu erzählen.«
Sie spürte, wie Fengmos Arm sich abwehrend versteifte, und zog die Hand zurück. »Lieber Sohn, ich bin manchmal ganz einsam. Heute ist so ein Abend. Willst du ein bißchen bei mir bleiben?«
Welcher Sohn konnte dieser Stimme widerstehen? Wieder lag ihre Hand, leise ziehend, auf seinem Arm. »Komm, setz dich im kühlen Dunkel nieder«, sagte sie. »Willst du mich sprechen lassen und nicht antworten, ehe ich geendet habe?«
»Wie du willst, Mutter«, sagte Fengmo. Aber sie fühlte, daß er fort wollte, daß er sich danach sehnte, von ihr frei zu sein. Oh, sie verstand es gut, diese Zeichen zu lesen!

»Fengmo«, sagte sie, und ihre Stimme klang wie Musik aus der Dunkelheit. Er konnte sie nicht sehen. Nur ihre liebliche Stimme strömte in sein Ohr. »Ich weiß nicht, wie ich es dir sagen soll«, begann sie. Er hörte ein leises, halb verlegenes Lachen. »Du bist schon so erwachsen: ein Mann – ich muß wohl annehmen ... – Nun, ich darf nicht egoistisch sein. Linyi wünscht mit dir zu sprechen. So etwas hätte ich für unmöglich gehalten, als Liangmo in deinem Alter war. Meng hätte es sich, glaub' ich, nicht einfallen lassen, so etwas zu verlangen. Aber Linyi ist ganz anders als Meng, und du bist ganz anders als Liangmo.«

All das ergoß sich in dieser schönen Stimme in die Nacht. Schwer zu glauben, daß es die Stimme seiner Mutter war – jung, so schüchtern, halb lachend, von Pausen unterbrochen.

»Woher weißt du das?« fragte er schroff.

»Ihre Mutter hat es mir heute gesagt«, antwortete sie.

In den Stuhl zurückgelehnt, das Gesicht zum schwarzen, weichen Himmel erhoben, wog und ermaß sie jeden Ton in Fengmos Stimme. Sie fühlte eine tiefe Erregung, als müßte sie gegen eine Macht ankämpfen, die vielleicht stärker war als sie. Aber sie wird siegen.

»Es ist vielleicht ein großes Unrecht von mir«, sagte sie in einem fast kläglichen Ton, als Fengmo schwieg. »Mein erstes Gefühl ist: wenn Linyi so frech ist, will ich sie nicht hier im Hause haben.«

Das waren die richtigen Worte. Hitzig antwortete Fengmo aus dem Dunkel, sich zu ihr hinüberlehnend. Sie spürte seinen frischen, jungen Atem an ihrem Gesicht.

»Selbstverständlich will ich sie sehen«, sagte Fengmo hochmütig.

Eine Pause des Schweigens trat ein. Madame Wu erhob sich von ihrem Stuhl. »Du bestehst also darauf, Linyi aufzusuchen?«

»Ich werde hingehen«, sagte Fengmo eigensinnig.

»Dann geh«, sagte Madame Wu, fegte an ihm vorbei und in ihr Zimmer. Dort fand sie Ying, die auf sie wartete. Ying hatte die lauten Stimmen gehört. »Gnädige Frau, was –?« begann sie. Aber Madame Wu hob die Hand auf. »Warte!« flüsterte sie. »Horch!« Sie blieben lauschend stehen, Ying mit offenem Mund. Madame Wus Augen leuchteten, und ihr Gesicht strahlte vor Lachen. Sie hörten Fengmos harte, är-

gerliche Schritte sich aus dem Hof entfernen. Madame Wu schlug die Arme um sich und lachte laut heraus.
»Gnädige Frau«, begann Ying wieder, »was ist geschehen?«
»Ach nichts«, sagte Madame Wu fröhlich. »Ich wollte, daß er etwas tue, und er wird es tun – das ist alles!«
Fengmo kam am nächsten Tag nicht in ihre Nähe, aber am Morgen danach erschien wieder Madame Kang. Die beiden Freundinnen tauschten einen raschen Händedruck.
»Fengmo und Linyi haben sich getroffen«, sagte Madame Kang.
»Wie war die Begegnung?« fragte Madame Wu lächelnd.
»Ich habe gelacht und geweint«, erwiderte Madame Kang, auch ihrerseits lächelnd. »Ich saß abseits und tat, als wäre ich nicht da. Sie wünschten mich weit weg und konnten nicht sprechen, weil sie mich wegwünschten. Sie brachten kein Wort hervor, wandten aber den Blick nicht voneinander. Ich ging für ein paar Minuten weg, und als ich zurückkam, saßen sie genau so da wie vorher. Keiner hatte sich gerührt. Sie starrten nur einander ins Gesicht. Dann stand er auf und ging weg, und sie sagten zueinander: ›Auf Wiedersehen.‹«
»Nichts als diese gewöhnlichen Worte?« fragte Madame Wu.
»Aber *wie* sie sie sagten!« antwortete Madame Kang.
»Laß sie bald heiraten«, sagte Madame Wu.
»Je früher, desto besser«, pflichtete Madame Kang bei. »Man soll unter einem leeren Topf kein Feuer machen.«
Fengmo näherte sich seiner Mutter weder an diesem Tage noch an den folgenden Tagen. Sie sah ihn immer erst abends, wenn Bruder André kam. Sie ging viele Male an der Tür vorbei. Fengmo fragte nach neuen Wörtern. Er wollte einen Brief schreiben. Sie beobachtete Bruder Andrés Gesicht – es war gütig und geduldig, aber verwirrt. Immer wieder buchstabierte er Fengmo die Wörter und schrieb sie nieder. Madame Wu hörte die Laute, ohne sie zu verstehen – es waren seltsame Laute ohne Sinn. Aber es spielte keine Rolle, ob sie sie verstand oder nicht. Fengmo verstand sie, und Linyi wird sie verstehen. Er wollte ihr unbedingt einen Brief in englischer Sprache schreiben. Madame Wu lachte lautlos im Dunkeln. Dann schämte sie sich vor Bruder André wegen ihres leichten Sieges. Sie ging weg und sah ihn an diesem Abend nicht. Vielmehr ging sie zeitig schlafen.

VII

An einem heiteren Tage, gegen Ende des neunten Monats, kam Linyi als Braut ins Haus. Die Jahreszeit war günstig für Eheschließungen, denn die Ernte war schnittreif, und der Reis stand hoch und schwer. Der Sommer hatte ausgesetzt und der Herbst noch nicht angefangen.
Die beiden Familien vereinigten sich in gegenseitiger Freude über die zweite Verbindung zwischen ihnen. Besonders Liangmo und Meng freuten sich außerordentlich. Mengs kleiner Leib wölbte sich über ihrem Kinde. Tag und Nacht hatte sie Hunger, und die Übelkeiten hatten aufgehört. Als sie ihre Schwester willkommen hieß, sah sie schön und reif vor Glück aus. Die beiden Mütter waren übereingekommen, dem Wunsche ihrer Kinder zu folgen, und man sah von dem altmodischen langen Hochzeitsfest ab, wie man es für Liangmo und Meng veranstaltet hatte. Für die beiden ungeduldigen jungen Leute, Fengmo und Linyi, waren drei Tage Festlichkeiten zuviel. Sie wollten eine kurze Heirat haben, nach neuer Sitte – ein Versprechen vor den Eltern, und damit genug.
Der Hof war von roten Papierlaternen erleuchtet, die die Falter aus dem Dunkel lockten. Es waren zumeist nur kleine graue Lebewesen, unscheinbare Flederwische. Ab und zu aber schwirrte ein großer Falter herbei, mit langen, blaßgrünen oder schwarzgoldenen Flügeln. Dann schrien alle Damen auf und konnten sich nicht beruhigen, bevor er eingefangen und mit einer Nadel an die Tür gespießt war; und alle, bequem bei ihren Süßigkeiten sitzend, bewunderten mit entzückten Ausrufen seine Schönheit.
Ein solcher Falter war eben gefangen worden, als Ch'iuming den Hof betrat. Madame Wu erblickte sie sofort, wie immer, wenn sie hereinkam, und wie immer ließ sie sich nichts anmerken. Die junge Frau hatte Tag für Tag in ernstem Schweigen ihren Platz im Hause eingenommen. In Madame Wus Gegenwart sprach niemand über sie, weder in gutem noch in schlechtem Sinne. Aber Madame Wu war sich ihrer Anwesenheit jederzeit bewußt. Manchmal, wenn sie nachts erwachte, kamen ihr Zweifel – und sie schob die Zweifel beiseite.

Jetzt, da Ch'iuming eintrat, sah sie sie an. Das Mädchen sah mager und etwas zu blaß aus, aber in ihrer Zartheit noch hübscher als sonst.

Nun, da alle den frischgefangenen Falter betrachteten, ging auch sie, sich ihn anzusehen. Er war von cremegelber Farbe, ähnlich dem Gelb der Zitrone, die man »Buddhas Hand« nennt, und hatte lange schwarze Fühler, die noch an dem aufgespießten Tier zitterten. Auch die langen Flügel flatterten, und dunkle Flecken schimmerten für einen Augenblick sichtbar in Grün und Gold. Dann war der Falter still.

»Wie schnell sie sterben!« sagte plötzlich Ch'iuming.

Beim Klang ihrer Stimme drehten alle sich um, und sie, als wäre sie über sich selbst überrascht, zog sich zurück, ihr halb schmerzliches, halb schüchternes Lächeln lächelnd. Wartend blieb sie stehen, bis alle sich wieder gesetzt hatten. Dann schlüpfte sie still hinter den anderen vorbei und ging zu Madame Wu hin.

»Kann ich heute abend mit Ihnen sprechen, Ältere Schwester?« fragte sie leise.

»Gewiß«, erwiderte Madame Wu. Sie wußte nicht, wie sie anders hätte antworten können – denn weshalb sollte sie es ihr verweigern? Aber sie spürte, wie ihre frohe Stimmung wich. Welcher neue Kummer warf seine Schatten über sie? Sie nippte an ihrem Tee und verharrte in Schweigen, bis die Gäste gegangen waren.

Als alle fort waren, blieb Ch'iuming allein zurück.

»Bitte, setz dich«, sagte Madame Wu. »Ich war jetzt mit meinen Gedanken bei diesen Lotusschoten. Wir können ja essen und dabei reden.«

Aber Ch'iuming lehnte ab: »Danke, ich will nicht essen.«

Und während Ch'iuming zusah, wie Madame Wu die Schote öffnete und die Kerne schälte, während sie hörte, wie sie die knusprigen Kerne zerbiß, sprach sie kein Wort. Dann plötzlich, als wäre ihr Hunger gestillt, warf Madame Wu die zerstörte Schote auf die Steine.

»Du bist schwanger«, sagte sie unvermittelt. Sie gebrauchte den gewöhnlichen Ausdruck der gewöhnlichen Frau.

Ch'iuming blickte zu ihr auf. »Ich trage Glück in mir«, bestätigte sie. Sie gebrauchte die Worte, die Frauen in einem

angesehenen Hause gebrauchen, wenn sie einen Erben erwarten.
Madame Wu korrigierte weder sich selbst noch Ch'iuming. Mit der gleichen scharfen Stimme sagte sie: »Du bist sehr geschwind.«
Ch'iuming gab darauf keine Antwort. Sie ließ den Kopf hängen und blieb, die Hände lose in den Schoß gelegt, die Handflächen nach oben, mit schlaffen Fingern sitzen.
»Ich nehme an, er ist zufrieden«, sagte Madame Wu in derselben schroffen Art.
Ch'iuming sah mit ihrem großen, aufrichtigen Blick zu ihr auf. »Er weiß es nicht«, sagte sie. »Ich habe es ihm nicht gesagt.«
»Seltsam«, erwiderte Madame Wu. Sie ärgerte sich über Ch'iuming und wunderte sich über ihren Ärger. Sie hatte Ch'iuming zu einem bestimmten Zweck ins Haus genommen, und das Mädchen hatte den Zweck erfüllt. Weshalb ärgerte sie sich über sie? Aber der Ärger lag in ihr zusammengerollt wie eine dünne grüne Schlange, und sie schnellte empor, und das Gift lag auf Madame Wus Zunge. »Zweite Frauen beeilen sich gewöhnlich, es den Männern zu sagen«, sagte sie. »Warum bist du anders als andere Frauen?«
Ch'iumings Augen füllten sich mit Tränen. Madame Wu konnte im Schein des geblümten Lampions die Tränen glitzern sehen.
»Ich wollte es *Ihnen* sagen«, sagte Ch'iuming mit leiser, halb gebrochener Stimme. »Ich dachte, es würde Sie freuen, aber Sie ärgern sich bloß. Jetzt möchte ich mich am liebsten umbringen.«
Diese verzweifelten Worte brachten Madame Wu zur Besinnung. Es kam oft genug vor, daß Nebenfrauen in großen Häusern sich erhängten, ihre Ringe verschluckten oder rohes Opium aßen – aber das galt immer als eine Schande für das Haus. Nun beeilte sie sich, wie immer, das Haus zu schützen. »Du redest närrisches Zeug«, sagte sie. »Warum solltest du dich umbringen, wenn du nur deine Pflicht getan hast?«
»Ich dachte, wenn *Sie* sich freuen, könnte auch ich froh sein«, fuhr das Mädchen mit derselben gebrochenen Stimme fort. »Ich dachte, ich könnte meine Hände an ihrem Feuer wärmen. Aber nun – an welchem Feuer soll ich mich wärmen?«

Madame Wu begann ängstlich zu werden. Sie hatte als selbstverständlich angenommen, daß Ch'iuming ein gewöhnliches Landmädchen war, die die Anzeichen ihrer Fruchtbarkeit wie ein Tier begrüßen würde. Die Kuh denkt nicht an den Stier, sondern an das Kalb. Wann immer Madame Wu sich mit Ch'iumings Leben beschäftigte, tröstete sie sich damit, daß Ch'iuming durch ein Kind belohnt, mit einem Kind zufrieden sein würde.

»Und nun?« fragte sie. »Bist du nicht froh um deinetwillen? Du wirst ein kleines Spielzeug haben, wirst etwas haben, was du anlachen kannst, ein kleines eigenes Ding, das du hegen und pflegen kannst. Ist es ein Junge, dann wird dein Rang in diesem Hause sich erhöhen. Aber ich verspreche dir, auch wenn es ein Mädchen wird, bekommst du von mir keine Vorwürfe zu hören. Männlich oder weiblich – beides ist in meinem Hause willkommen.«

Das Mädchen gab keine Antwort. Sie schaute Madame Wu mit traurigen Augen an und hörte zu.

»Du darfst nicht davon sprechen, daß du dich umbringen willst«, fuhr Madame Wu lebhaft fort. »Geh jetzt und klettre in dein Bett. Und wenn er kommt, sag ihm, du hättest gute Neuigkeiten.«

Sie sprach ganz nüchtern, um das Mädchen zu Verstand zu bringen, aber im Herzen fühlte sie wieder den eisigen Frost der Bergspitze auf sich herabkommen. Sie sehnte sich danach, allein zu sein, und stand auf. Aber Ch'iuming lief auf sie zu und faßte den Saum ihres Kleides.

»Lassen Sie mich heute nacht hierbleiben!« bettelte sie. »Lassen Sie mich hier schlafen wie damals, als ich herkam. Bitten Sie ihn – bitten Sie ihn, er möge mich in Ruhe lassen!«

Nun bekam Madame Wu wirklich Angst. »Du verlierst den Verstand«, sagte sie streng zu Ch'iuming. »Bedenke, wer du bist. Du kamst zu mir ohne Vater und Mutter, ein Findling, aufgelesen von der Straße von einer Bäuerin. Du warst verwitwet, ohne geheiratet zu haben. Heute stehst du in der Familie niemandem nach außer mir, in der reichsten Familie der Stadt, in einem Hause, dem jede Familie der ganzen Gegend gerne ihre Töchter schicken würde. Du bist in Seide gekleidet. Jade hängt in deinen Ohren, und du trägst goldene Ringe. In meinen Hof kannst du nicht zurückkehren.

Wie sollte ich es dem Hause erklären? Geh sofort in den Hof zurück, in den du gehörst, für den du gekauft wurdest!«
Ch'iuming ließ den Saum von Madame Wus Kleid los. Sie stand auf und zog sich rücklings schrittweise nach dem Tor zurück. Beim Anblick des trostlosen Gesichts schmolz Madame Wus Härte mit einemmal dahin.
»Geh zurück, mein Kind«, sagte sie mit ihrer gewohnten gütigen Stimme. »Fürchte dich nicht. Junge Frauen sind beim ersten Kind oft ängstlich und unwillig, obzwar ich es von dir, da du vom Lande stammst, nicht erwartet hätte. Schlaf bald ein und erwache nicht, wenn er nach Hause kommt. Ich weiß, daß er dich wird schlafen lassen, wenn er merkt, daß du nicht aufwachen willst. Er ist so gut, so gütig. Kenne ich ihn denn nicht? Warum ihn fürchten? Und noch etwas will ich für dich tun: morgen werde *ich* es ihm sagen. Das will ich tun.«
Aufgerichtet durch so viel Güte, flüsterte Ch'iuming ihren Dank und schlüpfte aus dem Garten. Madame Wu verlöschte einen Lampion nach dem anderen, bis der Garten im Dunkel lag. Müde ging sie in ihr Zimmer.

Madame Wu erwachte in der Morgendämmerung. Sie fühlte eine Last auf sich liegen, und unter dieser Last kämpfte sie sich zum Wachsein durch. Es war keine gute Nacht gewesen. Sie war eingeschlafen, war aufgewacht und wieder eingeschlafen, ohne jemals das Bewußtsein ganz zu verlieren. Jetzt erinnerte sie sich: es war Fengmos Hochzeitsnacht. Jede Hochzeitsnacht war eine unruhige Nacht. Haben die beiden sich vereinigt? Ist die Vereinigung gut oder schlecht vonstatten gegangen?
Sie seufzte, und dann fiel ihr die zweite Last ein. Sie hatte Ch'iuming ein Versprechen gegeben, das sie gerne widerrufen würde. Aber wie konnte sie es denn widerrufen? Zweifellos hatte das Mädchen sich die ganze Nacht an diese Hoffnung geklammert. Und dann, als hätte sie nicht schon Sorgen genug, kam Ying, die ihre Herrin wach sah, ins Zimmer.
»Die alte Dame ist krank«, berichtete Ying. »Sie sagt, sie spürt, daß sie beim gestrigen Fest eine Schabe gegessen hat, und die kriecht ihr jetzt im Bauch umher. Sie ist so groß

wie eine Maus, sitzt auf ihrer Leber und zerkratzt ihr mit den Klauen das Herz.«

Madame Wu eilte – und Ying eilte mit ihr – in den Nachbarhof, wo die alte Dame hoch auf ihren Kissen gebettet lag. Sie wandte die eingesunkenen, trüben Augen der Schwiegertochter zu. »Tu rasch etwas für mich. Ich sterbe«, sagte sie mit schwacher Stimme.

Als Madame Wu sah, in welchem Zustand sich die alte Dame befand, erschrak sie.

Die alte Dame hatte immer etwas Rührendes, wenn sie krank war. Ihr alter, welker Mund war unschuldig und hilflos wie der eines Babys.

»Schlafe ein bißchen«, sagte Madame Wu besänftigend.

Daraufhin riß die alte Dame die Augen weit auf. »Warum sagst du mir immer, ich solle schlafen?« fragte sie. »Bald werde ich für immer schlafen.«

Madame Wu war betroffen, in den Augen der alten Dame Tränen zu sehen, die den scharfen Blick trübten. Die alte Dame weinte! »Tochter, glaubst du, daß es nach diesem Leben noch ein anderes Leben gibt?« murmelte sie.

»Ich weiß es nicht, Mutter«, sagte Madame Wu. »Aber ich glaube, daß das Leben niemals verlorengeht.«

Trotz ihres Wunsches, wach zu bleiben, schlief die alte Dame bereits ein. Ihre Lider, gerunzelt wie die eines alten Vogels, fielen ihr über die Augen, und sie begann tief zu atmen.

Madame Wu ging also in den altvertrauten Hof, in dem sie so viele Jahre ihres Lebens zugebracht hatte. Die umgepflanzten Päonien gediehen ausgezeichnet. Im Teich hatte jemand Lotuswurzeln gepflanzt, und die großen korallenroten Blüten lagen offen auf der Oberfläche des Wassers. Mitten in jeder Blüte zitterten reife Staubfäden, empfangsbereit und von goldenem Staub bedeckt. Ihr Duft erfüllte die Luft des Hofes; Madame Wu nahm ihr Taschentuch heraus und hielt es sich vors Gesicht. Der Geruch war zu schwer.

Sie ging durch den Hof in das Hauptzimmer. Die Einrichtung war genau so, wie sie sie verlassen hatte, doch war einiges hinzugekommen. Es standen zu viele Topfpflanzen herum. An der Wand hingen gerahmte ausländische Bilder.

Herr Wu kam herein, die graue Seidenjacke zuknöpfend.

Sie setzten sich nieder. Unauffällig prüfte sie sein Gesicht. Er sah gut genährt aus, und die Linien seines Mundes waren wieder heiter. Das hatte sie gewollt und beabsichtigt. Warum empfand sie das grausame Bedürfnis, ihm wehzutun?
»Deine Mutter ist krank«, sagte sie unvermittelt. »Hast du sie gesehen?«
Sein Lächeln verschwand. »Leider nicht«, sagte er. »Ich hätte gleich morgens zu ihr gehen sollen, aber da kam dies und jenes dazwischen –«
»Sie ist sehr krank«, wiederholte Madame Wu.
»Du willst doch nicht sagen –?« sagte er.
»Nein, diesmal nicht«, erwiderte sie. »Aber das Ende ist nicht mehr allzufern. Ihre Seele beginnt sich zu fragen, was nachher kommt, und sie hat von mir wissen wollen, ob ich an ein Leben nach dem Tode glaube.«
»Was hast du ihr gesagt?« fragte er. Sein Gesicht wurde plötzlich ernst.
»Ich sagte: hoffentlich! Aber wie kann ich es wissen?« antwortete sie.
Ein unerklärlicher Ärger packte ihn. »Wie grausam du bist!« rief er aus. »Wie kannst du eine alte Seele merken lassen, daß du zweifelst?« Er knöpfte seine Jacke bis zu dem vollen Hals auf, nahm den Fächer aus dem Kragen hinten am Nacken und begann heftig zu fächeln.
Eine kurze Weile saßen sie schweigend da, jeder um seine Ruhe kämpfend. Sie rührte sich nicht, die Hände schlaff im Schoß, daß Haupt ein wenig gegen den schlanken Hals gesenkt. Er saß regungslos, abgesehen von dem Fächer in seiner Hand, den er unaufhörlich bewegte.
Als erste ergriff Madame Wu das Wort. »Ich habe noch etwas anderes zu erwähnen.« Immer noch klang ihre Stimme silbern.
»Sprich«, sagte er.
Wieder entschied sie sich für die gerade Wahrheit. »Ch'iuming ist gestern abend zu mir gekommen und hat mich gebeten, dir zu sagen, daß sie schwanger ist.«
Sie hörte, wie der Fächer herunterfiel und die Seide seines Gewandes streifte. Er blieb so lange stumm, daß sie schließlich aufblickte. Er starrte sie an, ein tölpisches, albernes Lächeln auf dem Gesicht; seine rechte Hand rieb den Scheitel

seines Kopfes mit einer kreisenden Bewegung, rundherum, rundherum – eine Geste, die sie durchaus begriff. Es war eine Mischung von Amüsement, Schamhaftigkeit und Freude. Als er ihrem Blick begegnete, lachte er laut heraus. »Vergifte mich!« sagte er. »Tu Gift in meinen Reis – oder gemahlenes Gold in meinen Wein. Ich bin zu schamlos. Aber, Mutter meiner Söhne, ich war dir nur gehorsam – weiter nichts.«

Gegen ihren Willen kam ihr das Lachen aus dem Bauch gekrochen. Ihre Mundwinkel zuckten, die Augenlider zitterten. »Tu nicht so, als ob es dich nicht freute«, sagte sie. »Du weißt, daß du auf dich stolz bist.«

»Leider – bin ich zu zeugungskräftig«, sagte er.

Ihrer beider Lachen vereinigte sich, wie so oft zuvor in ihrem gemeinsamen Leben, und über die Brücke des Lachens kamen sie wieder einander entgegen. In diesem Lachen entdeckte sie eines: sie liebte ihn nicht! Sie liebte ihn nicht, hatte ihn nie geliebt – wie konnte sie ihn denn jetzt hassen? Ihr war, als fiele die letzte Fessel von ihrer Seele. Immer wieder hatte sie diese Fesseln aufgenommen und sich angelegt. Aber jetzt nicht mehr. Es war nicht mehr nötig. Sie war völlig frei von ihm.

»Hör mich an«, sagte sie, als das Lachen vorüber war. »Du mußt gut zu ihr sein.«

»Ich bin immer und zu jedermann gut«, betonte er.

»Bitte«, fuhr sie fort, »sei einmal einen Augenblick ernst. Es ist ihr erstes Kind. Plage sie jetzt nicht. Halte dich fern von ihr, solange sie das Gesicht der Wand zukehrt.«

Er sah sie kopfschüttelnd an. »Es kann sein, daß *eine* Nebenfrau nicht genügt«, neckte er sie, wobei er mit der Zungenspitze die Oberlippe berührte.

Aber er konnte sie nicht mehr verletzen, ihr nicht mehr wehtun. »Jetzt kannst du zu deiner Mutter gehn«, sagte sie. »Und statt mit ihr über ihre Seele zu sprechen, sag ihr lieber, daß du noch einen Sohn bekommst.«

Aber die alte Dame ließ sich auch durch die Neuigkeiten, die ihr der Sohn brachte, nicht aufheitern. Madame Wu hatte kaum ihren eigenen Hof wieder erreicht, als Ying hereingelaufen kam, um sie zu holen.

»Der alten Gnädigen geht es schlechter«, rief sie. »Die alte Gnädige fürchtet sich und ruft nach Ihnen, gnädige Frau! Unser Herr ist bei ihr und bittet Sie zu kommen.«

Madame Wu machte augenblicklich kehrt und eilte ans Bett der alten Dame. Dort saß Herr Wu und streichelte die halb leblose Hand seiner Mutter.

Ein Flackern erhellte die glasigen Augen der alten Dame, aber sie vermochte nicht zu sprechen. Sie öffnete den Mund, ihr Gesicht verzerrte sich, als wollte sie weinen. Aber kein Laut und keine Träne kamen, während sie kläglich zu ihrer Schwiegertochter hinschaute.

»Ying wird etwas heißen Wein holen«, sagte Madame Wu mit ihrer lieblichen, besänftigenden Stimme. »Du wirst dich besser und stärker fühlen. Fürchte dich nicht, Mutter. Du brauchst dich nicht zu fürchten. Rings um dich ist alles wie gewöhnlich. Die Kinder spielen draußen im Sonnenschein. Die Mägde nähen und besorgen das Haus. In der Küche bereiten die Köche das Abendessen. Das Leben geht unverändert weiter und wird immer weitergehen. Unsere Vorfahren haben dieses Haus gebaut, wir haben es Jahre hindurch weitergeführt, und nach uns kommen unsere Kinder. Das Leben geht weiter in Ewigkeit, Mutter.«

Voll und reich tönte ihre singende, beruhigende Stimme durch den schweigenden Raum. Die alte Dame hörte sie, allmählich veränderten und glätteten sich die Linien ihres Gesichts. Ihre Lippen vibrierten wieder, sie begann zu atmen. Solange das Gesicht zur Maske erstarrt war, hatte ihr Atem scheinbar ausgesetzt.

Bald eilte Ying mit dem heißen Wein herein, den sie in einem kleinen Krug mit einem langen Schnabel brachte. Diesen Schnabel hielt nun Madame Wu an die geöffneten Lippen der alten Dame und träufelte den Wein in ihren Mund.

Dann schoß ein Blick des Erstaunens und Zorns aus ihren Augen. Gerade wie sie den heißen Wein in ihren Eingeweiden verspürte, hörte ihr eigenwilliges Herz zu schlagen auf. Sie erzitterte, der Wein schoß wieder herauf und befleckte die Bettdecke, und so starb die alte Dame.

»O meine Mutter!« stöhnte Herr Wu leichenblaß.

»Ihre Seele ist fort«, sagte Madame Wu.

»O meine Mutter!« stöhnte Herr Wu abermals. Er begann hemmungslos laut zu weinen, und sie ließ ihn weinen.
Madame Wu wandte sich zu Ying. »Rufe die Priester«, sagte sie. »Und laß rechtzeitig die Einbalsamierer kommen.«
»Ich werde für alles sorgen«, versprach Ying und entfernte sich.
»Komm, Vater meiner Söhne«, sagte Madame Wu. »Verlassen wir sie für eine kleine Weile.«
Er erhob sich gehorsam, und sie gingen miteinander hinaus. Langsam ging sie an seiner Seite, während er immer noch schluchzte und sich mit dem Ärmel die Augen trocknete. Sie seufzte, ohne zu weinen. Es war viele Jahre her, daß sie das letzte Mal geweint hatte, und nun waren ihre Augen anscheinend ausgetrocknet. Als er sie aber seufzen hörte, ergriff er ihre Hand, und so gingen sie Hand in Hand nach seinem Hof. Dort setzte sie sich mit ihm nieder und ließ sich von ihm alles erzählen, was ihm von seiner Mutter in Erinnerung geblieben war.
All das hörte Madame Wu schweigend an. Er trank also den guten heißen Wein, den sie bestellte, und im Trinken wurde seine Rede schwerfälliger – er sagte ein und dasselbe immer wieder, bis ihm schließlich der Kopf auf die Brust fiel.
Dann stand sie auf und ging auf leisen Sohlen in das Zimmer, das einst das ihre gewesen. Dort sah sie, der Innenwand zugekehrt, die Rückseite eines dunklen Kopfes, die Konturen einer schmalen Schulter.
»Ch'iuming«, rief sie leise. »Schläfst du?«
Ch'iuming drehte sich um, und Madame Wu sah ihre Augen aus dem Schatten starren.
»Ch'iuming, du brauchst heute nacht nicht hier zu schlafen«, sagte Madame Wu. »Unsere alte Dame ist zu den Gelben Quellen gegangen, und er ist betrunken von Wein und Trauer. Steh auf, Kind!«
Schweigend, gehorsam schlüpfte Ch'iuming aus dem Bett.
»Wohin soll ich gehen?« fragte sie demütig.
Madame Wu zögerte. »Du kannst wohl in meinen Hof gehen«, sagte sie schließlich. »Ich selbst werde heute nacht nicht schlafen. Ich muß bei der alten Dame wachen.«
»O lassen Sie mich auch wachen«, flüsterte Ch'iuming. »Ich will nicht schlafen.«

»Aber du bist jung und darfst um des Wesens willen, das in dir ist, nicht die ganze Nacht wach bleiben«, antwortete Madame Wu.
»Lassen Sie mich bei Ihnen bleiben«, bettelte Ch'iuming.
Madame Wu konnte es ihr nicht verweigern. »Nun gut«, sagte sie.

Nach dem Tode der alten Dame schien eine Zeit der Ruhe für die Familie gekommen zu sein. Es war, als fühlte jede Generation, in dem Maße, wie sie weiterschritt, sich in Zeit und Ort vorgerückt. Mit dem Tode der alten Dame machte das Leben einen Sprung vorwärts, und alle waren damit dem Ende nähergekommen. Als Herr Wu die erste Trauerzeit beendet und die Kleider aus Sackleinwand abgelegt hatte, war er nicht mehr derselbe, der er zuvor gewesen. Sein volles Gesicht sah älter und ernster aus. Nun kam er manchmal in Madame Wus Hof, und sie sprachen miteinander über die Familie, deren Oberhäupter sie jetzt waren.
Um die Mitte jenes Herbstes sah Madame Wu im Hause eine kleine Sorge aufkommen, die, wenn sie sie nicht im Keime erstickte, anschwellen würde wie ein ungebärdiger Gallapfel an einem jungen Baum. Linyi und Fengmo begannen zu streiten. Sie bemerkte ihre üble Laune zufällig eines Tages, als sie ihren Rundgang durchs Haus machte. Trotz ihrer vorwitzigen Schönheit war Linyi in ihrem eigenen Hof nachlässig. Anfangs wollte Madame Wu nicht darüber sprechen, da doch Linyi die Tochter ihrer Freundin war und Madame Kang in ihrer großen Familie selbst Ordnung und Sauberkeit nicht dauernd aufrechtzuerhalten vermochte.
Aber auch Meng war Madame Kangs Tochter, und Madame Wu zog es vor, zur älteren Schwester zu gehen und sich mit ihr zu beraten, statt Linyi selbst Vorwürfe zu machen.
Sie fand Meng dabei, wie sie – mitten am Vormittag – ihr langes Haar kämmte.
»Wie viele Tage hast du noch?« fragte Madame Wu.
»Elf bis zum Ende des Mondes«, antwortete Meng. »Ich hoffe, Mutter, du wirst mir einen Rat geben. Du weißt, daß ich beim ersten sehr gelitten habe.«
»Beim zweiten Kind wirst du nicht so viel leiden wie beim ersten«, sagte Madame Wu zu Meng.

»Linyi sagt, sie will keine Kinder bekommen«, sagte Meng unvermittelt. »Sie sagte, sie wollte, sie hätte Fengmo nicht geheiratet.«

Madame Wu sah erschreckt auf.

»Es ist wahr, Mutter«, sagte Meng.

»Meng, ich bin hergekommen, um mit dir darüber zu sprechen, daß deine Schwester unordentlich ist, und um dich zu fragen, was ich ihr sagen soll. Aber was du mir sagst, ist weitaus ernster als daß Staub unter dem Tisch liegt.«

»Linyi hat es mir selbst gesagt«, erklärte Meng.

»Sag mir, was Linyi dir gesagt hat!« befahl Madame Wu.

»Sie sagt, sie findet ein so großes Haus abscheulich«, antwortete Meng. »Sie wünscht, sie hätte nicht hier hereingeheiratet. Sie sagt, Fengmo gehört der Familie und nicht ihr, und auch sie gehört gegen ihren Willen dem Hause und nicht ihm. Sie will fortgehen und ein eigenes Haus gründen.«

Madame Wu verstand die Worte nicht, die sie hörte. »Allein? Aber wovon wollen sie sich ernähren?«

»Sie sagt, Fengmo könnte arbeiten und ein Gehalt verdienen, wenn er besser Englisch könnte.«

»Sie will, daß er besser Englisch spricht?«

»Dann könnte er etwas Geld verdienen, und die beiden könnten für sich allein leben«, erwiderte Meng.

»Hast du auch solche Gedanken?« fragte Madame Wu das rundliche hübsche Geschöpf in strengem Ton.

Meng lachte. »Mutter, dazu bin ich zu faul«, sagte sie offenherzig. »Ich lebe gern in diesem Haus. Es ist reinlich gehalten und in Ordnung, ohne daß es meiner beiden Hände bedürfte.«

»Ist Liangmo gut zu dir?« fragte Madame Wu.

Mengs glatte Wangen röteten sich. »Er ist in allen Dingen gut zu mir«, sagte sie.

»Ist Fengmo zu Linyi nicht gut?« fragte Madame Wu.

Meng zögerte. »Wer kann sagen, welche Hand zuerst zugeschlagen hat, wenn zwei in einen Streit geraten?« fragte sie. »Aber ich glaube, es ist Rulans Schuld – sie steckt immer mit Linyi zusammen. Sie und Linyi reden miteinander über ihre Männer, und jede legt die Fehler des anderen Mannes noch zu denen des eigenen hinzu.«

»Ist Rulan auch unzufrieden?« fragte Madame Wu.

Meng zuckte die Achseln. »Linyi ist meine Schwester«, erwiderte sie nach einem Zögern von ein, zwei Sekunden. »Mit Rulan spreche ich nicht.«
Madame Wu drang nicht weiter in sie. Nach einer kleinen Weile erhob sie sich und ging zu ihrem Hof zurück, im Herzen das eben erworbene Wissen um neue Unruhe in ihrem Haus. Aber an jenem Tag befiel sie eine gewisse Müdigkeit. Diese jungen Leute, die Männer und Frauen, deren Leben von ihr abhängig war – sie war nicht stark genug für sie. Sie dachte an Bruder André. Er besaß eine Weisheit, die weit über diese vier Wände hinausging. Sie wollte Fengmo rufen und ihm vorschlagen, er solle seine Studien wieder aufnehmen. Wenn Bruder André wiederkam, konnte sie mit ihm die Sorgen um diese jungen Leute teilen, die sich gegen sie auflehnten.
Sie schickte Ying zu Fengmo, der sogleich kam, da er nichts zu tun hatte und im Augenblick zufällig zu Hause war. An seinem Aussehen war etwas, was Madame Wu nicht gefiel. Wäre er nicht richtig verheiratet gewesen, dann würde sie gesagt haben, er sei liederlich. Er sah verdrossen und unzufrieden aus und schien doch satt und überfüttert zu sein.
»Fengmo, mein Sohn«, sagte sie mit ihrer angenehmen Stimme, »ich war in diesen Tagen, seit deine Großmutter uns verlassen hat, allzu beschäftigt. Ich habe nicht gefragt, wie es bei dir geht. Ich habe dich und Linyi an euren Plätzen in der Familie gesehen, aber an euch allein habe ich nicht gedacht. Nun, mein Sohn, sprich zu deiner Mutter.«
»Es gibt nichts zu sprechen, Mutter«, sagte Fengmo unbekümmert.
»Über dich und Linyi«, sagte sie schmeichelnd.
»Es geht uns ganz gut«, erwiderte er.
Sie sah ihn schweigend an. Er war ein hochgewachsener junger Mann, mit schmalen Hüften, schlanken Hand- und Fußgelenken. Er war leicht gebaut, aber außerordentlich kräftig. Das Gesicht war eckig, der Mund voll, die Lippen schmollend vorgeschoben.
»Du bist zuviel mit Linyi zusammen«, sagte Madame Wu. »Es ist nicht gut für Mann und Frau, wenn sie dauernd beisammen sind. Sie hält sich immer in ihrem Hof auf. Natürlich langweilt sie sich, hat nichts zu tun, wird ruhelos –.«

»Vielleicht«, sagte er, als läge ihm nichts daran.
Sie wandte den ängstlichen Blick nicht von ihm.
»Fengmo, wir wollen Bruder André wieder einladen. Solange du mit ihm zusammen warst, schienst du mir zufrieden.«
Er gab keine Antwort.
»Fengmo«, begann sie wieder, »wenn du und Linyi das Haus verlassen wollt – ich werde es euch nicht verbieten. Ich wünsche meine Söhne glücklich zu sehen.«
»Ich weiß nicht, was ich will«, sagte er wieder, in der gleichen uninteressierten Weise.
»Magst du Linyi nicht leiden?« fragte sie. »Das kann der einzige Grund dafür sein, daß du so unglücklich bist. Wie lange seid ihr jetzt verheiratet? Drei kurze Monate. Sie ist nicht schwanger, und du bist gleichgültig. Was bedeutet das, Fengmo?«
»Mutter, mit solchen Dingen kannst du uns nicht messen«, erklärte er.
Aber sie war zu klug. »Mit ihnen allein will ich euch nicht messen«, sagte sie, »aber ich weiß, wenn sich Mann und Frau nicht erst einmal körperlich gut zusammengefunden haben, gibt es kein anderes Zusammenfinden. Der Leib ist das Fundament des Hauses, das die beiden bauen. Seele und Geist und alles andere, das ist das Dach, der Schmuck, den man einem schönen Hause gibt. Aber das alles ist wertlos ohne das Fundament.«
Fengmo sah sie an. »Wie kommt es, daß mein Vater eine Nebenfrau hat?«
Sie lehnte diese Unhöflichkeit ab. »Alles hat seine Zeit«, sagte sie streng, »und die eine Zeit geht in eine andere über.«
Er wußte, daß er die Schranken eines Sohnes überschritten hatte; er rieb sich das kurzgeschorene Haar und fuhr sich mit der Hand über die Wange.
»Gut«, sagte er schließlich, »laß Bruder André kommen.« Er dachte eine Weile nach und sagte dann: »Er wird mein einziger Lehrer sein. Ich gehe nicht mehr in die nationale Schule.«
»So soll es sein, mein Sohn«, sagte sie.

VIII

Auf diese Weise kam Bruder André wieder ins Haus Wu. Er sprach mit keinem Wort von der Zeit, da er zuletzt hier gewesen, noch davon, was sich inzwischen ereignet hatte. Fengmo kam abends zu seiner Lektion und ging wieder. Als aber Bruder André nach der Unterrichtsstunde durch den Garten ging, rief Madame Wu ihn freundlich an. Sie saß an ihrem gewohnten Platz, wo sie abends immer saß, bis der Herbst zu kühl wurde. Es war kalt heut abend, aber weil sie vom Sommer noch nicht Abschied nehmen wollte, hielt sie noch einen oder zwei Abende an ihrer Gewohnheit fest.
»Guter Bruder André«, rief Madame Wu.
Die hohe Gestalt blieb stehen. Der Priester wandte den Kopf und erblickte Madame Wu.
»Haben Sie mich gerufen, Madame?« fragte er.
»Ja.« Dabei stand sie auf. »Wenn Sie ein wenig Zeit haben, widmen Sie sie, bitte, mir. Ich möchte mit Ihnen über meinen dritten Sohn sprechen. Ich bin mit ihm nicht zufrieden.«
Bruder André neigte das mächtige Haupt.
»Warum ist Fengmo unglücklich?« fragte sie geradezu.
»Er geht zuviel müßig«, antwortete Bruder André.
»Müßig?« wiederholte Madame Wu. »Aber er hat ja seine Pflichten. An jedem Neujahrstag teile ich allen Söhnen und Schwiegertöchtern ihre Pflichten zu. In diesem Jahr ist mein ältester Sohn, nächst mir, verantwortlich für die Oberaufsicht über die Ländereien. Tsemo hat sich um Einkauf und Verkauf zu kümmern, und Fengmo lernt das Getreidegeschäft in den Speichern in der Stadt, wo wir unser Getreide verkaufen. Seit er nicht mehr in die Schule geht, beschäftigt er sich dort einige Stunden täglich.«
»Fengmo hat einen ungewöhnlichen Verstand und einen forschenden Geist. Er lernt rasch. Sie baten mich, ihn im Englischen zu unterrichten. Aber bei allem, was er über die Engländer erfährt, nimmt er heute noch etwas mehr in sich auf. Ich finde, er hat nichts vergessen. Fengmo wird, selbst wenn Sie ihn jede Stunde des Tages beschäftigen, immer müßig gehen, bis er gefunden hat, was seinem Verstand, seinem Geist nützt.«

Madame Wu hörte aufmerksam zu. »Sie wollen mich überreden, ich soll ihn in Ihrer Religion unterrichten lassen.«
»Sie wissen nicht, welche Religion ich habe«, antwortete Bruder André.
»Worin besteht also die Art Ihrer Religion?« fragte sie.
»In Brot und Wasser«, antwortete er, »im Schlafen und im Gehen, in der Reinigung meines Hauses und im Bestellen meines Gartens, in der Ernährung verlorener Kinder, die ich unter mein Dach nehme, sie besteht darin, daß ich herkomme und Ihren Sohn unterrichte, daß ich an Krankenbetten sitze und denen helfe, die sterben müssen, damit sie in Frieden sterben.«
»Warum sind Sie denn Priester?« fragte sie. Sie empfand diese Frage selbst als ungehörig und beeilte sich, um Entschuldigung zu bitten. »Sie müssen mir verzeihen. Ich bin zu neugierig. Ich weiß, daß man einen Priester nicht fragen darf, warum er Priester geworden ist.«
»Bitten Sie mich nicht um Entschuldigung«, antwortete Bruder André. »Ich weiß wirklich kaum, weshalb ich Priester wurde, es wäre denn, weil ich vorher Astronom war.«
»Sie kennen die Sterne?« fragte sie, aufs äußerste verwundert.
»Madame, die Sterne kennt niemand«, erwiderte er. »Aber ich studiere ihr Aufgehen und ihr Untergehen, ihr Kommen und Gehen über den Himmel.«
»Auch jetzt noch?« forschte sie. Sie schämte sich ihrer Neugierde, konnte sie aber nicht unterdrücken.
»Ja, Madame, sobald mein Tagewerk getan ist, außer wenn der Himmel bewölkt ist«, antwortete er. Seine offene, ruhige Art irritierte sie.
»Sie sind sehr einsam«, sagte sie unvermittelt. »Den ganzen Tag arbeiten Sie unter den Armen und nachts unter den Sternen.«
»Das ist richtig«, bestätigte er gelassen.
»Hatten Sie nie den Wunsch nach einem Heim, nach Weib und Kindern?« fragte sie.
»Madame, ich habe einmal eine Frau geliebt«, antwortete er, »und wir hätten heiraten sollen. Dann trat ich in die Einsamkeit, und da liebte ich sie nicht mehr, brauchte sie nicht mehr.«

»Das war, finde ich, ungerecht gegen sie«, sagte Madame Wu ernst.
»Ja, das war es«, stimmte er zu, »das fühlte ich auch, aber ich konnte ihr nichts anderes sagen als die Wahrheit. Dann wurde ich Priester, um mich der Einsamkeit zu widmen.«
»Aber Ihr Glaube?« fragte sie.
Er sah sie mit seinem vollen, dunklen Blick an. »Mein Glaube? Der ist im Raum und in der Leere, in Sonne und Sternen, in Wolken und Wind.«
»Gibt es dort keinen Gott?« forschte sie weiter.
»Doch«, sagte er. »Aber ich habe sein Antlitz nicht gesehen.«
»Wie können Sie dann an ihn glauben?« fragte sie.
»Er ist in allem, was mich umgibt«, antwortete Bruder André. Mit seiner ernsten Stimme sprach er die großen, einfachen Worte: »Er ist in der Luft und im Wasser, in Leben und Tod, in der Menschheit.«
Mit wachsender Neugierde starrte Madame Wu ihn an. »Gibt es noch mehr solche Menschen wie Sie?« fragte sie.
»Kein Mensch ist einem anderen völlig gleich«, sagte Bruder André. Über sein sonnengebräuntes Gesicht breitete sich ein warmer, fast lächelnder Ausdruck, als ob Licht aus seinem Inneren käme: »Aber Ihr Sohn, Madame, der junge Fengmo – ich glaube, er könnte werden wie ich. Vielleicht wird er so werden.«
»Das verbiete ich ihm!« sagte Madame Wu herrisch.
»Ah!« sagte Bruder André – und nun lächelte er. Seine leuchtenden, geheimnisvollen Augen ruhten einen Augenblick glühend auf ihr, und dann verabschiedete er sich.
Sie blieb sitzen und schaute hinauf zu der kleinen Schar von Sternen über ihrem Hof.
Die Wände des Hofes schnitten ein Rechteck aus dem Himmel, wie sie ein Rechteck aus der Erde schnitten; aber hinauf und hinab, unten und oben, wanderten ihre Gedanken in die Tiefe, stiegen zur Höhe.
Sie verstand die Einsamkeit Bruder Andrés, und sie verstand auch, warum er in dieser Einsamkeit zufrieden war. Während sie zu den Sternen hinaufblickte, erbebte sie selbst am Rande der Einsamkeit.
Madame Wu war von diesen vier Wänden befreit. Sie reichten nicht, wie sie gedacht hatte, bis zum Himmel hinauf, sie

schnitten kein Viereck aus den Sternen. Nein, wenn sie diese Wände überstieg, sah sie die ganze Erde vor sich liegen, sah die sieben Meere und die Länder und Völker, von denen sie nur in Büchern gelesen hatte, sah die beiden Pole mit ihrem ewigen Eis und Schnee, sah die Tropen und ihr irdisches Leben.

Von den Sternen aus, dachte sie, kann man wohl alles sehen.

Zum erstenmal in ihrem Leben sehnte sie sich danach, diese vier Wände zu verlassen und in der ganzen Welt umherzureisen, um alles zu sehen und alles zu wissen.

Aber dann bleiben immer noch die Sterne, dachte sie. Wie gelangt man zu den Sternen?

Sobald ich frei bin, dachte sie, werde ich dieses Haus verlassen. Ich werde geradewegs hinaufgehen, bis ich weiß, was die Sterne eigentlich sind.

In solche Träume versunken, hatte Madame Wu vergessen, daß Ying über den Hof und hinausgegangen war. Jetzt sah sie sie mit allen drei Söhnen zurückkommen. Liangmo, Tsemo und Fengmo – alle waren da und starrten die Mutter an. Als erster brach Liangmo das Schweigen.

»Mutter!« Er bemühte sich, zärtlich zu sprechen, denn er fürchtete, ihre Seele habe den Leib verlassen, und wenn das geschieht, muß man der Seele schmeicheln, muß ihr schöntun und darf sie nicht erschrecken, damit sie nicht für immer entfliehe. Denn der Leib ist der Käfig und die Seele der Vogel, und wenn einmal die Tür offengeblieben ist und der Vogel ins Freie fliegt – weshalb sollte er in den Käfig zurückkehren? Er muß gelockt und überlistet werden.

»Liebe Mutter«, sagte Liangmo zärtlich, »deine Kinder sind da –, deine Kinder warten auf dich –.«

Aber Madame Wu war in Trance. Sie hörte keine Stimme.

Entsetzt sahen die Söhne einander an.

»Rufe den Vater!« befahl Liangmo seinem Bruder Tsemo.

Tsemo beeilte sich zu gehorchen, und nach wenigen Minuten, die die beiden anderen schweigend zubrachten, damit die entflohene Seele sich nicht noch weiter entferne, kam Herr Wu in den Hof gelaufen. Hinter ihm kam unbemerkt Ch'iuming.

»Wie ist das geschehen?« fragte er Ying.

»Der fremde Priester hat sie so zurückgelassen«, antwortete Ying.

In erneuertem Schrecken sahen sie einander an.
»Mutter meiner Söhne!« rief Herr Wu sanft. Sein breites Gesicht war weiß wie Papier. Madame Wu gab keine Antwort.
»Ailien!« rief er. Er wagte nicht sie zu berühren. Wie welke weiße Blumen hingen ihre Hände von den Gelenken.
Ch'iuming sprach kein Wort. Sie kniete zu Madame Wus Füßen nieder, streifte ihr die schmalen Seidenschuhe und die weißen Seidenstrümpfe ab und begann ihr die nackten Füße zu reiben. Sie waren kalt, und sie legte sie an ihren Busen. »Du wirst sie zu schnell aufwecken«, warnte Herr Wu.
»Nein, vor mir fürchtet sie sich nicht«, sagte Ch'iuming. Kniend schaute sie zu Vater und Söhnen empor, zu den Männern des Hauses, in das der Himmel sie verschlagen hatte.
»Sie fürchtet sich vor niemandem«, sagte Herr Wu mit Würde.
»Sie fürchtet sich nicht vor mir, weil ihr an mir nichts liegt«, sagte Ch'iuming, und bei diesen seltsamen Worten schaute sie auf die nackten Füße nieder, die sie in der Hand hielt.
In diesem Augenblick fanden Madame Wus Augen sich wieder von den Sternen zurück – sie sah ihre drei Söhne. »Alle drei?« sagte sie. »Was wollt ihr?«
Ch'iuming zog ihr rasch wieder die Strümpfe und Schuhe an.
Madame Wu schien sie nicht zu sehen. Herrn Wu aber sah sie.
»Weshalb seid ihr alle hier?« fragte sie mit kühler, abwesender Stimme. Alle konnten sehen, daß ihre Seele nicht zu ihnen zurückkehren wollte.
»Mutter, ich glaube, Mengs Stunde ist gekommen«, sagte Liangmo schnell.
»Mutter«, sprach Tsemo, »ich hätte gern, du würdest Rulan zeigen, wie man Honigkuchen macht.«
»Mutter«, sagte Fengmo mit leiser Stimme, »ich habe dich heute angelogen.«
So rief einer nach dem andern sie zurück. Nun ergriff Herr Wu das Wort.

»Mutter meiner Söhne, das Haus braucht dich. Hast du vergessen, daß es an der Zeit ist, den Saatweizen fürs Land auszuteilen?«

So kehrte sie schließlich zurück. »Werdet ihr –«, murmelte sie, »werdet ihr nie fertig mit euren Schwierigkeiten?«

»Nein«, sagte Liangmo, »niemals!«

Sie tastete um die Knie an ihrem Kleid herum, und nun erhob sie sich und ließ das Kleid fallen. Sie war zurückgekommen von den Sternen, sie war wieder hier im Hause. Verwirrt schaute sie umher.

»Wo ist Ying? Ich bin müde – ich muß schlafen. Morgen – morgen.«

»Kannst du dir das erklären, Vater?« fragte Liangmo, während sie den Hof verließen. »Früher hat doch ihre Seele nie das Haus verlassen, nicht wahr?«

»Ich weiß nicht, was über sie gekommen ist«, brummte Herr Wu. »Seit ihrem vierzigsten Geburtstag ist sie so seltsam.«

Aber Fengmo schüttelte den Kopf. »Keiner von euch versteht unsere Mutter so gut wie ich. Ich kenne ihre Gefühle. Sie fühlt, daß sie Flügel hat und daß man ihr nie erlaubt hat zu fliegen – das ist ihre Empfindung.«

Der Vater und seine beiden Brüder sahen ihn an, als hätte er den Verstand verloren. Im nächsten Augenblick sagten sie einander mit ernster Stimme gute Nacht.

Am nächsten Morgen erwachte Madame Wu mit einem starken Angstgefühl: was war ihr am vergangenen Abend geschehen? In ihrem ganzen Leben hatte sie nichts Schöneres erlebt als diese Augenblicke vollkommener Freiheit, da ihre Seele den Leib hinter sich gelassen hatte. Während ihre Seele unter den Sternen wanderte, hatte sie alles vernachlässigt, die Bürden dieses großen Hauses waren von ihr abgefallen. Sie hatte sie abgeworfen und hinter sich gelassen, so wie eine Nonne die Mühseligkeiten des Frauentums, ein Mönch die Beschwerden des Manntums hinter sich läßt. An diesem Morgen grollte sie Bruder André, weil er sie mit dieser Freiheit versucht hatte, und sie fürchtete sich vor sich selber, weil sie der Versuchung nachgegeben hatte. Als sie erwachte, lastete das Schuldgefühl schwer auf ihr, als hätte sie sich einem heimlichen Geliebten hingegeben.

Rücksichtslos gegen sich selbst, stand sie sofort auf. Sie rief Ying, um sie wegen verschiedener Versehen scharf zur Rede zu stellen. Sie zeigte ihr, daß Staub hinter einen Stuhl gefegt worden war, der selten von der Stelle gerückt wurde, und daß von einem der polierten Deckenbalken ein Spinngewebe herabhing. Nach dem Essen rechnete sie mit dem Koch ab und gab ihm für viele Tage im voraus Weisungen wegen der Speisen. »Jetzt, da der Winter nicht mehr allzu fern ist«, sagte sie, »ist es an der Zeit, daß du aufhörst, uns Melonensuppe und Gurken und ähnliche abkühlende Sachen zu geben. Es kommt die Zeit für braunes Schweinefleisch, für gebratenes Ochsenfleisch mit Bohnen, es ist Zeit, Fleisch in die Gemüse zu tun.«
Für sich selber nahm sie sich an diesem Tag keine Zeit. Kaum war der eine gegangen, als auch schon der andere hereinkam. Noch hatte sie sich über den Koch nicht beruhigt, als sie Herrn Wu, zeitiger als er sonst aufzustehen pflegte, ihren Hof betreten sah.
Er setzte sich nieder, holte die Pfeife aus dem Ärmel, stopfte sie und zündete sie an. »Nun, Mutter meiner Söhne«, sagte er, »du fühlst dich heute morgen nicht wohl. Deine Augen sind umschattet.«
»Es geht mir gut«, erklärte Madame Wu mit Entschiedenheit.
Herr Wu tat zwei Züge aus der Pfeife und legte sie hin. »Ailien«, sagte er mit leiser Stimme, »du tust sehr schlecht daran, daß du dich von mir zurückziehst. Wirklich, für Mann und Frau ist es ungesund, sich voneinander fernzuhalten. Es handelt sich nicht nur um die Nachkommenschaft. Es handelt sich um das Gleichgewicht. Komm, schau dich einmal selbst an, wie du aussiehst. Du bist nicht zahnlos, dein Haar ist schwarz wie eh und je, dein Fleisch ist fest, dein Blut fließt rasch. Hast du vergessen, wie gut wir –«
»Hör auf!« sagte sie mit Entschiedenheit. »Du weißt, ich bin keine wankelmütige Frau. Ich habe mir mein Leben eingerichtet. Bist du unzufrieden, daß du so zu mir sprichst?«
»Gewiß wärest du mir sehr willkommen«, sagte er offenherzig, »denn ich liebe dich mehr als jede andere, ich muß dich lieben, bis ich sterbe – aber ich denke jetzt nicht an mich.«

»An mich brauchst du nicht zu denken«, beharrte sie.
»Ich muß an dich denken«, erklärte er. Einen Augenblick lang hatte er den ungeheuerlichen Gedanken, sie sei durch eine seltsame Verirrung der Natur – auf dem Weg über die Seele – dem fremden Priester verfallen. Aber er schämte sich, ihr diesen Verdacht mitzuteilen. Er kannte ihr wählerisches Wesen in allen Dingen. Der Mann war, abgesehen von seiner Priesterschaft, Ausländer. Schon zu der Zeit, da Herr Wu noch jung und ungeduldig war, wußte er, daß er gut daran tat, seine Ungeduld zu zügeln, zu baden und Atem und Körper zu parfümieren, bevor er sich ihr näherte. Die Fremden aber waren übelriechenden Leibes, und zwar wegen der Brünstigkeit ihres Fleisches, wegen ihres reichlichen Schweißes und der Dichte ihres wolligen Haares.
Er nahm seine Zuflucht zu dem einzigen, wovon er wußte, daß es jederzeit ihre Aufmerksamkeit erwecken würde. Er machte ein verdrießliches Gesicht und beklagte sich darüber, daß er selbst sich nicht wohl fühle.
»Ach, du hast recht. Ich bin auch alt«, seufzte er. »Mein Bauch rumort, nachts erwache ich zwei- und dreimal, am Morgen bin ich müde.«
Aber die Grausamkeit änderte sich nicht. »Iß zum Abendessen nur etwas Fleischbrühe – und schlafe ein paar Nächte allein.«
Da gab er es auf und blieb mit vorgeschobener Unterlippe sitzen. Sie klopfte mit dem Fuß auf die Steinfliesen und seufzte. Dann erhob sie sich, um ihm Tee einzugießen. Wie sie den Deckel der Teekanne festhielt, sah Herr Wu, daß ihre schlanken Finger zitterten; aber er sagte nichts. Er trank den Tee, und auch sie trank aus einer Tasse, die sie für sich selbst eingegossen hatte, und dann stand er auf und ging fort. Er war noch nicht bis zur Tür gekommen, als sie ihm mit ihrer klaren, reinen Stimme, die hart war wie Silber, nachrief: »Jetzt hast du wieder deine Pfeife vergessen!«
Er drehte sich um – sein Gesicht war feuerrot.
Sie stand auf der Schwelle und zeigte auf die Pfeife, als wäre es ein schmutziges Ding. Er ging zurück wie ein geprügelter Junge, nahm die Pfeife an sich und ging dann mit geschürzten Lippen und roten Wangen an Madame Wu vor-

bei. Einen Augenblick blieb sie noch stehen und schaute ihm nach; in ihrer Brust war eine Stelle, die schmerzte, als wäre sie von einem Schlag getroffen worden.
Bald danach kam Ying herbeigelaufen.
»Der erste junge Herr – seine Frau beginnt zu kreissen!« rief sie.
»Ah!« sagte Madame Wu. »Laß ihre Mutter holen. Inzwischen gehe ich sofort zu ihr.« Sie stand auf, ging in ihr Schlafzimmer, wusch sich gründlich die Hände und vertauschte ihr Seidenkleid gegen eines aus sauberem blauem Leinen. Dann parfümierte sie sich Hände und Wangen und begab sich nach Liangmos Hof.
Die Nachricht war ihr willkommen. Nichts ist so erregend in einem Hause wie die Geburt eines Kindes. Um Meng hatte sie heute keine Sorge. Meng war jung und gesund und fürs Kinderbekommen geschaffen.
Es war der Tag der Frauen, wie es alle Gebärtage sind. Das Hauptzimmer im Hof ihres ältesten Sohnes wimmelte von aufgeregten weiblichen Bediensteten, von Kusinen und weiblichen Verwandten. Sogar die Kinder, die sich durch Herbeitragen von Wassereimern und Teekannen nützlich zu machen versuchten, liefen erregt und lachend umher.
»Ein zweiter Junge wäre das beste«, sagte eben eine ältliche Kusine, als Madame Wu den Hof betrat. »Wenn dem ersten etwas widerfahren sollte, wäre immer noch der zweite da. Ein Haus mit vielen Söhnen ist immer gesichert.«
In diesem Augenblick trat Madame Wu ein, und alle erhoben sich. Gemurmelte Begrüßungen kamen aus dem plötzlich verstummten Zimmer. Rulan, als die zweite Schwiegertochter, stand auf und servierte den Tee. Auch sie schwieg.
»Ah, Rulan!« sagte Madame Wu.
Mit einem raschen, scharfen Blick sah sie die junge Frau an. Blaß – sie sah blaß aus. Nie konnte sie Rulan ansehen, ohne sich daran zu erinnern, daß man sie eines Nachts laut weinen gehört hatte. Dann bemerkte Madame Wu Linyi, die etwas abseits saß. Sie knackte mit den Zähnen getrocknete Kerne von Wassermelonen und spuckte die Schalen auf den Fußboden. Madame Wu unterdrückte eine Rüge. In wenigen Minuten wird Madame Kang hier sein, und es war besser, Linyi nicht zu ärgern.

Dann wandte sie sich der Angelegenheit der Geburt zu. »Wie steht es?« fragte sie die Hebamme, die, als sie die Unruhe bei Madame Wus Ankunft hörte, aus dem Schlafzimmer gelaufen kam.

»Alles geht gut«, antwortete die dicke Frau. »Es ist bestimmt ein Junge«, sagte sie. Ihr breites Gesicht strahlte. »Die gnädige Frau unseres ersten Sohnes hat ihn hoch getragen.«

Aber da hörte man plötzlich Mengs Stimme, plötzliche laute Schreie, und die Hebamme lief aus dem Zimmer. Vor Ablauf einer halben Stunde kam Madame Kang herbeigeeilt. Sie war selbst schon ziemlich unförmig, obgleich sie weite Kleider angelegt hatte. Als sie die Schwelle überschritt, trat Stille ein. Dieses Schweigen hatte zwei Ursachen: Neugierde und Mitleid. Sie spürte es und deckte ihre Scham mit Worten zu.

»Ich habe nur auf dich gewartet«, sagte Madame Wu. »Gehen wir miteinander hinein.«

Sie gingen in das Zimmer, wo Meng auf einem schmalen Ruhebett lag. Schweiß rann über ihre Wangen und befeuchtete das lange Haar. Die beiden Damen traten zu ihr hin, jede auf eine Seite, und ergriffen ihre Hände.

»Mutter«, keuchte Meng, »Mutter – es ist schlimmer als das letzte Mal.«

»Das ist es gewiß nicht«, tröstete Madame Kang sie. »Es wird viel schneller gehen.«

»Nicht sprechen!« befahl Madame Wu den beiden. »Jetzt ist es Zeit, sich anzustrengen.«

Meng klammerte sich an Madame Wus schlanke, kühle, an Madame Kangs dicke, warme Hand. Sie sehnte sich, den Kopf an die Brust ihrer Mutter zu lehnen und zu weinen, wagte es aber nicht, weil dies den schuldigen Respekt gegen die Mutter ihres Mannes verletzt hätte. Heißer Blutdunst erfüllte den Raum. Plötzlich wurde die Hebamme sehr geschäftig.

»Er kommt, der kleine Herr des Lebens!« rief sie. »Ich sehe seinen Scheitel!«

Meng schauderte und schrie und preßte die beiden Hände, die sie umklammert hielt. Sie beugte den Kopf und biß sich in die eigene Hand, die sich an der Mutter festhielt, und

Madame Kang drückte die Hand der Tochter fest an ihren Busen.
»Warum verwundest du dich selbst?« rief sie aus.
Da streckte Meng sich mit einem jähen Ruck und machte ihren Leib zu einem Bogen des Schmerzes. Sie öffnete den Mund und ließ ein gewaltiges Stöhnen hören, das mit einem Aufschrei endete. Madame Kang ließ die Hand der Tochter fallen, schob die Hebamme beiseite, streckte beide Hände aus und ergriff das Kind.
»Noch ein Junge!« sagte sie ehrfürchtig. Als ob er sie gehört hätte, entließ der Kleine, der eben seinen ersten Atemzug getan, die Luft mit einem gellenden Schrei.

In dieser Nacht saßen Madame Wu und Madame Kang beisammen. Im Hause war alles in Ordnung. Das Kind war gesund. Die junge Mutter schlief. Nun saßen die beiden Freundinnen zufrieden beieinander. Um ihrer Freundin die Pein zu ersparen, hatte Madame Wu den ganzen Tag nicht von Madame Kangs beschämend anschwellendem Leib gesprochen. Während sie über Familienangelegenheiten und andere unbedeutende Dinge redeten und in das Gespräch die Erinnerungen aus ihrer Jugend hineinflochten, fiel ein langer Schatten durch die offene Tür. Es war Bruder André, der kam, um Fengmo wie gewöhnlich seine Lektion zu erteilen.
»Ist das der fremde Priester?« fragte Madame Kang.
»Er kommt noch immer, um Fengmo Unterricht zu geben«, sagte Madame Wu. Es kam ihr vor, als wäre seit dem gestrigen Abend, da ihre Seele über die Mauern des Hauses hinweggestiegen war, eine sehr lange Zeit verstrichen.
»Ich verstehe einen Priester oder eine Nonne ebensowenig, wie ich eine fremde Sprache verstehe«, sagte Madame Kang.
Madame Wu lächelte. »Du«, sagte sie, »du –.«
Madame Kang lachte schelmisch und tätschelte sich den vollen Bauch. »Wenn ich allein bin«, gestand sie, »bin ich glücklich. Ich freue mich, noch ein Kind zu bekommen.«
»Meichen«, sagte Madame Wu, halb lächelnd, halb zärtlich, »du bist unersättlich. Du willst die Kinder nicht den jungen Frauen überlassen. Du bist imstande, dein eigenes Enkelkind zur Welt zu bringen. Wirst du denn nie aufhören?«

»Leider«, seufzte Madame Kang mit geheuchelter Scham, »macht es mir so viel Vergnügen!«
Die schlanke, anmutige Silhouette Fengmos trat über die Schwelle. Madame Wu verfolgte sie mit den Blicken.
»Fengmo ist zur Lektion gekommen«, sagte sie.
Beide Frauen sahen dem entgleitenden Schatten nach.
»Linyi –.« Beide hatten zu sprechen begonnen, und eine wartete auf die andere.
»Bitte, sprich weiter«, sagte Madame Kang.
»Nun schön«, sagte Madame Wu nach einem Augenblick, »ich will weitersprechen. Fengmo ist mit deiner Tochter nicht glücklich, Meichen. Es ist schade, daß du sie nicht gelehrt hast, wie sie ihn glücklich machen soll.«
»Fengmo nicht glücklich!« wiederholte Madame Kang mit einer gewissen Verachtung. »Ailien, laß dir sagen: *Linyi* ist nicht glücklich!«
»Meichen«, sagte Madame Wu mit ihrer silbernen Stimme, »überleg dir, was du sprichst.«
»Ja«, erklärte Madame Kang, »du glaubst, du hast Fengmo gut erzogen. Aber Linyi ist nicht glücklich mit ihm. Zu einer Ehe gehören zwei. Kann man mit einer Hand klatschen? Du hast Fengmo seine Rolle in der Ehe nicht beigebracht.«
»Meichen, du beleidigst mich!« rief Madame Wu aus.
»Es wird das beste sein, Linyi kommt für einige Zeit wieder nach Hause«, erwiderte Madame Kang.
Madame Wu sah diese ihr überaus teure Freundschaft in allen Fugen krachen.
Madame Kang sagte leidenschaftlich: »Ich bin dir immer eine gute Freundin gewesen, und ich habe dich nie kritisiert, obwohl ich gesehen habe, daß du Gedanken hast, die einer Frau nicht zukommen. Aber ich habe immer gewußt, daß du zu weise, zu klug bist, um glücklich zu sein. Das habe ich auch dem Vater deiner Söhne gesagt –«
»Habt ihr beide über mich gesprochen?« fragte Madame Wu. Ihre Stimme war viel zu ruhig.
»Nur in deinem Interesse«, antwortete Madame Kang. Dabei stand sie auf, raffte ihr weites Kleid zusammen und entfernte sich festen Schrittes.
Spät abends, als Madame Wu im Bett lag, sagte Ying: »Wis-

sen Sie, daß Madame Kang heute abend die Frau Ihres dritten Sohnes mit nach Hause genommen hat, gnädige Frau?«
»Ich weiß es«, sagte Madame Wu. Sie schloß die Augen, als wollte sie schlafen. Aber sie schlief nicht.
Nun war der Riß zwischen Fengmo und Linyi durch ihre Unbedachtsamkeit noch erweitert worden. Es ist sicherlich eine ernste Sache, wenn eine junge Frau aus dem Haus ihres Gatten herausgenommen und wieder nach Hause gebracht wird, in das Obdach ihrer Kindheit. Fengmo muß hingehen und sie zurückbringen. Sie ließ Fengmo rufen.
Blaß, aber gefaßt trat er ein.
Madame Wu lehnte sich mit verschränkten Händen in ihrem Stuhl vor. »Fengmo«, sagte sie, »sag mir, was zwischen dir und Linyi vorgefallen ist. Ich bin deine Mutter.«
»Nichts«, sagte Fengmo verdrießlich.
Madame Wu aber nahm es wörtlich. »Nichts!« wiederholte sie bestürzt. »Heißt das, daß ihr beide in dasselbe Bett ginget und nichts geschehen ist?«
»Ach Mutter«, stöhnte Fengmo. »Glaubst du denn, daß das das einzige ist, was sich zwischen Mann und Frau ereignen kann?«
»Aber das erste«, beharrte Madame Wu.
Fengmo preßte den Mund zusammen. »Also gut, Mutter«, sagte er. »Es war das erste. Aber verstehst du, Mutter, ich habe etwas mehr erwartet.«
»Was hast du erwartet?«
Er breitete die großen, mageren Hände aus. »Einen Gedankenaustausch, irgendeine Verständigung, Kameradschaft, etwas, was nach der Einleitung kommt. Ich meine, nachdem das Körperliche erledigt ist – was dann?«
»Aber in deinem Alter ist das Körperliche nie erledigt«, sagte Madame Wu. Sie begann einzusehen, daß sie Fengmo nicht verstanden hatte.
Fengmo aber schien diesen nachdenklichen Blick nicht zu merken. Er saß mit vorgebeugtem Oberkörper, die Ellbogen ruhten auf den gespreizten Knien, die verschränkten Hände hingen zwischen ihnen herab.
»Ich habe das Gefühl, daß ich dir nichts vorschreiben kann«, sagte sie schließlich mit leiser Stimme. »Ich sehe jetzt, daß ich dein Wesen verletzt habe.«

Er schaute zu ihr auf, und sie erblickte Tränen in seinen Augen.
»Ich sollte aus diesem Hause fortgehen«, sagte er.
Seine Worte schnitten ihr ins Herz. Aber zunächst fragte sie nur: »Wohin möchtest du denn gehen?«
»Bruder André sagt, er würde mir helfen, übers Meer zu fahren«, sagte Fengmo.
»Wenn Bruder André nie ins Haus gekommen wäre«, sagte sie, von Selbstvorwürfen geplagt, »würdest du dann auch daran gedacht haben?«
»Ich würde daran gedacht haben«, erwiderte er, »aber ich hätte nicht gewußt, wie ich es anfangen soll. Bruder André hat mir den Weg gezeigt.«
Darauf antwortete sie nicht. Sie blieb stumm und gedankenvoll sitzen. »Also gut, mein Sohn«, sagte sie schließlich. »Du bist frei.«

IX

Noch vor Ablauf eines Monats, an einem Tag, da der erste Schnee fiel, reiste Fengmo ab. Die gesamte Dienerschaft stand am Tor, um ihn weggehen zu sehen. Die Straße, die am Tor vorüberlief, endete am Fluß, und alle männlichen Familienmitglieder – unter ihnen als einzige Frau Madame Wu – begleiteten ihn bis ans Ufer. Hände halfen ihm mit seinem Gepäck, Hände halfen ihm über den Rand des schaukelnden Ruderbootes, das ihn zu einer kleinen Barkasse hinüberbringen sollte. Die Barkasse wird ihn wiederum zu einem Flußdampfer befördern. Der Flußdampfer wird mit ihm bis ans Meer fahren, zu dem großen Schiff, das ihn dort erwartet. Über der weißschimmernden Erde brütete ein weicher, grauer Himmel. Das Boot stieß ab, und Schneeflocken zergingen auf den Rudern des Schiffers. Ein Chor von Abschiedsgrüßen folgte Fengmo. Madame Wu blieb stumm. Sie stand ruhig da, eine schmale, aufrechte, in einen Pelz gehüllte Gestalt, und sah zu, wie ihr Sohn den Strand seiner Heimat verließ. Sie war traurig und voller Furcht, aber sie tröstete sich mit den Worten: Er ist frei.
Und sich fester in den Mantel hüllend, kehrte sie in ihre vier Wände zurück.

Mit Fengmos Abreise würde Bruder André aufgehört haben zu kommen; aber Madame Wu bat ihn, den Unterricht fortzusetzen und an Stelle Fengmos Linyi zur Schülerin zu nehmen.

»Wenn mein Sohn aus fremden Ländern zurückkommt«, sagte sie in ihrer kühlen, anmutigen Art zu Bruder André, »dann möchte ich gerne, daß seine Frau etwas von dem weiß, was er weiß.«

Fengmos Ehe war auf folgende Weise zusammengeflickt worden: Eines Tages ging Madame Wu ins Haus und redete sehr freundlich mit Linyi in Gegenwart ihrer Mutter. Sie teilte ihr mit, daß Fengmo verreise, und lud sie ein zurückzukommen, damit Fengmo, ehe er wegfuhr, sie in gesegnetem Zustand zurücklassen könne.

»Ich tue das nicht nur um unseres Hauses willen«, sagte Madame Wu zu Linyi, »sondern auch um deiner selbst willen, damit du nicht ohne Erfüllung bleibst.«

Dabei hatte sie Linyis Gesicht studiert – ein hübsches, egoistisches Gesicht, dachte sie. Gute Mütter haben immer egoistische Töchter.

»Es ist nicht gut, daß eine junge Frau leer zurückbleibt, wenn ihr Mann verreist«, fuhr sie fort.

Madame Kang hatte ihr von Herzen zugestimmt. »Du gehörst nicht mehr zu unserem Haus«, sagte sie wiederholt zu ihrer Tochter. »Du gehörst zum Hause Wu.«

Wie kann ich aus diesem mageren, nichtsnutzigen Ding eine Frau, eine Gattin machen? fragte Madame Wu sich im stillen. Nicht nur für mein Haus, sondern zu ihrem eigenen Glück?

Da fiel ihr Bruder André wieder ein. Sie sah seine große, geduldige Gestalt, sein dunkles, gütiges Gesicht. Konnte er aber eine junge Frau unterrichten?

»Noch heute mußt du ins Haus deines Gatten zurückkehren«, erklärte Madame Kang. Linyi ging schweigend. Sie war nicht dumm und spürte deutlich die Veränderung, die in ihrer Mutter vorgegangen war. Das Herz tat ihr weh, und wortlos kehrte sie in Fengmos Hof zurück. Er war eifrig mit den Reisevorbereitungen beschäftigt. Aber da er nun wußte, er würde frei sein, benahm er sich gegen Linyi heiter und unbekümmert. Es machte ihm nicht viel aus, ob

sie da war oder nicht, da er ja doch das Haus verlassen sollte.
»Ich bin zurückgekommen«, hatte sie zu ihm gesagt.
Er sagte nicht, daß es ihn freue, und sie fragte ihn nicht danach. Gefügig wie nie zuvor half sie ihm, die Kleider zusammenzulegen, die Bücher abzustauben. Nachts schliefen sie miteinander. Er nahm sie, und sie ließ es geschehen, teils aus Pflichtgefühl dem Hause gegenüber, teils weil sie jung und hungrig war. Am Morgen hatten sie sich, ohne viel zu reden, getrennt. Aus Gründen der Schicklichkeit verließ sie den Hof nicht.
»Auf Wiedersehen!« hatte er gesagt.
»Der Himmel gebe dir eine glückliche Reise«, hatte sie geantwortet, war an die Tür gelehnt stehen geblieben und hatte ihm nachgeblickt. Eine leise Ungewißheit rüttelte an ihrem Herzen, aber sie war nicht gewillt, irgendeinen Fehler bei sich selbst zu suchen.
Ich bin noch schläfrig, dachte sie, gähnte mit weit offenem Mund, ohne ihn mit der Hand zu bedecken, kehrte zu ihrem großen Bett zurück, wickelte sich in die Seidendecke und schlief wie eine kleine Schmetterlingspuppe.
Aus diesem Schlaf weckte sie Madame Wu, sobald Fengmo fort war. »Komm, Linyi«, sagte sie, »du hast lange genug geschlafen. Jetzt mußt du aufwachen und mit deiner Erziehung beginnen.«
»Mit meiner Erziehung?« stammelte Linyi.
»Vormittags wirst du Kochen und Sticken lernen«, sagte Madame Wu. »Die ältere Kusine wird es dich lehren. Dann wirst du vor dem Mittagessen für eine Stunde zu mir kommen – ich werde dich in den Klassikern unterrichten. Nachmittags wirst du bei Bruder André fremde Sprachen lernen. Am Abend wirst du den Mädchen behilflich sein, die Kinder zu Bett zu bringen. Du mußt Kinderpflege lernen.«
Linyi schaute aus ihrem Federbett auf. Ihre großen Augen waren erschreckt und ihr weiches Haar ganz wirr. »Jetzt?« fragte sie.
»Jetzt, sofort«, sagte Madame Wu streng. Sie hielt einen dünnen Bambusstock in der Hand und klopfte damit auf den Fußboden. »Wasche dich«, sagte sie. »Bürste dir das Haar. Dann komm zu mir.«

Sie kehrte nach ihrem Hofe zurück, den Mund übellaunig zusammengepreßt – ein Ausdruck, der ihrer Schönheit nicht angemessen war. Ich tue es für Fengmo, dachte sie. Wenn dies getan ist, dann kann ich wieder an meine eigene Freiheit denken.

Da sie aber Linyi nicht traute, blieb sie an jenem Nachmittag, als Bruder André kam, bei ihr. Linyi durfte nicht müßig gehen. Und dann mußte sie auch in den Stunden, da der fremde Priester mit ihrer Schwiegertochter in Abwesenheit ihres Sohnes beisammen war, über sie wachen – das forderte der Anstand. Sie wußte, daß Bruder André nur Seele war, aber wer außer ihr würde glauben, dieser mächtige Körper sei nichts als Hülse?

So saß sie jeden Tag auf dem höchsten Platz in der Bibliothek, in den Händen den Stock mit dem Drachenkopf, den sie jetzt nach dem Tode der alten Dame trug. Sie hörte sich alles mit an, was Bruder André Linyi lehrte. Aber während die junge Person sich nur widerwillig durch den anstrengenden Unterricht hindurcharbeitete, flog Madame Wus Geist voraus und wanderte neugierig auf hundert Nebenwegen.

Auf diese Art erfuhr sie, wie die Erde und die Meere sich zu einer riesigen Kugel vereinen, die unter Sternen und Planeten kreist, sie begriff die Bahnen der Sonne und des Mondes, den Wechsel der Winde und Wolken. Aber das war noch nichts im Vergleich zu ihrem Staunen, als sie die Sprachen der Menschen zu verstehen begann. Sie tat gerne folgendes: Sie wählte ein Wort – etwa Leben oder Tod, Liebe, Haß, Essen, Luft, Wasser, Hunger, Schlaf, Haus, Blume, Baum, Gras, Vogel – und verfolgte dieses Wort durch alle Sprachen, die Bruder André kannte. Diese Sprachen waren die Stimmen der Menschheit. Und alles lernte sie unter dem Vorwand, Linyi beim Studieren zu helfen.

»Haben auch alle Menschen ein Wort für Gott?« fragte sie Bruder André.

»Alle Menschen«, erwiderte er ernst, und dann kamen aus seinem Mund tönende Silben, die wie Trommelschläge an ihr Ohr klangen.

In solchen Nächten fand sie keinen Schlaf. Schweigend ließ sie sich von Ying bedienen, schweigend kletterte sie in das hohe Rotholzbett. Hinter den Seidenvorhängen überließ sie sich ganz ihrer Seele, nachsinnend über die Bedeutung all dessen, was sie gelernt hatte. André wurde ihr zu einem Brunnen, einem weiten und tiefen Brunnen des Lernens und des Wissens. Nachts dachte sie über hundert Fragen nach, auf die sie eine Antwort suchte. Bisweilen, wenn ihr Gedächtnis von der Menge solcher Fragen überlastet war, stand sie aus dem Bett auf und zündete ihre Kerze an. Sie ergriff den Kamelhaarpinsel und pinselte in ihrer feinen Schrift die Fragen auf ein Blatt Papier. Am nächsten Abend, als Bruder André kam, las sie ihm eine nach der anderen vor und lauschte aufmerksam allem, was er ihr sagte.

Die junge Linyi saß zwischen den beiden und hörte mit weit offenen Augen zu; man merkte deutlich, daß das alles weit über ihren Verstand ging. Noch schlummerte ihr Geist in jugendlicher Unreife.

Aber Bruder André verwunderte sich über Madame Wu. »Sie haben Ihr ganzes Leben hinter diesen Mauern gelebt«, sagte er eines Tages, »und doch verstehen Sie mich, wenn ich von Dingen spreche, die ich bisher nur mit einigen wenigen Gelehrten meines Kreises erörtert habe.«

»Sie haben mir«, entgegnete sie, »von dem Zauberglas erzählt, das kleine Dinge groß macht. Ein Stäubchen, sagten Sie mir, kann so groß gemacht werden wie eine Wüste, und wenn man das Stäubchen versteht, dann ist einem auch die Wüste bekannt. Dieses Haus ist das Stäubchen, aus dem ich alles verstehe. Innerhalb dieser Wände ist die Gesamtheit des Lebens.« Sie erblickte Linyis junges feindseliges Gesicht.

»Willst du damit sagen, Mutter, daß wir Staub sind?« fragte sie.

»Nein, mein Kind«, erwiderte Madame Wu. »Ich sage, daß ihr alle lebendig seid.«

Über dem jungen Haupt begegnete ihr Blick dem des Bruders André. »Unterrichten Sie dieses Kind«, sagte sie.

»Mutter, ich bin kein Kind«, schmollte Linyi.

Aber Madame Wu lächelte. Als an diesem Abend Bruder André seine Bücher zuklappte, fragte sie demütig: »Darf ich Sie bitten, auch mich als Schülerin anzunehmen?«

»Ihr Wunsch ehrt mich«, antwortete er in seiner ernsten Art.

»Also vielleicht für eine Stunde, nachdem Sie Linyi unterrichtet haben?«
Er neigte das Haupt. Von nun an beantwortete er allabendlich eine Stunde lang Madame Wus Fragen. Trotz ihres Alters auf die gute Sitte bedacht, befahl sie Ying, während des Gespräches mit Bruder André auf einem Stuhl unweit der Tür zu sitzen.
»Madame, ich muß Sie etwas fragen. Wenn es Sie ärgert, bitte, schicken Sie mich weg«, sagte Ying eines Morgens.
»Warum sollte ich mich über dich ärgern, nach so vielen Jahren, wo du immer gesagt hast, was du wolltest?« fragte Madame Wu.
»Was ich sagen werde, wird Ihnen nicht angenehm sein«, begann Ying. »Aber während Sie mit diesem riesigen Priester um die Erde herumwandern, geriet das Haus an allen Ecken und Enden in Unordnung. Die Amme des zweiten Sohnes der Frau Ihres ältesten Sohnes verliert die Milch. Das Kind magert ab. Nachts gibt es Zank im Hof Ihres zweiten Sohnes. Die Kammerfrau seiner Frau sagt, von Schwangerschaft sei keine Rede. Und die zweite Gnädige und unser Herr – nun, Madame, ich will mir nichts herausnehmen. Aber ich sage, es ist nicht gut für eine Dame wie Sie, sich so in Büchern zu vergraben.«
Ying sagte das herunter, als ob sie es auswendig gelernt hätte. Madame Wu hörte mit ihrem alten leisen Lächeln zu. Sie erhob sich und ging in ihr Schlafzimmer. Der Morgen war kühl, und sie zog einen Pelzmantel an, ehe sie hinausging. Im Garten welkten fröstelnd die Orchideen, und die Blätter fielen auf die lehmige Erde. Aber die Beeren des indischen Bambus waren rot und schwer. Auf einem Stein saß eine Amsel und fraß von den Beeren. Während sie durch den leeren Hof der alten Dame ging, fiel ihr ein, es könnte gut sein, wenn Liangmo mit seiner Familie hierher übersiedelte, in ihre Nähe, damit sie leichter die Kinder überwachen könnte. Dann könnten Tsemo und Rulan in Liangmos jetzigen Hof ziehen, und die geräumigere Umgebung würde vielleicht zu einem friedlicheren Verhältnis beitragen. Es war ein schöner Tag. Mit einem Wohlgefühl, das sie selbst nicht verstand, ging sie durch den hellen Sonnenschein. Diese vier Wände um ein Stückchen Erde waren voll

menschlicher Sorgen, aber sie fühlte sich fähig, ihnen zu begegnen, ja sie zu heilen – denn sie gehörte nicht mehr zu ihnen. Durch die körperliche Trennung von Herrn Wu hatte sie alle Bande durchschnitten, in die sie verstrickt gewesen war. Sie sann über das starke geheime Band nach, das Körper an Körper fesselte, dessen Durchschneidung aber nicht nur den Körper, sondern auch die Seele befreite. Und ihre Seele folgte den Wegen, die nun offen lagen über die ganze Welt hin. So trat sie in Liangmos Hof wie eine Göttin, die kommen mochte, um zu helfen und nicht um Anteil zu nehmen.

Da traf mit schmerzlicher Schärfe der Wehlaut des weinenden Kindes ihr Ohr. Sie vergaß alles und eilte ins Haus. Da saß Meng, und da saß auch die junge Amme, die das hungrige Kind an die leere Brust hielt. Tränen liefen über ihre bleichen Wangen. Das Kind sog und wandte den Kopf ab, schrie zornig, weil keine Milch kam.

»Was ist denn?« fragte Madame Wu. »Ist deine Milch versiegt?«

Weinend legte die junge Person den kleinen Knaben in Mengs Arme.

Sie hörte nicht auf zu weinen; Madame Wu setzte sich nieder, kreuzte die Hände über den Drachenknopf ihres Stockes und sah sie an.

»Deine Milch ist versiegt, weil du traurig bist«, sagte sie. »Was bekümmert dich?«

Erst wollte die junge Person nicht antworten. Sie wischte sich die Augen mit dem Ärmel und schaute zu Boden, und als die Tränen wieder aufquollen, wischte sie sie wieder weg.

»Merkwürdig, daß du Wasser genug hast für deine Tränen und nicht Milch für meinen Sohn«, sagte Meng rasend.

»Sst!« sagte Madame Wu. »Sie ist auch ein Mensch. Sprich, gute Seele!«

Dergestalt ermutigt, begann die junge Person zu stammeln, mit so leiser Stimme, daß man sie kaum hörte: »Ich habe mein eigenes Kind nicht gesehen. Ich weiß nicht, wie es ihm geht – ich bin beinahe einen Monat hier. Nächste Woche wird dieses Kleine hier einen Monat alt, und ich weiß nicht, wie es meinem eigenen geht.«

Meng machte eine erboste Miene. Sie schürzte den roten Mund und riß die schwarzen Augen weit auf. »Wie kannst

du an dein eigenes Kind denken und deine Milch vertrocknen lassen?« rief sie aus.
»Sst!« machte Madame Wu wieder. »Laß ihr Kind holen.«
»Soll es zusammen mit dem meinen gestillt werden?« schrie Meng.
»Es geschieht, um deinen Sohn zu retten«, antwortete Madame Wu.
Die junge Amme fiel vor ihr auf die Knie. »Oh, Ältere gnädige Frau«, keuchte sie. »Sie sind nicht grausam – man hat mir gesagt, Sie sind grausam –«
»Wer hat das gesagt?« fragte Madame Wu.
»Der Verwalter – auf dem Gut –, er sagte, ich darf nicht ungehorsam sein – niemand wagt es, Ihnen ungehorsam zu sein. Ich wollte nicht herkommen, gnädige Frau. Der Verwalter sagte, ich muß gehen, sonst wird er meinen Mann von dem gepachteten Grundstück vertreiben.«
»Er hatte keinen Auftrag von mir, so zu sprechen«, sagte Madame Wu. »Ich sagte ihm bloß, er solle eine Amme suchen.«
»Überall in den Dörfern macht er uns Angst vor Ihnen«, fuhr die junge Person fort.
Diese Worte beunruhigten Madame Wu nicht wenig, aber sie wollte diese dienende Frau nichts von ihrer Unruhe merken lassen. Sie neigte den Kopf und sagte freundlich: »Ich werde noch heute den Auftrag geben, daß man dein Kind holt.«
»Sie retten ein Leben«, sagte die Frau, fiel auf die Knie und berührte die Fliesen vor Madame Wu mit der Stirne.
Da weinte das Kind wieder, die Frau stand auf und nahm es an sich. Die Tränen auf ihren Wangen trockneten, und sie hielt den Kleinen an die Brust. Wieder griff er nach der Warze und begann zu saugen – und die Milch fing an zu fließen.
»Du hast deine Milch zurückgehalten!« schrie Meng. »Du wolltest sie nicht herauslassen!«
Madame Wu erhob sich. »Da das Leben deines Sohnes von ihr abhängt, sei lieber nicht so zornig, meine Tochter«, sagte sie. »Ich will meinem ältesten Sohn und dir die Wohnung unserer alten Dame geben, dann bin ich meinen Enkeln näher.«

Meng schien darüber nicht erfreut, aber Madame Wu ließ sich in ihrem Vorhaben nicht wankend machen. »Ich schicke dir heute noch Leute, damit sie dir bei der Übersiedlung helfen«, sagte sie, und ohne Mengs Antwort abzuwarten, ging sie weiter, um ihren Sohn Tsemo aufzusuchen.

Um diese Stunde hätte Tsemo schon weg sein sollen, bei seiner Arbeit, die in der Überwachung der Märkte bestand, auf denen die Familie ihre Produkte verkaufte. Aber er war noch da. Madame sah ihn, wie er sich in seinem Hof den Mund ausspülte, als ob er eben erst gegessen hätte.

»Ich mache meine Runde«, sagte sie. »Ich bin gekommen, um dir zu sagen, daß ich dir Liangmos Hof geben werde, weil ich ihm die Räume der alten Dame gebe, damit ich meine Enkel in der Nähe habe.«

»Ich werde es Rulan sagen«, erwiderte Tsemo.

Bei der Nennung dieses Namens glaubte sie in seinem Gesicht einen flüchtigen kalten Schatten zu sehen, und wie es ihre Gewohnheit war, wenn sie Unangenehmes merkte, sprach sie ohne Umschweife: »Man hat mir erzählt, daß Rulan des Nachts weint.«

»Wer hat dir das gesagt?« fragte er kurz.

»Das Personal«, antwortete sie, »und es ist eine Schande, wenn die Sorgen der Familie zum Dienstbotenklatsch werden.«

»Du hast recht, Mutter«, sagte er. »Ich hätte diese Frau nicht heiraten sollen.«

»Ist es schon aus mit der Liebe zwischen euch beiden?« fragte Madame Wu.

Auf diese Frage wollte er weder mit Ja noch mit Nein antworten. Er wanderte auf dem kleinen Hof umher, zehn Schritte in der einen Richtung, sechzehn in der anderen. »Wir können nicht miteinander reden, ohne daß es zu einem Streit kommt«, erwiderte er schließlich.

»Wie kommt es, daß sie nicht in der Hoffnung ist?« fragte Madame Wu. »Mann und Frau zanken sich immer, wenn kein Kind da ist.«

»Wie soll ich das wissen?« antwortete er mit einem Achselzucken. »Sie empfängt nicht. Es ist bestimmt nicht meine Schuld.«

»Zwischen Männern und Frauen kommt es leicht zum

Streit«, erklärte sie. »Der natürliche Unterschied ist so groß, daß sie, wenn sie sich nicht zur Zeugung einer neuen Generation vereinigen, einander abstoßen wie Wasser und Öl. Du mußt Geduld mit ihr haben, bis sie empfängt. Wenn es einmal so weit ist, wirst du in ihr eine neue Frau entdecken.«

»Bedeute ich Rulan nichts?« fragte er arrogant.

»Sie liebt dich zu sehr«, erwiderte Madame Wu, »und deshalb haßt sie dich. Ihre Liebe trägt keine Frucht. Das quält sie. Sie ist wehrlos gegen dich, sie hat keine Zuflucht vor dir. Sie hat keinen Ort, an dem sie sich vor dir verbergen und sie selbst sein könnte.«

Sie konnte sehen, daß diese Worte ihn tief verletzten. »Du solltest eine Reise machen«, fuhr sie fort. »Und, wenn du dann zurückkommst, sei freundlich und nicht anmaßend. Erinnere sie nicht daran, daß sie älter ist als du, daß *sie* dich als erste gesucht hat.«

»Woher weißt du, daß sie mich gesucht hat?« fragte er. Er unterbrach seine Wanderung und starrte die Mutter an. »Wieso weißt du alles?« sagte er, halb lachend, halb traurig.

»Ich kann es mit meinen Augen sehen«, antwortete sie.

Nun kam Rulan aus dem Haus; offenbar konnte sie nicht länger so tun, als hörte sie nicht, was in dem kleinen Hof vor ihrem Fenster gesprochen wurde. Madame Wu wußte recht gut, daß sie alles mit angehört hatte, aber aus Höflichkeit ging sie auf die Fiktion ein. »Ich sage eben zu Tsemo, daß ihr, wenn ihr wollt, in den größeren Hof Liangmos übersiedeln könnt. Liangmo und seine Familie werden nämlich in meinen Nachbarhof ziehen, wo ich meine Enkel besser unter den Augen habe.«

»Wir danken dir, Mutter«, sagte Rulan. Aber weder Stimme noch Blick sprachen von Dankbarkeit. Sie war nachlässig gekleidet, in ein häßliches Kleid, das schachbrettartig in graue und grüne Felder geteilt war. Sie sah älter aus, als sie war.

»Ich finde dieses Kleid abscheulich«, sagte Tsemo schroff.

»Kauf mir ein anderes«, sagte sie keck, das kurze Haar zurückwerfend.

Madame Wu stand sofort auf. Ganz aber konnte sie ihr Mißvergnügen nicht unterdrücken.

»Tsemo verreist auf einige Zeit«, sagte sie zu Rulan. »Ich habe meine Zustimmung gegeben. Sei verträglich in den wenigen Tagen bis zu seiner Abreise. Beschäftige dich damit, morgen deine Sachen in die neue Wohnung hinüberzuschaffen.«
»Wenn Tsemo weggeht, gehe ich auch«, sagte Rulan.
Sehr aufgeregt stand sie da in dem häßlichen Kleid, die Hände an die Hüften gepreßt. Auch Madame Wu stand aufrecht, die Hände auf dem Stockgriff.
»Du wirst nicht gehen«, sagte sie bestimmt. »Du wirst bei mir bleiben. Du hast noch viel zu lernen, und ich werde dich unterrichten.«
Wieder wartete sie die Antwort der Schwiegertochter nicht ab. Sie wandte sich um und verließ, ohne zurückzublicken, den Hof.
Sie sehnte sich nach dem Abend, nach Frieden, sie sehnte sich danach, unter Bruder Andrés Führung den Körper zu verlassen und, ganz nur Seele, in die Welt hinauszustürmen.
In dem Hof, den Madame Wu soeben verlassen hatte, sah Rulan ihren jungen Gatten mit leidenden Augen an. »Du willst fortgehen und mich verlassen«, murmelte sie.
»Es ist ausschließlich die Idee meiner Mutter«, sagte Tsemo leichthin. Er warf den Kopf zurück und strich sich das lange Haar aus der Stirn. Sie sah seine blassen Hände – und fühlte das Zucken im Herzen, das sie sich nicht verzeihen konnte.
»Tsemo, bin ich dir wirklich verhaßt?« flüsterte sie. Sie näherte sich ihm, und er blickte ihr gerade ins Gesicht.
»Warum quälst du mich und verletzt mich und läßt mir keinen Frieden?« zischte er durch die Zähne.
»Frieden vor mir!« rief sie aus.
»Nein, *nur* Frieden«, sagte er, »*einfach* Frieden.«
»Frieden, damit du mich vergessen kannst!« erwiderte sie leidenschaftlich.
»Ich weiß, du tust das in der Absicht, mich zu ärgern«, gab er zurück. Er lachte bitter. »Du machst mich zornig, um mich zu zwingen, mich wenigstens aus diesem Grunde mit dir zu beschäftigen.«
Er hatte damit die Wahrheit gesagt, eine Wahrheit, die sie sogar vor sich selbst verborgen hielt.
Seltsam, daß sie in diesem Augenblick, da sie sich danach

sehnte, von Tsemo befreit zu werden, an Madame Wu dachte. Triebhaft wie immer, lief sie an ihm vorbei, lief durch die Höfe und blieb nicht eher stehen, als bis sie Madame Wu fand, die in ihrer Bibliothek saß und ihre kleine Pfeife rauchte.

»Mutter!« rief sie. »Gib auch mich frei!«

Madame Wu vernahm diesen Ausruf wie ein Echo ihrer eigenen Seele. Aber sie ließ sich ihre Bestürzung nicht anmerken. Sie legte die Pfeife auf den Tisch und schaute ihre hochgewachsene Schwiegertochter an.

»Ich will weg aus diesem Haus – weg von Tsemo«, sagte Rulan. Sie gehorchte nicht Madame Wus Handbewegung, die sie zum Sitzen aufforderte. Sie blieb stehen, ohne die Worte gehört zu haben, die Madame Wu an sie gerichtet hatte. Die beiden Frauen blickten einander an.

»Ich habe dir gesagt, daß Tsemo verreist«, sagte Madame Wu. »Von ihm wirst du befreit sein.«

»Ich will für immer von ihm frei sein«, rief Rulan. »Ich hätte niemals heiraten sollen. Ich hasse die Gefühle, die ich für ihn hege – ich bin die Sklavin dieser Gefühle. Er besitzt mich, so wie *er* mich haben will, nicht wie ich selbst sein will.«

»Ist ihm daraus ein Vorwurf zu machen?« fragte Madame Wu.

»Laß mich weg«, wiederholte Rulan.

Unwillkürlich begann Madame Wu wieder Sympathie zu fühlen für dieses seltsame, ungebärdige Frauenzimmer. »Wohin willst du denn gehen?« fragte sie. »Was hat eine Frau außerhalb des Hauses ihres Gatten? Auch wenn du dich von diesem Hause frei machst – wirst du denn frei sein?«

Rulan sah entsetzt auf sie herab. »Sag mir, wie ich mich befreien kann«, flüsterte sie.

Madame Wu empfand plötzlich tiefes Mitleid mit ihr. »Leider«, sagte sie milde, »kann ich es dir nicht sagen, mein Kind – denn ich weiß es nicht.«

»Hast du nie geliebt?« fragte Rulan.

Madame Wu blickte zu Boden und antwortete nicht. Sie begann zu fühlen, daß Tsemo an diesem Mädchen irgendwie ein Unrecht begangen habe. Aber wie konnte er wissen,

was sie wollte? Er war immer nur er selbst gewesen, und konnte er denn dafür, daß dies dem Mädchen nicht genügte?
»Wenn du ein Kind hättest«, sagte sie schließlich, »wärest du vielleicht frei von Tsemo. Du teiltest wenigstens deine Liebe. Ein Kind verlangt viel, und du bist gezwungen, es zu geben. Es wäre auch denkbar, falls du kein Kind bekommst, daß du dich mit einem Studium, mit Malerei oder etwas derartigem beschäftigst. Du mußt dich teilen, mein Kind. Du hast alle deine Kräfte in den tiefen, schmalen Strom fließen lassen. Grabe dir Kanäle und Rinnsale und laß deine Liebe dahin und dorthin abströmen.«
»Zwangsarbeit«, sagte Rulan bitter.
»Wenn es sein muß«, erwiderte Madame Wu sanft. »Aber es ist dein einziger Weg um Frieden. Sonst gehst du zugrunde. Denn er wird dich hassen, das verspreche ich dir. Er steht schon jetzt an der Grenze des Hasses. Deshalb habe ich ihm befohlen, auf eine Weile zu verreisen.«
Rulan befeuchtete ihre blassen Lippen. »Sind alle Männer so wie er?« flüsterte sie.
»Die Männer gleichen einander wie Elritzen«, sagte Madame Wu mit ihrer hübschen silberhellen Stimme. »Erst wenn die Frauen dahinterkommen, sind sie frei.«
»Warum liebe ich dann nur Tsemo?« fragte Rulan altklug.
»Es mag an gewissen Eigentümlichkeiten seines Äußeren liegen«, sagte Madame Wu mit der gleichen hübschen Stimme, »an der Art, wie er die Augenbrauen hochzieht, an seinen Mundbewegungen, an der Art, wie die Schultern in seinem Rock sitzen, an seinen Händen –.«
»Woher weißt du das?« flüsterte Rulan bestürzt.
Madame Wu lachte. »Der Himmel hat hundert Fallen aufgestellt, um das menschliche Geschlecht zu erhalten«, erwiderte sie. Da sie jetzt sah, wie bemitleidenswert Rulan in Tsemo verliebt war, verzieh sie ihr alles.
Sie streckte die schmale Hand aus, zog Rulans Hände auseinander, tätschelte sie, erst die eine, dann die andere.
»Laß ihn fortgehen«, sagte Madame Wu in ihrer beschwichtigenden Art. »Weine nicht, wenn er geht. Hilf ihm, seine Koffer zu packen, und sag ihm fröhlich adieu, so sehr auch dein Herz weinen mag. Schlafe fest des Nachts, und wache nicht auf. *Er* soll schlaflos sein, nicht du, mein Kind.«

Die beiden Frauen sahen einander ruhig in die Augen. Madame Wu erkannte die junge, heiße, gequälte Seele, und alle Schleusen ihres Mitleids öffneten sich. Gefühle, die tiefer waren als die Treue zur Familie Wu, erwachten und träufelten ihren Balsam auf dieses Herz, das auch das Herz einer Frau war.

»Ich kann ohne seine Liebe nicht leben«, stammelte Rulan.

»Dann erhänge dich noch heute nacht«, sagte Madame Wu seelenruhig, »denn ich verspreche dir, er wird dich nicht lieben, wenn du ihm nicht zuerst die Freiheit gibst. Liebe lebt nur in Freiheit.«

»Ich könnte seine Sklavin sein, wenn er mich liebte«, sagte Rulan.

»Du bist nicht seine Sklavin«, rief Madame Wu aus. »Durch deine Liebe willst du seine Herrin sein. Er fühlt es und will es nicht haben.«

Da fiel Rulan auf die Knie. »Ich sehe es ein«, schluchzte sie. »Ich weiß, was du meinst – und ich fürchte mich davor!«

Aber Madame Wu wollte sie nicht weinen sehen. »Steh auf – steh auf!« sagte sie, erhob sich und zog Rulan empor, so daß sie auf die Füße zu stehen kam.

Jetzt erschien Rulan diese einsame, kühle Frau als die einzige glückliche Frau, der sie je begegnet war. Ihre eigene Mutter war reizbar und unzufrieden, ihre Schwestern streitsüchtig und ruhelos, ruhelos wie alle Frauen Schanghais. Aber diese Madame Wu war still und tief wie der Weiher in der Bucht eines Gebirgsbaches.

»Ich will dir gehorchen, Mutter«, sagte sie demütig.

Als sie gegangen war, sagte sich Madame Wu mit stiller Verwunderung, daß sie nun wegen zweier junger Frauen zwei ihrer Söhne aus dem Hause weggeschickt hatte. Und keine dieser Frauen liebte sie. Eine doppelte Bürde hatte sie auf sich genommen.

»Ich kann es nicht erklären«, sagte Madame Wu am nächsten Tag zu Bruder André. Sie hatte ihm von Tsemos Abreise erzählt.

»Ist eine Erklärung nötig?« fragte Bruder André lächelnd. Sie hatte dieses Lächeln oft beobachtet. Es begann im Dikkicht seiner Augenbrauen und seines Bartes, so wie in einem

Wald ein Licht aufzuglühen beginnt. Dieses riesige Männerhaupt, seine Größe und Massigkeit und Behaartheit – das alles würde sie früher erschreckt haben. Jetzt war sie daran gewöhnt.

»Worüber denken Sie nach?« fragte er in seiner seltsamen und fast schüchternen Art.

»Sie sagen oft, daß wir alle auf dieser Erde miteinander verwandt sind«, erwiderte sie, »aber wie können Sie Ihr eigenes Aussehen erklären?«

»Was finden Sie Besonderes an mir?« fragte er, immer noch mit der gleichen halb schüchternen Stimme.

»Sie sind zu groß«, sagte sie ruhig, »und zu haarig.«

»Sie können sich selbst nicht erklären – vielleicht können Sie mich erklären?« erwiderte Bruder André.

Die Lichter im Wald wurden nun sehr hell. Sie sah im Dunkel seines Bartes weiße Zähne schimmern und lachende Pünktchen in den dunklen Augen.

»Ich habe gelesen, daß die Fremden so behaart sind, weil sie den Tieren näherstehen«, bemerkte sie.

»Vielleicht«, entgegnete er. Er öffnete den großen Mund und ließ ein dröhnendes Lachen hören ... In den Tiefen der Nacht, wenn er allein auf seiner Bambuspritsche lag, dankte er Gott, daß er Madame Wu nicht als junges Mädchen kennengelernt hatte. »Ich hätte für meine Seele nicht gutstehen können, lieber Gott«, sagte er laut im Dunkel. Nun aber war er Herr seines mächtigen Körpers und amüsierte sich bloß über sie.

»Wenn das stimmt«, sagte er nun zu Madame Wu, »dann hat Gott vielleicht, nachdem er mich gemacht hatte, seinen ursprünglichen Entwurf verbessert, indem er Sie schuf.«

Jetzt lachte auch sie, und sein tiefes Dröhnen mischte sich mit ihrem feinen silberhellen Lachen. Draußen auf dem Hof wusch eine Bauernmagd Madame Wus feine Unterwäsche, während Ying bei ihr saß und ihr sagte, was sie zu tun habe. Ying erhaschte einen verwunderten Blick der Magd.

»Reib die Seide nicht mit Seife ein, du Bauerntrampel!« schrie Ying. »Und bleib mit den Augen bei deiner Arbeit.« Aber auch sie konnte nicht begreifen, wie dieser große dunkle Priester ihre Herrin so zum Lachen bringen konnte. Sie gestand es sich selber ein, ihr Staunen.

Das Bauernmädchen kicherte. »Auch die Familie Wu«, flüsterte sie. »Haben Sie gehört?«
»Was?« fragte Ying ungnädig. »Ich höre nicht zu, wenn die Katzen jaulen.«
»Sie wissen wahrscheinlich schon, daß unser Herr, während die gnädige Frau bei dem Priester sitzt und studiert, in Blumenhäuser geht?«
»Das ist nicht wahr!« erklärte Ying.
Auf einem niedrigen Bambusschemel sitzend, beugte sie sich vor und schlug das Mädchen auf die Backe, so daß eine rote Spur zurückblieb. Die Augen der Magd funkelten. Dann drehte sie ihr die andere Wange zu.
»Schlag mich noch einmal«, sagte sie. »Denn es ist wahr: er geht mit dem alten Kang hin – beide gehen sie. Was kann man denn anderes erwarten?«
Drinnen in dem langgestreckten, stillen Raum hatte Madame Wu ihr eigenes Haus vergessen. Sie wandte den Blick nicht von Bruder Andrés braunem, zottigem Gesicht, und er, von ihrem Blick gebannt, lehrte diese Seele, wie er noch nie eine andere gelehrt hatte.
Wie konnte er anders, als ihr alles mitzuteilen, was er wußte? Er erzählte ihr die Geschichte der Erde, vom Aufstieg der Völker und ihrem Fall, von der Geburt neuer Nationen. Er erzählte ihr von der Entdeckung der Elektrizität und des Radiums, er erklärte ihr die Ätherwellen, die das menschliche Wort und die Musik rings um die Erde tragen.
»Haben Sie einen Apparat, um diese Worte, diese Musik einzufangen?« fragte sie heute.
»Ja«, sagte er. »Ich habe mir selber so einen Apparat angefertigt.«
»Wollen Sie ihn mir bringen?« fragte sie interessiert.
Er zögerte. »Er ist leider mit vielen Drähten an der Wand befestigt. Können Sie nicht – würden Sie nicht in meine bescheidene Behausung kommen, um sich ihn anzusehen?«
Sie überlegte. Durfte sie in das Haus eines Fremden gehen, selbst in Begleitung? Schüchternheit befiel sie. »Vielleicht«, sagte sie und wandte den Kopf ab.
»Beunruhigen Sie sich nicht«, sagte er. »Es ist nichts in mir, was Sie beunruhigen könnte. Der Mann in mir ist tot. Gott hat ihn getötet.«

Mit diesen sonderbaren Worten ging er fort, und sie war getröstet wie immer, nachdem er gegangen war. Vieles gab er ihr zu denken. Sie blieb sitzen, nachdenklich, lächelnd, die kleine Pfeife rauchend, während ihr Geist die Welt durchwanderte, von der er ihr erzählt hatte.

Ich möchte wissen, ob ich je über die Stadt hinauskommen werde, sann sie im stillen. Ich möchte wissen, ob ich auf einem solchen Schiff fahren, auf einem jener Flügel fliegen werde...

Zum erstenmal bekümmerte sie die Kürze des Lebens. Höchstens vierzig Jahre verblieben ihr noch. Was konnte sie in vierzig Jahren ausrichten? Vierzig Jahre hatte sie schon hinter sich und war nicht vor die eigene Tür gekommen.

Tag für Tag kam und ging sie, lächelnd und blicklos, unter ihren Leuten. Man versammelte sich zu den Mahlzeiten, und sie saß auf ihrem gewohnten Platz und sah niemanden, während sie alle anschaute.

Dieses Einerlei zerstörte eines Tages Ying mit roher Hand, während sie den Schmuck der Herrin reinigte. Es war ein Tag mitten im Winter, Madame Wu hatte ein paar Lilien in ein Steingefäß gestellt, das auf dem Tisch stand, und zufällig fielen durch die vergitterten Fenster die Sonnenstrahlen auf die Blumen und Juwelen.

»Sieh, wie sie einander gleichen – die Juwelen und die Blumen, die Perlen, die Smaragde, der Topas und das Gelb, das Weiß und das Grün dieser Blüten!« rief Madame Wu aus.

Ying schaute von einem Armband auf, das sie in Händen hielt. »Gnädige Frau, für solche Dinge haben sie so gute Augen, und es ist merkwürdig, daß Sie nicht sehen, was in Ihrem Hause vorgeht«, sagte sie.

»Was sehe ich denn nicht?« fragte Madame Wu und hatte fast ein schlechtes Gewissen. Sie dachte an ihre beiden Schwiegertöchter.

»Unser Herr«, sagte Ying.

»Was ist mit ihm?« fragte Madame Wu rasch.

»Blumenhäuser«, erwiderte Ying kurz.

»Unmöglich!« sagte Madame Wu.

»Doch«, beharrte Ying. »Es ist ja weiter nichts dabei – viele Männer tun es –, wie aber, wenn er etwas ins Haus mitbringt, was nicht hergehört?«

Madame Wu überlegte einen Augenblick. »Bitte unsere zweite gnädige Frau, sie möge herkommen«, sagte sie.
Ying erhob sich mit dem Ansehen eines Trägers wichtiger Botschaft und entfernte sich, während Madame Wu den Schmuck zur Hand nahm und ihn betrachtete. Jedes einzelne Stück, abgesehen von den Armbändern, die ihre Mutter ihr zur Hochzeit geschenkt hatte, sprach von Herrn Wu. Diese Ohrgehänge aus Jade hatte er ihr am Morgen nach der Hochzeit geschenkt, als Zeichen dafür, daß er Gefallen an ihr gefunden hatte. Diese Smaragdringe hatte er ihr aus einem ausländischen Laden in Schanghai mitgebracht; sie hatte vorher niemals Smaragde gesehen. Diesen Vogel aus Diamanten hatte er ein anderes Mal aus einer fernen Provinz mitgebracht, und den Haarschmuck aus Jade aus der Stadt Yunnan. Einige kleinere Stücke waren darunter, an denen sie selber Gefallen gefunden hatte, als auf ihren Wunsch Juweliere ins Haus gekommen waren. Für sich selbst hatte sie nie viel gekauft. Zwei Haarnadeln mit Schmetterlingen aus Silberfiligran und bleicher Jade erinnerten sie an den Abend, da die Frauen Nachtfalter fingen und sie an der Tür aufspießten. Eine dieser Nadeln drehte sie immer wieder zwischen den Fingern. Es war eine Filigranarbeit aus Kanton, fein und von vibrierender Zartheit. Die Fühler waren haarfeine Silberdrähte mit Nadelköpfen aus Jade; sie zitterten, als wäre der Falter lebendig.
In diesem Augenblick kam Ch'iuming herein. Sie war jetzt hochschwanger, und ihr Gesicht hatte sich verändert. Die Augen waren größer und der Mund röter.
Madame Wu hielt ihr die Haarnadeln hin: »Ich will dir diese Nadeln schenken. Ich benutze sie nicht mehr.«
Ch'iuming streckte die Hand aus, nahm die Nadeln und betrachtete sie schweigend. »Die sind zu fein für mich«, sagte sie. »Ich wüßte nicht, wie ich sie tragen soll.«
»Behalte sie immerhin«, sagte Madame Wu. Sie wühlte mit dem Zeigefinger in den Schmuckstücken, die in der Kassette lagen. Gerne hätte sie Ch'iuming alles geschenkt, was sie von Herrn Wu bekommen hatte; aber sie wußte, daß sie das nicht tun durfte. Dann sah sie zwei Blumen, die aus Rubinen und Perlen verfertigt waren. Die Juwelen waren rund und nicht allzu fein poliert. »Diese auch«, sagte sie. »Nimm sie.

Sie werden in deinen Ohrläppchen gut aussehen. Ich nehme an, er schenkt auch dir Schmuck?«
»Nein«, sagte Ch'iuming leise. »Aber ich brauche keinen Schmuck.«
Madame Wu griff zu ihrer kleinen Pfeife, stopfte sie, tat zwei Züge und legte sie wieder hin. Ein Stückchen Asche fiel auf den Tisch; Ch'iuming beugte sich vor und streifte es in ihre Hand.
»Nun«, begann Madame Wu wieder, »geht er in Blumenhäuser?«
Ch'iuming errötete. »Ich habe davon gehört«, sagte sie schlicht. »Aber er sagt es mir nicht.«
»Siehst du es denn nicht selbst?« forschte Madame Wu. »Wie stark sind seine Gefühle für dich?«
Ch'iuming blickte zu Boden. »Auf jeden Fall zu stark«, sagte sie. »Denn ich kann ihn nicht lieben.«
Sie sagte das mit trauriger Bestimmtheit. Madame Wu hörte es, und dann tat ihr zu ihrer eigenen Verwunderung Herr Wu plötzlich sehr leid.
»Unter uns gesprochen«, sagte sie, »wir haben ihn schlecht behandelt — ich mit meinem Alter, du mit deiner Jugend. Hast du dich bemüht, ihn zu lieben?«
Ch'iuming erhob ihre dunklen, redlichen Augen. »Doch, ich habe mich bemüht«, sagte sie einfach. »Ist es nicht meine Pflicht?«
»Allerdings ist es deine Pflicht«, entgegnete Madame Wu.
»Das weiß ich«, sagte Ch'iuming. Dann setzte sie mit der gleichen demütigen Schwermut hinzu: »Ich gehorche ihm in allem. Das wenigstens tue ich.«
»Weiß er, daß du ihn nicht liebst?« war Madame Wus nächste Frage.
»Ja, denn er hat mich gefragt, und ich habe es ihm gesagt.«
»Ach, das hättest du nicht tun sollen!« rief Madame Wu aus. »Was würde geschehen, wenn alle Frauen so aufrichtig mit den Männern sprächen?«
»Ich bin dumm«, sagte Ch'iuming.
»Also, er geht in Blumenhäuser«, sagte Madame Wu sinnend. Dann seufzte sie schwer. »Ja, es ist ein ewiger Verdruß zwischen Mann und Frau. Wann soll das Kind zur Welt kommen?«

»Im nächsten Monat«, sagte Ch'iuming.
»Freust du dich?« fragte Madame Wu unvermittelt.
Ch'iuming verfiel stets, wenn sie nicht sprach, in die gleiche Pose: die Hände lose im Schoß verschränkt, die Augen gesenkt, die Schultern herabhängend. Wurde sie angeredet, schlossen die Hände sich fester, und sie schlug die Augenlider auf.
»Ich werde in diesem Hause etwas haben, was mir gehört«, sagte sie und senkte wieder den Blick.
Madame Wu hatte den Eindruck, daß mehr von ihr nicht zu erfahren sei. »Geh zurück«, sagte sie. »Ich werde mit ihm sprechen und sehen, wo sein Herz ist.«
Ch'iuming erhob sich in ihrer geduldigen, einfachen Art, verbeugte sich tief und ging fort. Nach einem Augenblick kam sie wieder zurück und hielt die Hand vor sich. Auf ihrer braunen Handfläche glänzten die Juwelen. »Ich vergaß, mich zu bedanken«, sagte sie.
»Bedanke dich nicht«, erwiderte Madame Wu. »Trage sie – das soll dein Dank sein.«
An diesem Tag ließ Madame Wu sich bei Bruder André entschuldigen, und am Abend, vor dem Abendessen, schickte sie Ying zu Herrn Wu, ihren Besuch anzukündigen. Als er die Botschaft empfing, kam er unverzüglich selbst zu ihr. »Darf ich zu dir kommen, Mutter meiner Söhne?« fragte er höflich.
Sie sah zu ihrer Überraschung, daß er magerer geworden war und nicht mehr dieselbe gesunde Gesichtsfarbe hatte wie früher, und sie machte sich Vorwürfe. Sie stand auf und begrüßte ihn; dann setzten sie sich nieder, und je länger sie ihn ansah, desto besorgter wurde sie. Er sah nicht gut aus. Die Augen, sonst hell und beweglich, waren trüb und seine vollen Lippen blaß.
»Du siehst schlecht aus«, sagte sie. »Bist du krank?«
»Durchaus nicht«, entgegnete er.
»Aber du bist nicht wohl«, beharrte sie.
»Doch, ganz wohl«, antwortete er.
»Die zweite Frau?« forschte sie.
Er hob die Hand. »Sie tut ihr Bestes für mich.«
»Aber sie ist nicht gut genug zu dir.«
Herr Wu machte ein verlegenes Gesicht. »Ich sage dir, Mut-

ter meiner Söhne, es ist schwer für eine junge Frau. Du verstehst, ich bin nicht mehr so jung.«
Sie entschloß sich, den Stier bei den Hörnern zu packen. »Aber ich höre, du besuchst Blumenhäuser«, sagte sie.
Er zuckte die Achseln und schien sich nicht im geringsten zu schämen. »Manchmal gehe ich mit dem alten Kang hin, ja«, gab er zu. »Weißt du, es ist leichter, Frauen einfach zu kaufen, ohne von ihnen Liebe zu erwarten. Man macht sich nichts vor. Das ist das Lästige – sich etwas vorzumachen. Bei dir habe ich das nicht nötig gehabt, Ailien, dich habe ich so sehr geliebt. Jetzt, bei dieser zweiten – ich kann nicht entweder lieben oder nicht lieben –.« Er rieb sich den Kopf und schaute verlegen drein. »Es ist das beste, man geht einfach in ein Blumenhaus.«
»Aber im nächsten Monat soll dein Kind zur Welt kommen«, erinnerte sie ihn.
»Ja, freilich«, sagte er, sich wieder mit der verlegenen Miene den Kopf reibend. »Es ist merkwürdig – aber ich habe nicht das Gefühl, daß es mein Kind ist. Du und ich, wir haben schließlich miteinander die vier Jungen.«
»Dann glaube ich, daß das Verbleiben Ch'iumings im Hause keinen Zweck hat«, sagte sie nach einer kleinen Weile.
Wieder rieb er sich den Kopf. »Nein, vielleicht wirklich nicht«, stimmte er zu.
»Ich glaube, du hast sie nicht gut behandelt«, sagte sie hart.
Sein Gesicht nahm einen abwehrenden Ausdruck an. »Ich war sehr gut zu ihr.«
»Du hast ihr keine Geschenke gegeben«, erklärte sie.
Er schaute überrascht drein. »Das stimmt – ich habe es vergessen. Ich vergesse sie unaufhörlich.«
Madame Wu wurde ungeduldig. »Sag mir, was verlangst du eigentlich von einer Frau?«
Er sah sie verständnislos an: »Von welcher Frau?« fragte er.
»Von jener Frau«, sagte sie.
Herr Wu spürte ihre Ungeduld, und da er immer bestrebt war, ihr zu Gefallen zu sein, begann er, über die Frage nachzudenken.
»Nun«, sagte er, »ich –.« Er fühlte, daß er falsch angefangen hatte, und begann von vorne. »Es ist nicht gar so viel, was ich von einer Frau verlange. Es ist das – was ich

brauche. Nämlich, ich lache gern – das weißt du. Ich höre gern etwas Interessantes – du hast mir immer so viel Interessantes erzählt. Und du weißt, ich habe über vieles gelacht. Nun, das alles –.« Mit dieser unbestimmten Wendung schloß er.

»Ich kann dich nicht in alle Ewigkeit unterhalten«, sagte sie scharf.

»Nein, natürlich nicht«, stimmte er bereitwillig zu. »Also geh' ich, verstehst du, in die Blumenhäuser.«

»Was geschieht dort?« fragte Madame Wu. Es überraschte sie selber, daß sie neugierig war.

»Nichts Besonderes«, sagte er. »Gewöhnlich essen und trinken wir ein wenig. Wir spielen Karten, während die Mädchen Laute spielen oder dergleichen.«

»Mädchen?« wiederholte sie. »Wie viele sind dort?«

»Fünf – sechs –, die eben frei sind«, sagte er. »Kang und ich – na, wir sind gutherzig – und gewöhnlich –.« Er verstummte wieder.

»Und dann?« drängte sie weiter.

Mit einiger Anstrengung begann er wieder: »Nun, dann, weißt du, geht der Abend sehr schnell vorbei. Die Mädchen sind voller Geschichten und Späße.« Unbewußt lächelte er bei diesen Worten.

»Und du bleibst die ganze Nacht dort?« fragte sie.

»Nicht immer«, antwortete er ausweichend.

Sie betrachtete forschend sein sanftes Gesicht. Es zeigte Falten, und das gefiel ihr nicht. Das jugendliche Aussehen, das sie für so unverwüstlich gehalten hatte, war im Entschwinden. Sie seufzte und fühlte, wie ihre Ungeduld wuchs.

»Würdest du dir gern eines dieser Blumenmädchen ins Haus nehmen?« fragte sie ohne Übergang. »Recht wäre es mir nicht, aber ich frage nach deinem Wunsch.«

Er machte ein verblüfftes Gesicht. »Warum sollte ich mir das wünschen?« fragte er.

»Du gehst wirklich nur hin, um zu spielen«, erklärte sie.

»Vielleicht«, gab er zu.

Als sie sich trennten, sah sie mit Betrübnis, daß er wieder ganz vergnügt war, weil sie miteinander gesprochen hatten. Sie wußte: solange sie lebte, würde sie von ihm nicht frei werden. Durch ihren Körper hatte er auch in ihre Seele Eingang gefunden. Es genügte nicht, daß sie ihn niemals geliebt hatte.

X

Aber Herr Wu ging geradenwegs von Madame Wu ins Blumenhaus, dessentwegen sie ihm Vorwürfe gemacht hatte. Erst war er, einigermaßen gegen seinen Willen und sicher gegen sein Gewissen, Herrn Kang dorthin gefolgt. Dann hatte er gegen beides – Willen und Gewissen – angekämpft und war als Sieger hervorgegangen. Sein Wille hatte gänzlich nachgegeben, so daß Herr Wu sich jetzt auf die harmlosen Besuche freute, und sein Gewissen, reichlich verwirrt, war für den Augenblick gänzlich verstummt.

Ch'iuming verstand er nicht. Sie war nicht so gescheit wie Madame Wu, die er standhaft verehrte, etwa wie ein Priester die Kwanyin verehrt, der er täglich dient. Ch'iuming war weder Göttin noch Frau. Es war zwischen den beiden so weit gekommen, daß er nicht wußte, wie er sie behandeln solle, und da ließ er sie eben allein.

Dieses Erlebnis machte ihm Madame Wu nur noch anbetungswürdiger, sie, die, wie er jetzt merkte, es verstanden hatte, abwechselnd Göttin und Frau zu sein, niemals aber beides zugleich. Da sie sich aber aufs bestimmteste weigerte, Frau zu sein, und offenbar für immer Göttin bleiben wollte, war er darauf angewiesen, sich anderwärts eine Frau zu suchen.

Er hatte sie gefunden in der Person eines kleinen, molligen lebenslustigen Mädchens im Haus der Päonien an der Straße des blinden Lautenspielers. Es war ein altes Haus, nach außenhin ein Teehaus, aber auch Spielhölle und Bordell. Die Mädchen waren immer sauber, jung und heiter. Herr Kang versicherte ihm, er sei hier seit Jahren Kunde und habe niemals einen anderen Schlag von Mädchen vorgefunden. Außerdem war es Tradition des Lokals, die Gäste nicht auszubeuten. Wollte jemand nichts weiter, als sich beim Essen und Trinken ein Mädchen anzusehen, so konnte es dabei bleiben. Wünschte er ihre Gesellschaft bei Tisch, nun, auch das war zu machen. Wollte man aber mehr, dann waren besondere Vereinbarungen nötig, denn es lag immer eine ganze Liste von Angemeldeten vor. Allerdings machte es Herrn Wu keine Mühe, sofort an einen besseren Platz vorzurükken, dank seiner gesellschaftlichen Stellung als Oberhaupt einer angesehenen Familie.

Nun betrat er die fröhlich geschmückte Halle mit dem Gehaben eines alten Bekannten und wurde allseits lebhaft begrüßt. Der Besitzer rief seinem Gehilfen mit lauter Stimme zu:

»Sage Jasmin, daß Herr Wu hier ist!«

Herr Wu begab sich aufgeräumt in einen der inneren Räume und wurde sofort mit Tee und wenige Minuten später mit Wein und einer Schüssel kleiner Klöße bedient – einem leichten Imbiß. Ehe er noch aufgegessen hatte, betrat Jasmin den Raum.

Als sie gerufen wurde, war sie eben dabei gewesen, ihr langes schwarzes Haar zu parfümieren, und jetzt hatte sie es in zwei Knoten aufgesteckt, die die Ohren verdeckten. Da sie Jasmin hieß, verwendete sie Jasminduft als Parfüm und verwendete es so geschickt, daß es gewissermaßen zu ihrem persönlichen Aroma wurde. Gewöhnlich trug sie auch eine oder zwei Jasminblüten im Haar. Das Gesicht war fast ganz weiß gepudert, die Lippen waren rot und die Augen rund und sehr dunkel. Sie war rundlich, und ihr Mund lächelte immer. Sie kam auf ihren kleinen Füßen hereingelaufen, setzte sich auf Herrn Wus Armlehne und rieb die parfümierte Wange an der seinen.

Er tat, als beachtete er sie nicht, und sie verzog schmollend den Mund. »Ich bin hungrig«, wimmerte sie. Er tauchte den Porzellanlöffel in die Klößesuppe und fütterte sie mit ernster Miene, wobei sie sich wie ein Kind vorbeugte, um sich den Löffel in den Mund schieben zu lassen. Schweigend aßen sie gemeinsam auf, dann schob er den Stuhl vom Tisch weg, und sie glitt auf seine Knie.

»Was hast du heute gemacht?« fragte Herr Wu.

Sie studierte ihre scharlachroten Fingernägel. »Ach – ich habe auf dich gewartet –, sonst nichts.«

Als ob sie seine Gedanken erriete, kuschelte Jasmin sich enger an ihn und legte den Arm um seinen Hals. »Ich wollte, ich könnte bei dir leben«, sagte sie. »Ich würde sehr gut zu dir sein. Ich würde keine der großen Damen stören. Ich würde die ganze Zeit allein bleiben, bis du kommst.«

»Nein, nein«, sagte er rasch. »Dort will ich dich nicht haben. Ich liebe es, aus dem Haus herauszukommen und dich hier zu besuchen. Wenn du ins Haus kämest, würdest du zum Haus gehören, und ich würde nichts haben, wo ich zu meiner Unterhaltung hingehen könnte. Irgendwo muß ein Mann sich ausleben können.«

»Könntest du mir nicht ein kleines Haus kaufen?« fragte sie. »Ich würde nie einen Mann hineinlassen außer dir, ich würde Tag und Nacht auf dich warten. Dann könntest du dich ausleben, wann immer du willst.«

Diese Möglichkeit hatte Herr Wu bereits erwogen. Er liebte die Ungeniertheit nicht, mit der sein Name gerufen wurde, sowie er ins Blumenhaus kam. Schließlich war er doch das Oberhaupt der Familie Wu und zählte zu den Spitzen des städtischen Patriziertums.

Aber die Geschäftsbücher des Hauses wurden von Madame Wu geführt – wie konnte er von ihr die große Summe verlangen, die der Kauf eines Hauses für Jasmin erfordern würde? »Weißt du, meine kleine Blume«, sagte er zärtlich, »die Mutter meiner Söhne ist eine wunderbare Frau. Sie führt die Geschäftsbücher. Was soll ich ihr erzählen, wenn ich dir ein Haus kaufen will?«

»Könntest du nicht eines von deinen Grundstücken verkaufen und ihr gar nichts davon sagen?« fragte Jasmin. Sie setzte sich auf und sah ihn bittend an. Sie hatte eine kleine, kindliche Stimme, die ihm unmittelbar zu Herzen ging.

»Ich habe sie noch nie belogen«, erwiderte Herr Wu, unangenehm berührt.

»Weiß sie etwas von mir?« fragte Jasmin erstaunt.

»Ein wenig«, antwortete Herr Wu.

»Entweder weiß sie es, oder sie weiß es nicht.«

»Sagen wir also, sie weiß es«, erwiderte Herr Wu. »Es ist jedenfalls richtiger zu sagen, daß sie es weiß, als daß sie es nicht weiß.«

Jasmin machte einen neuen Versuch. Sie barg das Gesicht an seiner Schulter. »Ich fürchte, ich bin in der Hoffnung«, flüsterte sie. »Deshalb möchte ich das Haus haben. Hier kann ich doch kein Kind bekommen.«

Herr Wu wurde ängstlich. Er hob sie von seinem Knie und stellte sie auf die Füße, und da stand sie nun vor ihm, das Gesicht mit den Händen bedeckend. »Na«, sagte er ernst, »es waren doch schon andere vor mir da. Du warst keine Jungfrau, so jung du bist.«
Sie nahm die Hände vom Gesicht. Die Puderschicht war unversehrt. »Aber meine Amah kann bezeugen, daß, seit du herkommst, kein anderer bei mir war – und das sind schon drei Monate. Du kamst schon vorher.«
Sie wandte sich ab und wischte sich mit dem Zipfel ihres Ärmels über die Augen. »Sprechen wir nicht davon.« Ihre kindliche Stimme klang betrübt. »Es ist eben mein Schicksal. Mädchen wie mir passiert so etwas manchmal gegen unseren Willen – besonders, wenn wir einen Mann wirklich liebhaben. Es ist mein Fehler.«
Hätte sie darauf beharrt, hätte sie Forderungen an ihn gestellt – er wäre aufgestanden und wäre fortgegangen, vielleicht ohne je wiederzukommen. Aber er hatte ein weiches Herz.
»Nun«, sagte er, »ob es nun meine Schuld ist oder nicht, du weißt, es gibt Mittel, sich zu reinigen. Da hast du etwas – das wird dir helfen.«
Er griff in seine Geldbörse, aber sie wollte das Geld, das er ihr reichte, nicht nehmen. Mit ihren beiden kleinen Händen schob sie seine Hand weg. »Bitte nicht«, sagte sie. »Ich will das Kind zur Welt bringen. Ich will ihn zur Welt bringen.«
»Das darfst du nicht«, betonte Herr Wu.
In diesem Augenblick wurden sie durch laute Rufe aus dem Vorraum unterbrochen. »Herr Wu! Herr Wu!« rief der Besitzer. Die Tür flog auf, und Herr Wu erblickte seinen Kammerdiener Peng Er.
»Gnädiger Herr! Gnädiger Herr!« rief Peng Er. »Man braucht Sie zu Hause. Die zweite Gnädige hat sich an dem alten Granatapfelbaum erhängt!«
»Mutter!« murmelte Herr Wu. Er sprang auf und entfernte sich mit großen Schritten und ließ Jasmin, die ihm mit ärgerlich gerunzelter Stirn nachschaute, mitten im Zimmer stehen.
Die Aufregung, die in seinem Hause herrschte, drang über die Mauern des Gebäudekomplexes hinaus und empfing ihn

schon auf der Straße. Priester waren herbeigerufen worden, die nun auf ihre Gongs schlugen und um die verlorene Seele Ch'iumings wehklagten. Er lief durch das offene Tor, das niemand bewachte, und eilte in den Päonienhof. Dort fand er die Priester und das ganze Personal versammelt, weinend und wehklagend und Ch'iumings Namen rufend. Er drängte sich durch – mitten unter ihnen lag sie auf den Fliesen des Gartens. Neben ihr kniete Madame Wu und hielt ihren Kopf auf dem Arm. Aber Ch'iumings bleiches Gesicht hing völlig leblos über Madame Wus Arm.

»Ist sie tot?« schrie Herr Wu.

»Wir können kein Leben in ihr finden«, antwortete Madame Wu. »Ich habe nach dem fremden Priester geschickt. Wenn wir schon alle diese Priester hier haben – warum nicht auch ihn?«

Im selben Augenblick erschien Bruder André, und das Gedränge teilte sich vor ihm wie ein Meer vor dem Sturm. Die anderen Priester schwiegen eifersüchtig. Mitten in diesem Schweigen kniete Bruder André nieder, stach mit einer Nadel in Ch'iumings Arm und hielt sie dort fest.

»Ich frage nicht, was Sie machen«, sagte Madame Wu zu ihm. »Ich weiß, es ist vernünftig, was immer es ist.«

»Ein Stimulans«, sagte Bruder André. »Aber es mag zu spät sein.« Er nahm die Nadel weg, so rasch, daß keiner außer Herrn Wu sie sah.

Aber es war nicht zu spät. Ch'iumings Lippen erbebten. Während man sie beobachtete, zitterten ihre Augenlider. Madame Wu seufzte. »Ah, sie lebt! Dann lebt auch das Kind!«

»Aber warum hat sie sich erhängt?« rief Herr Wu aus.

»Wir wollen sie nicht fragen, bis sie es uns sagen kann«, erwiderte Madame Wu. »Verständige die Priester, daß ihre Seele zurückgekehrt ist. Bezahle sie gut, Vater meiner Söhne. Sie sollen glauben, daß sie Erfolg hatten – dann werden sie gehen, und wir werden Ruhe haben.«

Herr Wu gehorchte, unterrichtete die Priester und führte sie in den äußeren Hof hinaus. Die Frauen der Familie blieben zurück, die älteren Kusinen, um die Priester zu rühmen, Meng, Rulan und Linyi, um stumm in Ch'iumings Antlitz zu schauen, das Antlitz einer Frau, die sie kaum kannten,

obgleich sie hier in ihrem eigenen Hause gelebt hatte. Sie gehörte ihrer Generation an und war doch an die ältere gekettet; sie konnten mit ihr nicht unbefangen verkehren, und deshalb vergaßen sie sie.
Aber durch ihre jüngste Handlung hatte sie sich den anderen nähergebracht. Sie war unglücklich, sie wollte nicht zu den älteren gehören. Im Herzen jeder der jungen Frauen erwachte das Interesse an Ch'iuming, ein Interesse, das in Mengs Herzen mit Mitleid, bei Linyi mit Neugierde, bei Rulan mit Auflehnung vermischt war. Jede war auf ihre eigene Weise entschlossen, Ch'iuming kennenzulernen und zu erfahren, warum sie das getan hatte.
Aber nun war keine Zeit für derartige Gefühle, denn als Ch'iuming zu sich kam, erwies es sich, daß eine Frühgeburt bevorstand. Man mußte sie zu Bett bringen und die Hebamme rufen lassen. Das alles war geschehen, und Bruder André wollte eben gehen, als Ch'iuming zu sprechen begann.
»Habe ich den fremden Priester gesehen?« flüsterte sie.
»Er ist eben im Weggehen«, sagte Madame Wu. Sie stand am Wochenbett, während die Mägde Ch'iuming für die Geburt bereit machten.
»Sagen Sie ihm, er soll herkommen – nur für einen Augenblick«, bat Ch'iuming.
Madame Wu war überrascht. Sie wußte nicht, daß Ch'iuming den großen Fremden kannte. Aber da das Mädchen dem Tode so nahe war, wagte Madame Wu nicht, ihr die Bitte abzuschlagen. Sie ging selbst, um Bruder André, der schon im Fortgehen war, zurückzuholen. »Sie verlangt nach Ihnen«, sagte sie. »Kommen Sie für einen Augenblick herein.«
Bruder André kehrte also um und trat mit gebeugtem Haupt durch die niedrige Tür in das Zimmer, in dem Ch'iuming in einem riesigen Bett lag. Herr Wu blieb zurück. Plötzlich wurde er von ratloser Bestürzung ergriffen. Wohin hatte er das Haus gebracht! Er bezweifelte nicht, daß Ch'iuming sich Jasmins wegen erhängen wollte. In ihrer stillen Art hatte sie gegen das Leben protestiert, das sie zu führen gezwungen war.
Als Bruder André sich über das Bett beugte, begann Ch'iu-

ming zu sprechen, aber mit so schwacher Stimme, daß er sie nicht verstand. Er beugte sich noch tiefer über sie, und dann vernahm er folgende Worte:
»Wenn es ein Mädchen ist, dann schenke ich es Ihnen, wenn ich sterbe – es ist nur ein Findling.«
»Wie kann denn in diesem Hause ein Findling zur Welt kommen?« fragte er freundlich.
»Ich bin selbst nur ein Findling«, sagte sie, »und es ist das Kind eines Findlings.«
Damit schloß sie die Augen und überließ sich den Wehen. Bruder André entfernte sich mit ernstem Gesicht und erzählte niemandem, was sie gesagt hatte; und da sie so leise gesprochen hatte, konnte niemand sonst ihre Worte hören.
In dieser Nacht brachte Ch'iuming zu später Stunde ein Mädchen zur Welt, ein Geschöpf, das so klein war, daß Madame Wu es in ein Baumwollvlies hüllte und es in ihren Busen steckte, um es am Leben zu erhalten. Dann ging sie rasch in ihre Wohnung, Ch'iuming der Hebamme und Ying überlassend; in ihrem Zimmer legte sie das Kleine in ihr Bett und legte sich neben ihm nieder, um es zu wärmen. Eine Magd kam herein, um zu sehen, ob etwas gebraucht würde.
»Mach Ziegel heiß und bring sie her«, sagte Madame Wu. »Dieses Kind ist eine Knospe, die behutsam geöffnet werden muß.«
»Ach, gnädige Frau«, sagte die Magd, »warum lassen Sie es nicht sterben? Ein Mädchen – was kann aus ihm werden als ein kränkliches Ding, das dem Hause nur Sorgen machen wird!«
»Gehorche mir!« sagte Madame Wu.
Die Magd entfernte sich murrend, und Madame Wu wandte sich dem winzigen Wesen zu. Es atmete noch.

Zwei Tage später erzählte Bruder André Madame Wu von Ch'iumings merkwürdiger Bitte. Das Kind war nicht gestorben. Es konnte nicht saugen, hatte aber ein paar Tropfen Muttermilch geschluckt, die man ihm mit einem Löffel in den Mund geträufelt hatte. Ch'iuming hatte Milch, obgleich sie zu schwach war, um zu sprechen. Selbst als Madame Wu ihr sagte, daß das Kind lebe, antwortete sie nicht.

»Das Kind ist gewiß kein Findling«, sagte Madame Wu mit Würde. »Es ist in unser Haus hineingeboren worden.«
»Ich wußte, daß Sie das sagen würden«, erwiderte er. »Und Sie haben recht. Aber warum sagt die junge Mutter, sie selbst sei ein Findling?«
»Sie war es, bis sie hierher kam«, antwortete Madame Wu. Nach einigem Zögern erzählte sie, zu ihrer eigenen Verwunderung, Bruder André, was sie ihm noch nie anvertraut hatte, nämlich, daß sie selbst es gewesen war, die Ch'iuming ins Haus brachte.
Bruder André hörte zu, die Augen zu Boden gesenkt, die großen Hände auf den Knien gefaltet. Nie konnte sie diese Hände sehen, ohne sich zu fragen, weshalb sie so schwielig seien. Jetzt fragte sie plötzlich: »Weshalb sind Ihre Hände so schwielig?«
Er war an ihre Sprunghaftigkeit gewöhnt. »Weil ich auf den Feldern arbeite, um den Kindern Nahrung zu schaffen«, sagte er. Er entzog die Hände ihrem Blicke nicht.
Dann fuhr sie in ihrer Geschichte fort, ohne den Blick von seinen Händen zu wenden.
»Da Sie Priester sind, können Sie vermutlich weder Mann noch Frau verstehen«, sagte sie, als sie ihren Bericht beendet hatte.
»Da ich Priester bin, kann ich sowohl Mann wie Frau verstehen«, sagte er.
»Dann sagen Sie mir, was ich Schlechtes getan habe.« Sie erhob die Augen von seinen Händen zu seinem Gesicht und wunderte sich, daß sie sich entschlossen hatte, ihr Herz einem Fremden zu öffnen, der in irgendeinem Lande jenseits des Meeres geboren war, in einem Lande, dessen Wasser und Winde sie niemals kennenlernen wird.
»Sie haben«, erwiderte er, »nicht bedacht, daß der Mann nicht einzig und allein aus Fleisch besteht und daß sogar solch ein Mann wie Ihr Gatte Gemeinschaft mit Gott haben muß. Sie haben ihn verächtlich behandelt.«
»Ich?« rief sie aus. »Aber ich hatte nichts im Auge als sein Wohlergehen!«
»Sie haben nur daran gedacht, seinen Magen zu füllen und ihm ein weiches Bett zu bereiten«, sagte Bruder André ehrlich. »Und was noch schlimmer ist – Sie haben ihm ein jun-

ges Weib gekauft, wie man ein Pfund Schweinefleisch kauft. Aber eine Frau – jede Frau! – ist mehr als das, und unter allen Frauen sollten gerade Sie es wissen. Sie haben sich dreier Sünden schuldig gemacht.«

»Schuldig?« wiederholte sie.

»Sie haben Ihren Gatten verachtet, Sie haben eine Schwester gedemütigt, und Sie haben sich selbst als einzigartig und über allen Frauen stehend angesehen. Diese Sünden haben Unruhe in Ihr Haus gebracht. Ohne zu wissen, warum, sind Ihre Söhne ruhelos und ihre Frauen unglücklich geworden, und trotz Ihrer Pläne ist niemand zufrieden. Was war denn Ihr Ziel, Madame?«

Sie erzitterte, von seinen klaren, ruhigen Augen zur Rede gestellt. »Ich dachte, wenn ich gegen jedermann meine Pflicht erfülle, dann könnte ich frei sein.«

»Was verstehen Sie unter Freiheit?« fragte er.

»Sehr wenig«, sagte sie demütig. »Einfach Herr über meine eigene Person, über meine eigene Zeit sein.«

»Sie verlangen sehr viel für sich selber«, erwiderte er. »Sie verlangen alles.«

Sie war den Tränen näher als jemals in vielen Jahren. Er hatte den ruhigen Kern ihres Wesens erschüttert, ihren Sinn für Selbstgerechtigkeit, und sie bekam Angst. Wenn *sie*, auf der bisher alles beruht hatte, im Unrecht gewesen war und noch im Unrecht war, was würde dann mit allen den anderen geschehen?

»Was soll ich tun?« fragte sie mit leiser Stimme.

»Vergessen Sie sich selbst«, sagte er.

»Aber ich habe doch all die Jahre gewissenhaft meine Pflicht erfüllt«, wandte sie ein.

»Immer mit dem Gedanken an Ihre eigene Freiheit«, sagte er.

Das vermochte sie nicht zu leugnen. Sie saß unbewegt da, die Hände auf dem perlgrauen Satin ihres Kleides gefaltet.

»Führen Sie mich«, sagte sie schließlich.

»Denken Sie statt an Ihre eigene Freiheit daran, wie Sie andere befreien könnten«, sagte er milde.

Sie hob den Kopf.

»Von Ihnen selbst«, sagte er ebenso sanft.

Sie war niemals ein frommer Mensch gewesen, und nun sah

sie ihn zweifelnd an. »Ist das Ihre fremde Religion? Dann kann ich es verstehen.«

»Es ist nicht eine fremde Religion«, sagte er.

»Wollen Sie, daß ich Nonne werde?« rief sie aus.

»Ich verlange von Ihnen nicht, daß Sie irgend etwas *werden* sollen«, entgegnete er ruhig.

Er erhob sich zu seiner vollen Größe, lächelte nach seiner Gewohnheit zu ihr herab und ging ohne Abschied fort. Dieser Abgang, der in einer anderen Welt unhöflich hätte erscheinen müssen, schenkte Madame Wu nur das Gefühl, daß zwischen dieser Stunde, die sie mit ihm verbracht hatte, und der nächsten, wann immer es auch sein mochte, keine Unterbrechung lag.

Lange rührte sie sich nicht. Auf den grauen Fliesen des Fußbodens lag das Muster der vergitterten Fenster wie ein Spitzengewebe aus Schatten und Sonnenschein. Die Luft war still und kühl, aber das Zimmer war nicht kalt. Vor dem Tisch, mitten an der inneren Wand, stand ein Becken mit glühenden Kohlen, und aus der Kohle, die in Asche schwelte, stiegen farblose, zitternde Hitzewellen empor. Nichts ist so leicht, wie man denkt – ging es ihr durch den Kopf. Die Freiheit läßt sich nicht einfach zurechtmachen. Sie hatte die Freiheit wie einen Pfirsich auf einem Baume hängen sehen. Sie hatte den Baum gepflegt, und als er Früchte trug, hatte sie sie gepflückt und unreif gefunden.

Sie seufzte, und dann hörte sie Ch'iumings Baby im Nebenzimmer weinen; sie ging hinein, nahm es in die Arme, trug es in ihr Zimmer und setzte sich beim Kohlenbecken nieder. War es die Wärme oder waren es die schützenden Arme – das Kind beruhigte sich, es hörte zu weinen auf und blieb still liegen, zu Madame Wus Gesicht aufblickend.

Ich liebe dieses Kind nicht, dachte Madame Wu. Vielleicht habe ich niemals ein Kind geliebt. Vielleicht fehlt es bei mir überhaupt daran, daß ich nie fähig war, jemanden zu lieben.

Aber es war ganz ihre Art, das Kind auch ohne Liebe behutsam in den Armen zu halten, und als Ying hereinkam und das Baby an sich nahm, überwachte Madame Wu die Fütterung und freute sich sogar, daß die Kleine mit gutem Appetit aß.

Sie trug eine Weile nachher das Kind in ihren Armen durch den Sonnenschein in ihre alte Wohnung hinüber, in des Zimmer, wo Ch'iuming auf dem großen Bett lag, dessen Vorhänge noch mit den Symbolen der Fruchtbarkeit geschmückt waren. Ch'iuming lag mit geschlossenen Augen und zusammengepreßten Lippen da. Sie war auffallend blaß. Auf der Seidendecke lagen ihre Hände geöffnet und schlaff.

Als Ch'iuming sich nicht rührte, hob Madame Wu den Arm der Liegenden auf, legte das Kind zu ihr und deckte es mit der Daunendecke zu. Ch'iuming schlug die Augen auf. »Sie müssen mir verzeihen, daß ich Sie nicht mit einem Sohn belohnt habe«, sagte sie demütig.

»Weiß ich denn nicht, daß beide, Söhne und Töchter, gleicherweise vom Himmel kommen?« erwiderte Madame Wu. Dann erinnerte sie sich der Worte Bruder Andrés und setzte rasch hinzu: »Du darfst nicht das Gefühl haben, daß du mir gegenüber Pflichten hast. Du hast keine.«

Da blickte Ch'iuming verwundert auf. »Aber wozu bin ich denn sonst hier?« fragte sie.

Madame Wu ließ sich auf dem Bettrand nieder. »Man hat mir bewiesen, meine Schwester, daß ich ein großes Unrecht begangen habe. Es ist wahr, daß du hierhergebracht wurdest, als hätte ich ein Pfund Schweinefleisch gekauft. Wie durfte ich es wagen, ein menschliches Wesen so zu behandeln? Ich sehe jetzt, daß ich nicht an deine Seele gedacht habe. Was kann ich tun, um es wiedergutzumachen?«

All das sagte sie mit ihrer hübschen Stimme, ohne sie zu heben oder zu senken, und Ch'iumings Gesicht wurde angstvoll. »Aber wohin soll ich gehen?« stammelte sie.

Madame Wu sah, daß Ch'iuming sie völlig mißverstanden hatte; sie glaubte, man teile ihr höflich mit, wie es die Art der Reichen und Großen ist, daß sie nutzlos und unerwünscht sei.

»Warum hast du den fremden Priester gebeten, sich deines Kindes anzunehmen, wenn du stirbst?« fragte Madame Wu.

»Ich wollte Ihnen keinen Verdruß mit einem Mädchen bereiten«, sagte Ch'iuming.

»Warum wolltest du sterben vor dem dir bestimmten Tag?« fragte Madame Wu weiter.

»Weil Ying mir sagte, sie erkennt aus meiner Gestalt, daß ich ein Mädchen gebären werde, und da sagte ich mir im stillen, wir wollen beide miteinander weggehen und niemandem Verdruß bereiten.«

»Der Tod kann ebensoviel Verdruß bereiten wie das Leben«, sagte Madame Wu.

»Nicht mein Tod«, erwiderte Ch'iuming naiv, »denn ich bin für niemanden wertvoll.«

Darauf wußte Madame Wu nichts zu antworten. Sie erhob sich mit dem Gefühl völliger Ratlosigkeit.

»Sie sind so gut«, sagte Ch'iuming und schloß wieder die Augen. Tränen sickerten unter den geschlossenen Lidern hervor. Madame Wu sah es, aber sie sah auch, daß Ch'iuming jetzt das Kind fest in ihrem Arm hielt. Das nahm sie als ein gutes Zeichen und entfernte sich. Als sie über den Hof ging, begegnete sie Herrn Wu, der von der Straße hereinkam. Unversehens standen die beiden einander gegenüber, und sie bemerkte sofort, daß er etwas getan hatte, was sie mißbilligte, denn er errötete und Schweiß brach ihm aus der Stirn.

»Mutter meiner Söhne!« rief er aus.

»Ich bin eben hergekommen, um unsere zweite Dame zu besuchen«, sagte sie liebenswürdig. »Wir müssen daran denken, sie zu beruhigen. Sie wollte sterben, weil sie fürchtete, das Kind würde ein Mädchen sein und daß dann beide – sie und das Kind – dem Hause zur Last fallen würden.«

»Wie töricht!« rief er aus. »Als ob wir gewöhnliche Leute wären, denen es auf einen Esser mehr oder weniger ankommt!«

»Ich will mit dir zurückgehen«, sagte Madame Wu. »Ich brauche deinen Verstand.« Sie gingen miteinander zurück und gelangten in das große, quadratische Zimmer, in welchem sie so viele Stunden ihres gemeinsamen Lebens verbracht hatten. An diesen Raum stieß das Schlafzimmer, in dem jetzt Ch'iuming mit dem Kind im Arme lag. Aber es bestand keine Gefahr, daß ihr Gespräch belauscht würde. Zu ihren Häupten erhob sich das Dach mit weiträumigem Gebälk und verschluckte jeden menschlichen Laut.

»Nun haben wir dieses Lebewesen in unserem Haus«, sagte Madame Wu. »Was sollen wir mit ihr anfangen, und was mit dem Lebewesen, das sie zur Welt gebracht hat? Denn ich sehe, sie ist nicht nach deinem Herzen. Aber sie ist nun einmal da. Ich muß dich um Verzeihung bitten.«

Herr Wu fühlte sich unbehaglich. Er hatte an diesem Morgen ein Pelzkleid zuviel angezogen, aber der Tag war milder, als der Morgen hatte erwarten lassen, und in jeder ungemütlichen Situation wurde es Herrn Wu gerne warm, selbst im Winter.

»Ich schäme mich, daß ich – da du so rücksichtsvoll bist –«, stotterte er. »Nun, sie ist ja recht gut. Aber du weißt ja, wie es ist: Güte ist etwas Ausgezeichnetes bei einer Frau. Aber –.«

»Ich war sehr egoistisch«, sagte sie schlicht. Sie saß in ihrer gewohnten Haltung da, die Hände auf dem Schoß gefaltet. Ihr Blick war nicht auf ihn gerichtet, sondern ruhte nachdenklich auf den Schatten des Fußbodens. Sie rührten von dem Winterbambus her, der an der sonnbeschienenen Tür stand; die pfeilspitzen Blätter tanzten im Wind. Sie dachte an Bruder André, und plötzlich begriff sie, was er gemeint hatte. Nie wird sie frei sein, ohne sich bis zum äußersten aufzuopfern. Und dazu mußte sie auf sich nehmen, was ihr am tiefsten zuwider war.

»Ich sehe mein Unrecht ein«, sagte sie, ohne den Blick zu erheben. »Es soll also so sein, wie du es wünschst. Wenn du willst, werden wir Ch'iuming fortschicken. Und ich komme zu dir zurück. Wir wollen beide – du und ich – diese letzten Monate vergessen.«

Sie wartete auf seinen beglückten Ausruf – aber der kam nicht. Als das Schweigen drückend wurde, blickte sie auf und sah sein gerötetes Gesicht von Schweiß überströmt. Als er merkte, daß sie ihn ansah, begann er kläglich zu lachen, riß sich den Kragen auf, zog das seidene Taschentuch hervor und wischte sich das Gesicht ab.

»Wenn ich gewußt hätte –«, keuchte er, »wenn ich mir hätte träumen lassen –«

Ein eiskalter Druck befiel ihr Herz. Er brauchte sie nicht. Was sie gehört hatte, war richtig. Er hatte eine andere gesucht und gefunden.

»Erzähl mir von ihr«, sagte sie sanft.

Stockend und stotternd, zwischendurch verlegen lachend, erzählte er ihr, daß er sich mit dem Gedanken trage, Jasmin in einem eigenen Haus unterzubringen. Sie sei jung, sie sei kindisch.

»Ich möchte nicht deine Sorgen unter diesem Dach vermehren«, sagte er.

Sie schlug die langgeschlitzten schönen Augen auf. »Kann es meine Sorgen vermehren, wenn du glücklich bist?« fragte sie mit ihrer silberhellen Stimme. »Laß sie herkommen und unter deinem eigenen Dach leben. Weshalb sollte dein Haus geteilt werden?«

Er stand auf, ging zu ihr hin und nahm ihre Hand. Kühl und schlaff lag sie in seiner fleischigen Handfläche. »Du bist eine gute Frau«, sagte er feierlich.

Lächelnd zog sie die Hand zurück.

Aber noch lange, nachdem sie sich getrennt hatten, verwunderte sie sich über die Kälte in dem Vergnügen, das sie empfunden hatte. Denn es war etwas ganz anderes, ihm eine Frau als Stellvertreterin auszusuchen, als ihm zu gestatten, selber eine Frau zu wählen. Sie wunderte sich über die Verwirrung, die das Leben zwischen einem Mann und einer Frau anstellen kann. Sie hatte geglaubt, sie sei von ihm frei, weil sie ihn nicht liebte. Aber sie war nicht frei von ihm, wenn ihr Stolz verletzt war, weil sie wußte, daß er sie nicht mehr liebte. Bruder André hatte recht. Sie dachte immer nur an sich selbst.

»Wie soll ich mich von mir selbst befreien?« fragte sie Bruder André.

»Denken Sie nur an andere«, erwiderte er.

»Der Vater meiner Söhne will eine andere Frau ins Haus bringen«, sagte sie. »Muß ich das gestatten?«

»Es war eine Sünde, die erste Frau ins Haus zu bringen.«

Darüber erboste sie sich in ihrer Art. Wie ein jäher Windstoß flog ein spitzer Ärger aus ihrem Herzen.

»Jetzt reden Sie wie ein Priester«, sagte sie maliziös. »Sie können kein Verständnis dafür haben, was es heißt, Jahr für Jahr gezwungen zu sein, einem Mann seinen Körper zu überlassen, ob man will oder nicht.« Sie fühlte den sonderbaren Wunsch, ihn Anteil nehmen zu lassen an ihrem Unglück, und sie fuhr fort, ohne ihm etwas vorzuenthalten: »Seinen zarten Körper unzarten Händen auszuliefern, zu sehen, wie die Wollust sich erhitzt, und zu spüren, wie das eigene Fleisch kalt wird – zu fühlen, wie das Herz ermattet und die Seele sich ekelt, und dennoch, um des häuslichen Friedens willen, dazu gezwungen zu sein.«

Rein und unverändert war sein Gesicht. »Es gibt viele Arten, den Leib der Seele zum Opfer zu bringen«, sagte er.

Sie seufzte. »Soll ich dieser zweiten Frau gestatten, ins Haus zu kommen?«

»Ist es nicht besser, sie mit Ihrer Zustimmung unter diesem Dach zu haben, als ohne Ihre Zustimmung unter einem anderen?« entgegnete er.

»Ich hätte nie gedacht, daß ein ausländischer Priester mir einen solchen Rat geben wird«, sagte sie mit erneuter Schärfe.

Bruder André packte seine Bücher in ein abgenutztes schwarzes Tuch und schob sie unter den Arm. Madame Wu blieb an der Tür der Bibliothek stehen und sah ihm nach, wie er durch den Hof ging. Seine mächtige Gestalt war schon etwas gebeugt, als laste das angegraute Haupt schwer auf den breiten Schultern. Oder, sagte sie zu sich, vielleicht kommt es daher, daß er immer mehr und mehr den Blick auf den Weg richtet, der unmittelbar vor ihm liegt. Selten erhob er den Kopf, um zu sehen, was am Ende der Straße war.

Sie kehrte um und ging in die Bibliothek zurück, wie es ihre Gewohnheit war nach Beendigung des Unterrichts. An diesem Tage hatte sie kaum eine Stunde dagesessen, als sie in den äußeren Höfen lautes Geschrei hörte, und sie hob lauschend den Kopf. Was immer es war, Ying würde es ihr melden. Ehe sie dies noch zu Ende gedacht hatte, sah sie Ying, die in ihren Hof gelaufen kam. Sie wehklagte und weinte und verhüllte das Gesicht mit ihrer Schürze.

Madame Wu stand sofort auf, und das Buch, das sie in der Hand gehalten hatte, fiel zu Boden. Da stand Ying bereits auf der Schwelle und rief:

»O weh – der fremde Priester!«

»Was ist mit ihm?« fragte Madame Wu heftig. »Er ist erst vor wenigen Augenblicken weggegangen.«

»Er ist auf der Straße niedergeschlagen worden«, heulte Ying. »Man hat ihm den Schädel eingeschlagen!«

»Niedergeschlagen?« wiederholte Madame Wu.

»Es sind diese jungen Leute«, schluchzte Ying. »Die Grüne Bande – diese Verbrecher! Sie plünderten den Laden des Geldverleihers, und der Priester sah, wie der Geldverleiher schrie und den Himmel verfluchte, und da blieb er stehen, um ihm zu helfen, und die jungen Leute kamen heraus und gaben auch ihm eins über den Kopf.«
Madame Wu hatte den Namen der Grünen Bande kaum jemals gehört. Aber sie wußte, daß es junge Desperados waren, die die Landstraßen und Städte unsicher machten.
»Wo ist Bruder André?« rief sie aus.
»Man hat ihn in sein Haus getragen, und er liegt in seinem Bett, aber der Torhüter ist da und sagt, er verlangt nach Ihnen«, sagte Ying.
»Ich muß gehen«, sagte Madame Wu. »Hilf mir in die Kleider.«
»Ich werde die Träger bestellen«, rief Ying.
»Nein, dazu ist keine Zeit«, sagte Madame Wu. »Ich werde am Tor eine Rikscha nehmen.«
Wenige Minuten später wußte das ganze Haus, daß Madame Wu zum ersten Male in ihrem Leben an einen Ort gegangen war, der ihr fremd war – in das Haus des ausländischen Priesters. Aufrecht saß sie in der Rikscha und sagte zum Rücken des Läufers: »Ich bezahle das Doppelte, wenn du doppelt so schnell läufst wie gewöhnlich.«
»Zahlen Sie mir das Dreifache, und ich werde dreimal so schnell laufen«, rief er über die Schulter zurück.
In großer Entfernung folgte Ying in einer zweiten Rikscha, aber diesmal dachte Madame Wu nicht daran, was die Leute sagen würden. Sie hatte nur *eines* im Sinn, nämlich so schnell wie möglich an Bruder Andrés Lager zu kommen, seine Stimme noch einmal zu hören, von ihm eine Anleitung für den Rest des Lebens zu bekommen.
Sie stieg also an dem einfachen, unbemalten Holztor aus, das mitten in einer Ziegelmauer saß, und ging hinein, ohne der Umgebung einen Blick zu widmen. Eine alte Frau empfing sie weinend.
»Wo ist unser Älterer Bruder?« fragte Madame Wu.
Die Alte wandte sich um und führte sie zu einem niedrigen Ziegelhaus, durch eine offene Tür, über einen Hof, der von weinenden Kindern wimmelte, und in ein Zimmer.

Dort lag auf einem schmalen Bambusbett Bruder André. Zerlumpte Männer und Frauen von der Straße umstanden sein Lager. Sie traten zur Seite, um Madame Wu ans Bett zu lassen, und Bruder André schlug, als fühlte er ihre Gegenwart, die Augen auf. Sein Kopf war mit einem rauhen weißen Handtuch roh bandagiert, darunter rann das Blut über die Wangen und tränkte das Kissen unter seinem Kopf.

»Da bin ich«, sagte sie. »Sagen Sie mir, was ich tun soll.«

Einen langen Augenblick konnte er nicht sprechen. Er lag im Sterben. Sie sah die Leere auf dem Grund seiner dunklen Augen, und dann sah sie, wie sein Wille zum Licht strebte. Die Lippen öffneten sich, und die Brust hob sich, als er sie anblickte, mit einem mächtigen Atemholen.

»Füttern Sie meine Lämmer«, sagte er deutlich.

Dann sah sie den Tod kommen. Der Atem setzte aus, die Lider erzitterten, der Wille zog sich zurück. Der gewaltige Körper erschauerte, er warf die Hände seitwärts, so daß sie über den Bettrand hingen und den kalten Ziegelboden streiften. Madame Wu bückte sich und hob seine rechte Hand auf; ein zerlumpter Mensch trat vor und erfaßte seine Linke – so standen die beiden und hielten diese zwei Hände. Über den Körper hinweg starrte sie in die Augen des Mannes. Es war ein Niemand, ein Diener, ein Bettler. Schüchtern schaute er sie an und legte Bruder Andrés Hand behutsam auf die zur Ruhe gekommene Brust; und sie legte die rechte Hand auf die linke. Die Kinder kamen ins Zimmer gelaufen und schwärmten um das Bett, das nun eine Totenbahre war, weinten und riefen: »Vater – Vater!« Madame Wu sah, daß es lauter Mädchen waren, das älteste nicht älter als fünfzehn, und daß die kleinen, die nicht gehen konnten, von den älteren getragen wurden. Sie beugten sich über Bruder André, betasteten ihn mit ihren kleinen Händchen, streichelten seinen Bart, sie wischten ihm mit den Zipfeln ihrer Röcke das Blut vom Gesicht und weinten dabei unaufhörlich.

»Wer seid ihr?« fragte Madame Wu mit seltsam ruhiger Stimme.

»Wir sind seine Lämmer«, riefen sie alle durcheinander.

»Verlaufene«, sagte der zerlumpte Mann. »Er klaubte die

Kleinen außerhalb der Stadtmauer auf, wo man sie hingeworfen hatte. Die großen sind entlaufene Sklavinnen. Er hat alle aufgenommen.«
Madame Wu hatte das Bedürfnis, allein und ungestört über Bruder Andrés Tod zu weinen. Aber die Kinder warfen sich über ihn, und ihre Arme hüllten ihn ein.
»Wer hat ihn in sein Bett gebracht?« fragte sie mit leiser Stimme.
Der Zerlumpte klopfte sich auf die Brust: »Ich war es. Ich sah ihn fallen. Auf der Straße hatten alle Angst. Als die Grünen Räuber ihn sterben sahen, liefen sie davon. Der Geldverleiher machte die Läden fest und ging in sein Haus. Ich aber bin nur ein Bettler – was hatte ich zu fürchten? Dieser fremde Priester gab mir oft etwas Geld, besonders im Winter. Und manchmal nahm er mich nach Hause mit, ich schlief hier bis zum Morgen, und zu essen gab er mir auch.«
»Sie haben ihn hergetragen!« rief sie aus.
»Diese Brüder Bettler und ich«, sagte er. Sie sah ein halbes Dutzend zerlumpter Gesellen. »Er ist zu schwer, als daß einer ihn hätte tragen können.«
Sie schaute nieder auf Bruder Andrés friedvolles Antlitz. Sie war mit der Hoffnung gekommen, ein paar Worte für sich selbst zu hören. Statt dessen hatte er gesagt: »Füttern Sie meine Lämmer.« Hier waren nun alle diese Kinder. Sie sah sie an, und die Kinder sahen sie an. Mit dem raschen Instinkt von Kindern sahen sie sie an, wobei sie ihre Hoffnungen von Bruder Andrés schweigender Gestalt auf ihre reglose, aber lebende Gestalt übertrugen.
»Was soll ich mit euch anfangen?« fragte sie unsicher.
»Gnädige Frau, was hat unser Vater gesagt, daß Sie mit uns machen sollen?« fragte ein mageres kleines Mädchen ängstlich. Sie hielt ein dickes, heiteres Baby in den Armen.
Madame Wu konnte nur der Wahrheit gemäß antworten: »Er sagte, ich solle euch füttern.«
Die Kinder sahen einander an. Das magere Mädchen nahm das Baby auf den anderen Arm. »Haben Sie genug Essen für uns alle?« fragte das Kind mit ernster Miene.
»Ja«, sagte Madame Wu.
Immer noch stand sie da und betrachtete die kleinen Mädchen.

»Wir sind unser zwanzig«, sagte das magere kleine Mädchen. »Ich bin fünfzehn Jahre alt – sobald wir sechzehn sind, versorgt er uns.«
»Versorgt euch?« wiederholte Madame Wu.
Nun war die Alte hereingekommen. »Mit sechzehn sucht er ihnen ein Heim und einen guten Gatten«, sagte sie.
Sie sprachen, als wäre die große stille Gestalt auf dem Bett noch am Leben.
Madame Wu sah Bruder André an. Seine Augen waren geschlossen, die Hände über der Brust gefaltet.
»Geht hinaus aus dem Zimmer!« sagte sie plötzlich. »Alle! Laßt ihn in Frieden.«
Gehorsam entfernten sie sich, Bettler und Kinder und die Alte, und nur Madame Wu blieb da. An der Tür stand in steifer Haltung Ying. »Geh weg, Ying!« sagte Madame Wu.
»Ich bleibe vor der Tür stehen«, antwortete Ying.
Madame Wu schloß die Tür. Was sie tat, wird sie ins Gerede bringen. Weshalb sollte eine Dame den Wunsch hegen, mit einem fremden Priester allein zu bleiben, selbst wenn er tot war? Sie kümmerte sich nicht darum. Für sie war er jetzt weder ein Fremder noch ein Priester. Er war der einzige Mensch, den sie verehrte. Solange er am Leben war, hatte sie nie den Mann in ihm gesehen; nun, da er tot war, sah sie ihn als toten Mann daliegen. In seiner Jugend muß er überaus schön gewesen sein. Die große Gestalt, die hier vor ihr ausgestreckt lag, hatte majestätische Maße. Seine Haut war bleich und wurde im Tode durchscheinend klar.
Plötzlich erkannte sie ihn. »Du bist es, den ich liebe!« murmelte sie in abgründigem Erstaunen.
In dem Augenblick, da sie diese Erkenntnis akzeptierte, fühlte sie ihr ganzes Wesen sich verwandeln. Obgleich sie sich nicht rührte, vibrierte ihr Körper, das Blut drängte zu ihrem Herzen, und der Kopf war klar. Ihr Körper wurde leicht und stark. Sie hob den Kopf und sah sich im Zimmer um. Die vier Wände standen, aber sie fühlte sich frei und heil. Auf seinem Totenbett lag der Körper genau so wie im Zeitpunkt seines Todes, aber als sie nun auf ihn hinabblickte, wußte sie, daß er dem Körper entronnen war. An eine Seele vermochte sie nicht recht zu glauben. Seit Jahren hatte sie keinen Tempel betreten, keinem Gott Weihrauch

verbrannt. Sie glaubte nicht an einen unsichtbaren Gott, aber sie wußte mit Bestimmtheit, daß dieser Mann weiterlebte.
»André.« Sie sprach seinen Namen mit leiser, deutlicher Stimme aus – nie wieder wird sie ihn Bruder nennen. »Du lebst in mir. Ich will mein Äußerstes tun, um dein Leben zu erhalten.«
In dem Augenblick, da sie dies sagte, legte sich Frieden über ihr Wesen. Regungslos stand sie in dem kahlen Raum und fühlte sich glücklich.
Viele Dinge hatte sie nun zu tun, Dinge, die sie deutlich vor sich sah. Der Tote mußte begraben werden – ohne Priester, ohne Gebete. Über seine geringen Habseligkeiten mußte verfügt werden, und das wird sie selbst tun. Und dann wird sie einfach fortsetzen, was *er* getan hat.
Ruhig ging sie aus dem Zimmer in den anderen Raum, wo Ying und die alte Frau, die Bettler und die Kinder warteten. Sie setzte sich auf einen der hölzernen Stühle.
»Was sein Begräbnis betrifft –«, sagte sie. »Hat er irgendwelche Verfügungen hinterlassen?«
Alle sahen einander an. Die Kinder waren scheu und sagten nichts.
»Hat er irgendwo Verwandte?« fragte Madame Wu.
Keiner wußte etwas von Verwandten. Er war einfach vor einer unbekannten Zahl von Jahren hierhergekommen und nie wieder weggegangen.
»Hat er Briefe bekommen?« fragte Madame Wu.
»Wenn welche kamen, dann hat er sie nicht gelesen«, sagte die Alte.
»Und er hat nie Briefe geschrieben?« fuhr Madame Wu fort.
»Niemals«, sagte die Alte.
Madame Wu überlegte. André gehörte vollkommen ihr. Es gab niemand anderen. Sie wird einen einfachen schwarzen Sarg kaufen. Und was die Begräbnisstätte betrifft, so wird sie ihn auf ihrem eigenen Besitz begraben. Sie dachte an einen Lieblingsplatz auf einem Hügelhang, der ein paar Reisfelder einschloß. Dort stand ein uralter Gingkobaum, in dessen Schatten sie auszuruhen pflegte, wenn sie hinausging, um die Frühjahrssaat zu überwachen.
Sie erhob sich. »Ich werde heute nachmittag dafür sorgen, daß das Grab gegraben wird.«

Die Kinder und die alte Frau sahen sie ängstlich an, als sie sich erhob, und sie verstand ihre Ängstlichkeit. Was wird, so dachten alle, was wird aus uns werden?
»Wie ist es mit diesem Haus?« fragte Madame Wu, sich in den kahlen Räumen umsehend. »Gehört es ihm?«
Die Alte schüttelte den Kopf. »Es ist gemietet«, sagte sie, »und wir bekamen es sehr billig, weil es drin spukt. Niemand will drin wohnen, weil es von Wieseln bevölkert ist, und Wiesel sind besessen von bösen Geistern. Ihn aber fürchteten die bösen Geister, und wir haben hier für wenig Geld ungefährdet gelebt.«
»Besitzt er gar nichts?« fragte Madame Wu.
»Nichts außer zwei Kleidern. Eines hatte er an, das andere wusch ich gerade. Er hat ein paar Bücher und ein Kreuz. Einst besaß er eine sehr hübsche Figur, die an einem Holzkreuz befestigt war – die hatte er an der Wand über seinem Bett hängen. Eines Nachts aber fiel sie herunter und zerbrach, und eine neue hat er nicht bekommen. Er hatte einen Rosenkranz, aber eines der Kinder spielte damit und die Schnur zerriß – er hat ihn nicht wieder ganz gemacht. Ein paar Kügelchen waren davongerollt und waren nicht mehr zu finden, und da sagte er, er braucht ihn nicht mehr.«
Während die Alte redete, sah Madame Wu sich im Zimmer um.
»Was ist in dem schwarzen Kasten?« fragte sie, mit dem Mittelfinger hinzeigend.
Die Alte schaute. »Das ist ein Zauberstimmenkasten«, sagte sie. »Er pflegte nachts den Stimmen zu lauschen.«
Madame Wu erinnerte sich, daß er ihr davon erzählt hatte. Sie trat zu dem Kasten und legte das Ohr daran, hörte aber nichts.
»Er spricht für keinen anderen«, erklärte ihr die alte Frau.
»Dann werden wir ihn mit ihm begraben«, sagte Madame Wu.
»Es ist noch etwas da, was ihm gehörte, und das ist auch ein Zauberding«, sagte die Alte zögernd. »Er hat uns gesagt, wir dürfen es nie berühren.«
»Wo ist es?« fragte Madame Wu.
Die alte Frau kroch unter das Bett und zog eine längliche schwarze Schachtel hervor. Sie öffnete sie, und drin lag ein Instrument, ähnlich wie eine Röhre.

»In klaren Nächten hielt er es an das rechte Auge und schaute in den Himmel«, sagte sie.
Madame Wu wußte sofort, daß das sein Apparat war, mit dem er nach den Sternen blickte. »Das werde ich mitnehmen«, entschied sie. »Und nun bring mir seine Bücher«, sagte sie. »Die Kleider und das Kreuz wollen wir mit ihm begraben. Und was das Haus betrifft, so gib es dem Besitzer zurück. Sag ihm, ich hätte gesagt, es sei exorzisiert und von bösen Geistern befreit. Er kann es nun zu einem guten Preis vermieten.«
Die Kinder scharten sich um die Alte und lauschten atemlos und voller Angst. Ihr Heim war dahin. Sie hatten nichts mehr.
Madame Wu blickte lächelnd zu ihnen nieder. Mit einer Zärtlichkeit, die sie bisher nicht gekannt hatte, verstand sie, was die Kleinen dachten.
»Und ihr, ihr alle, und auch du, alte Schwester, ihr kommt in mein eigenes Haus und werdet dort wohnen.«
Ein tiefes Seufzen ging durch die Kinderschar. Sie waren gerettet. Mit der Selbstverständlichkeit und dem Vertrauen von Kindern fanden sie sich sofort in die neue gesicherte Lage und wurden aufgeregt.
»Wann – wann –?« begannen sie durcheinanderzuschreien.
»Ich denke, ihr solltet bis morgen bei ihm bleiben«, sagte Madame Wu. »Dann gehen wir alle miteinander zu seinem Grab. Aber ihr werdet nicht hierher zurückkehren. Ihr werdet mit mir nach Hause kommen.«
»Gutes Herz!« schluchzte die Alte. »Gutes, edles Herz! Er weiß es – er weiß es bestimmt!«
Madame Wu lächelte, ohne darauf einzugehen. »Hast du genug Reis für ihre Mahlzeiten?« fragte sie.
»Er hatte immer Lebensmittel für einen Tag im Hause«, schluchzte die Alte.
»Dann komme ich also morgen wieder«, sagte Madame Wu. Sie ließ sich einen Augenblick von den Kindern umdrängen, da sie wußte, daß sie gewohnt waren, sich um ihn zu drängen und seine Gegenwart körperlich zu fühlen.
Sie kehrte in ihren Hof zurück und blieb lange sitzen, allein mit ihrem veränderten Ich. Sie fand sich mit Andrés Tod ab. Wäre er am Leben geblieben, dann wäre ganz sicher

der Augenblick gekommen, da sie ihre Liebe zu ihm entdeckt hätte. Dann hätte sie nur zwischen zwei Dingen die Wahl gehabt: entweder hätte sie einen Vorwand suchen müssen, ihn nie wieder zu sehen, oder sie hätte ihm ihre Seele übergeben, ihm sagen müssen, daß sie ihn liebe. Und das hätte sicherlich die Trennung bedeutet.

Stundenlang saß sie in jener Nacht wachend allein. Sie wollte in keinem Bett liegen. Sie wollte sitzen, lebendig und wach, und das Wesen ihrer neuen Wissenschaft erforschen. Sie liebte einen Mann, einen Ausländer, einen Fremden, einen Mann, der niemals auch nur die Hand ausgestreckt hatte, um die ihre zu berühren, deren Berührung undenkbar war. Nach einer langen Zeit lächelte sie in die Dunkelheit. Ringsumher das Haus war finster und schweigend, aber neben ihr brannte eine Kerze, und ihr Herz redete laut.

»Hätte ich die Hand nach dir ausgestreckt«, sagte sie, »würdest du dich vor mir gefürchtet haben?«

Aber sie wußte, daß André niemanden fürchtete. Er hatte seinen Gott. Es kam ihr vor, daß die Götter der Menschen Feinde der Frauen seien. Zum erstenmal in ihrem Leben fühlte sie Eifersucht.

Sie unterbrach ihre Überlegungen, um sich für einen Augenblick mit der Frau zu beschäftigen, die André in seiner Jugend geliebt und verlassen hatte, weil er die Einsamkeit vorzog. Sie muß jung gewesen sein und zweifellos schön. Wieder empfand Madame Wu die Eifersucht, nicht weil André diese Frau geliebt hatte, sondern weil diese unbekannte und längst vergessene Frau André hatte sehen dürfen, als er noch jung und noch kein Priester war.

Ich hätte ihn gerne gesehen, als er noch ein Riese war, dachte Madame Wu. Sie saß da in vollkommenem Frieden, in vollkommener Ruhe, die Hände übereinander gefaltet; weich schimmerten die Ringe an ihren Fingern.

Ich bin trotz alledem ein Weib, dachte sie ein wenig belustigt. Sogar der bloße Gedanke an Andrés mächtigen Leib konnte ihr Wesen in so reiche Wallung bringen. Wie gefährlich wäre er ihrem Frieden geworden, hätte er leiblich vor ihr gestanden! Sie empfand etwas wie Dankbarkeit jenen Räubern von der Grünen Bande gegenüber, die eine solche Gefahr aus dem Weg geräumt hatten. Und dann, da sie durch die Tür wahrnahm, wie wunderbar der Mondschein auf ihren Orchideen lag, packte sie die Reue. Es war herzlos, sich darüber zu freuen, daß Andrés Augen geschlossen waren.

Nicht daß ich froh wäre, daß du tot bist, erklärte sie ihm, es ist nur, daß uns beiden ein großes Elend erspart blieb und wir unsere große Freude bewahren können. Du weißt gewiß, daß ich dich liebe ...

Während sie diese Worte vor sich hinflüsterte, war sie überzeugt, daß er sie vollkommen verstehe. Nichts hätte ihr ein so augenblickliches Gefühl des Trostes und der Heiterkeit geben können. Sie wußte, daß André die Verletzung seines Priestertums ebenso großen Schmerz verursacht hätte wie ihr selbst die Verletzung ihrer Pflichten der Familie gegenüber. Sie würden einander Verzicht gepredigt haben, aber um diesen Verzicht in die Tat umzusetzen, wäre es notwendig gewesen, daß sie einander nie wieder begegneten. Nun war kein Verzicht nötig. Gefahrlos durfte sie seiner gedenken, soviel sie wollte.

Wieder empfand sie das seltsam gesteigerte Lebensgefühl in ihrem ganzen Wesen, ein Gefühl, dem heitere Zufriedenheit folgte.

In diesem Augenblick fiel ihr das Instrument für die Beobachtung der Sterne ein. Sie hatte angeordnet, daß es ihr nach Hause gebracht werde, und nun befand es sich hier, in der Bibliothek. Mit einiger Mühe – denn es war schwer – hob sie es aus der Schachtel. Dann schaute sie vor der Tür durch das Rohr zum Himmel hinauf. Zu ihrer Enttäuschung sah sie nichts, obgleich die Nacht klar war. Sie versuchte es auf diese und auf jene Weise, aber der Himmel blieb ihr verschlossen, und mit einem Seufzer legte sie das Instrument wieder weg. Es gehört ihm allein, dachte sie. Ich werde es mit ihm begraben, zusammen mit dem Kasten der nächtlichen Stimmen.

Nach diesem Entschluß ging sie zu Bett und schlief ein.

Das Leichenbegräbnis übertraf alles Derartige, was bisher in der Stadt stattgefunden hatte. Madame Wu konnte es freilich nicht zu einem Familienbegräbnis machen; aber sie bestattete André mit den Ehren, wie sie dem Erzieher ihres

Sohnes zukamen. Die Kinder waren in weißes, ungesäumtes Tuch gekleidet, und die Bettler, die Bruder André in sein Haus getragen hatten, hatten Trauerkleider verlangt. Madame Wu trug kein äußeres Zeichen der Trauer.

Das Leichenbegräbnis ging so vor sich, wie Madame Wu es geplant hatte. Tag und Nacht arbeitend, brachte der Sargtischler den Sarg in zwei Nächten und einem Tag zustande, und dann ließ Madame Wu, am frühen Morgen, bevor die Stadt auf den Beinen war, sich in ihrer Sänfte dem Leichenzug vorantragen, der hinter ihr und hinter Andrés Sarg zu Fuß folgte.

Während die Männer André in die Truhe legten, stand sie daneben, und sie selbst legte den Stimmenkasten und das Sterninstrument hinein, ehe der Deckel zugenagelt wurde. Sie hatte das Instrument wieder in sein Haus getragen, damit es mit ihm beerdigt werde. Sie sah ihn schlafen, sie empfand Herzweh, sagte aber kein Wort. Und dann schloß sich der Deckel, und sie sah ihn nicht mehr.

Auch weinte sie nicht. Warum sollte sie sich durch Tränen verraten? Sie hörte, wie die Nägel ins Holz getrieben wurden, sah, wie man die Stricke an große Stangen band. Zwanzig Mann waren gedungen, um die mächtige Truhe aufzuheben, sie trugen sie durch die Straßen und durch das Stadttor nach dem westlichen Hügel. Nun wies sie den Weg, und die anderen folgten, und unter dem Gingkobaum war der Hügel bereit, den Toten aufzunehmen.

Während der Sarg in die Gruft gesenkt wurde, sprach keiner ein Wort. Die Kinder weinten und die alte Frau wehklagte, aber Madame Wu stand regungslos und schweigend dabei. Erde wurde in die Grube geschaufelt, der Grabhügel wurde aufgeschüttet.

Es preßte ihr sekundenlang das Herz in trockenem Schmerz zusammen bei dem Gedanken, daß sie ihn nun nie mehr wiedersehen wird, außer in der Gestalt, in der er für ewig in ihrer Erinnerung lebte.

Als alles vorbei war, führte Madame Wu die Prozession wieder nach Hause; sie führte die Kinder zu ihrem eigenen Tor, und von diesem Tage an waren sie nicht mehr heimatlos.

XI

Als sie sich am nächsten Morgen in dem vertrauten Zimmer umsah, wußte sie, daß die Welt genau so war wie an jedem anderen Morgen. Aber statt müde zu erwachen und mit dem Wunsche, den Tag nicht beginnen zu müssen, fühlte sie sich voll frischer Kraft. Diese Kraft floß aus einer Quelle in ihrem Innern, die sie nie zuvor besessen hatte.

Das wußte sie. Sie hatte einmal zugesehen, wie ihr alter Großvater das noch lebende Herz eines Tigers in die Hände genommen hatte, damals, als man noch glaubte, wenn man das Herz eines Tigers ißt, nimmt man auch seine Stärke in sich auf. Sie erinnerte sich der Szene so genau, als spielte sie sich jetzt vor ihren Augen ab. Die Leute in den Bergen hatten einen Tiger gefangen und brachten das knurrende Tier in einem Seilnetz auf den Hof. Alles war in den winterlichen Sonnenschein hinausgelaufen, um die goldgelbe, gefleckte Bestie zu sehen, und bei ihrem Anblick hatte der Tiger den weiten Rachen geöffnet und sie in aussichtsloser Feindseligkeit angefaucht. Die Frauen kreischten, sie aber blieb ruhig stehen und schaute in die wilden gelben Augen. Als ob er ihre Macht gefühlt hätte, schloß der Tiger die Kiefer und erwiderte ihren Blick. Sie machte einen unüberlegten Schritt nach vorne – da stieß der Großvater einen Ruf aus. Ein Jäger sprang hinzu und bohrte dem Tiger seinen Dolch ins Herz. Das Messer fuhr durch das Fell, und das Tier fiel zusammen. Der Jäger nahm das unversehrte und noch schlagende Herz heraus und hielt es dem Großvater vor die Augen.

Aber was sie jetzt für André empfand, hatte nichts mit dem schlagenden Herzen zu tun. Diese stille und starke Liebe war mittäglicher Sonnenschein. Sie braucht nur aus dieser Wärme, diesem Licht heraus zu handeln, und was sie tun wird, wird recht sein. Liebe durchdrang ihr Gehirn wie ihren Körper. André war nicht tot. Sie, die zeit ihres Lebens eine eingefleischte Zweiflerin gewesen, die über Priester und Tempelzeremonien gelächelt, die zum Himmel emporgeschaut und keine Götter gesehen hatte, für die die Naturdämonen nur kindische Einbildung waren – sie war jetzt davon überzeugt, daß André lebte und bei ihr sei.

Ich liebte ihn, als er kam und diese Höfe betrat, aber ich wußte es nicht, dachte sie. Ich mußte seinen Körper erst tot vor mir sehen, um zu wissen, daß ich ihn liebe.
Und dann, da sie doch eine Frau war, fragte sie sich, ob auch er sie geliebt habe. Bei dieser Frage nach dem Echo ihrer Liebe fühlte sie sich zum erstenmal wieder einsam.
Da ich seine Stimme nicht hören kann, werde ich es nie wissen, dachte sie. Sie wandte den Kopf nach dem Garten und vermißte den Schritt seines Fußes auf den Steinen. Und dann, als sie nichts hörte als das Zwitschern kleiner Vögel in den Bambussen, sah sie sein Gesicht langsam vor dem dunklen Vorhang ihrer Erinnerung auftauchen. Es bestand kein Grund, weshalb sie ihn nicht in jedem Augenblick zu sich rufen, kein Grund, weshalb er nicht, ohne eine Einladung abzuwarten, in ihren Geist eintreten sollte. Sein Körper war tot, und der ihre war zu dem Medium geworden, durch welches sie miteinander leben konnten.
Es ging ihr durch den Kopf, daß sie nun vielleicht eine neue Weisheit besaß, die sie allein niemals hätte besitzen können.
In diesem Augenblick kam Ying ins Zimmer; sie sah sehr verdrießlich aus. »Stehen Sie heute nicht auf, gnädige Frau?« fragte sie mit nörgelnder Stimme.
»Es ist ein regnerischer Tag«, sagte Madame Wu lächelnd.
»Woher wissen Sie das, gnädige Frau?« quengelte sie. »Sie haben ja noch nicht einmal die Vorhänge aufgezogen.«
»Ich erkenne es an deiner Stimme«, erwiderte Madame Wu, »auf deinem Gesicht sind Wolken.«
»Ich hätte nie gedacht, daß ich Blumenhausmädchen in unserem Hause sehen werde«, entgegnete Ying, »auch nicht, daß die Söhne des Hauses hinausziehen in die Welt, daß eine Nebenfrau verstoßen wird und dann auch noch gefüttert werden muß.«
»Ist also Jasmin, das Mädchen, gekommen?« fragte Madame Wu.
»Sie wartet im hinteren Hof«, antwortete Ying.
Madame Wu stand auf und fuhr mit den schmalen Füßen in die blumenbestickten Pantoffel. »Ist sie allein gekommen?« fragte sie.
»Eine zahnlose Alte ist mit ihr gekommen und dann gleich

wieder davongelaufen. Oh, sie bleibt uns schon!« sagte Ying sehr verdrießlich.
Madame Wu sagte nichts. Sie ging ins Bad und zog dann über die weiche weiße Seidenwäsche ihr silbergraues brokatenes Satinkleid an.
»Bring mir das Frühstück«, befahl Madame Wu. Bald darauf setzte sie sich nieder und aß mit gutem Appetit. Sie verspürte einen ihr unbekannten Hunger, sogar nach Essen, und das amüsierte sie. Hatte sie nicht gehört, daß Liebe den Appetit verderbe? Dann fiel ihr ein, daß das nur für unerwiderte Liebe gilt.
André liebt mich! dachte sie jubelnd.
Ehe noch eine halbe Stunde um war, erhob sie sich, um nach dem Hinterhof zu gehen und das Mädchen Jasmin zu sehen.
»Soll ich sie nicht herbringen?« fragte Ying. »Sie wird sich zu viel einbilden, wenn Sie zu ihr kommen.«
»Nein«, sagte Madame Wu ruhig, »ich gehe zu ihr.« Sie hegte den Wunsch, möglichst wenige Menschen ihren eigenen Hof betreten zu sehen. Hier soll der Geist Andrés ungestört wohnen, sagte sie sich. Auf der Schwelle des ›Runden Tores‹ fühlte sie, wie ihre Füße haften blieben, als würden sie von fremder Hand auf dem Marmor festgehalten. Ein neuer Gedanke nahm von ihr Besitz. André verweigerte sich keinem Menschen, dachte sie. Er würde diesem Mädchen unbefangen gegenübertreten, um zu hören, was er für sie tun könne. Sein Gesicht wird mir beistehen.
Sie wandte sich nach Ying um. »Schließlich kannst du sie ja herbringen«, sagte sie.
Während also Ying hinausging, setzte sie sich nieder. Jeder, der durchs Tor hineinschaute, konnte sie hier sitzen sehen, eine schlanke silbergraue Gestalt mit gebeugtem Kopf und einem Lächeln auf dem mandelbleichen Gesicht. Aber es kam niemand vorbei, und nach wenigen Augenblicken kehrte Ying zurück, vor einem rosigen, rundlichen kleinen Mädchen einhermarschierend.
Madame Wu blickte auf und sah Jasmin. Im selben Augenblick merkte sie, daß diese Person zu jener Sorte Frauen gehörte, die sie von Natur aus am meisten verabscheute – eine starke, sinnliche Kreatur, grob und leidenschaftlich. Madame Wu wandte den Blick ab und fühlte, wie ihre Seele zwi-

schen gestern und heute schwankte. Ihre zarte Haut erschauerte.

Aber ihr Widerstand erlahmte, da André ihn schweigen hieß. Wieder stand sein Antlitz vor ihr, dunkel sich abzeichnend auf dem Vorhang ihrer Erinnerung. Indem sie in sein Gesicht schaute, begann sie mit leiser, sanfter Stimme Fragen an das Mädchen zu stellen. Ying zog sich ein paar Schritte zurück und blieb mit unverwandtem Blick horchend stehen. Das war durchaus nicht Madame Wus gewohnte silberhelle Stimme. Keine Spur von Härte war darin. Und doch war es auch nicht die Stimme, mit der Madame Wu mit Kindern zu sprechen pflegte. Es war etwas Neues, diese Stimme ...

»Sag mir, weshalb du hier wohnen willst«, fragte Madame Wu.

Jasmin schaute auf die Fliesen des Fußbodens hinunter. Sie wünschte, sie hätte statt ihrer grünen Satinkleider Jacke und Hose aus blauer Baumwolle angezogen.

»Ich möchte eine Wohnung haben, bevor das Kind zur Welt kommt«, sagte sie.

»Bekommst du ein Kind?« fragte Madame Wu.

Jasmin hob den Kopf und warf einen raschen Blick auf Madame Wu. »Ja!« sagte sie laut.

»Du bekommst kein Kind«, erwiderte Madame Wu.

Jasmin hob abermals den Kopf, öffnete den Mund zu einem Protest und starrte Madame Wu in die Augen. Madame Wus Blick ruhte auf ihr mit durchdringender Helle, und das Mädchen brach in Tränen aus.

»Also du bekommst kein Kind«, wiederholte Madame Wu.

Sie wartete, bis Ying fort war; dann lud sie das Mädchen mit einer Handbewegung ein, auf einem Gartenschemel aus Porzellan Platz zu nehmen. Jasmin setzte sich, rieb sich die Augen mit den Knöcheln und unterdrückte ein Schluchzen.

»Du weißt«, sagte Madame Wu zu Jasmin, »daß es eine ernste Sache ist, in das Haus eines Mannes einzutreten, besonders, wenn dort eine große, geachtete Familie wie die unsere lebt. Du kannst mit deinem Kommen alles Glück zerstören. Oder du kannst kommen und durch deine Gegenwart das Glück vermehren. Das hängt ganz von deinem aufrichtigen Herzen ab. Kommst du zu uns um Reis und Obdach, so sage es mir, bitte. Das will ich dir versprechen. Du sollst beides haben – freie Kost und Wohnung –, ohne daß du es dir mit deinem Körper erkaufen mußt.«

Jasmin schaute Madame Wu verschmitzt an. »Wer gibt einer Frau etwas umsonst?« fragte sie.

Madame Wu wunderte sich über sich selber. Wäre dies vor einem Monat geschehen, dann hätte sie sich von der Plumpheit des Mädchens abgestoßen gefühlt. Jetzt aber verstand sie sie.

»Du hast nie freie Kost oder freies Quartier gehabt«, sagte sie leise. »Es fällt dir schwer, mir zu glauben.«

»Ich glaube niemandem«, sagte Jasmin. Sie zog ein grellrotes Seidentuch aus dem Busen. Das eine Ende des Tuches war an einem Knopf befestigt, das andere wickelte sie um ihren Finger.

»Du kommst also her, um ein Obdach zu haben«, sagte Madame Wu.

Jasmin schüttelte den Kopf.

»Aber aus irgendeinem Grunde kommst du doch hierher«, beharrte Madame Wu. »Ist es, weil es eine Ehre ist, unserem Hause anzugehören, auch wenn du im Hinterhof wohnen mußt?«

Jasmins Gesicht errötete plötzlich unter der Puderschicht. »Ich hab' den Alten gern«, flüsterte sie im Jargon der Straße.

Madame Wu wußte, daß Jasmin von Herrn Wu sprach, aber sie wies sie nicht zurecht. Endlich entschlüpfte dem Mädchenherzen die neugeborene Wahrheit.

»Er ist viel älter als du, Kind«, sagte Madame Wu.

»Ich liebe alte Herren«, sagte das Mädchen zitternd.

»Warum zitterst du?« fragte Madame Wu. »Du brauchst vor mir nicht zu zittern.«

»Ich habe noch nie jemanden kennengelernt, der nobel war«, sagte das Mädchen ängstlich. »Er ist sehr nobel.«

»Was meinst du mit ›nobel‹?« fragte Madame Wu. Sie selbst hätte nie diesen Ausdruck auf Herrn Wu angewendet. Impulsiv, ungeduldig, eigensinnig, dumm, manchmal gutmütig, immer egoistisch – das waren lauter passende Bezeichnungen für ihn, aber nobel? Nein.

»Ich meine – nobel«, sagte Jasmin. Sie hob den Arm. »Hier, dieses Armband! Reines Gold. Ein junger Mann hätte mir eines aus vergoldetem Messing gegeben und geschworen, es ist echtes Gold. Es würde nicht länger halten, als bis er mich verläßt. Nein, der Alte hat mir solides Gold geschenkt.« Sie biß hinein und zeigte Madame Wu die Spuren ihrer Zähne: »Sehen Sie?«

»Ja, es ist Gold«, bestätigte Madame Wu.

Das Mädchen setzte sich wieder hin und legte das Armband um den Arm. »Wenn ich kein Kind bekomme –«, begann sie.

»Ein Kind – das ist nicht wichtig«, sagte Madame Wu.

Während Madame Wu weitersprach, schielte Jasmin aus dem Augenwinkel zu ihr hin. »Wichtig ist: wirst du das Glück dieses Hauses vermehren oder es vernichten?«

Jasmin hob eifrig den Kopf. »Ich bringe Glück, das verspreche ich Ihnen, gnädige Frau –.«

»Ich werde mich morgen entscheiden«, sagte Madame Wu. Dabei stand sie auf, Ying kam in den Garten gelaufen und führte das Mädchen hinaus.

Als sie fort war, ging Madame Wu längs eines Pfades von Sonnenlicht, das jetzt auf den Fliesen lag, auf die Tür zu. Das Licht blendete sie, aber es wärmte ihr die Füße. Ich habe richtig gehandelt, dachte sie, einigermaßen über sich selbst verwundert. Woher nahm ich den Verstand, so richtig zu handeln?

Und dann verstand sie sich selbst. Wenn Jasmin Herrn Wu wirklich liebt, dann muß auch diese Liebe erlaubt sein. Liebt Herr Wu auch Jasmin? Wenn ja, dann wird das Glück des Hauses wirklich vermehrt werden.

»Wenn ich ausgeruht bin«, sagte sie zu Ying, die, sich die Hände abstaubend, hereinkam, »gehe ich in den Hof des Vaters meiner Söhne.«

Madame Wu erwachte zu ihrem gewohnten vollen Bewußtsein; das Herz war ruhig und heiter. Ihr Leben lang hatte sie um Ruhe und Heiterkeit gekämpft. Nun fühlte sie, daß sie es nie wieder nötig haben werde, sich zu irgend etwas zu zwingen.

André, sagte sie zu sich selber, ist es nicht merkwürdig, daß du sterben mußtest, bevor ich dich kennenlernen konnte?

Es ist nicht merkwürdig, lautete seine Antwort in ihren

Gedanken. Mein mächtiger Körper hat zwischen uns gestanden. Du mußtest ein Gesicht, eine Gestalt ansehen, mit denen ich in Wirklichkeit nichts zu tun hatte. Jetzt bin ich ganz ich selber.

Gerade ausgestreckt lag Madame Wus makelloser Körper in ihrem Bett. Der strenge Raum war genau so, wie er gewesen, als sie die Augen zum Schlafe geschlossen hatte. Nur in ihrem Gehirn hörte sie, wie Andrés Stimme ihre Fragen beantwortete. Es war vielleicht nichts anderes als eine Wahnidee, hervorgerufen durch seinen Tod und durch ihre Entdeckung, daß sie ihn liebte. Im Verlaufe weniger Sekunden zu erkennen, daß sie einen Mann liebte, der eben gestorben war, das genügte wohl, um Himmel und Erde zu erschüttern.

Ich weiß nicht, was ich von nun an sein soll, dachte sie.

Mit beunruhigtem Ausdruck kam Ying ins Zimmer. »Der Vorderhof ist voll von Bettelkindern«, sagte sie mürrisch. »Und die Dirne sitzt wieder in der Eingangshalle. Sie sagt, Sie hätten nach ihr geschickt.«

Madame Wu lachte. Sie warf die seidene Daunendecke von sich. Dann stand sie auf und ließ sich von Ying waschen und ankleiden. Aber sie lehnte das graue Seidenkleid ab, das Ying für sie zurechtgelegt hatte. Vielmehr wählte sie eines in Altrosa, das sie am Tage vor ihrem vierzigsten Geburtstag beiseitegelegt hatte, in der Absicht, nie wieder solche Farben zu tragen.

Es war unrecht von mir, es wegzulegen, dachte sie, als sie sich im Spiegel erblickte. Ihre natürliche Eitelkeit regte sich. Schade, daß er mich nicht in diesem Kleid gesehen hat, dachte sie. Sie lächelte ihrem Spiegelbild zu.

Madame Wu ging in die Bibliothek. Mit kühlem Verstand gesehen, hätte sie gerade heute ihr Leben voller ungelöster Probleme finden müssen. Zwanzig Kinder warteten auf dem Hof, die junge Dirne saß in der Eingangshalle, und Herr Wu machte ihr mehr Sorgen denn je. Dann das Neugeborene mit seiner Mutter Ch'iuming, ihre eigenen Söhne und deren Frauen. Aber sie empfand keine Spur ihrer gewohnten Scheu vor Menschen. Es wurde ihr klar, daß sie zum erstenmal in ihrem Leben gegen niemanden Abneigung fühlte. Zeit ihres Lebens hatte sie ihre Abneigung gegen Menschen bekämpft. Keiner war völlig nach ihrem Geschmack. Sie hatte ihre Mutter nicht gemocht, wegen ihrer Unwissenheit und ihrer Neigung zum Aberglauben. Den Vater hatte sie geliebt, oder hatte ihn zu lieben geglaubt, aber auch gegen ihn empfand sie Abneigung, weil sein Herz weit weg war und sie ihm niemals nahekommen konnte. Und obgleich Herr Wu, als sie ihn heiratete, ein hübscher junger Mann war, gab es doch geheime Winkel seines Wesens, die ihr unsympathisch waren. Selbst wenn sie seine Leidenschaft geteilt hatte, war sie sich stets gewisser Berührungen und Gerüche bewußt, und sie fühlte sich durch seine Umarmung geschändet, auch wenn sie sie gestattete.

Wenn André noch gelebt hätte, als ich meine Liebe entdeckte, wer weiß, ob ich –.

Ehe sie noch den Gedanken aussprechen konnte, kam als Antwort ein anderer Gedanke: Du siehst, wie weise der Tod ist! Er beseitigt den Körper eines Menschen und gibt seinen Geist frei.

Wenn ich aber jünger wäre, gab sie ihm zu denken, würde ich mich dann mit deinem Geist zufriedengegeben haben?

Sie schaute auf die glatten grauen Fliesen des Fußbodens hinab. Wäre es ihr, als sie noch jung war, möglich gewesen, einen Ausländer zu lieben? Denn André war ja ein Ausländer, ein Mensch aus einem anderen Land, von anderem Blut. Sie versuchte sich ihn jung und leidenschaftlich vorzustellen, leidenschaftlich, wie Männer es eben sind, und das Blut stieg ihr in seltsamer Erregung zu Kopf.

Ying kam mit dem Frühstück herein und stellte es, eine nette Reihe von Schüsseln, auf den Tisch. Madame Wu griff zu den Eßstäbchen.

»Haben die Kinder auf dem Hof zu essen bekommen?« fragte sie.

»Nein, gnädige Frau«, sagte Ying ernst. »Für so viel Essen ist kein Auftrag gegeben worden.«

»Dann gebe ich den Auftrag jetzt«, sagte Madame Wu milde. »Laß sofort für ihr Mittagsmahl Reis kochen, Brot kaufen und Tee machen.«

»Ein Glück, daß es nicht regnet«, sagte Ying. »Wir wären in großer Verlegenheit, wenn wir so viele Menschen unter unserem Dach unterbringen sollten.«

»Es ist hier Platz für alle«, sagte Madame Wu.
Zu Mittag hatte Ying große Eimer mit Reis auf den Hof gestellt, und als Madame Wu hinauskam, sah sie die kleinen Mädchen beglückt essen und die kleineren füttern, indem sie ihnen den Reis in die offenen Münder schoben.
»Jetzt, da euer Vater fort ist, bin ich eure Mutter«, sagte Madame Wu lächelnd.
»Alle sind meine Kinder«, sagte sie, wobei sie sich darüber wunderte, daß dies ihre Worte sein konnten. Beim Klang ihrer Stimme liefen die Kinder zu ihr hin, um sie zu umarmen, sie zu berühren, sich an sie zu schmiegen.
»Euer Vater hat sein Bestes für euch getan«, sagte sie lächelnd, »aber ihr braucht auch eine Mutter.«
Schweigende Zuschauer umstanden den Hof. Die Bediensteten des Hauses hatten einen Vorwand gesucht, um hier vorbeizukommen, stehenbleiben und zuschauen zu können, aber die Kinder und die geringeren Verwandten taten gar nicht erst so, als ob sie hier etwas zu tun hätten. Mit offenem Mund starrten sie diese unbekannte Madame Wu an. Schließlich stand Jasmin auf, die des Wartens in der Eingangshalle müde geworden war, und kam in den Hof; hinter ihr kam ihre Dienerin. Jasmin war entschlossen, energisch aufzutreten und die Rechte einer Frau zu fordern, die die Hoffnung auf einen Sohn des Hauses in sich trägt.
Aber statt der strengen, stolzen Dame, die zu sehen sie erwartet hatte, erblickte sie eine scharmante schöne Frau, lachend inmitten einer Schar von Bettelkindern. Auf die Bewegung hinter den Pfeilern der Veranda hin schaute Madame Wu auf, und ihre Blicke begegneten sich.
»Du siehst, ich habe viele Kinder«, sagte Madame Wu lächelnd, »aber ich habe dich nicht vergessen. Wenn ich Anordnungen getroffen habe, wo sie schlafen und spielen sollen, will ich mit dir sprechen.«
Ganz hinten in dem Gebäudekomplex der Familie Wu stand ein großer alter Tempel, von einer Ahnfrau des Geschlechts vor zweihundert Jahren erbaut. Sie hegte den Wunsch, nach dem Tode ihres Gatten Nonne zu werden, wollte aber das Haus nicht verlassen, um in einem öffentlichen Tempel zu wohnen. Also errichtete sie im Schutze des Hauses einen schönen Tempel, in welchem sie mit den Göttern lebte, bis

sie, nahezu hundert Jahre alt, starb. Seither hatte man zur Pflege des Tempels einen Priester bestellt, der mindestens fünfzig Jahre alt sein mußte – wegen der vielen jungen Frauen im Hause.

Obwohl Madame Wu ungläubig war, hatte sie dennoch den Priester in seinen Diensten belassen und den Tempel erhalten, indem sie alle zehn Jahre die Vergoldung der Götter bezahlte und einmal des Jahres einen Betrag für Weihrauch auswarf. Die Mitglieder der Familie, die dazu Lust hatten, konnten hier ihre Andacht verrichten, und man betrachtete es als einen Vorteil, daß die Frauen nicht genötigt waren, auswärtige Tempel aufzusuchen und sich vielleicht lüsternen Priestern auszusetzen.

Zu diesem Tempel führte sie jetzt die Kinder. An der breiten steinernen Schwelle blieb sie einen Augenblick stehen. Zwei mächtige Götterbilder ragten zu beiden Seiten des Tores – das eine schwarz, das andere weiß.

Wird nicht André sich durch diese Götter beleidigt fühlen? fragte sie sich. Seine Religion kennt solche Götter nicht.

Sie glaubte sein herzhaftes Lachen zu hören – es hallte wider von den bemalten Dachbalken zu Häupten der Götterbilder.

Sie antwortete mit einem Lächeln und trat über die hohen hölzernen Stufen in den Tempel. Es roch nach Weihrauch und Lilien. Weihrauch wurde vor den Götterbildern verbrannt. Lilien blühten im Hof. Der alte Priester kam, als er Schritte hörte, aus seiner Küche gelaufen. Er hatte Gras angezündet, um sein Essen zu kochen, und Gesicht und Hände waren berußt.

Verwundert starrte er die Kinderschar und Madame Wu an.

»Ich bringe Geschenke«, sagte sie. »Sagt ihm, wie ihr heißet, Kinder!«

Mit ihrer weichen, fröhlichen Stimme nannten sie ihm, eines nach dem anderen, ihre Namen.

Nun hatte der alte Priester bereits erfahren, was sich ereignet hatte. Er begriff, daß Madame Wu vor dem Angesicht des Himmels Gutes tun wollte, und das konnte er nicht verhindern, so schwer es ihm auch fiel. Er verbeugte sich, faltete die berußten Hände und zog sich von einem Götterbild zum anderen zurück, während er Madame Wu den Weg freigab, die raschen Schrittes durch die Räume des Tempels ging und sie, aus denen bisher nur stumme Götter auf die Höfe der Familie Wu hinausgeblickt hatten, ihrer neuen Bestimmung zuwies.

»Dieser Raum ist für die Kleinen«, sagte sie, »weil hier die Göttin der Barmherzigkeit steht – sie wird an meiner Stelle nachts über euch wachen. Dieser Raum hier ist für die Großen, weil hier Platz für alle ist – ihr müßt mithelfen, ihn sauber zu halten.«

»Wo werden wir schlafen, Mutter?« fragten Madame Wus Kinder.

»Am Abend werden hier Betten stehen«, sagte sie. »Vorerst aber müßt ihr den ganzen Tag spielen.«

Die Kleinen zufrieden wissend, ließ Madame Wu sie bei den Göttern zurück.

Jasmin schürzte den roten Mund und starrte auf den Zipfel ihres geblümten Seidentuches. Der eine Zipfel war an einem Glasknopf an der linken Schulter befestigt, und es hing wie eine Schärpe herab. Mit diesem Tüchlein verhüllte sie das Gesicht oder spielte damit, wenn sie ihrem Gesprächspartner in die Augen sehen wollte.

»Es fällt mir schwer zu sprechen«, sagte sie zu Madame Wu.

»Es gibt ja nicht viel zu sagen«, erwiderte Madame Wu.

»Doch, es gibt eine Menge zu sagen«, erklärte Jasmin keck. »Wenn ich auch jetzt noch kein Kind bekomme, werde ich eins bekommen.«

Madame Wu sah sie interessiert an. »Du müßtest imstande sein, ein sehr dickes, schönes Kind zur Welt zu bringen«, sagte sie. »Du siehst kräftig aus.«

Jasmin war verdutzt. »Aber wie wird meine Stellung im Hause sein?« wollte sie wissen.

»Welche Stellung wünschest du?« fragte Madame Wu.

»Ich will die dritte Gattin sein«, sagte Jasmin energisch. Es war merkwürdig, daß eine so junge und hübsche Person so energisch auftreten konnte. Aber ihre runden, glänzenden Augen, die gerade kleine Nase, die roten Backen und der kleine, volle Mund – alles wurde energisch und lebhaft zugleich.

»Warum nicht?« entgegnete Madame Wu liebenswürdig.

»Haben Sie nichts dagegen?« flüsterte Jasmin. Der energische Ausdruck verschwand aus ihrem Gesicht, seine Züge wurden weicher.
»Warum sollte ich etwas dagegen haben?« fragte Madame Wu schlicht.
»Sie meinen, ich kann hier wohnen – in diesem großen Haus –, ich kann die dritte Gnädige genannt werden – und wenn mein Kind –.«
»Ich möchte nicht haben, daß ein Kind unseres Hauses unehelich zur Welt kommt«, sagte Madame Wu. »Das wäre unseres Namens unwürdig. Du bist das Gefäß, das den Samen empfängt. Du mußt geehrt werden.«
Jasmin starrte sie mit ihren runden schwarzen Augen an; dann begann sie unter lautem, heftigem Schluchzen zu weinen. »Ich dachte, Sie würden mich hassen«, keuchte sie. »Ich war auf Ihren Zorn gefaßt. Jetzt weiß ich nicht, was ich tun soll.«
»Du brauchst gar nichts zu tun«, sagte Madame Wu ruhig. »Ich werde dich von einer Magd nach deinen Zimmern führen lassen. Es sind kleine Zimmer, weißt du, sie liegen zur Linken vom Hofe meines Herrn. Seine zweite Frau wohnt zur Rechten. Ihr braucht euch nicht zu begegnen. Nun will ich selbst zu meinem Herrn gehen und ihm sagen, daß du kommst.«
Nach einigem Zögern sagte sie mit köstlicher Offenheit: »Du wirst finden, daß er sehr genau ist. Wenn er seine Silberpfeife auf deinem Tisch liegen läßt, so ist das seine Botschaft. Entfernt er sich mit der Pfeife in der Hand, dann ärgere dich nicht. Das verlange ich von dir als Entgelt für das Obdach. Bringe keinen Ärger in unser Haus.«
Ihr Blick fiel auf das stumpfsinnige alte Weib, das die ganze Zeit wortlos neben Jasmin gesessen hatte. »Ist das deine Mutter?«
Die Alte öffnete den Mund, um zu sprechen, aber Jasmin kam ihr zuvor. »Sie gehört zu dem Haus, aus dem ich komme.«
»Dann schicke sie zurück«, sagte Madame Wu. Sie griff in den Busen, holte ein paar Silbermünzen hervor und legte sie auf den Tisch. Dort glänzten sie so auffallend, daß der Frau nichts übrigblieb, als aufzustehen und sich immer wieder zu verbeugen.

Jasmin aber machte dem allem ein Ende, indem sie sich vor Madame Wu auf die Knie warf und mit der Stirn den Fußboden berührte. »Man sagt mir, Sie seien gerecht, aber jetzt weiß ich, daß Sie auch gut sind!«
Madame Wu errötete. »Wärest du an einem anderen Tag gekommen, dann hätte ich mich vielleicht nur geärgert«, sagte sie aufrichtig. »Der heutige Tag aber ist anders als alle vorhergehenden Tage.«
Sie erhob sich, ohne das Mädchen emporzuziehen, und ging rasch aus dem Zimmer.
Ich bin eine verdorbene Frau, sagte sie zu sich. Es ist mir gleichgültig, wie viele Frauen in diese Höfe kommen. Mein eigenes Herz ist voll.
Sie hielt inne, auf eine Antwort wartend. Aber es kam keine Antwort, es sei denn, daß der vollkommene Friede ihres Herzens eine Antwort war. Hätte ich dich gefunden, als du noch lebtest, hätten wir dann beide geschwiegen?
Noch immer antwortete er nicht, und sie lächelte zu seinem Schweigen. Selbst als Geist scheute er die Liebe. Die Gewohnheiten des Lebens dauerten fort. Einen Augenblick später wurde das Schweigen gebrochen. Als sie den Haupthof betrat, sah sie dort drei Männer stehen. Es waren anständig aussehende, wohlgekleidete Männer, sie kehrten ihr, als sie hereinkam, den Rücken zu und taten, als sähen sie sie nicht – als ob sie eine junge Frau wäre. Es war ein angenehmes Kompliment, aber sie lehnte es ab.
»Ich bin Madame Wu«, sagte sie. »Wünschen Sie etwas?«
Daraufhin wandten sie sich zur Seite, und der älteste antwortete mit größter Höflichkeit, immer noch ohne sie anzusehen.
»Es ist Madame Wu, die wir suchen«, sagte er. »Wir sind gekommen, um zu fragen, ob der Tote nicht irgendwie gerächt werden soll. Diese Grüne Bande ist eine Gefahr für unsere ganze Stadt, aber bisher haben die Banditen noch nie einen Menschen umgebracht. Allerdings war es nur ein Ausländer und ein Priester, aber wenn sie heute anfangen, Ausländer und Priester zu erschlagen, werden sie morgen uns erschlagen. Sollte die Stadt nicht im Namen des Fremden Gerechtigkeit verlangen? Wenn ja – wollen Madame die Anklage erheben?«

In ihrem Innern regte sich ein Widerspruch. Sie sah Andrés Augen, die heftig jede Rache ablehnten, und antwortete unverzüglich: »Er hat oft gesagt, man muß jenen verzeihen, die nicht wissen, was sie tun. Wer sind denn diese Räuber?«

»Die Taugenichtse der Stadt, Abenteurer, Burschen, die sich nicht durch ehrliche Arbeit fortbringen wollen, sondern durch Schrecken, den sie anderen einjagen«, erklärte der älteste mit Entrüstung.

»Gibt es viele solcher Leute?« fragte sie verwundert.

Die Männer lachten, aber aus Respekt vor ihr lachten sie geräuschlos. »Heutzutage gibt es viele«, sagte einer.

»Und warum das?« fragte sie.

»Schlechte Zeiten!« Es war einer von den beiden anderen, der das Wort ergriff. Ein kleines, verschrumpftes Männchen mit gerunzeltem Gesicht, aber schwarzem Haar. Madame Wu stand in ihrem rosa Kleid im vollen Sonnenschein, und die Augen des Mannes verrieten Bewunderung. Aber das bemerkte sie gar nicht. Gegen die Bewunderung eines Mannes war sie gefeit.

»Was ist schuld an den schlechten Zeiten?« fragte sie. Sie kannte die Zeiten recht gut, aber sie stellte die Frage.

»Gnädige Frau, Sie leben hinter diesen hohen Mauern«, sagte wieder der Älteste. »Sie können nicht wissen, in welchem Aufruhr die Welt ist. Er hat seinen Ursprung in der Verderbtheit der fremden Länder. Dort droht ununterbrochen Krieg. Es gibt kein Entrinnen – für keinen von uns. Dieser Aufruhr macht überall die Jugend ruhelos. Sie fragt, weshalb man sich den alten Sitten unterwerfen soll, die sich doch über kurz oder lang ändern müssen. Neues haben sie nicht zu bieten, und so leben sie denn – das Alte verwerfend und das Neue aufschiebend – ohne Gesetz.«

Sie sah die Männer an. So sehr sie an allem anderen zweifelte – Andrés Gedanken kannte sie.

»Er will keine Rache üben«, sagte sie.

Sie verbeugten sich und gingen. Madame Wu blieb beunruhigt zurück. Sie ging, Herrn Wu aufzusuchen und zu sehen, in welcher Stimmung er sich befinde, und dabei dachte sie über die Worte der drei Männer nach. War es richtig gewesen, ihre Söhne in diese verstörten Zeiten hinauszuschicken? Wenn ich allein wäre, dachte sie, würde ich mich fürchten.

Aber sie war nicht allein. Sie fühlte sich getröstet, und da fiel ihr ein, daß sie versprochen hatte, Herrn Wu Jasmins Ankunft zu melden, und sie machte sich sofort auf den Weg.

Sie trat durch das Mondtor ein und erblickte Herrn Wu, wie er mit dem messingenen Ende seiner langen Bambuspfeife im Erdreich der Päonienterrasse stocherte. Er trug ein gefüttertes Kleid aus dunkelblauem Satin und hatte seine seidengefütterten Samtschuhe angezogen. Er war magerer geworden. In seiner Jugend war er dicklich gewesen, in seinen mittleren Jahren fast fett. Jetzt, da er, ohne schlank zu sein, an Fülle zu verlieren begann, wurde seine glatte braune Haut schlaffer.

»Geht es dir gut, Vater meiner Söhne?« fragte sie artig.

»Sehr gut, Mutter meiner Söhne«, erwiderte er und fuhr fort, in der Erde herumzustochern.

»Du wirst deine Pfeife verderben«, bemerkte sie.

»Ich untersuche die Wurzeln der Päonien – ich will sehen, ob sie fest sind«, antwortete er. »Es hat so viel geregnet, daß ich fürchte, sie könnten verfaulen.«

»Auf diesen Terrassen ist für guten Wasserablauf gesorgt«, erwiderte sie. »Ich habe – du erinnerst dich doch – im Jahr, als Tsemo zur Welt kam, die Ziegel legen lassen. Wir haben die Mauern erhöhen lassen, damit ich von meinem Bett aus die Orchideen sehen kann.«

»Du erinnerst dich an alles«, sagte er. »Wollen wir drinnen oder draußen sitzen? Vielleicht lieber drinnen? Der Wind ist tückisch. Er kräuselt sich auf dem Boden und macht einem kalte Füße.«

Sie merkte mit Verwunderung, daß sie sich in Herrn Wus Gegenwart gar nicht fremd vorkam.

Sie folgte Herrn Wu ins Hauptzimmer, wo der Sonnenschein in einem großen Viereck auf den Fliesen neben der offenen Tür lag. Ihre Gefühle für ihn waren unverändert. Und bei diesem Gedanken begann er ihr leid zu tun. Ein Jammer, daß sie nicht imstande gewesen, ihn zu lieben. Sie hatte diesen Mann seines Lebensreichtums beraubt. Nichts von allem, was sie ihm gegeben, weder ihr Leib noch ihre Söhne, konnten ihn für ihr liebeleeres Herz entschädigen. Ihre einzige Entschuldigung war, daß man sie ohne

ihren Willen verheiratet hatte und daß sie ihr Bestes getan hatte.
»Ich habe eben mit Jasmin gesprochen«, sagte sie ruhig. Sie ließ sich zur Linken des Tisches an der Mittelwand des Zimmers nieder, während er seinen gewohnten Platz zur Rechten einnahm. So pflegten sie an den Abenden ihrer Ehe beisammenzusitzen, wenn sie über die Angelegenheiten dieses Hauses sprachen, das ihnen beiden gehörte.
Herr Wu beschäftigte sich mit seiner Pfeife. Madame Wu spürte mit dem ihr eigentümlichen Urteilsvermögen, daß er sich vor ihr fürchtete. In früheren Tagen würde diese Erkenntnis sie belustigt haben. Die Furcht, die andere vor ihr empfanden, war ihr nicht unangenehm gewesen – sie hatte sie als Tribut ihres Ranges akzeptiert. Jetzt aber stimmte es sie traurig, zu sehen, wie er verstohlen den Blick abwandte und wie seine rundlichen Hände leicht zitterten. Wo Furcht ist, dort gibt es keine Liebe.
»Sag mir, was du für dieses Mädchen empfindest«, sagte sie zu Herrn Wu.
Als er ihre freundliche Stimme vernahm, schaute er sie über den Tisch hinüber an, und sie entdeckte in seinen Augen eine Art Schüchternheit, die sie an ihm nicht gekannt hatte.
»Ich weiß, wie das Mädchen dir vorkommt«, sagte er. »Natürlich ist sie in jeder Hinsicht minderwertig – das sehe ich auch. Aber sie tut mir sehr leid. Was für Möglichkeiten hat sie denn schließlich gehabt? Ihre Lebensgeschichte ist sehr traurig – armes Ding!«
»Erzähl mir ihre Lebensgeschichte«, sagte Madame Wu freundlich.
Das große Haus war so still, als ob niemand außer den beiden darin gewesen wäre. Die Wände waren dick, und ein Hof grenzte an den anderen. In diesem großen Zimmer standen die schweren Tische und Stühle genau so, wie sie jahrhundertelang gestanden hatten, und die beiden Menschen waren nur zwei in der langen Kette von Männern und Frauen, die unter den mächtigen Balken, die das weiträumige Dach trugen, gelebt hatten. Aber nun war etwas Neues da – die Ordnung des alten Lebens war gebrochen.
»Gewiß, sie ist nichts Besonderes, diese Jasmin«, fuhr Herr Wu fort, sich gewissermaßen entschuldigend.

»Wenn sie deine Liebe gewonnen hat«, sagte Madame Wu mit ihrer merkwürdigen neugewonnenen Milde, »dann ist sie etwas Besonderes.«
Herr Wu schaute erschreckt drein. »Fühlst du dich wohl, Mutter meiner Söhne?« fragte er. »Deine Stimme klingt schwächer, als ich sie in Erinnerung habe.«
»Ich habe mich in meinem ganzen Leben noch nie kräftiger gefühlt. Erzähl mir mehr von diesem Mädchen, das du liebst.«
Herr Wu zögerte. »Ich bin nicht sicher, daß ich sie liebe«, sagte er. »Das heißt, ich empfinde für sie bei weitem nicht das, was ich immer für dich empfunden habe. Ich habe auch vor ihr nicht die Achtung, die ich vor dir habe. Ich bewundere sie nicht. Sie ist ungebildet. Ich würde sie in keiner Sache um Rat fragen.«
Als er sah, daß Madame Wus Miene wärmer war als sonst, daß ihre Augen ihn ermutigten, wurde ihm leichter. Sie war also nicht böse. »Dein gesunder Menschenverstand ist großartig!« sagte er. »Soll ich weitererzählen?«
»Bitte, ja, Vater meiner Söhne. Sage mir, wie sie auf dich wirkt. Vielleicht kann ich dir dann helfen, dir darüber klarzuwerden, ob du sie wirklich liebst.«
»Warum interessiert es dich?« fragte er.
»Vielleicht habe ich das Gefühl, ich habe ein Unrecht an dir begangen, als ich Ch'iuming kommen ließ«, sagte sie.
»Du hast es gut gemeint«, sagte er höflich.
»Es war egoistisch von mir«, sagte sie noch sanfter.
Es war das erstemal, daß sie zugab, etwas falsch gemacht zu haben, und das erschütterte ihn.
»Es gibt keine zweite Frau wie dich«, sagte er mit einer Spur seines alten Ungestüms. »Ich sage noch immer: wäre dein vierzigster Geburtstag nicht gewesen, ich hätte nicht gewußt, daß es in der Welt eine andere Frau gibt.«
Wieder lächelte sie. »Leider gibt es für eine Frau nur die Wahl zwischen dem vierzigsten Geburtstag – und dem Tod.« Hätte sie ihn geliebt, so würde sie eher den Tod gewählt haben, als Jasmin in diesem Hause zu sehen.
»Sprich nicht vom Tod«, sagte er, immer höflich. »Nun, du willst wissen, wie das Mädchen auf mich wirkt. Weißt du – sie bewirkt, daß ich mich stark fühle. Ja, das ist ihre Wirkung auf mich.«

»Stark?« wiederholte Madame Wu.
»Sie ist so klein, so unwissend, so schwach«, sagte Herr Wu. Ein schmerzlich-weiches Lächeln kräuselte seine Lippen. »Niemand hat sich richtig um sie gekümmert. Wirklich, sie ist ein Kind. Sie hat kein Heim. Niemand hat sie recht verstanden. Sie scheint einfach und gewöhnlich, aber sie hat doch wertvolle Eigenschaften. Ein Wesen von hoher Intelligenz ist sie nicht, verstehst du. Aber sie hat ein tiefes Gemüt. Sie braucht ständige Führung.«
Madame Wu hörte mit Verwunderung zu. In ihrem ganzen Leben hatte sie Herrn Wu nie von etwas anderem reden hören als von seinen eigenen Wünschen und Bedürfnissen.
»Du liebst sie wirklich!« rief sie aus.
In ihrem Ton klang Bewunderung mit, die Herr Wu mit Stolz und Bescheidenheit entgegennahm. »Wenn das Liebe ist, was ich sagte, dann liebe ich sie wirklich.«
Noch nie waren sie einander so nahe gewesen wie jetzt. Sie hatte nicht gewußt, daß er so viel Herz besaß. Auch war er gleichsam ein neuer Mensch geworden. Diese Einsicht erfüllte sie mit Erstaunen. Daß ein Mann wie André Liebe in ihr erwecken konnte, das war ihr nicht verwunderlich; daß aber Jasmin, dieses gewöhnliche, rotbackige Straßenmädchen, dieses Geschöpf aus Unwissenheit und sinnlicher Naivität, in Herrn Wu ein fast ebenso starkes Gefühl hervorrufen konnte, das war ihr ein Mirakel.
»Hast du nichts dagegen?« fragte Herr Wu. Zärtlich und bittend wandte er ihr das Gesicht zu.
»Ich freue mich«, sagte sie rasch.
Sie erhoben sich gleichzeitig und begegneten sich mitten auf dem Sonnenfleck, der auf dem Fußboden lag. Ihre Wärme strömte ihm entgegen, und er erwiderte sie. Er faßte ihre Hände, und in diesem flüchtigen Augenblick waren sie eins, seine Augen schauten in die ihren. Sie sehnte sich danach, ihm zu sagen, warum sie sich freute, und warum sie einander so nahe waren. Sie sehnte sich danach, ihn wissen zu lassen, daß sie dieses Wunder in ihm – die Liebe – verstand, ob es nun durch einen großen Mann oder durch ein Mädchen aus einem Freudenhaus bewirkt wurde. Priester oder Dirne – das Wunder war das gleiche. Es hatte sie, die verborgen war in ihren verschlossenen Gemächern, erreicht und es hatte

ihn in einem Blumenhaus erreicht – es hatte sie beide verwandelt. Aber sie wußte, sie würde ihm das Mirakel niemals begreiflich machen können. Sie mußte nur helfen, es ihm vollständig zu machen.
»Eine Frau wie du – so etwas gibt es auf der ganzen Erde nicht wieder«, sagte er.
»Vielleicht wirklich nicht«, pflichtete sie bei und entzog ihm sanft ihre Hände.
In diesem Augenblick kam Ying auf sie zu. Nach alter Gewohnheit hatte sie erst um den Türpfosten gespäht, um zu sehen, was die beiden machten. Sie war erstaunt und dann erfreut, als sie sah, daß sie sich an den Händen hielten.
»Gnädige Frau, ein Mann kam ans Tor gelaufen, um zu melden, daß Madame Kang in den Wehen liegt und daß es ihr schlecht geht und daß Herr Kang um Ihre sofortige Anwesenheit als Schwester und Freundin bittet.«
Madame Wu erhob sich sofort von ihrem Stuhl, zu dem sie auf das Hüsteln hin zurückgekehrt war. »Himmel!« flüsterte sie. »Steht es so schlimm? Hat der Mann gesagt, was ihr fehlt?«
»Das Kind weigert sich, zur Welt zu kommen«, sagte Ying bekümmert. »Es will den Schoß nicht verlassen.«
»Ich muß gleich hin«, rief Madame Wu aus. Sie eilte zur Tür, blieb aber dort einen Augenblick stehen, um Herrn Wu noch etwas zu sagen: »Und du, Vater meiner Söhne, freue dich und sei getrost. Das junge Mädchen soll ohne Aufsehen in deinen Hof kommen. Ich selbst werde alle Zungen zum Schweigen bringen. Ich verlange nur eins: daß Ch'iuming die Erlaubnis bekommt, wegzugehen.«
»Ich habe nicht das geringste dagegen, daß sie dableibt«, sagte Herr Wu freundlich. »Sie ist sehr gut – und wo sollte sie denn hingehen, wenn du sie wegschickst?«
»Ich werde sie nicht wegschicken«, erwiderte Madame Wu. »Wenn ich zurückkomme, werde ich über ihr Leben entscheiden. Vorläufig soll sie in meinen Hof übersiedeln.«
Mit diesen Worten eilte sie weg, und wenige Minuten später saß sie in ihrer Sänfte, auf den Schultern der Träger durch die Straßen schaukelnd.
»Wir borgen uns euer Licht – wir borgen uns euer Licht –«, sangen die Träger im Dahinschreiten, und die Menge wich auseinander vor ihrem mahnenden Ruf.

XII

Das Haus Kang war in vollem Aufruhr. Das hörte und sah Madame Wu sogleich, als die Sänfte im äußeren Hof niedergelassen wurde. Die jungen Sklavinnen und die Bauernmägde liefen schreiend und scheltend hin und her, während die männliche Dienerschaft schweigend und bestürzt umherstand. Als der Hausverwalter Madame Wu erblickte, lief er herzu und bat sie unter Verbeugungen, sofort in den inneren Hof zu kommen. Sie folgte ihm, und bei ihrem Anblick legte sich die Aufregung. Aller Augen hingen mit neuer Hoffnung an ihr. Man kannte ihre Weisheit und vertraute auf ihre große Liebe zur Herrin des Hauses.

Im Hauptzimmer des inneren Hofes saß Herr Kang und weinte. Madame Wu hatte ihn in den vielen Jahren oft gesehen, aber nie ein Wort zu ihm gesprochen und auch nie von ihm ein an sie gerichtetes Wort gehört. Sie hatten sich über die Breite eines Zimmers voreinander verbeugt, und bei den Hochzeiten von Meng und Linyi hatten sie sich formell begrüßt, wie entfernte Verwandte es tun. Aber sie kannte ihn nur durch ihre Freundin, seine Gattin.

Das bedeutete aber, daß sie ihn sehr *gut* kannte. Sie wußte, was er gerne aß, daß er geräucherte Ente mit Wein und Knoblauch liebte, daß er Kalkeier nicht liebte, daß er sieben mit Schweinefleisch gefüllte Brötchen zu *einer* Mahlzeit verzehren konnte, daß man zwei Cattys Wein brauchte, um ihn betrunken zu machen, und daß er, wenn er betrunken war, bloß einschlief und nie ungebärdig wurde. Sie wußte, daß er stolz war auf die Zahl seiner Kinder, daß er aber, wenn eines in seiner Gegenwart weinte, es einfach wegschickte. Sie wußte, daß er jeden Abend seine Pantoffel neben dem Bett seiner Frau stehen ließ und daß es, wenn er es nicht tat, bedeutete, daß er in einem Blumenhaus war, daß seine Frau dann die halbe Nacht weinte und er sich darüber ärgerte. Sie wußte, daß er oberhalb des Herzens ein schwarzes Muttermal hatte – ein Zeichen, daß er lange leben würde. Und sie wußte, daß ihn, wenn die Nordstürme Sand aus den Wüsten brachten, die Augenlider juckten, und sie wußte, daß er auf den Wangen einen roten Ausschlag bekam, wenn er Krabben aß, daß er aber gleichwohl Krabben aß. Kurzum,

Madame Wu kannte diesen Mann durch und durch, der, die fetten Hände auf den Knien, dasaß und weinte, weil seine Frau im Sterben lag. Er aber wußte von ihr nicht mehr, als was die ganze Stadt wußte, nämlich, daß sie, als sie vierzig Jahre alt wurde, ihrem Mann eine Nebenfrau ausgesucht hatte.
Als er sie hereinkommen sah, erhob er sich, und die gelben Tränen liefen über seine runden Backen. »Sie ist – sie ist –«, begann er.
»Ich weiß«, sagte Madame Wu, ohne ihn anzusehen. Wieder würde sie sich über die Freundin gewundert haben, daß sie diesen Mann lieben konnte, aber jetzt wußte sie, wie seltsam Liebe sein kann. Rasch schob sie den Satinvorhang zur Seite, der das Zimmer vom Schlafzimmer trennte. »Wenn Sie gestatten, gehe ich gleich hinein«, sagte sie.
»Gehen Sie hinein – gehen Sie hinein –, retten Sie ihr das Leben«, schluchzte er.
Sie betrat rasch Madame Kangs Schlafzimmer. Heiß hing in der Luft der Geruch vergeudeten Blutes. Eine Öllampe flakkerte in dem Alkoven über dem breiten Bett, in welchem Madame Kang lag, und eine alte Frau stand über sie gebeugt. Zwei Mägde hielten sich in der Nähe auf – die eine zu Füßen, die andere zu Häupten der Leidenden. Madame Wu schob die letztere weg und blickte auf das totenähnliche Antlitz der Freundin hinunter.
»Meichen«, sagte sie leise.
Langsam schlug Madame Kang die Augen auf. »Du –«, flüsterte sie, »du bist gekommen –.« Ihr Gesicht legte sich in klägliche Falten. »Ich sterbe –.«
Madame Wu hielt das Handgelenk der Freundin zwischen den Fingern. Der Puls war wirklich sehr schwach; sie antwortete nicht.
»Hör auf, an dem Kind zu ziehen«, befahl sie der Hebamme.
Die Alte blickte auf. »Aber es ist ein Junge!« rief sie.
»Laß uns allein«, befahl Madame Wu. »Geht hinaus – alle!« Ihre schlanke Gestalt straffte sich.
Die Frauen starrten sie an.
Sie blieb wartend stehen, bis alle hinausgegangen waren. Dann beugte sie sich in der Stille wieder über die Freundin. »Meichen, hörst du mich?« fragte sie mit deutlicher Stimme.

Madame Kang hatte die Augen geschlossen, aber jetzt öffnete sie sie wieder mit großer Anstrengung. Sie sprach nicht, aber Madame Wu sah in den Tiefen ihrer Augen, daß sie bei Bewußtsein war.
»Du wirst ruhig hier liegen«, fuhr sie fort, »während ich dir eine Brühe zum Trinken hole. Du wirst trinken und ausruhen. Dann wirst du dich wieder kräftig fühlen. Sobald du bei Kräften bist, werde ich dir helfen, das Kind zu gebären. Wir zwei werden es ganz leicht machen.«
Die Augenlider zuckten und schlossen sich wieder. Ein unendlich schwaches Lächeln flog über Madame Kangs Lippen. Madame Wu deckte sie warm zu und ging ins Nebenzimmer. Sie sprach zu Herrn Kang.
»Ich brauche Ihre Hilfe«, sagte sie zu ihm.
»Wird sie leben?« fragte er weinend.
»Wenn Sie mir helfen«, antwortete Madame Wu.
»Alles, alles!«
»Still!« Sie unterbrach sein Gestammel.
Dann befahl sie einer Magd: »Bring mir eine Tasse von der besten Suppe, die fertig ist!«
»Kuhfleischbrühe haben wir fertig und Hühnerbrühe und eine besondere Fischsuppe.«
»Fischsuppe«, entschied Madame Wu. »Tu zwei Löffel roten Zuckers hinein. Und heiß muß sie sein.«
Sie wandte sich wieder zu Herrn Kang.
»Sie selbst werden sie ihr bringen – nicht eine von den Mägden.«
»Aber ich –«, stotterte er, »ich bin so ungeschickt – ich versichere Ihnen –,«
»Sie werden die Suppe hineintragen«, wiederholte sie.
Sie ging in das dämmerige Zimmer zurück und ergriff Madame Kangs Handgelenk. Der Puls ging wie zuvor – aber nicht schwächer. Madame Wu stand wartend da, und bald hörte sie die schwerfälligen Schritte des Herrn Kang, der auf Zehenspitzen ins Zimmer kam. Mit beiden Händen trug er das Gefäß mit der heißen Suppe.
»Wir werden die Suppe in die Teekanne gießen«, bestimmte sie. Sie leerte die Teekanne rasch in einen Messingspucknapf, nahm Herrn Kang das Gefäß aus der Hand und goß die Suppe in die Teekanne.

Dann trat sie wieder ans Bett.
»Meichen«, sagte sie, »du brauchst nur zu schlucken.«
Vorerst prüfte sie selbst die Temperatur der Suppe, dann schob sie den Schnabel der Teekanne Madame Kang zwischen die Lippen und träufelte ihr die Suppe in den Mund. Die Patientin schlug die Augen nicht auf, schluckte aber etwa fünf-, sechsmal.
»Jetzt ruh dich aus«, kommandierte Madame Wu.
Mit Herrn Kang sprach sie nicht. Sie ließ ihn stehen und warten. Sie stellte die Teekanne auf den Tisch, schlug ihre Satinärmel zurück und band sich ein Handtuch, das auf einem Stuhl hing, um die Hüften. Mit entsetzt glotzenden Augen beobachtete er sie.
»Ich sollte wohl nicht dabeisein«, flüsterte er.
Sie aber winkte ihm, näherzukommen, und schreckerfüllt gehorchte er. Er hatte viele Kinder gezeugt, aber niemals mit angesehen, was das für Folgen hatte. Leichtfertig und nur zu seinem Vergnügen hatte er seine Kinder gezeugt.
Madame Wu wandte sich wieder den Bettdecken zu und beugte sich über die Freundin.
»Meichen«, sagte sie deutlich, »strenge dich nicht an. Gönne deinem Körper Ruhe. Ich werde für dich arbeiten.«
Aber trotz dieser Worte stöhnte Madame Kang heftig auf, sowie Madame Wu das wunde Fleisch berührte. Herr Kang schlug die Hände vor den Mund und drehte den Kopf weg.
»Halten Sie sie an den Händen«, sagte Madame Wu zu ihm. »Geben Sie ihr Ihre Stärke!«
Er mußte gehorchen. Ihre großen Augen ruhten streng und hart auf ihm. Er trat vor und ergriff die Hände seiner Frau. Jetzt erst schlug Madame Kang die Lider auf. Sie spürte seine wohlvertrauten Hände in den ihren und öffnete die Augen.
»Du –«, keuchte sie, »du – Vater meiner Söhne!«
In diesem Augenblick des Erkennens faßten Madame Wus kräftige, schmale Hände das Kind, und Madame Kang kreischte auf.
Herrn Kang brach der Schweiß aus. Stöhnend umklammerte er die Hände seiner Frau. »Wenn du nur am Leben bleibst«, murmelte er zwischen den Zähnen, »ich schwöre dir, ich schwöre –.«

»Schwöre nicht –«, ächzte sie. »Ich freue mich – es ist dein Kind.«

»Neben dir bedeuten mir Kinder nichts«, rief er. »Wenn du stirbst, hänge ich mich auf.« Schweiß rann über sein Gesicht.

»Also, du – du liebst mich?« Ihre Stimme war so schwach, so leise gehaucht, daß Madame Wu einen Augenblick lang Angst bekam vor dem, was sie unternommen hatte.

»Herz meines Herzens«, sagte Herr Kang unter Tränen, »stirb nicht – stirb nicht –.«

»Ich will nicht sterben«, sagte Madame Kang laut.

In diesem Augenblick kam das Kind aus ihrem Leib heraus. Ein Blutstrom folgte, den aber Madame Wu mit Wattebauschen, die die Hebamme neben das Bett gelegt hatte, zurückstaute.

Herr Kang hielt noch immer die Hände seiner Frau fest. »Ist es vorbei?« fragte er leise.

»Alles vorbei«, sagte Madame Wu.

»Das Kind?« flüsterte Madame Kang.

Madame Wu hüllte den kleinen mißhandelten Körper in das Handtuch, das sie um die Hüften gewickelt hatte. »Das Kind ist tot«, sagte sie ruhig, »aber ihr beide braucht dieses Kind nicht.«

Sie befühlte die Teekanne – sie war noch warm. Sie führte den Schnabel an die Lippen der Freundin. »Trink!« sagte sie. »Du hast versprochen zu leben.« Madame Kang trank. Ihre Augen waren wieder geschlossen, aber als Madame Wu ihr den Puls fühlte, war er um ein wenig stärker.

Madame Wu winkte Herrn Kang, die Hände seiner Frau loszulassen. »Sie muß schlafen«, sagte sie. »Ich bleibe bei ihr sitzen. Bringen Sie das Kind weg zur Beerdigung.«

Sie legte das tote Kind Herrn Kang in die Arme, und er hielt es.

Den ganzen Tag und die folgende Nacht blieb sie hier sitzen. Mägde brachten ihr Essen und heißen Tee, aber sie ließ sie nur bis zur Tür kommen. Herr Kang kam herein, um ihr zu danken und seine schlafende Frau anzusehen. Denn Madame Kang schlief und öffnete die Augen auch dann nicht, wenn sie die warme Brühe trank. In die Brühe tat Madame Wu gewisse Kräuter, die das Blut verdickten, damit es zu fließen

aufhörte; und dazu noch den Staub von gewissen Erden, um einer Vergiftung vorzubeugen. Das alles wußte sie aus ihren alten Büchern, es waren keine allgemein bekannten Dinge.
Meng und Linyi waren ins Haus der Mutter gekommen, aber auch sie durften das Zimmer nicht betreten. Madame Wu ließ nur so viel Luft durch das Fenster eindringen, als sie für sich und ihre Freundin zum Atmen brauchte; denn der Wind war kühl, und ein Kohlenbecken wollte sie nicht bringen lassen, damit nicht der Rauch der Holzkohle die Luft verderbe.
Unter den seidenen Daunendecken schlief Madame Kang, gewaschen und sauber; alle ein bis zwei Stunden bekam sie Medizin und Brühe, und Stunde um Stunde kehrten ihre Lebensgeister zurück.
Als Madame Wu sich am Morgen des zweiten Tages des ruhigen Pulsschlages ihrer Freundin versichert hatte, verließ sie endlich das Zimmer. Draußen vor der Tür saß immer noch Herr Kang und wartete. Er hatte sich nicht gewaschen, hatte weder gegessen noch geschlafen, und alle Pose, alle Förmlichkeit, alle Falschheit waren von ihm abgefallen. Er war bis ins Innerste ermüdet, geängstigt und erschöpft. Madame Wu sah dies; er tat ihr leid, und sie ließ sich auf einen zweiten Stuhl nieder.
»Ihnen danke ich ihr Leben«, sagte Herr Kang mit hängendem Kopf.
»Ihr Leben darf nie wieder in solche Gefahr gebracht werden«, sagte Madame Wu freundlich.
»Ich verspreche–«, begann Herr Kang, aber Madame Wu erhob die Hand.
»Können Sie das Versprechen halten, wenn sie wieder gesund ist?« fragte sie. »Und wenn Sie es können, auf welche Weise werden Sie es halten? Habe ich sie nur dazu ins Leben zurückgerufen, damit sie sich zu Tode grämt, weil Sie immer wieder in die Blumenhäuser laufen? Wird es ihr ein Trost sein, daß Sie ihr das Kinderkriegen ersparen, nur um anderwärts wilden Samen zu säen? Es ist ein Unglück, daß sie Sie so sehr liebt, ohne daß auch Sie sie lieben.«
»Ich liebe sie«, protestierte Herr Kang.
Er starrte sie an, und sie erwiderte seinen Blick aus großen,

dunklen Augen. »Lieber soll sie sterben, als zeitlebens traurig zu sein«, sagte sie ruhig.
»Ich werde sie nicht traurig machen«, sagte er.
Sein Blick wurde unruhig, er zupfte mit zwei Fingern an seiner Lippe. »Ich wußte nicht –«, begann er. »Ich dachte nicht – sie hat mir nie gesagt –.«
»Für jede Frau bedeutet eine Geburt die Nähe des Todes«, erwiderte sie. »Jetzt heißt es für sie: Geburt *oder* Tod. Sie müssen Ihre Wahl treffen. Beides können Sie nicht mehr haben.«
Er bedeckte die Augen mit der Hand. »Ich wähle ihr Leben«, murmelte er. »Immer – immer –.«
Während er mit verdeckten Augen dasaß, erhob sie sich schweigend und ging aus dem Zimmer.
So kam Madame Wu nach Hause, sehr müde und ein bißchen angewidert von allem, was sie gesehen und getan hatte. Wieder ihren eigenen Hof zu betreten, ihre reinen und stillen Räume, das war ein Bad für ihre Seele. Hier hatte André mit ihr geweilt, hier war er gewandelt, hier hatte er zu ihr gesprochen. Konnte die Gemeinschaft, in der sie sich jetzt mit ihm verbunden fühlte, etwas gemein haben mit dem ungeschlachten Herzen des Herrn Kang und der Liebe zu seinem Weib?
Sie ging in die Bibliothek, und Wärme hüllte sie ein.
Hätte sie nicht die Wärme der Liebe im eigenen Herzen verspürt, nie hätte sie Meichen das Leben retten können. Der Abscheu vor dem Fleisch, der Blutgeruch, der Gestank des Todes, die Häßlichkeit von Herrn Kangs weinendem Gesicht, sein widerwärtiger dicker Körper, die Niedrigkeit seines Denkens – das alles würde sie überwältigt haben. Nun aber wußte sie, daß die Liebe sie über sie selbst hinausgehoben hatte.

Man darf nicht glauben, daß Madame Wu die Veränderung, die mit ihr vorgegangen war, in ihrem vollen Umfang erfaßt hätte. Eigentlich hatte sie das Gefühl, sie wisse von einem Augenblick zum anderen nicht, wo ihr Weg lag. Sie hatte keinen Plan. Aber sie spürte, daß sie einen hellen Pfad wandelte. Solange sie nicht von diesem Pfade abwich, würde alles gut sein. Würde sie links oder rechts in den Schatten treten, wäre sie verloren. Und das Licht, das diesen Pfad erhellte, war ihre Liebe zu André.

Als Ying ihr am nächsten Tag das kleine Mädchen brachte, dem Ch'iuming das Leben gegeben hatte, empfand sie große Zärtlichkeit für das Kind. Durch dieses winzige Wesen hatte sie Ch'iuming, eine Fremde, an das Haus Wu gebunden.

»Wo ist Ch'iuming?« fragte sie Ying.

»Sie beschäftigt sich in Küche und Garten«, antwortete Ying.

»Ist sie zufrieden?« fragte Madame Wu.

»Die kann ja nicht zufrieden sein«, erwiderte Ying. »Wir sollten sie wegschicken. Es bringt Unglück, auf Schritt und Tritt so ein trauriges Gesicht zu sehen.«

»Sag Ch'iuming, sie soll zu mir kommen«, sagte Madame Wu.

Das war an dem Morgen nach dem Tag, den sie bei Madame Kang zugebracht hatte. Gleich nach dem Aufstehen hatte sie einen Boten zu ihr geschickt, um sich zu erkundigen, wie es der Freundin gehe, und der Bote hatte gute Nachrichten gebracht.

Der Tag war still und grau. Der Sonnenschein von gestern war weg, und in der Luft hing der Geruch des Flußnebels. Mit Genuß sog Madame Wu ihn mit den Nüstern ein.

Aus dem grauen, stillen Morgen kam Ch'iuming hereingeschlüpft, durch die großen Türen, die der Kälte wegen geschlossen waren. Als sie hereinkam, blickte Madame Wu auf. Das Mädchen sah aus wie ein Stück des Morgennebels: ganz grau und still und kalt. Das blasse Gesicht war verschlossen, die Lippen waren bleich und bleich die Lider, die schwer über den dunklen Augen hingen.

Ch'iuming kam näher, blieb neben der Wiege stehen und blickte hinab; und Madame Wu sah, daß sie das Kind nicht liebte. Es war ihr fremd.

»Ist es möglich, daß du dein eigenes Kind nicht liebst?«

»Ich habe nicht das Gefühl, daß es *mein* Kind ist«, antwortete Ch'iuming.

»Du hast es doch geboren«, sagte Madame Wu.

»Gegen meinen Willen«, sagte Ch'iuming.

Die beiden Frauen schwiegen und jede betrachtete das ahnungslose Kind. In früheren Tagen würde Madame Wu der Mutter Vorwürfe gemacht haben, daß sie ihr Kind nicht

liebe; aber die Liebe belehrte sie eines Besseren, während sie schweigend dasaß.
Einmal hatte André ihr erzählt, es sei ein Kind geboren worden von einer jungen Mutter und einem unbekannten Vater, und es ging von dem Neugeborenen ein solcher Glanz aus, daß Männer und Frauen es als einen Gott anbeteten, weil es ein Kind der Liebe war.
»Wer hat die beiden gepflegt und ernährt?« hatte sie gefragt.
»Ein guter Mann namens Joseph, der die beiden anbetete und nichts für sich selber verlangte.«
»Und was wurde aus dem strahlenden Kind?« hatte sie gefragt.
»Es starb als junger Mann, aber andere Menschen haben ihn nie vergessen«, hatte André geantwortet.
In der Erinnerung an diese Worte fühlte sie sich erleuchtet. Warum liebte Ch'iuming das Kind nicht? Nur weil sie den Vater, Herrn Wu, nicht liebte. Und wie konnte sie wissen, daß sie Herrn Wu nicht liebte, es sei denn, daß sie einen anderen liebte?
»Wen liebst du?« fragte sie Ch'iuming plötzlich.
Es überraschte sie nicht, daß die junge Frau lebhaft errötete. Sogar ihre kleinen Ohren wurden rot.
»Niemanden«, sagte sie, und das war so offensichtlich eine Lüge, daß Madame Wu lachen mußte.
»Wie soll ich dir glauben?« sagte sie. »Deine Wangen und sogar die Ohren sprechen die Wahrheit. Fürchtest du, auch deine Lippen sie aussprechen zu lassen? Du liebst das Kind nicht – das heißt, daß du den Vater nicht liebst. Soll ich dir daraus einen Vorwurf machen? Ich weiß, welches Unrecht ich begangen habe. Aber als ich dich ins Haus brachte, da wußte ich selbst noch nichts von Liebe. Ich dachte, man könnte Männer und Frauen paaren, wie man Männchen und Weibchen bei den Haustieren paart. Nun weiß ich, daß Mann und Frau einander hassen, wenn sie wie Tiere gepaart werden. Wir können uns vereinen ohne Berührung der Hände, ohne den Blick der Augen. Wir können lieben, auch wenn das Fleisch tot ist. Es ist nicht das Fleisch, das uns aneinanderbindet.«
Das war eine so seltsame Rede, so ungeheuerlich aus Madame Wus Munde, deren Worte stets so einfach und prak-

tisch gewesen, daß Ch'iuming sie anstarrte wie eine Geistererscheinung. Aber Madame Wu war alles eher als eine Geistererscheinung. Sie war von einem neuen Leben erfüllt — das merkte Ch'iuming.

»Komm«, sagte Madame Wu, »sag mir den Namen, der in deinem Herzen wohnt.«

»Ich sterbe vor Scham«, erwiderte Ch'iuming, den Saum ihres Kleides zwischen Daumen und Zeigefinger faltend.

»Ich werde dich nicht vor Scham sterben lassen«, sagte Madame Wu gütig.

Also überredet, wenn auch mit vielem Zögern und Zweifeln, sprach Ch'iuming stockend ein paar Worte: »Sie haben mich — dem Alten als Nebenfrau gegeben — aber —.« Hier hielt sie inne.

»Aber es ist ein anderer da, und es wäre dir lieber gewesen, man hätte dich ihm gegeben«, half Madame Wu ihr weiter, und Ch'iuming nickte.

»Einer in diesem Hause?« fragte Madame Wu.

Wieder nickte Ch'iuming.

»Einer von meinen Söhnen?«

Diesmal schaute Ch'iuming zu ihr auf und begann zu weinen. »Es ist Fengmo«, sagte Madame Wu. Sie wußte es, und Ch'iuming fuhr fort zu weinen.

Welch ein Durcheinander, welch eine Verwirrung zwischen Männern und Frauen, sagte Madame Wu zu sich selber.

»Weine nicht mehr«, sagte sie zu Ch'iuming. »Das alles ist meine Sünde, und ich muß sie irgendwie gutmachen. Aber es ist mir noch nicht klar, was geschehen soll.«

Da fiel Ch'iuming auf die Knie und stützte die Hände auf den Fußboden. »Ich sagte ja, ich werde vor Scham sterben«, flüsterte sie. »Lassen Sie mich sterben — ein Geschöpf wie ich hat keinen Zweck.«

»Jedes Geschöpf hat seinen Zweck«, erwiderte Madame Wu, Ch'iuming emporhebend. »Es ist gut, daß ich es weiß. Nun bitte ich dich, warte geduldig hier im Hause. Es wird mir eine Erleuchtung kommen, und ich werde wissen, was ich für dich tun soll. Inzwischen hilf mir, die Findlinge, die ich ins Haus genommen habe, zu betreuen. Sie sind nun einmal da, und ich habe nicht genug Zeit, nach ihnen zu sehen.«

Bei diesen Worten trocknete Ch'iuming sich die Augen. »Ich

werde die Findlinge behüten, gnädige Frau«, sagte sie. »Warum auch nicht? Es sind Schwestern von mir.« Sie bückte sich und hob ihr Kind aus der Wiege. »Ich nehme dieses Kind mit mir – es ist auch ein Findling – eine Waise wohl, weil seine Mutter es nicht liebt, das arme Dingchen.«

Madame Wu gab keine Antwort. Wo für Ch'iuming das Glück zu finden sei, das wußte sie nicht. Die Zeit mußte es an den Tag bringen.

Tage, Wochen, Monate vergingen; Madame Wus Gedanken beschäftigten sich von den zentralen Räumen des Hauses aus mit der Familie.

Wäre ich böse, dachte sie eines Tages, dann könnte man mich mit einer Spinne vergleichen, die ihr Netz über das ganze Haus spinnt ...

Im Bambus sang ein Vogel. Sie hörte seine ungewohnte Stimme und wußte, was für ein Vogel es war. Zweimal des Jahres kam der braune Bülbül aus Indien hier vorbei. Seine Stimme war melodiös, aber rauh. Er kündigte den Frühling an – weiter nichts.

Sie sann weiter. Und woher weiß ich denn, daß ich nicht böse bin? Woher weiß ich, daß das, was ich für gut halte, wirklich gut ist?

Gewohnheitsmäßig richtete sie diese Frage an Andrés Erinnerungsbild.

Eines Tages, sie entsann sich recht wohl, hatten sie hier in der Bibliothek gesessen, dort wo sie jetzt saß, er an der einen Seite des großen geschnitzten Tisches, sie ihm gegenüber, so daß sie einander ins Gesicht sahen, aber mit dem Tisch zwischen ihnen und beide mit dem Blick auf die offenen Türen, die in den Garten führten. Es war ein schöner Tag wie der heutige, die Luft war außerordentlich klar und der Sonnenschein so stark, daß die sonst grauen Steine, mit denen der Hof gepflastert war, in blauen und rosigen Farben mit silbernen Adern leuchteten. Die Orchideen blühten in dunklem Violett. Im Teich schossen die Goldfische umher und flitzten gegen die schräg ins Wasser fallenden Sonnenstrahlen.

André hatte ihr eine uralte Legende vom Sündenfall der Menschen erzählt. Er kam, so sagte er, zustande durch die

Hand einer Frau namens Eva, die dem Mann die verbotene Frucht reichte.
»Wie sollte die Frau wissen, daß die Frucht verboten war?« hatte Madame Wu gefragt.
»Ein böser Geist in Gestalt einer Schlange flüsterte es ihr zu«, hatte André gesagt.
»Warum ihr und nicht dem Mann?« war ihre nächste Frage gewesen.
»Weil er wußte, daß ihr Sinn und ihr Herz nicht auf den Mann gerichtet waren, sondern auf die Fortsetzung des Lebens«, hatte er geantwortet. »Des Mannes Sinn und Herz war auf sich selbst gerichtet. Er war zufrieden, indem er träumte, er besitze das Weib und den Garten. Warum sollte er weiter versucht werden? Er hatte alles. Das Weib aber konnte immer wieder versucht werden durch den Gedanken an einen schöneren Garten, an größeren Raum, an größeren Besitz, weil sie wußte, daß aus ihrem Leib noch viele, viele Lebewesen kommen würden, und für diese schmiedete sie Pläne. Die Frau dachte nicht an sich selber, sondern an die vielen, die sie hervorbringen wird. Um dieser vielen willen wird sie immer wieder in Versuchung geraten.«
Sie hatte ihn angeschaut. Wie gut erinnerte sie sich der tiefen, traurigen Weisheit in seinen dunklen Augen! »Wie kommt es, daß Sie die Frauen so gut kennen?« hatte sie gefragt.
»Weil ich einsam lebe«, war seine Antwort. »Ich habe mich frühzeitig befreit.«
»Und weshalb haben Sie sich befreit?« fragte sie. »Weshalb haben Sie sich aus dem Strom des Lebens zurückgezogen? Gehören wir denn nicht alle in diesen Strom? Kann es richtig sein, daß jemand sich daraus befreit?«
Es war das einzige Mal in all den Monaten, daß sie ihn zweifelnd angesehen hatte. »Sie haben mir die Frage gestellt, die ich mir selber nie beantworten konnte«, hatte er erwidert. »Zuerst habe ich mich aus Eitelkeit befreit. Ja, das weiß ich und gebe es zu. Als ich noch so war wie andere Männer, im Begriff zu heiraten und Kinder zu zeugen, glaubte ich mich von einer Frau geliebt. Aber Gott gab mir Einsicht in das Wesen des Menschen, eine Einsicht, die zu scharf war für mein eigenes Glück. Ich sah sie wie Eva,

stets bedacht auf andere menschliche Wesen, die sie hervorbringen wird – freilich mit einiger Hilfe von meiner Seite –, die sie aber trotzdem in ihrem eigenen Leibe erschaffen wird. Und ich sah meinen geringen Anteil, eine so kurze Befriedigung des Fleisches, ich sah mich mein Leben lang zubringen mit Ackern und Graben, wie Adam, damit unser Garten größer, die Früchte reicher würden. So fragte ich mich, ob *ich* es war, den sie liebte, und die Antwort lautete: Vielleicht – aber nur für den Augenblick, weil sie meine Dienste braucht. Und ich sagte mir: Soll ich nicht lieber Gott dienen, der nichts von mir verlangt, als redlich zu handeln und in Demut vor ihm zu wandeln? An jenem Tag wurde ich Priester.«

»Und sind Sie glücklich geworden?« hatte sie ihn, ein wenig boshaft, gefragt.

»Ich habe mich selbst besessen«, hatte er geantwortet...

Nun, allein in der Bibliothek, in der sie sich jetzt immer aufhielt, weil auch er hier gegenwärtig war, dachte sie über den Mann und die Frau nach.

Mild und weich strich die Luft herein zu der Einsamen; es war windstill. Aus der Spalte zwischen der Ziegelmauer und den Steinfliesen kam eine blaugeschwänzte Eidechse hervor und wärmte sich in einem Streifen Sonnenlicht. Madame Wu saß so still, daß die Eidechse sie für ein Stück des Zimmers hielt; sie wandte das flache Köpfchen hin und her und turnte mit ihrem leuchtenden Schwanz. Die Augen waren glänzend und ausdruckslos. Madame Wu rührte sich nicht. Es bedeutete Glück, so kleine, harmlose Tiere im Hause zu haben. Sie hatten die Empfindung, das Haus sei etwas Ewiges, und schlugen darin ihre Wohnstätte auf.

Die Eidechse spielte, und Madame Wu hing regungslos ihren Gedanken nach. Das also ist die Unzufriedenheit, die zwischen Mann und Frau herrscht. Der Mann glaubt an seine eigene individuelle Bedeutung, die Frau aber weiß, daß sie an sich nichts bedeutet, sofern sie nicht ihre Aufgabe – die Schaffung neuen Lebens – erfüllt. Und weil die Männer die Frauen als einen Teil ihrer selbst lieben, die Frauen aber die Männer nur lieben, weil sie zur Schaffung neuen Lebens unentbehrlich sind, stehen wir vor einem Gegensatz, der den Mann in alle Ewigkeit unbefriedigt lassen wird. Er kann die Frau nicht besitzen, denn sie gehört bereits einer Macht, die stärker ist als seine Begierde.

Einmal, als André in dem Stuhl ihr gegenüber saß, hatte sie ihn gefragt: »Ist der Mann nur Mann, ist die Frau nur Frau? Dann können sie nie zusammenkommen, da er für sein eigenes Dasein lebt, sie aber für das Leben im allgemeinen – und das sind Gegensätze.«

André hatte ziemlich ernst geantwortet: »Gott hat uns einen Rest gegeben, der ganz uns gehört, nämlich einen Teil unseres Wesens, der einfach menschlich und weder männlich noch weiblich ist. Man nennt ihn die Seele. Sie ändert sich nicht, sie ist unveränderlich. Sie umfaßt auch das Gehirn und seine Funktionen.«

»Aber das Gehirn einer Frau ist doch nicht dasselbe wie das eines Mannes?« hatte sie gefragt.

In der Erinnerung an diese seine Worte schaute sie über den Tisch hinweg. Der Stuhl war leer, sie hörte keine Stimme. Aber sein Gesicht mit dem ernsten Lächeln stand deutlich vor ihr, seine tiefe Stimme war ihr gegenwärtig wie eh und je.

»Ich *beginne* erst zu verstehen«, flüsterte sie. »Aber ich *beginne*. Und mit meiner Seele liebe ich dich.«

Ist es nicht möglich, daß zwischen Seelen Liebe und Freundschaft besteht?

»Es ist möglich«, sagte sie zu ihm.

Nun, Madame Wu war eine praktische Frau, und was sie lernte, das wendete sie auch an. In diesem Hause, das ihre Welt war, gab es zwei entgleiste Geschöpfe – das heißt, zwei, die zum Hause und somit zum Universum nicht in richtiger Beziehung standen. Diese beiden waren Rulan und Linyi.

Ohne sich zu übereilen, ließ sie viele Tage verstreichen und sah gleichwohl den Tag kommen, an dem sie mit den beiden zu sprechen entschlossen war – zuerst mit Rulan, der Älteren.

Viele Monate waren vergangen, seit Tsemo und Fengmo das Haus verlassen hatten. Es kamen regelmäßig Briefe an Madame Wu, denn die beiden waren gute Söhne. Die Briefe waren an den Vater und die Mutter gerichtet, und nachdem sie sie gelesen und über sie nachgedacht hatte, schickte sie sie Herrn Wu. Dieser las sie und sandte sie Liangmo, der, in

Vorbereitung auf den Tag, da er das Oberhaupt der Familie sein würde, in zunehmendem Maße die Geschäfte des Landbesitzes und der Verkaufsläden übernahm. Auch er las die Briefe und legte sie ins Familienarchiv.

Aus diesen Briefen erkannte Madame Wu deutlich, daß ihre beiden Söhne sich in entgegengesetzter Richtung entwickelten. Fengmo hatte gewünscht, zu Studienzwecken außer Landes zu gehen. Sie hatte ihm die Erlaubnis erteilt und ihm das Geld geschickt, das er verlangte. Es sei einigermaßen eilig, schrieb er, denn infolge der Kriegsgefahr würden die Ozeanlinien eingestellt, und wenn er nicht steckenbleiben wolle, müsse er sich einschiffen, ohne vorher die lange Landreise nach Hause zu unternehmen.

Wäre er Madame Wus einziger Sohn gewesen, dann würde sie es niemals zugegeben haben, da sie aber mehrere Söhne hatte, verlangte sie nicht von ihm, daß er vor der Abreise nach Hause komme. An einem Spätwintertag hatte er sich eingeschifft, hatte das Meer glücklich überquert, und seine Briefe trugen jetzt fremde Briefmarken und Stempel. Es waren amerikanische, aber darum kümmerte sich Madame Wu nicht. Alle fremden Länder waren ihr gleich interessant, ja überhaupt gleich, sofern sie jenseits der vier Meere lagen. Fengmo setzte die Studien fort, mit denen er bei André begonnen hatte. Zu ihrer Erleichterung sah Madame Wu, daß sie mit Priestertum und Religion nichts zu tun hatten. Sie hatten nichts zu tun mit Göttern und alles mit Menschen.

Tsemo aber hatte nicht den Wunsch geäußert, übers Wasser zu reisen. Vielmehr war er nach der Hauptstadt gefahren und hatte dort durch den Reichtum und den Einfluß seiner Familie eine gute Stellung gefunden. Dies verwunderte weder Herrn Wu noch Madame Wu selbst, der es bei aller Großzügigkeit nur selbstverständlich erschien, daß ihre Familie überall bekannt war. Dann aber teilte Tsemo in einem Brief den wahren Grund mit, warum er soviel Glück gehabt hatte. Sollte es nämlich zu dem drohenden Krieg kommen, dann würde die Regierung sich ins Innere des Landes zurückziehen, und dort würde sie in hohem Grade von den angesehenen Bürgern und ihren Familien abhängen, und in ihrer Provinz war die Familie Wu die größte und älteste. Daher wurde Tsemo vorgezogen, und er mußte die Eifer-

sucht und den Neid und einige Bosheit der anderen ertragen, die übergangen worden waren. Aber er war jung und hart und bahnte sich selbst seinen Weg.
Madame Wu konnte aus seinen Briefen nicht herauslesen, was für ein Mensch er war. Fengmo verstand sie besser. In seiner Weise öffnete er Sinn und Herz, wie sie selbst es getan hatte. Er wuchs zu einem Mann heran, und mehr als das: sein eigener »Rest«, wie André es genannt hatte, wuchs gleichfalls. Tsemo aber war besessen. Wovon er besessen war, wußte sie nicht.
Die Angelegenheit Tsemo wurde beschleunigt durch die unerwartete Nachricht von einem Überfall des östlichen Seevolkes auf die Küste. Madame Wu hörte davon, und sie ließ Zeitungen holen – für gewöhnlich las sie keine Zeitungen –, um herauszubekommen, was eigentlich geschehen sei. Was sie las, war in der Geschichte des Landes nichts Ungewohntes. In früheren Jahrhunderten hatten andere Völker ähnliche Überfälle unternommen, und die Nation hatte sich immer behauptet. Sie wird sich auch diesmal behaupten. Madame Wu war nicht beunruhigt. Es war unwahrscheinlich, daß die Feinde über Hunderte von Meilen landeinwärts dringen würden bis in diese Provinz, wo das Haus Wu schon so lange stand. Aber sie war den vergangenen Generationen der Familie dankbar dafür, daß sie nicht, wie so viele andere, sich der neuen Zeit angepaßt und zum Meere hingedrängt hatten, um an der Küste neue Häuser zu bauen. Die Familie Wu hatte auf dem Boden ihrer Ahnen gebaut und hatte an ihm festgehalten. Heute waren sie ungefährdet. Freilich griff dieser Feind auch aus der Luft an. Aber in der Nähe gab es keine großen Städte, und es war unwahrscheinlich, daß das unwissende Volk des östlichen Meeres den Namen einer höherstehenden Familie kannte. Madame Wu fühlte sich in ihrem Hause sicher.
Aber der Überfall erzwang nichtsdestoweniger rasche Veränderungen. Die Regierung übersiedelte, im darauffolgenden Frühherbst schrieb er, er werde auf zehn bis zwölf Tage nach Hause kommen.
Dieser Brief sagte Madame Wu, daß sie die Angelegenheit Rulan nicht länger aufschieben dürfe. Sie ließ die junge Frau durch Ying zu sich rufen.

Nun darf man nicht glauben, Madame Wu hätte in allen diesen Monaten ihre Schwiegertochter nicht gesehen. Sie hatte Rulan oft gesehen. Bei Tische sah sie sie unter den anderen, und bei den üblichen Frühlings- und Winterfestlichkeiten war Rulan zugegen, immer still und einfach gekleidet. Es kam auch vor, daß Madame Wu jemanden brauchte, der für das Familienregister und für die Erntelisten schriftliche Aufzeichnungen machen konnte, und da ließ sie Rulan rufen, weil sie von allen die deutlichsten Buchstaben pinselte.

Niemals aber hatte Madame Wu die junge Frau von dem ihr zukommenden Platz in der Familie weggeholt. Jetzt, den letzten Brief Tsemos in Händen, wußte sie, daß die Zeit dafür gekommen war.

Rulan ging still durch die Höfe. Sie trug nicht mehr die harten Lederschuhe, die sie aus Schanghai mitgebracht hatte. Vielmehr hatte sie Samtschuhe mit Tuchsohlen an. Madame Wu hörte ihre Schritte nicht, und als Rulans Schatten über den Fußboden fiel, blickte sie überrascht auf.

»Wie leise du gehst, Tochter!« rief sie nach der Begrüßung aus.

»Ich habe meine Lederschuhe abgelegt«, erwiderte Rulan. Sie setzte sich, nicht seitlich, sondern richtig der Breite nach auf ihren Stuhl, der an einer Seitenwand stand und niedriger war als der Madame Wus. Sie saßen nicht in der Bibliothek, sondern im Wohnzimmer.

Madame Wu erwähnte nicht sofort, was sie im Sinne trug. Vielmehr sagte sie höflich: »Es war schon seit Wochen meine Absicht, dich nach deiner Familie in Schanghai zu fragen. Sind alle entronnen, als der Feind kam?«

»Mein Vater hat alle seine Leute nach Hongkong gebracht«, erwiderte Rulan.

»Oh, ein weiter Weg!« sagte Madame Wu mit freundlichem Bedauern.

»Nicht weit genug«, erwiderte Rulan mit einigem Nachdruck. »Ich habe es meinem Vater gesagt.«

»Glaubst du, daß der Feind sich so weit vorwagen wird?« fragte Madame Wu. Die Aufgewecktheit der jungen Frau machte Eindruck auf sie.

»Es wird ein langer Krieg werden«, antwortete Rulan.

»Wirklich?« bemerkte Madame Wu.
»Ja«, fuhr Rulan fort, »denn er ist von langer Hand vorbereitet.«
»Erkläre mir das, bitte«, sagte Madame Wu. Die Sicherheit der jungen Person amüsierte sie.
Rulan begann also: »Mutter, das Volk des östlichen Meeres lebt seit langem – seit Jahrhunderten – in Furcht. Wovor? Vor einem Angriff einer fremden Macht. Es hat gesehen, wie ein Land nach dem anderen überfallen und besetzt wurde. Die Eroberer waren aus dem Westen gekommen. Schon als Dschingis Khan kam und unsere Nation besiegte, begann das Volk des östlichen Meeres sich zu fürchten. Dann kamen Leute aus Portugal und Spanien, aus Holland und Frankreich und nahmen fremde Länder. Und England nahm Indien und wir selbst sind oft von den habgierigen Abendländern besetzt worden. Warum, denken die Leute im Osten, warum sollten gerade wir verschont bleiben? Aus Furcht also sind sie ausgezogen, um Länder und Völker zu erobern, und wir sind ihre nächsten Nachbarn.«
»Woher hast du all diese Wissenschaft?« fragte Madame Wu.
»Tsemo schreibt mir jede Woche«, sagte Rulan.
Madame Wu fühlte im Herzen eine Erleichterung. Sie lächelte. »Seid ihr beiden wieder gute Freunde?«
Rulan errötete. »Wir vertragen uns ausgezeichnet, wenn wir nicht beisammen sind«, sagte sie. »Sobald er nach Hause kommt, werden wir wieder streiten – ich weiß es. Wir wissen es beide.«
»Aber wenn ihr es wißt«, sagte Madame Wu lachend, »könnt ihr euch nicht davor schützen? Wer von euch beiden fängt an – du oder er?«
»Das weiß keiner von uns«, sagte Rulan. »Vielmals haben wir uns in unseren Briefen zugeschworen, daß, wer immer zu streiten beginnt, der andere den Streit nicht aufkommen lassen soll. Aber ich habe zu unserer Fähigkeit kein Vertrauen. Ich kenne Tsemos Temperament.« Sie hielt stirnrunzelnd inne. »Es ist etwas an mir, was er haßt. Er sagt, so etwas gibt es nicht, aber es ist da. Wenn wir getrennt sind, spürt er es nicht. Wenn wir zusammenkommen, ist es da. Wüßte ich, was es ist, ich nähme ein Messer und schnitte es mir heraus.«

»Vielleicht ist es nicht etwas, was da ist, sondern etwas, was *nicht* da ist«, sagte Madame Wu sanft.

Rulan hob den Kopf. Ihre Augen – das Schönste an ihr – blickten erstaunt. »Daran habe ich nie gedacht«, sagte sie. Dann ließ sie den Kopf wieder sinken. »Aber das macht die Sache noch schwerer. Es wäre leichter, etwas aus mir herauszunehmen, was ich habe, als etwas in mich hineinzutun, was ich nicht habe.«

»Nicht unbedingt«, sagte Madame Wu. »Alles hängt von deiner Liebe zu Tsemo ab. Wenn ihr eure Ehe als etwas betrachtet, was nur euch beide angeht, nun, dann werdet ihr immer streiten – es sei denn, daß ihr euch entschließt, auseinanderzugehen.«

»Du meinst –«, sagte Rulan, konnte aber nicht weitersprechen.

»Ja, das meine ich«, sagte Madame Wu. Sie war klug, weil sie begriffen hatte, was Liebe ist. Sie wußte jetzt, daß es zwischen Mann und Frau keine Pflichten gibt. Es gibt nur Liebe – oder keine Liebe.

Sie griff nach ihrer Silberpfeife und begann sie langsam zu stopfen. Eine Weile wandte sie den Blick nicht nach ihrer Schwiegertochter, sondern schaute in den Garten hinaus, wo zu dieser Jahreszeit die Orchideen gelb blühten. Die Bambusse wedelten mit ihren Blättern wie mit Troddeln im sanften Wind. Es war so ein Tag, wie sie und André ihn um seines Friedens willen am meisten geliebt hatten.

»Vor allem mußt du wissen, daß keiner von euch beiden dem anderen etwas schuldet«, begann sie schließlich.

Rulan fiel ihr erstaunt ins Wort: »Mutter, das ist das Sonderbarste, was je eine Schwiegermutter zur Frau ihres Sohnes gesagt hat.«

»Ich habe es erst kürzlich gelernt«, sagte Madame Wu, insgeheim lächelnd. »Glaube mir, mein Kind, ich habe nicht aufgehört zu lernen!«

Dies ging Rulan zu Herzen. Die junge Frau hatte sich auf den Unmut ihrer Schwiegermutter vorbereitet, sie war in aller Demut bereit gewesen, ihre Vorwürfe anzuhören. Nun regte sich in ihr eine neue Hoffnung. Nicht Vorwürfe sollte sie empfangen, sondern Weisheit. Sie beugte sich vor wie eine hohe Lilie, die den Regen erwartet.

»Mißhelligkeiten zwischen Mann und Frau entstehen immer aus dem Glauben, daß es gegenseitige Pflichten gibt«, fuhr Madame Wu fort. »Hat man aber diesen Glauben einmal aufgegeben, dann wird der Weg deutlich sichtbar. Jeder hat nur Pflichten gegen sich selbst.«
Sie hielt inne, zündete die Pfeife an, machte zwei Züge und pustete die Asche aus. Dann fuhr sie fort. »Und was ist der Grund dieser Wahrheit? Er ist ausgedrückt in den Worten weiser Männer: ›Der Gatte ist nicht geliebt um des Gatten willen, sondern um des eigenen Ichs willen, und ihm ist das Weib nicht lieb um ihretwillen, sondern um seiner selbst willen.‹ Das heißt, wenn der eine glücklich ist, ist auch der andere glücklich, und das ist für beide das einzig mögliche Glück.«
Rulan saß regungslos da und hörte zu.
Madame Wu fuhr fort: »Was die Fortpflanzung betrifft, so ist sie nicht seine und nicht deine Pflicht, sondern eure gemeinsame Pflicht dem menschlichen Geschlecht gegenüber. Dein Fehler war, daß du das Kindergebären mit deiner Liebe zu Tsemo durcheinandergebracht hast. Und durch deine Verwirrung hast du auch Tsemo verwirrt. Deshalb ist er so leicht gegen dich aufgebracht.«
»Mutter«, bat Rulan. »Sprich weiter zu mir. Du sprichst zu meinem Herzen.«
»Du und Tsemo, ihr seid von dem überlieferten Brauch abgewichen«, sagte Madame Wu schlicht. »Ihr habt einander gewählt, weil ihr einander liebtet. Das ist gefährlich, weil dadurch die Aussichten auf das, was man Glück nennen möchte, sehr verringert werden. Du und Tsemo, ihr beide dachtet nur an euch selbst, wie an zwei von allen anderen losgetrennte Wesen. Ihr seid aber nicht losgetrennt, ausgenommen in einem kleinen Teil eures Ichs. Die Zeugung, die Empfängnis, das Gebären eurer Kinder, das gemeinsame Leben in allen Dingen – Essen, Schlafen, Kleidung, Ausundeingehen –, das alles versucht ihr in den kleinen abgesonderten Raum hineinzudrängen. Dieser Raum aber faßt nicht soviel. Er ist überfüllt, und ihr erstickt euch gegenseitig an euren Quellen. Ihr seid einander zu nahe. Ihr werdet einander hassen, weil jenes Stück eurer selbst, das euch gehört – euer Rest, eure Seele –, keinen Platz hat zu atmen und zu wachsen.«

Jetzt sah sie Rulan an. Die junge Frau lauschte mit ihrem ganzen Wesen.

»Sondere dich ab, mein Kind«, sagte Madame Wu. »Laß ihn sich absondern. Nimm es als selbstverständlich hin, als Pflicht gegen unser Geschlecht, daß du Kinder bekommen wirst. Es sind nicht deine und auch nicht seine Kinder. Es sind Kinder unserer Rasse. Bring sie zur Welt, so natürlich wie du atmest und ißt und schläfst und alle anderen Funktionen eines Lebewesens ausübst. Prüfe das Maß seiner Liebe nicht an der Art, in der er die Hitze seines Körpers ausdrückt. In diesen Augenblicken denkt er nicht an dich — er denkt dabei an sich. Denk auch du an dich. Unterscheidet sich die Leidenschaft eines Mannes von der eines anderen? Nein. Und ebensowenig unterscheidet sich die Art, in der eine Frau Kinder gebiert, von der einer anderen. In diesen Dingen sind wir alle gleich. Glaub nicht, daß ihr, er oder du, in dieser Beziehung anders seid als der gewöhnlichste Mann, die gewöhnlichste Frau.« Sie hielt inne, und ein seltsames Gefühl der Erschöpfung überkam sie.

»Du erweckst in mir das Gefühl, daß die Ehe nichts ist«, sagte Rulan mit leiser Stimme. »Ich hätte mich ebensogut mit irgendeinem anderen als mit Tsemo verheiraten können.«

Madame Wus Kräfte kehrten wieder. »Ich bin noch nicht zu Ende«, sagte sie. »In gewissem Sinne hast du recht. Sieh dir Liangmo und Meng an: sie sind glücklich. Sicherlich besitzen sie nicht das bedingungslose Glück, wie du und Tsemo es verlangen. Liangmo hat keinen anderen Ehrgeiz, als ein guter Ehemann und Vater zu sein. Keines von beiden verlangt mehr. Deshalb ist es das beste, daß die Eltern die beiden aussuchen, die einander heiraten sollen, wenn die beiden so sind wie Liangmo und Meng.«

»Aber wir beiden sind nicht so wie sie«, sagte Rulan mit einiger Heftigkeit.

»Ihr seid es nicht«, stimmte Madame Wu bei. »Ihr wünschet Freundschaft und Kameradschaft zwischen individuellen Persönlichkeiten. Oh, du verlangst sehr viel von der Ehe, mein Kind. Die Ehe ist nicht geschaffen für eine solche zusätzliche Last.«

»Was hätten wir tun sollen? Hätten wir ohne Ehe leben sollen?« fragte Rulan, ohne daß sie unhöflich sein wollte.

»Vielleicht – vielleicht.« Madame Wu wunderte sich über ihre eigenen Worte. »Aber auch das ist schwer, da ihr Mann und Frau seid und der Körper sein Eigenleben fordert.«
Sie machte eine Pause, suchte nach Worten, die nie zuvor in ihr gewesen waren, und fand sie. »Du und Tsemo, ihr seid sehr glücklich. Ihr liebt einander in jeder Weise. Also liebet einander, mein Kind! Das Leben ist zu kurz für solche Liebe. Liebet einander, und vergeudet keine einzige Stunde durch Verdruß. Trennet eure Liebe von eurer Leidenschaft, und lasset keine Verwirrung entstehen zwischen diesen beiden Dingen. Eines Tages, wenn die Trennung durch Gewohnheit sauber und beständig geworden ist, wenn eure Kinder geboren sind und heranwachsen, wenn eure Körper alt sind und die Leidenschaft vorbei ist – wie sie ja gnädigerweise vorbeigeht –, dann werdet ihr die schönste Liebe kennenlernen.«
Plötzlich fühlte sie sich ungeheuer verlassen von André, die Gewißheit, daß sie nie wieder sein lebendes Antlitz sehen würde, durchbohrte sie mit noch niemals empfundenem Schmerz. Sie schloß die Augen und erduldete den Schmerz. Nach einer Weile spürte sie, wie Rulan ihre Hand ergriff und sie an die Wange drückte. Erst spürte sie die eine, dann die andere Wange; aber sie öffnete die Augen nicht.
»Und im geheimen muß die Frau die Führung haben«, sagte sie. »Im geheimen muß die Frau immer führen, sie muß es, weil das Leben von ihr abhängt – einzig und allein von ihr. Ich warne dich: mein Sohn wird dir, wenn es gilt, eure Ehe glücklich zu gestalten, niemals von Nutzen sein.«
Als sie die Augen wieder öffnete, war das Zimmer leer. Rulan war fort.

XIII

Tsemo kam am fünften Tag des neunten Mondmonats nach Hause. Die Nachricht von seiner Ankunft gelangte durch einen elektrischen Brief in die Stadt und durch einen Laufboten ins Haus Wu; und Herr Wu brachte den Brief persönlich zu Madame Wu. Aus irgendeinem Grunde betrat er jetzt selten ihren Hof, und als sie ihn erblickte, wußte sie, daß es sich um einen ihrer Söhne handelte. Herr Wu reichte ihr das Blatt Papier.

Sie nahm den Brief, las ihn und drehte ihn wieder in den Händen herum. Es war das erstemal, daß sie einen elektrischen Brief sah. Sie wußte – André hatte es ihr einmal erklärt –, daß das Blatt Papier nicht selbst, wie sie sich's vorgestellt hatte, über die Drähte geblasen wurde. Nicht einmal Worte wurden gesprochen. Zeichen wurden auf einer Maschine angeschlagen, und vermittelst dieser Zeichen wurde die Nachricht befördert.

»Die Trommeln, die die Wilden im Urwald schlagen«, hatte sie dazu bemerkt.

»Vieles von dem, was Menschen tun, ist nur eine Verfeinerung barbarischer Sitten«, hatte er erwidert.

»Wir müssen eine Empfangsfeier vorbereiten«, sagte sie laut.

»Ich werde alle meine Freunde einladen«, erklärte Herr Wu.

Sie spann ihre Pläne weiter. »Wir sollten auch für die Angestellten unserer Läden und für die Landarbeiter ein Fest geben.«

»Wie du es wünschst!« erklärte er in seiner großzügigen, freigebigen Art.

Sie blickte aus ihren halbverschleierten Augen zu ihm hin. Er hatte sein altes Ich wiedergefunden. Jasmin hatte ihm gutgetan. Er hatte sich seines eigenen Wertes wieder versichert. Der Fehlschlag bei Madame Wu – denn in seiner Art hatte es ihn gedemütigt, daß sie ihn ablehnte – und der Fehlschlag bei Ch'iuming hatten ihn verletzt. Er gehörte zu den Männern, die dauernd das Gefühl des Erfolges bei ihren Frauen haben müssen.

Er beugte sich lächelnd vor, die Hände auf den fetten Knien. Er senkte die Stimme, um ihr vertraulich mitzuteilen: »Du weißt vielleicht nicht, daß Tsemo mein Lieblingssohn ist. Deshalb hat es mich immer gestört, daß seine Frau eine zornige Frau ist. Tsemo hätte eine sanfte, vernünftige Person heiraten sollen.«

»Du mißverstehst Tsemo«, sagte Madame Wu. In ihren eigenen Ohren hörte sie, daß ihre Stimme zu silbrig scharf war. »Er ist intelligent. Rulan ist auch intelligent. Mit der Zeit gefällt sie mir besser.«

Herr Wu sah beunruhigt drein, wie immer, wenn von Intelligenz die Rede war, und trat eilig den Rückzug an. »Gut, gut«, sagte er mit seiner gewöhnlichen Stimme. »Wahrscheinlich hast du recht.«
Sie verabschiedeten sich voneinander mit Verbeugungen, und als er wegging, wußte sie, daß zwischen ihnen nichts gewesen war als das Fleisch. Es widerte sie an. Und doch: hatten sie nicht eben jene Pflicht erfüllt, von der sie zu Rulan gesprochen hatte? Sie hatten die Familie über ihre Generation hinaus fortgepflanzt, sie hatten die Instinkte ihrer Rasse befriedigt, und sie hatten, als dies getan war, sich voneinander befreit. Jetzt wußte sie, daß – so wie André ihr den Rest ihres persönlichen Ichs enthüllt hatte – Jasmin für Herrn Wu dasselbe getan hatte. Keine Bande waren zerrissen, das Haus bestand weiter wie zuvor, und ihre Stellung im Hause war dieselbe. Sie fühlte, wie weise es gewesen war, Jasmin unter dieses Dach zu bringen, das groß genug war, um auch die Geringsten des Hauses Wu zu beherbergen.
Als sie an ihre täglichen Geschäfte ging, empfand sie Frieden. Heute hatte sie keine Zeit für sich selber. Sie ließ den Koch holen, den Verwalter, den ersten Aufwärter, sie schickte nach den Wäscherinnen und Näherinnen. Die Kleider der Kinder mußten nachgesehen, neue Kleider mußten, wenn nötig, angefertigt werden. Yenmo, der jüngste Sohn, mußte vom Lande hereinkommen.
Madame Wu hatte ihren Jüngsten seit vielen Monaten nicht gesehen, und nun stiegen ihr Zweifel auf. In den Jahren, da das Kind zum Manne wird, sind alle Männer gleich, hatte sie immer gesagt. Man braucht sie nur zu ernähren, sie die gleichen Dinge zu lehren, sie müssen viel in frischer Luft leben und von Spielhäusern, Bordellen und Familienzwistigkeiten ferngehalten werden. Deshalb hatte sie Yenmo aufs Land geschickt, damit er dort unter den ländlichen Verwandten und Bauern lebe. Jetzt mußte er zurückkommen, damit sie ihn prüfen konnte.
»Bereite die beiden kleinen Zimmer im östlichen Hof meines ältesten Sohnes vor«, befahl sie Ying. »Sie stehen voller Kisten und Gerümpel und sind unbenutzt. Laß sie für Yenmo einrichten. Die Zimmer sollen ihm gehören, bis er heiratet.«

So wurde alles vorbereitet. Zuallerletzt sah Madame Wu nach Rulan; es geschah am Tage von Tsemos Rückkunft. Er sollte irgendwann am Nachmittag ankommen, aber niemand wußte wann, denn man erwartete ihn mit dem Schiff.
Nun stand Rulan, sehr gefügig und sogar schüchtern, vor Madame Wu. Sie hatte ein neues Kleid von dunkelroter Farbe angezogen, und diese kräftige Farbe paßte gut zu ihrem blassen Teint und dem roten Mund. Madame Wu billigte den knappen Schnitt und die Länge des Kleides und sagte nichts über die kurzen Ärmel, denn Rulan hatte schöne Arme und Hände. Madame Wu gebot Ying, das Schmuckkästchen zu öffnen, und wählte daraus einen dicken Goldring mit Rubinen. Diesen Ring steckte sie an den Mittelfinger von Rulans rechter Hand, und Rulan hob die Hand, um das Schmuckstück zu bewundern.
Rulan hatte ihr Haar frisch gewaschen, hatte es aber nicht geölt, und es lag auf ihren Schultern, weich wie abgewikkelte Seide. Es war eine ganz neue Mode für junge Frauen, das Haar lose zu tragen; Madame Wu liebte die Mode nicht. Heute aber sah sie, daß das lose Haar Rulans Gesicht vorteilhaft hervorhob.
»Mach den Mund auf!« befahl sie. Die junge Frau öffnete den Mund, und Madame Wu schaute hinein. Er war rot und rein wie der eines Kindes, die Zähne waren weiß und gesund.
Sie hob Rulans Hände und roch an den Handflächen. Auch diese waren parfümiert, ebenso das Haar, und ihr ganzer Körper verbreitete den köstlichsten Duft, den sie selbst früher einmal verwendet hatte.
»Das wird seinen Zweck erfüllen, mein Kind«, sagte Madame Wu gütig.
»Ich habe nichts von dem vergessen, was du mir gesagt hast«, erwiderte Rulan ernst.
Nun erwartete man Tsemo jeden Augenblick in den nächsten vier, fünf Stunden, aber wer hätte, während all das im Hause der Familie Wu vor sich ging, ahnen können, daß er sich durch die Luft und nicht zu Wasser näherte? Als sein vorgesetzter Beamter in der Hauptstadt gehört hatte, daß er nach Hause reisen wolle, sandte er ihn, angesichts der Bedeutung der Familie Wu in jener Provinz, mit einem Flugzeug und Piloten der Regierung.

Kinder und Müßiggänger liefen voraus, um den Leuten im Hause Wu zu erzählen, daß der zweite Herr komme; aber Tsemo ging mit so langen, kräftigen Schritten, daß er kaum hinter ihnen zurückblieb. So kam es, daß Madame Wu und Rulan kaum den atemlosen Bericht der Frau des Torwarts vernommen hatten, als auch schon Tsemo ihr auf den Fersen folgte. Von Rechts wegen hätte er erst zu seinem Vater gehen sollen, aber sicherlich hatte Liangmo ihm geschrieben, wer in seines Vaters Hof wohnte, und er hatte keine Lust, eine fremde Frau zu sehen, ehe er seine Mutter gesehen hatte. Deshalb begab er sich vorerst zu Madame Wu, bei der er zu seiner Verwirrung Rulan, seine eigene Frau, erblickte.

Es war ein Augenblick der Verlegenheit, denn nach alter Tradition sollte er erst die Mutter und dann seine Frau begrüßen. Zu seiner Überraschung half ihm Rulan. Sie trat anmutig zurück und gab ihm Zeit und Raum.

»Mein Sohn, endlich bist du gekommen!« Das war Madame Wus Begrüßung.

Sie streckte die Hände aus und streichelte ihm Arme und Schultern, wie Mütter es tun. »Du bist schlanker geworden, aber gesünder«, sagte sie. »Fester und gesünder«, setzte sie mit einem Blick in das gerötete Gesicht hinzu.

»Es geht mir gut«, sagte er, »aber ich habe viel zu tun – wirklich, ich arbeite mich halbtot. Und du, Mutter, du siehst gut aus – besser als zur Zeit meiner Abreise.«

Diese und andere Worte gingen zwischen den beiden hin und her, und immer noch stand Rulan und wartete; Tsemo war über diese Geduld sehr verwundert. Zu seiner weiteren Überraschung trat nun seine Mutter zurück, streckte die Hand aus, nahm Rulan an der Hand und zog sie herbei.

»Sie ist sehr brav gewesen«, sagte Madame Wu. »Sie war gehorsam, hat sich große Mühe gegeben und sich sehr gut aufgeführt.«

Nichts hätte Tsemo mehr erfreuen können als das Lob, das die Mutter seiner Frau spendete. Wie alle Söhne energischer Mütter bedurfte er ihrer Anerkennung. Er sprach ein paar Worte zu Rulan, kühle Worte, wie es sich in Gegenwart der älteren Generation geziemte.

»Ah – geht es dir gut?«

»Danke, es geht mir gut – und dir?«

Das waren die wenigen Worte, die sie mit den Lippen sprachen; aber ihre Augen sagten mehr. Rulan erhob den Blick zu ihm, und sie kam ihm schöner vor denn je. Das rote Tuch ihres Kleides, eng geschlossen um den Hals, verlieh ihrer goldenen Blässe Tiefe.
Er wandte den Blick von ihr und sagte stotternd und errötend zu seiner Mutter: »Mutter, ich danke dir sehr dafür, daß du dir die Zeit genommen hast, sie zu belehren – Zeit genommen hast, sie zu – zu –.«
Madame Wu verstand ihn und antwortete: »Mein Sohn, jetzt endlich kann ich sagen: Du hast gut gewählt.«
Sie sah, wie Rulans Augen sich mit Tränen füllten, und eine nie gekannte Zärtlichkeit überkam sie. Wie hilflos waren doch die jungen Leute trotz all ihres Draufgängertums! Wie sehr bedurften sie der Anerkennung durch die älteren!
Sie nahm Rulans Hand und Tsemos Hand und legte sie ineinander.
»Deine Pflicht mir gegenüber ist erfüllt, mein Sohn«, sagte sie. »Führe Rulan nach eurem Hof und verbringe die nächste halbe Stunde mit ihr allein. Dann ist immer noch Zeit, deinen Vater zu begrüßen.«
Sie sah zu, wie die beiden, noch immer Hand in Hand, fortgingen, setzte sich lächelnd nieder und rauchte eine Weile ihre silberne Pfeife.
Die kommenden zehn Tage war das Haus in festlichem Aufruhr. Alle Verwandten, nah und fern, wünschten Tsemo zu begrüßen, mit ihm zu sprechen, ihn um seine Meinung über den neuen Krieg zu befragen, über die Verlegung des Sitzes der Regierung ins Binnenland, zu hören, wie der Preis des Reises seiner Meinung nach infolge der Unruhen sich entwickeln werde und ob die fremden weißen Völker mit den Zwergen des östlichen Meeres oder *gegen* sie kämpfen würden. An eine Niederlage dachte niemand. Die einzige Frage war, ob man mit den Waffen in der Hand Widerstand leisten oder ob man sich auf den geheimen Widerstand der Zeit verlassen solle. Herr Wu, der von diesen Dingen nichts verstand, schloß sich Tsemos Meinung an.
Allein Madame Wu, die unter den Angehörigen der Familie saß, zuhörte, ihre kleine Pfeife rauchte und kein Wort sprach, war ihrerseits fest davon überzeugt, daß dieser Feind

nur durch den stummen Widerstand der Zeit besiegt werden könne, so wie bisher alle anderen besiegt worden waren.

Aber sie bewahrte Schweigen. Hier war sie nur eine Frau, wenn auch die geachtetste unter diesem Dach. Vor langer Zeit, in jener Freiheit, die sie nur in Andrés Nähe gekannt hatte, hatte sie über die menschliche Natur diskutiert.

»Sie glauben an Gott, und ich glaube an Gerechtigkeit«, hatte sie erklärt. »Sie kämpfen um das eine und ich um das andere.«

»Es ist ein und dasselbe«, hatte er gesagt.

Heute, mitten unter ihrer Familie, fühlte sie sich tief einsam.

»Diese Fremden«, sagte sie plötzlich zu Tsemo, »wenn sie unseren Boden betreten, werden wir sie vertreiben können?«

»Wir können nur an die Gegenwart denken – von einem Tag auf den anderen«, erklärte Tsemo.

»Das ist nicht die Art unseres Volkes«, erwiderte sie. »Wir haben immer in Jahrhunderten gedacht.«

»In Jahrhunderten«, antwortete er, »können wir sie alle hinaustreiben.«

»Ihr müßt mir verzeihen«, sagte sie. »Ich werde alt, und der jugendliche Zeitvertreib des Krieges interessiert mich nicht.« Sie erhob sich, Ying eilte an ihre Seite, und lächelnd Abschied nickend, begab sie sich nach ihrem Hof.

Am elften Tage reiste Tsemo ab. Das Flugzeug kam zurück, um ihn abzuholen, und diesmal versammelte sich eine große Menge von Haus- und Stadtbewohnern, um ihn abfliegen zu sehen. Madame Wu nahm an diesem Abschied nicht teil. Was Tsemo während der letzten Tage sprach, hatte sie sehr ermüdet. Sie hatte das Gefühl, daß es von einem jungen Manne nur töricht sei, sein Leben solchen Dingen wie Krieg und Tod zu widmen. Aber sooft sie dies sagte, wurde Tsemo ungeduldig. »Mutter«, rief er aus, »du verstehst das nicht!«

Sie sagte Tsemo freundlich und kühl adieu, nahm seinen Dank entgegen und ließ ihn ziehen. Es tat ihr nicht leid, ihn wieder gehen zu sehen. Sein Gerede hatte das ganze Haus unruhig gemacht, und besonders der jüngere Bruder war ängstlich geworden. Yenmo war vom Land gekommen,

braun und stark wie ein Bauernjunge und beträchtlich gewachsen. Außer der üblichen Begrüßung hatte sie mit ihm noch nicht gesprochen, da sie es vorzog, zu warten, bis der Tumult vorüber war und sie ihn in Ruhe ausforschen konnte. Aber sie sah, daß er Angst hatte.
Sie saß allein in ihrem Hof, und nach Tsemos Abreise kam Rulan zu ihr. Sie kam herein, kniete an ihrer Seite nieder und legte den Kopf auf ihre Knie. Madame Wu spürte, wie es warm und feucht durch den Satin ihres Kleides drang.
»Was bedeuten diese Tränen?« fragte sie zärtlich. »Sie sind so warm.«
»Wir waren glücklich«, flüsterte Rulan.
»Dann sind es gute Tränen«, sagte Madame Wu. Sie streichelte sanft den Kopf der jungen Frau und sagte nichts mehr. Nach einer Weile stand Rulan auf, trocknete sich lächelnd die Augen und entfernte sich.

Wenn man den Lauf des Lebens auch nur einen Augenblick im voraus kennte – wie könnte man das Leben ertragen? Das Haus, das von Festesfreude erfüllt gewesen, wurde in derselben Stunde in tiefste Trauer gestürzt. Wer kann wissen, was in den Wolken geschah? In weniger als einer halben Stunde, nachdem an jenem Tag Tsemo gegen die früh aufgehende Sonne aufgestiegen war, kam der Verwalter durchs Tor hereingerannt, hinter ihm alle Pächter und Bauern des Wu'schen Landbesitzes, wehklagend und sich die Kleider zerreißend, die Frauen ihr Haar lösend. Ein derartiger Lärm erfüllte die Höfe, daß auch Madame Wu ihn hörte. Sie hatte sich eben in die Bibliothek begeben, um eine Weile allein zu sein, nachdem Rulan sie verlassen hatte – da hörte sie schluchzen und ihren Namen rufen. Augenblicklich wußte sie, was geschehen war.
Sie erhob sich, ging aus dem Zimmer und begegnete der jammernden Schar am Tor ihres Hofes. Als erster kam Herr Wu, dem die Tränen über die Backen liefen. Auch Jasmin war unter den anderen zu sehen, die Waisenkinder mit der alten Frau waren da, die gesamte Dienerschaft nebst Mitläufern und Nachbarn von der Straße drängten sich durch das offen gebliebene Tor.
»Unser Sohn –«, begann Herr Wu und konnte nicht weiter.

Der Verwalter übernahm seine Worte. »Wir sahen über dem fernsten Feld Feuer wirbelnd aus der Luft herabkommen«, erzählte er Madame Wu. »Wir liefen hin, um zu sehen, was es sei. Leider, Madame, ein paar Drähte, eine ausländische Maschine, einige zerbrochene Stücke von etwas, was wir nicht kennen – das ist alles. Kein Körper ist übriggeblieben.«

Diese Worte trafen sie ins Herz. Aber sie kannte sie bereits.

»Es ist nicht einmal etwas übrig, was wir begraben könnten«, stammelte Herr Wu. Er sah sie bestürzt an. »Wie kann jemand, der noch vor einer Stunde lebte und unser Sohn war, jetzt *nicht* mehr sein?«

Er tat ihr leid, aber ihr erster Gedanke galt Rulan. »Wir müssen jetzt vor allem an seine junge Frau denken«, erinnerte sie Herrn Wu.

»Ja, ja«, stimmten alle zu. »Es könnte sein, daß sie gesegneten Leibes ist. Welch ein Glück, daß sie zehn Nächte beisammen waren! Es wird ein Trost für Sie sein, gnädige Frau, gnädiger Herr, wenn ein Kind da ist –.«

Diese neue Hoffnung trocknete Herrn Wus Tränen. »Geh zu ihr!« gebot er Madame Wu. »Tröste sie – wir überlassen sie dir.«

Madame Wu ging also allein nach dem Hof, in dem Tsemo noch vor kurzem mit seiner jungen Frau gewohnt hatte, und langsam zerstreute sich die Menge. Herr Wu kehrte mit Jasmin nach seinem Hof zurück und schloß das Tor; der Verwalter forderte die Arbeiter auf, wieder auf die Äcker zurückzugehen. Er selbst, erklärte er, werde warten, bis er von Madame Wu seine Weisungen erhalten habe. Er setzte sich im Pförtnerhaus nieder, um hier zu warten, bis sie ihn würde rufen lassen.

Die Kinder kehrten in den Tempel zurück, wo der Priester Weihrauch anzündete und für den toten Sohn Gebete murmelte.

In dem Hof, der sie so glücklich gesehen hatte, saß Rulan zusammengekauert auf dem Fußboden neben Madame Wu, die Stirn gegen die stützende Hand der Älteren gepreßt. Beide schwiegen – was gab es zu sprechen?

Madame Wu blieb still und regungslos sitzen, und die Wärme ihres Wesens strömte in die junge Frau über, die zu ihren Füßen kauerte.
Rulan war es, die sich zuerst rührte, die aufstand, das Gesicht trocknete und zu weinen aufhörte. »Ich werde dir ewig dankbar sein, Mutter«, sagte sie, »denn in diesen Tagen haben wir kein einziges Mal gestritten.«
»Bist du imstande, jetzt allein zu sein?« fragte Madame Wu. Sie bewunderte die junge Person und fühlte ihre Liebe zu ihr zusehends stärker werden.
»Ich bin es imstande«, sagte Rulan. »Wenn ich eine Zeitlang allein gewesen sein werde, Mutter, werde ich zu dir kommen und dir sagen, was ich für mich verlangen muß.«
»Meine Tür steht dir jederzeit offen«, erwiderte Madame Wu. Sie erhob sich, Rulans helfende Hand akzeptierend. Diese Hand war heiß, aber stark, und die Finger zitterten nicht. »Tag und Nacht«, sagte Madame Wu, »steht dir meine Tür offen.«
»Ich werde es nicht vergessen«, sagte Rulan.

Obwohl es keinen Leichnam gab, über dem man hätte trauern können, so wurde doch im Hause Wu die vorgeschriebene Anzahl von Tagen getrauert. Ein Sarg wurde gebracht und ausgerüstet, und in diesen Sarg legte man die Dinge aus Tsemos Besitz, an denen er am stärksten gehangen hatte, und dann wurde der Schrein geschlossen und versiegelt.
Während dies geschah, ließ Madame Wu überall der Trauer freien Lauf. Auch sie trauerte und ließ sich den Trost ihrer Freundin, Madame Kang, gefallen. Der Verkehr zwischen den beiden Häusern war gering und immer geringer geworden. Madame Wu hatte es schon seit Monaten gemerkt, aber keine Lust gehabt, das Verhältnis zu verbessern. Sie war mit sich selbst beschäftigt und war in Gedanken immer mit André beisammen, und das hatte sie ihrer Freundin entfremdet. Auch erinnerte sie sich mit Abscheu jener Nacht der Entbindung.
Aber der Verlust eines Sohnes überbrückt jeden Riß, die beiden Damen näherten sich einander wieder, wenn auch nicht mehr so intim, und Herr Kang kam persönlich zum Leichenbegängnis. Ohne diesen Trauerfall würde Madame

Kang das Haus nicht mit so freundlichen Gedanken betreten haben. Aber sie schob alles beiseite und kam in ihrer alten herzlichen Weise, laut weinend, in Madame Wus Hof. »Unsere Kinder sind miteinander aufgewachsen!« rief sie aus. »Mir ist, als hätte ich selbst einen Sohn verloren.«

Gleichwohl wußte Madame Wu, daß es mit dieser Freundschaft vorbei war. Zu tief hatte sie in das Privatleben ihrer Freundin hineingesehen. Ungeachtet ihrer Dankbarkeit konnte Madame Kang ihr dies niemals verzeihen. Der Dankbarkeit gab sie freimütig Ausdruck:

»Wärest du, meine Schwester, in jener Nacht nicht gekommen – ich wäre gestorben. Mein Leben gehört dir.«

Aber auch bei diesen Worten war eine gewisse Befangenheit in ihrem Blick nicht zu verkennen, und Madame Wu wußte, daß Madame Kang, mochte sie auch dankbar dafür sein, daß sie am Leben geblieben war, keineswegs dankbar war dafür, daß die Freundin sie in der Stunde ihrer größten Schwäche gesehen hatte.

Der Tag dieses Begräbnisses war viel zu schön für einen jungen Tod. Klar schimmerte das Wasser in den Teichen, die Sonne schien warm, und die Vögel sangen. Durch das Glasfenster ihrer Sänfte sah Madame Wu das alles, und es machte sie noch trauriger. Sie dachte an Rulan, deren Sänfte der ihren folgte, und sie blickte durch die hintere Glasscheibe, um zu sehen, ob auch Rulan herausschaute. Aber über Rulans Fenster war der Vorhang herabgezogen, und Madame Wu kehrte in Gedanken zu ihrem toten Sohn zurück. Wie mag ihm gewesen sein, als er in der Luft, in den Wolken, dem Tod begegnete? Wußte er, wem er begegnete? Sie dachte sich in Tsemo hinein, in Tsemo, wie er Schnelligkeit und Freiheit hoch über der Erde genoß. Dann versagte die Maschine. Er hatte den Maschinen zu sehr vertraut.

Vor seiner Abreise hatte sie ängstlich zu ihm gesagt: »Bist du denn auch sicher, wenn dich nichts als diese ausländische Maschine in der Luft hält?«

Er hatte über ihre Unwissenheit gelacht: »Mutter, das sind Wundermaschinen!«

So hatte er zu ihr gesprochen – aber das Wunder hatte versagt. Ihm waren vielleicht ein paar Sekunden vergönnt gewesen, in denen sich alles zusammendrängte, was sein Leben war. Sie sah sein Erschrecken, seine Raserei und dann sein Ende. Aus der Unendlichkeit des Himmels stürzte sein Körper zur Erde hinab. Sie beugte das Haupt und bedeckte die Augen mit den Händen.

Die Leichenfeier nahm ihren üblichen Verlauf. Schon viele Begräbnisse hatten in der Familie stattgefunden, und nun mußte sie noch eines: das ihres eigenen Sohnes, ertragen.

Nachts allein in ihrem Zimmer, sann Madame Wu über ihre Trauer nach. Sie hatte, als man nach Hause kam, niemanden um sich haben wollen. Daß Herr Wu sofort Ablenkung suchen würde, wußte sie. Rulan mußte leiden, bis sie geheilt war. Aber Madame Wu lag in ihrem Bett und dachte an ihren zweiten Sohn, an seinen leeren Platz im Hause Wu und an all die Söhne, die seinen Lenden entsprossen wären und nun niemals geboren werden würden. Um diese trauerte sie. Tiefe Trauer erfaßte sie über all die leeren Plätze der Generation. Wenn ein junger Mann stirbt, sterben viele mit ihm. Sie verfluchte die gefährlichen Maschinen der Fremden, alle Kriege und Methoden, die junge Menschen ums Leben bringen. Sie machte sich Vorwürfe darüber, daß sie nicht all ihre Söhne im Hause behalten hatte, damit sie hier ihr Leben zu Ende lebten.

Sie erwachte, wie gewöhnlich, am frühen Morgen; der Tag war klar wie der vorhergehende. Ruhelos erhob sie sich. Gestern war das Land, trotz ihrer Trauer, so schön gewesen, daß sie sich danach sehnte, vor die Mauern hinauszukommen. Aber welche Entschuldigung hatte sie, das Trauerhaus zu verlassen? Sie ging in ihren Zimmern umher, wollte nicht fortgehen, wollte nicht bleiben.

Durch die offenen Fenster kam die Luft so mild ins Zimmer, daß sie sie wie ein duftendes Öl auf ihrer Haut spürte.

Es war hoher Vormittag, als sie durch Schritte aufgeschreckt wurde; sie schaute auf und sah im Hof Yenmo, ihren vierten Sohn.

Er grüßte formlos, beinahe ungezogen, aber sie rügte ihn nicht, da sie wußte, daß er seine Art von den Bauern gelernt hatte.

»Komm herein, mein Sohn«, sagte sie freundlich.

Sie ergriff seine Hand und spürte in ihrer weichen Hand-

fläche seine junge, rauhe Pranke. Er war nun ebenso groß wie sie selbst, was sie sehr überraschte.
»Du wächst schnell«, beklagte sie sich scherzhaft.
Er ähnelte keinem ihrer übrigen Söhne. Das Reden und Lachen kamen ihn nicht leicht an. Aber sie sah, daß sein Auge ruhig blickte und daß er nicht schüchtern war. Er ließ die Hand sinken und blieb vor Madame Wu stehen, gekleidet in ein blaues Baumwollkleid, an den Füßen schwere Schuhe mit Tuchsohlen.
»Mutter«, sagte er, »ich will zurück auf den Gutshof. Ich will hier nicht leben.«
Er sah so kräftig und frisch aus, die Augen waren so rund und schwarz, das kurzgeschnittene Haar so steif, die Zähne so weiß, daß sie ihm am liebsten ins Gesicht gelacht hätte.
»Wie weit bist du mit deinen Büchern?« fragte sie.
»Ich bin im fünften Jahr der neuen Lesebücher, und ich habe das Buch der Veränderungen gelesen«, antwortete er.
Das war für sein Alter ganz genug. »Aber solltest du jetzt nicht mehr lernen, als man in der Dorfschule lernt?« fragte sie.
»Ich hasse die Bücher!« rief er unvermittelt aus.
»Die Bücher hassen?« wiederholte sie. »Oh, du gerätst deinem Vater nach.«
Er errötete und schaute auf seine Füße hinunter. »Nein, Mutter, das nicht«, sagte er. »Ich gerate niemandem nach. Und wenn ich nicht aufs Land zurück darf, lauf' ich davon.«
Er blickte zu ihr auf und wieder zu Boden, und Madame Wu mußte trotz ihrer trüben Stimmung lachen. »Habe ich jemals einem meiner Söhne gesagt, er dürfe nicht tun, was er will?« fragte sie.
»Diese Mauern sind so hoch«, beklagte sich der Junge.
»Sie sind sehr hoch«, stimmte sie zu.
»Ich möchte jetzt gehn«, sagte Yenmo.
»Ich gehe mit dir«, sagte sie.
Er schaute sie zweifelnd an. »Wo wirst du schlafen?« fragte er.
»Ach, ich kehre abends nach Hause zurück«, erklärte sie. »Aber es wird mir wohltun, das Land zu sehen, zu sehen, wo du lebst, mit deinem Lehrer zu sprechen – dann wird mein Herz sich über dich beruhigen.«

Er ging also, um seine Kleider bereitzulegen, sie bestellte ihre Sänfte und lehnte sogar die Begleitung Yings ab.
Sie brachen gemeinsam auf, sie in der Sänfte und Yenmo auf einem grauen Pony, seinem Lieblingstier. So zogen sie durch die Straßen, jedermann wußte, wer die beiden waren, und machte ihnen, als Edelleuten, respektvoll Platz.
Sobald sie außerhalb der Stadtmauern waren, fühlte Madame Wu, wie die weite, stille Seele der Landschaft sich auf sie herabsenkte, und allmählich verschwand ihre Unruhe. Sie schob an diesem Tage alles beiseite und freute sich an dem Anblick des kräftigen, festen Körpers ihres vierten Sohnes, der auf dem Pony vor ihr trabte. Er saß fest im Sattel, als wäre er ein Stück des Tieres, er hob und senkte sich mit den Schritten des Ponys. Aber er war furchtlos, wirbelte die Roßhaarpeitsche in der Hand und sang im Reiten. Er war offensichtlich glücklich, und Madame Wu faßte den Entschluß, ihn das tun zu lassen, was ihn glücklich machte.
Sie verbrachte den Tag im Hauptdorf, aß im Hause des Gutsverwalters zu Mittag, und lieh allen, die sie besuchen kamen, ihr Ohr. Die einen kamen, um sich zu bedanken, die anderen, um sich zu beschweren, und sie empfing alle. Es war ein guter Tag. Die Einfachheit der Leute erfrischte sie. Sie waren ehrlich und klug und verbargen ihre Gedanken nicht. Sie inspizierte die Ländereien in der Nähe des Dorfes und besichtigte das Saatgut, das man für allerlei Anbau beiseitegelegt hatte. Sie schaute in den Brunnen hinein und stimmte zu, daß er nicht tief genug sei und neu gegraben werden müsse; sie zählte die Jauchekübel, die zur Düngung der Kohlfelder bestimmt waren. Sie besuchte die Schule, sprach mit dem alten Gelehrten, der als Lehrer amtierte, und überraschte und erfreute ihn gleichzeitig durch ihre Anwesenheit. Sie besichtigte das Zimmer im Hause des Verwalters, wo Yenmo schlief, einen bequemen Raum mit Lehmwänden, einem breiten Bett und sauberen Decken. Dann sagte sie ihm, bevor noch die Sonne zu tief gesunken war, adieu und stieg wieder in ihre Sänfte.
Nun, da sie allein war, tat sie, was sie schon lange vorgehabt hatte. Auf dem Abhang sah sie den großen Gingkobaum, unter dem André begraben lag. Wenn sie ohne Er-

klärung haltmachte, dann würde es in Land, Stadt und Haus als sonderbare Neuigkeit die Runde machen; denn ihr Kommen und Gehen wurde überall besprochen, und nichts, was in der Familie Wu vorging, blieb unbekannt. Sie sagte also zu den Trägern geradeheraus: »Bringt mich zum Grab des ausländischen Priesters, der der Lehrer meines Sohnes war. Ich will ihm meine Achtung erweisen – es ist niemand hier, der um ihn trauert, und ich komme ja so nahe vorbei.«
Man trug sie hin, ganz ohne Hintergedanken, denn man bewunderte ihre Höflichkeit. In einiger Entfernung von der Grabstätte verließ sie die Sänfte, um allein zu bleiben. Allein wanderte sie einen schmalen Pfad entlang, der zwischen den Feldern dahinlief, den niedrigen Hügel hinanstieg und im Schatten des Gingkobaumes mündete. Der Abendwind bewegte die fächerförmigen Blätter, zwischen denen die untergehende Sonne ihre Kringel auf das Gras malte. Madame Wu kniete vor dem Grabe nieder und beugte das Haupt dreimal zur Erde; in der Ferne warteten die Träger. Dann setzte sie sich auf den Erdwall, der das Grab umschloß, machte die Augen zu und ließ André im Geiste zu sich kommen.
So blieb sie eine Weile sitzen und dachte an André. Dann begab sie sich wieder auf den Heimweg, das Herz von Dankbarkeit geweitet. War es ihr doch noch zu Lebzeiten vergönnt gewesen, ein vollkommen gutes Geschöpf zu kennen, ja zu lieben.
Ein paar Tage später kam ein Handwerker aus einer Werkstatt in der Stadt und brachte etwas, was er selber verfertigt hatte: auf ein kleines Stück Alabaster hatte er Andrés Bildnis gemalt.
Madame Wu starrte das Bild erschrocken an. »Warum hast du es mir gebracht?« fragte sie. Sie konnte nicht annehmen, daß ihr innerstes Leben anderen bekannt sei, und doch kannte sie die wunderliche Weisheit des Ungebildeten.
»Ich habe es aus Dankbarkeit für den Mann gemacht«, sagte der Handwerker in aller Einfalt. »Einmal, als wir im Hause große Sorgen hatten und ich ohne Arbeit war, gab er uns zu essen und sorgte für uns, bis wir wieder in der Lage waren, selber für uns zu sorgen. Damals habe ich dieses Bild von ihm gemacht, damit ich sein Gesicht nie vergesse.

Gestern aber sagte die Mutter meiner Kinder: ›Sollen wir es nicht in den Tempel des Hauses Wu stellen, wo die Findlinge jetzt leben, damit sie eine Erinnerung an ihren Vater haben?‹ Deshalb bringe ich Ihnen das Bild.«

Madame Wu war enttäuscht. Nicht sie war es, der das Geschenk zugedacht war. Sie stellte den Alabaster auf den Tisch. Der Mann hatte ein Holzgestell dazu geschnitzt – da stand nun Andrés Bildnis. Der Mann hatte Andrés Aussehen festgehalten, wenn er auch etwas Fremdes hineingebracht hatte; die Augen drehten sich an den Winkeln etwas aufwärts, die Hände waren eine Ahnung zu fein und die Figur zu schlank. Immerhin – es war André.

»Was soll ich dafür bezahlen?« fragte Madame Wu.

»Es ist ein Geschenk«, sagte der Mann. »Ich kann es nicht verkaufen.«

»Dann nehme ich es für die Kinder an«, sagte sie.

So geschah es, und der Mann entfernte sich. Sie behielt die Malerei einen Tag bei sich, und dann brachte sie sie abends zum Tempel. Die Kinder waren eben beim Abendessen. Der Tisch war vor den Götterbildern, die die Tore bewachten, gedeckt. Madame Wu blieb an der Tür stehen und ergötzte sich an dem Anblick. Hohe rote Kerzen brannten in den Leuchtern zu Füßen der Götterbilder, und vom Altar krauselten sich Weihrauchwolken wohlriechend empor. Aus Licht und Rauch schauten zwischen den Deckenbalken die Götter aus bemaltem Ton auf die Kinder herab.

Nun hielt sie das Bildnis in die Höhe, damit alle es sehen konnten. »Ich habe ein Geschenk für euch«, sagte sie zu ihnen. Die Kinder machten ihr Platz, sie trat an den Tisch unter den Götterbildern und stellte das Alabasterbild vor die große Weihrauchurne aus Zinn. Da stand nun André und blickte auf die Kinder, und die Kinder blickten auf ihn. Dann begannen sie flüsternd und seufzend und lachend zu sprechen. »Ah, es ist unser Vater! Ah, er ist es –.«

Nachdem sie in ihren Hof zurückgekehrt war, fiel ihr ein, daß sie Ch'iuming im Tempel nicht gesehen hatte. Abends erwähnte sie es Ying gegenüber. »Ich habe unserer zweiten gnädigen Frau die Erlaubnis erteilt, mit ihrem Kind im Tempel zu wohnen, ich habe sie dort nicht gesehen.«

»Sie wohnt dort«, antwortete Ying, »aber sie geht oft zu

Ihrer zweiten Schwiegertochter. Sie sind Freundinnen geworden, sind wie Schwestern und trösten einander; denn seit diese Dirne gekommen ist, ist unsere zweite Gnädige sozusagen Witwe. Unser Herr läßt nie mehr die Pfeife auf ihrem Tisch liegen.«

Madame Wu gab keine Antwort. Während sie sich nach dem Bad von Ying mit Öl einreiben ließ, dachte sie in Ruhe nach. Es ist wahr: in einem großen Hause finden sich gleiche Herzen und verbinden sich mit einem selbstgeknüpften Band. Wenn Ch'iuming Rulan Trost bieten kann – möge es so sein. Möglich, daß auch Rulan für die Arbeit bei den Tempelkindern gewonnen werden könnte und darin Trost finden würde. An diesem Abend begab sich Madame Wu mit allerlei Plänen für diese Kinder zu Bett, sie war entschlossen, unter ihrem eigenen Dach eine Schule für sie zu errichten. Aber sie gehörte zu den Menschen, die nichts übereilen.

XIV

Im nächsten Jahr kam wieder ein elektrischer Brief übers Meer, diesmal von ihrem dritten Sohn Fengmo. Herr Wu nahm das Papier in Empfang, kam aber damit nicht selbst zu Madame Wu, sondern schickte es durch eine Magd. Es war ein merkwürdiger Brief. Sie deutete ihn auf alle möglichen Arten, konnte aber daraus nicht klug werden. Er kündigte seine Ankunft an – weiter nichts. Wenn Wind und Wetter die Reise nicht verzögerten, würde er frühestens in einem Monat, spätestens innerhalb zweier Monate zu Hause sein. Aber die ihm zugemessenen Jahre waren noch nicht vergangen, und er sagte nicht, weshalb er früher nach Hause kam.

Je öfter Madame Wu die wenigen Worte las, um so unruhiger wurde sie. Sie wünschte aufs innigste, André wäre da, denn diesen einen Sohn hatte sie mit ihm geteilt. »Wenn du nur auf ihn heruntersehen könntest«, flüsterte sie, »wenn du mir sagen könntest, warum er so plötzlich nach Hause kommt und ob er etwas Unrechtes getan hat –.«

Als sie aber die Augen schloß und im Dunkel nach Andrés Antlitz Ausschau hielt, da sah sie nur, daß er ernst war. Er schwieg, und aus der Erinnerung kam nichts, das ihn zum Sprechen hätte bringen können.

Mit Herrn Wu wollte sie über diesen Sohn nicht sprechen, auch mit Rulan nicht und am allerwenigsten mit Ch'iuming. Je mehr sie jedoch über die ganze Sache nachdachte, desto verwirrter und unruhiger wurde sie, und schließlich befürchtete sie, Fengmos Heimkehr werde neue Sorgen bringen. Da fiel ihr ein, daß von allen Menschen vielleicht Madame Kang, Linyis Mutter, für eine Aussprache die richtige wäre.

Die Entfremdung zwischen den beiden hatte angedauert, und hätte sie auf dem Lande gewohnt, so wäre der Pfad zwischen den beiden Häusern längst von Unkraut überwachsen gewesen. Selbst als Madame Wu sich bereits entschlossen hatte, Madame Kang aufzusuchen, empfand sie einen unerklärlichen Widerwillen. Die Ursache lag in ihrer großen Verschiedenheit, und dieser Unterschied, wie sie nach längerem Nachdenken entdeckte, bestand darin, daß Madame Kang ihren Gatten über alle Maßen liebte, ebenso wie sie selbst André liebte; und diese beiden Leidenschaften, obgleich voneinander entfernt und verschieden wie Himmel und Erde, waren dennoch von der gleichen Art. Das heißt: jede der beiden Frauen wußte, was es bedeutete, einen anderen mehr zu lieben als sich selbst. Aber das war nun gerade die Ursache von Madame Wus Widerwillen gegen die Freundin: daß diese ihren lieblosen dicken Mann mehr liebte als sich selbst. Und doch mußte sie ehrlich erkennen, daß Madame Kang genau so fühlte wie sie selber und daß der Unterschied nicht im Grade oder in der Beschaffenheit ihrer Liebe lag, sondern im Niveau. Madame Kang liebte ihren Gatten mit aller Liebe, deren sie fähig war, und sie schämte sich dessen nicht.

Und doch verdient der alte Kang nicht, mit André unter einem Himmel zu leben und zu atmen – dachte Madame Wu empört.

Mit diesem Gedanken beschäftigt, saß sie an einem hellen Morgen in der Bibliothek, und nach einer Weile lachte sie laut über sich selbst.

Sie schloß die Augen und sah, wie André mit ihr lachte. So blieb sie sitzen und betrachtete dieses Antlitz, bis es nicht mehr zu sehen war. Dann schlug sie, gereinigt und gestärkt, die Augen auf, Ying brachte ihr das Überkleid und machte sie zum Ausgehen fertig. Madame Wu schickte einen Boten voraus, der ihren Besuch ankündigen sollte, und dann ging sie zu Madame Kang.

An der Unordnung im Hause Kang hatte sich nichts geändert, und die Zahl der glotzenden Kinder hatte sich sogar noch vermehrt. Die Frau oder Nebenfrau eines jeden Sohnes hatte, seit Madame Wu diese Tore zum letztenmal betreten hatte, ein oder zwei Kinder hinzugeboren, und alle waren ebenso ungezogen und ebenso glücklich wie nur je. Eine fröhliche Bauernmagd geleitete Madame Wu zu dem Hof, wo Madame Kang den ganzen Tag unter einer Weide, neben einem kleinen Teich, auf einem leichten Rohrstuhl saß. Der Stuhl hatte allmählich Madame Kangs wachsender Leibesfülle nachgegeben, so daß die geflochtenen Seitenteile die Kurven ihres Körpers angenommen hatten. Hier ließ sie sich am Morgen nieder, und wenn es nicht regnete, erhob sie sich nicht vor dem Abend.

Rings um sie spielten und schrien die Kinder, tranken von den Brüsten ihrer Ammen, die Mägde nähten und wuschen Gemüse und Reis in dem Teiche, die Schwiegertöchter klatschten, Nachbarinnen guckten herein, um ihre Neuigkeiten zu erzählen, Händler kamen, um ihre Waren zu zeigen, und aus den anderen großen Häusern fanden sich den ganzen Tag über Damen ein, um Mah-Jongg zu spielen. Hier saß nun Madame Kang, als Madame Wu hereingeführt wurde; sie bewillkommte sie laut und entschuldigte sich, daß sie nicht aufstehe.

»Ich nehme so sehr an Gewicht zu, daß ich am Abend schwören möchte, ich sei schon wieder schwerer als am Morgen«, rief sie.

Nun war es Madame Wu klar, daß sie inmitten so vieler Zuhörer nicht sagen konnte, was sie wegen Fengmo und Linyi hatte sagen wollen. Sie setzte sich jedoch in ihrer höflichen Art, ohne Eile merken zu lassen, auf den Stuhl, den eine Magd herbeigebracht und neben Madame Kang hingestellt hatte. Madame Kang wußte recht gut, daß Madame Wu in einer besonderen Absicht gekommen war; mit lebhaften Bewegungen ihrer fetten Hände rief sie, alle sollten

weggehen und sie allein lassen. Nach vielem Geschrei und Gelaufe und Durcheinander, währenddessen Madame Kang, die Hände auf den Knien, mit lauter Stimme Weisungen erteilte, waren die beiden Damen endlich unter sich.
Nun holte Madame Wu Fengmos elektrischen Brief hervor und zeigte ihn ihrer alten Freundin. Aber Madame Kang lachte und machte eine abwehrende Bewegung. »Die wenigen Buchstaben, die ich einmal kannte, habe ich vergessen«, sagte sie heiter.
Madame Wu lächelte. Es war unmöglich, nicht über diese Frau zu lächeln, so sehr zuwider sie ihr auch manchmal war. Sie las also Fengmos Worte laut vor: »Komme sofort nach Hause.«
»Sagt er nicht mehr als das?« fragte Madame Kang, das Papier anstarrend.
»Nein, nur das«, erwiderte Madame Wu. Sie faltete den Brief wieder klein zusammen und steckte ihn in den Busen. Dann griff sie zu der Teetasse, die auf dem Tischchen an ihrer Seite stand, sah aber, daß das Gefäß schmutzig war, und stellte es wieder hin.
»Offenbar ist etwas passiert«, sagte sie. »Er hatte die Absicht, fünf Jahre fortzubleiben.«
»Er ist krank!« rief Madame Kang aus.
»Möglich«, sagte Madame Wu, »aber das würde er uns wohl mitgeteilt haben.«
»Glaubst du, er hat etwas Unrechtes begangen?« stieß Madame Kang hervor.
»Das kann ich mir nicht denken«, sagte Madame Wu. Nachdem Fengmo so lange bei André in die Schule gegangen war, konnte er wohl keinen ernstlichen Defekt haben. »Ich wollte mit dir wegen Linyi sprechen«, fuhr sie fort. »Ich mache mir Vorwürfe, daß ich seit dem Tode ihres Lehrers den Unterricht nicht fortgesetzt habe.«
Sie wandte bei diesen Worten den Kopf ab, denn sie wußte, daß Madame Kang sehr schnell die Hintergründe erriet, wenn es sich um Fragen zwischen Mann und Frau handelte.
»Linyi liegt nichts daran«, sagte Madame Kang ungeniert. »Sie wagte nicht, es dir zu sagen, Ailien, aber diese Lektionen waren ihr zuwider, und den Priester mochte sie nicht leiden. Sie sagte, er redet immer von seiner Religion.«

»Aber er hat sie doch nie in seiner Religion unterrichtet!« sagte Madame Wu entrüstet.
»Es war ihr trotzdem unbehaglich«, sagte Madame Kang. »Sie sagt, es fiel ihr schwer, zu essen und zu schlafen.«
»Ja, ein guter Lehrer regt die Seele auf«, sagte Madame Wu.
»Wenn Fengmo ebenso geworden ist wie dieser Priester«, sagte Madame Kang gähnend, »dann wird es schwer sein zwischen den beiden.«
Madame Wu erhob sich, um wieder zu gehen. Sie sagte sich, es sei wohl der letzte Besuch in diesem Hause gewesen – vielleicht würde sie ihre alte Freundin nie mehr wiedersehen. In Wahrheit hatten sie sich schon lange getrennt.
Immerhin hatte sie bei dem Besuche etwas erfahren, und es tat ihr nicht leid, daß sie gekommen war. André hatte Linyi ihre Pflichten gelehrt: – *was* er sie gelehrt hatte, wird sie bald herausbekommen.

Angesichts der erwarteten Heimkehr Fengmos schob Madame Wu alles andere zur Seite. Die Tempelkinder mußten auf ihre Schule warten, auch Rulan und Ch'iuming mußten warten. Ihre erste Aufgabe war, Linyi auf ihren Gatten vorzubereiten.
Das machte ihr weiter keine Schwierigkeiten, denn es war ihr Recht, die Schwiegertochter zu einem Besuch aufzufordern. In einem so großen Hause kam es oft vor, daß Madame Wu tagelang mit einem Mitglied der Familie nicht sprach, und so war es auch mit Linyi gegangen. Sie sah die junge Frau fast täglich bei der Hauptmahlzeit der Familie, sie sah sie bei Festlichkeiten und an den Tagen, da die Ahnentafeln geehrt wurden, und bei ähnlichen Anlässen. Aber sie hatte keine Ursache, Linyis persönliche Anwesenheit zu verlangen. Die junge Frau lebte im Hause, wurde vom Personal bedient, besuchte ihre Schwester und vertrödelte die Zeit, abgesehen von den wenigen Obliegenheiten, die Madame Wu ihr in einer schriftlichen Rolle zu Beginn jeder Saison zugewiesen hatte: Obliegenheiten, die die Ordnung des Haushalts betrafen. So zum Beispiel hatte Madame Wu Linyi verpflichtet, die Goldfische zu füttern, Blumen in der Haupthalle aufzustellen, Fengmos Pelzkleider und Satinanzüge zu lüften und zu besorgen, den Hof, den

sie bewohnte, in Fengmos Abwesenheit zu überwachen, alles mit Hilfe einer alten Dienerin, die sie von zu Hause mitgebracht hatte. Ein- oder zweimal war Linyi krank gewesen. Meng hatte sie gepflegt und Madame Wu benachrichtigt, sobald sie wieder genesen war, das war alles, was Madame Wu von Linyi wußte.

Nun wollte sie mehr wissen. Sie redete sich nicht ein, daß es nur um ihres Sohnes willen geschah. Sie wollte aus Linyis Mund hören, was André sie gelehrt hatte. Sie wollte seine eigenen Worte hören, sie wollte wissen, ob sie im Herzen dieser jungen Frau Wurzel geschlagen hatten.

Linyi kam also, gekleidet, bemalt und gepudert und mit gewelltem Haar. Madame Wu hieß sie mit ihrem gewohnten Lächeln willkommen und lud sie mit der gewohnten Handbewegung ein, sich zu setzen und sich's bequem zu machen. Bevor sie zu sprechen anfing, betrachtete sie Linyi vom Kopf bis zum Fuß. Die junge Frau war sehr hübsch, das wußte sie, und sie wich Madame Wus prüfendem Blick nicht aus. Madame Wu lächelte über diese kecken, unschuldigen Augen. Waren sie nicht unschuldig? Gewiß, aber sie waren zugleich boshaft, müßig, sorglos und heiter.

»Ich muß lächeln, wenn ich bedenke, wie die Zeiten sich ändern«, sagte Madame Wu. »Als ich noch ein junges Mädchen war, da hätte ich geweint, wenn man mir das Haar an den Enden gewellt hätte. Glatt und gerade und schwarz mußte das Haar sein, dann wurde es als schön angesehen. Jetzt aber gelten Wellen für schön, nicht wahr? Meng müßte sich eigentlich freuen, daß ihr Haar sich von selbst wellt. Aber ich glaube, es ist ihr nicht recht.«

Linyi lachte, wobei sie kleine weiße Zähne und eine rote Zunge sehen ließ. »Ich glaube, Fengmo wird an gewelltes Haar gewöhnt sein«, sagte sie mit ihrer frischen, hohen Stimme. »Im Ausland haben alle Frauen gewelltes Haar.«

»So«, sagte Madame Wu. Plötzlich sah sie ernst drein. »Sag mir, warum bist du immer in alles Ausländische verliebt?«

»Nicht in alles Ausländische«, erwiderte Linyi schmollend. »In diesen haarigen alten Priester war ich nie verliebt.«

»Er war doch nicht alt«, sagte Madame Wu leise.

»Für mich war er alt«, sagte Linyi. »Und haarig – oh, wie ich haarige Männer hasse!«

Madame Wu spürte, daß dieses Gespräch ihnen beiden nicht gut tat. Sie überlegte, wie sie auf eine andere Weise beginnen könnte. »Aber er hat dich gut unterrichtet«, sagte sie tastend. »Ich glaube, was er dich gelehrt hat, war voller Güte, und ich möchte gerne, daß du es mir wiederholst – bitte.«
Dieses »Bitte« kam mit einer solchen Betonung heraus, daß Linyi wußte, sie müsse gehorchen, ob es ihr angenehm war oder nicht. Sie runzelte die Stirn, senkte die langen schmalen Brauen und wickelte eine Strähne ihres schwarzen Haars um den Finger.
»Ich habe mir nicht die Mühe gegeben, mir alles zu merken«, sagte sie, »aber er sagte mir immer, Fengmo ist zu großen Taten geschaffen, und an mir liegt es, ihn so glücklich wie möglich zu machen, damit er besser arbeiten kann.«
»*Wie* sollst du ihn glücklich machen?« fragte Madame Wu.
»Er sagte, ich muß den Strom von Fengmos Leben finden«, sagte Linyi unwillig, »und er sagte mir, ich muß das Stroh und Äste und alles, was seinen Lauf behindert, aus dem Weg räumen, und ich muß alles tun, was in meinen Kräften steht, daß das Wasser auf seine Höhe steigt. Der Priester sagte, ich darf nicht sein wie ein Felsblock, der in den klaren Strom geworfen wird und ihn zerteilt. Ich darf Fengmos Leben nicht zerteilen.«
Ja, dachte Madame Wu, das könnten Andrés Worte sein. Da er den Geist der jungen Person kannte, bediente er sich solch einfacher Worte und Bilder. »Weiter, mein Kind«, sagte sie freundlich. »Es sind gute Worte.«
Linyi fuhr fort. Sie ließ die Haarsträhne fahren, und im Sprechen wurden ihre Augen nachdenklich. »Und er sagte, ich muß Bücher lesen über das, was Fengmo tut, und ich muß seine Gedanken verstehen. Er sagte, Fengmo wird sein ganzes Leben einsam sein, wenn ich ihm nicht auf den Fersen folge. Fengmo braucht mich, sagte er.«
Ihr Blick wandte sich wieder Madame Wus Gesicht zu. »Aber ich bin nicht sicher, ob Fengmo weiß, daß er mich braucht«, sagte sie.
Madame Wu begegnete dem kindlichen Blick. »Liebst du ihn?« fragte sie.

Es war eine erstaunliche Frage, von der Mutter eines Sohnes an dessen Frau gerichtet. Wer außer Madame Wu würde sich um so etwas gekümmert haben? Linyis Augen füllten sich mit Tränen. »Ich könnte ihn lieben«, flüsterte sie, »wenn er mich liebte.«

»Liebt er dich nicht?« fragte Madame Wu.

Linyi schüttelte so heftig den Kopf, daß die Tränen aus ihren Augen flogen und in Tropfen an dem blaßblauen Satin ihres Kleides hängen blieben.

»Nein«, flüsterte sie, »Fengmo liebt mich nicht.«

Bei diesen Worten beugte sie den Kopf über beide Hände und weinte. Madame Wu wartete. Sie wußte, daß für den Kummer einer Frau nichts so gut ist wie Tränen. Wie oft hätte sie gerne geweint und hatte es nicht gekonnt!

Sie wartete, bis Linyis Schluchzen leiser wurde und dann aufhörte; dann erst sprach sie wieder. »Ach«, sagte sie, »Fengmo liebt niemanden. Das ist sein Fehler. Wir müssen diesen Fehler heilen. Ich werde dir helfen, mein Kind.«

Es waren wenige und schlichte Worte, aber das Vertrauen, das jeder im Hause zu Madame Wu hegte, war so groß, daß Linyi die Hände vom Gesicht nahm und mit feuchten Wimpern lächelte.

»Ich danke dir, Mutter«, sagte sie. »Ich danke dir, ich danke dir.«

Der Tag von Fengmos Heimkehr war noch vor dem Winter, aber nach den letzten warmen Herbsttagen. Die Ernte war eingebracht und in die Speicher gelagert. Das Haus Wu, die Stadt, die von der Weisheit und Führung dieses Hauses abhing, die Dörfer, wo die Landarbeiter lebten, wie ihre Vorväter gelebt hatten – das alles war ein Hort des Friedens, während im Osten der Krieg wütete. Anderswo wurden Häuser zerstört, Familien wurden vertrieben und zerstreut, das Land wurde verwüstet. Aber hier im Binnenlande bestand das Haus Wu weiter.

Madame Wu erwartete ihren Sohn, und Fengmos erste Worte nach der Begrüßung galten diesem Frieden. Er sah sich in den Räumen um, wo alles beim alten war, als könnte er es nicht glauben.

»Es hat sich nichts verändert!« rief er aus.

»Warum sollten wir uns verändern?« erwiderte Madame Wu.

Aber schon während sie die Worte aussprach, wußte sie, daß sie nicht die Wahrheit sprach. Sie selbst hatte sich sehr verändert, es war eine innere Veränderung, die täglich in allem, was sie sagte und tat, in der Art, wie sie jeden lenkte, der um Rat und Zuflucht und Fürsorge zu ihr kam, ihren Ausdruck fand. Aber sie konnte sich nicht entschließen, über diese Dinge zu sprechen.

Vielmehr sagte sie: »Du, mein Sohn, hast dich verändert.«

Sie saß in großem Staat in der Bibliothek, angetan mit ihrem Kleid aus silbergrauem, gesticktem Satin. Sie hatte sich entschlossen, Fengmo hier in diesem großen Raume zu empfangen, wo sie oft mit André gesessen hatten. Sie selbst wollte von André nicht sprechen, aber die Erinnerung würde sprechen. So hatte sie nach dem festlichen Empfang am Tore, nachdem das Feuerwerk und all der Lärm vorüber waren, die Menge sich verlaufen hatte und nur noch die Feier bevorstand, Fengmo sagen lassen, daß sie ihn erwarte.

Er setzte sich nieder, ohne eine Aufforderung abzuwarten. Die ausländische Kleidung, die er bei seiner Ankunft getragen hatte, hatte er gegen seine eigenen Kleider vertauscht. Sogar die ausländischen Schuhe hatte er ausgezogen und trug nun seine schwarzen Samtschuhe. Von Tsemo hatte niemand mit ihm gesprochen, denn es bringt kein Glück, zu einem Lebenden und eben erst Heimgekehrten von einem Toten zu sprechen. Aber Fengmo selbst war es, der von seinem Bruder zu reden anfing.

»Mein zweiter Bruder fehlt mir«, sagte er.

Madame Wu wischte sich mit zarter Empfindung die Augen. Solange Tsemo lebte, hatte sie ihn nicht sehr vermißt, jetzt aber fehlte er ihr sehr, und sie dachte oft an ihn. Sie wußte, daß das, was sie mit ihm vermißte, nicht das war, was sie kannte, sondern das, was sie nicht gekannt hatte. Sie machte sich bittere Vorwürfe, daß sie einen Sohn im Hause hatte aufwachsen lassen, ohne ihn jemals wirklich kennenzulernen.

»Wie geht es meiner zweiten Schwägerin?« fragte Fengmo dann.

»Rulan ist still«, sagte Madame Wu. »Sobald ich Zeit habe, werde ich ihr eine Möglichkeit zu leben suchen. Sie ist zu jung, um das Leben einer Nonne zu führen.«

»Sie wird wohl nicht wieder heiraten wollen?« fragte Fengmo.

»Wenn sie will – ich werde ihr helfen«, sagte Madame Wu.

Darüber wunderte sich Fengmo nicht wenig. Es wäre ihm nicht in den Sinn gekommen, daß seine Mutter eine Frau über die Familie stellen könnte.

Madame Wu merkte seine Überraschung und fuhr in ihrer sanften Art fort: »Ich habe mit den Jahren vieles gelernt. Wenn die Quellen im Innern nicht klar sind, dann ist das Leben nicht gut. Und ich habe gelernt, daß wir jeder Seele etwas schulden, nämlich das Recht auf ihr eigenes wahres Glück.«

»Mutter, erinnerst du dich an Bruder André?« fragte Fengmo.

Madame Wu zögerte. Wieviel sollte sie sagen, wieviel erzählen?

»Ich erinnere mich seiner«, war alles, was sie sagte.

»Niemand wird verstehen, warum ich so plötzlich nach Hause gekommen bin«, begann er. »Man wird mich fragen, und ich kann es nicht sagen. Ich weiß nicht, wie ich es den anderen sagen soll. Dir aber, Mutter, möchte ich es sagen. Du warst es, die Bruder André in dieses Haus gebracht hat.«

Sie hatte ein so sicheres Gefühl, daß André gegenwärtig sei – vielleicht nur kraft ihrer Erinnerung –, daß sie nicht zu sprechen wagte. Nein, nicht weil sie sich seiner erinnerte, war André zugegen, sondern weil sie ihn liebte.

»Mutter!« rief Fengmo. Er hob das Haupt und zwang sich, rasch zu sprechen, die Worte hervorzustoßen, sie ausgesprochen zu haben. »Ich bin nach Hause gekommen, weil ich drüben eine ausländische Frau lieben gelernt habe, weil auch sie mich liebte und wir uns voneinander trennten.«

Wäre Madame Wu gewesen, was sie früher war, so hätte sie ihrer Entrüstung Luft gemacht. Jetzt aber sagte sie gütig: »Wie traurig, mein Sohn!«

Er war sehr gewachsen. Madame Wu bemerkte jetzt, daß er um mehrere Zoll gewachsen war, schlank und aufrecht, wie es der alte Herr gewesen. Ja, sie entdeckte jetzt, was sie nie zuvor bemerkt hatte, daß Fengmo nicht seinem Vater ähnelte, sondern seinem Großvater. Derselbe Ernst in den Zügen, im Blick. Er war hübsch, aber ernst. Hier war nichts von Liangmos friedfertigem, gutem Aussehen, nichts von Tsemos kecker Schönheit, Fengmo sah aus wie ein junger Gelehrter.

»Ach, Mutter«, seufzte Fengmo. »Ich bezweifelte, daß jemand hier im Hause mich verstehen würde.« Nun, da er sich ihr anvertrauen durfte, stürzte der Bericht aus ihm hervor. »Sie war Studentin, eine Kollegin. Dort drüben studieren Männer und Frauen gemeinsam. Sie brannte von Wißbegier und Neugierde. Sie forschte mich aus – nicht in dreister Art, weißt du, Mutter – sondern weil sie, wie sie sagte, noch nie jemanden wie mich kennengelernt hatte. Sie stellte hunderterlei Fragen über uns, über unser Land und unser Heim, und ich erzählte ihr alles, auch über mich selber. Und sie erzählte mir von ihrem Leben. Wir lernten einander so gut – so schnell kennen.«

»Und schließlich mußtest du ihr auch von Linyi erzählen«, sagte Madame Wu freundlich.

Ein Schatten fiel zwischen ihn und die Sonne. Er ließ die Schultern sinken und wandte das Gesicht ab. »Ich mußte es ihr sagen«, antwortete er schlicht, »und dann mußte ich nach Hause fahren.«

»Um das Meer zwischen euch zu legen«, sagte Madame Wu mit unveränderter Stimme.

»Um alles zwischen uns zu legen«, bestätigte er.

Sie saß mit der ihr eigenen friedlichen Stille da. André hatte die Seele ihres Sohnes genährt, hatte sie so überaus empfindlich und empfänglich für das Gute gemacht. Sie kränkte sich über ihn, sie sehnte sich danach, ihn glücklich zu sehen – und doch war dieser Sohn nicht wie andere Männer.

»Und nun«, sagte sie, »und nun, mein Sohn, was wirst du tun?«

»Ich bin nach Hause gekommen«, sagte er. »Ich werde nie wieder fortgehen. Ich werde mir irgendwie mein Leben einrichten.«

Lange saßen sie schweigend da; es war das lange Schweigen zweier Menschen, die einander verstehen.

»Du mußt Linyi helfen, mein Sohn«, sagte sie.

»Das weiß ich«, sagte er. »Ich habe viel an sie gedacht. Ich schulde ihr sehr viel.«

»Du mußt es dahin bringen, daß du sie brauchst«, fuhr Madame Wu fort. »Du mußt in den kleinsten Dingen, die du tust, ihre Hilfe verlangen. Bitte sie, sie möge sich um deine Sachen kümmern, deine Bücher ordnen, dir Tee bringen. Tu nichts allein, mein Sohn, was *sie* für dich tun kann – das wird sie beschäftigen, und sie wird nichts anderes kennen.«

»Das will ich tun«, versprach er.

Und so saßen sie beieinander und würden noch lange so gesessen haben, so trostreich war es für beide, Mutter und Sohn, hätte nicht Ch'iuming diesen Augenblick gewählt, um hereinzukommen und Madame Wu um etwas zu bitten, das sie schon lange im Sinn hatte.

Alle die Monate, die sie mit Rulan zubrachte, hatte Ch'iuming den bekümmerten Reden der jungen Witwe über ihre Liebe zu dem toten Gatten zugehört. Und je länger sie Rulan zuhörte, um so stärker wandten sich Ch'iumings Gedanken Fengmo zu, und um so sicherer wußte sie, daß sie das Haus verlassen, ihr Kind nehmen und fortgehen mußte. Aber wohin sollte sie gehen?

Eines Nachts, als Rulan nicht schlafen konnte und die beiden lange über Dinge sprachen, die das Herz der Frau am tiefsten bewegen, brach Ch'iuming das Schweigegelöbnis, das sie sich selber gegeben, und erzählte Rulan von ihrer Liebe zu Fengmo.

»Ich bin schlecht«, sagte sie zu Rulan. »Ich erlaube mir, an ihn zu denken.«

Mit brennender Aufmerksamkeit hatte Rulan zugehört. Das Haar von den Schultern zurückwerfend, rief sie aus: »Ach, ich wollte, wir könnten beide aus diesem Haus hinauskommen! Hier sind wir alle hinter den hohen Mauern gefangen. Diese Familie macht sich selbst unglücklich. Wir lieben, wo wir nicht lieben sollen, und wir hassen, wo wir nicht hassen sollen. Wir sind alle einander zu nahe, während wir hassen und während wir lieben.«

»Sind wir hinter diesen Mauern nicht in Sicherheit?« fragte Ch'iuming. Sie war Rulan gegenüber immer etwas schüchtern; sie bewunderte sie, fürchtete aber zugleich ihre Kühnheit.

»Voreinander sind wir nicht sicher«, erwiderte Rulan.

In diesem Augenblick kam beiden ein und derselbe Gedanke. Ihre Blicke trafen sich.
»Weshalb müssen wir bleiben?« fragte Rulan.
»Wie könnten wir es wagen, fortzugehen?« fragte Ch'iuming.
Und dann begannen sie, Pläne zu schmieden. Erst wird Ch'iuming um die Erlaubnis bitten, auf dem Dorfe der Ahnen zu wohnen. In ihr altes Dorf konnte sie nicht zurückkehren, denn das würde aussehen, als ob die Familie Wu sie fortgeschickt hätte. Auch würde Madame Wu es nicht zugeben. Aber Ch'iuming wird darum bitten, in einem Dorf der Familie Wu leben zu dürfen, und wenn Madame Wu Bedenken tragen sollte, eine junge Frau allein in einem Bauerndorf wohnen zu lassen, dann wird Ch'iuming für Rulan bitten. Und wenn Rulan für sich selbst sprechen muß, wird sie sagen, daß sie als gutes Werk ihrer Witwenschaft eine Schule für kleine Kinder eröffnen wolle. Zu diesem Ergebnis waren sie nach langen Besprechungen gelangt, denn Rulan wollte sofort losgehen und in eigener Sache sprechen. Ch'iuming aber wies darauf hin, daß das unhöflich wäre. Wie durfte sie Madame Wu, wenn diese dem Vorschlag abgeneigt war, in die peinliche Lage versetzen, ihrer Schwiegertochter ins Gesicht hinein nein sagen zu müssen? Es war schon besser, Ch'iuming ging zuerst und fing den Stoß einer Verweigerung auf – wenn es dazu kommen sollte. Und dann brauchte es keine Meinungsverschiedenheiten zwischen Madame Wu und ihrer Schwiegertochter zu geben.
Nun wußte Ch'iuming recht gut, wo Fengmo war, aber sie war entschlossen, Madame Wu in seiner Gegenwart aufzusuchen und ihn nur in Madame Wus Gegenwart zu begrüßen; bei einer anderen Gelegenheit wird sie mit ihm nicht reden. Sie zog also ihrem Kind ein sauberes rotes Kleidchen an, wusch der Kleinen Hände und Gesicht, malte ihr zwischen die Augenbrauen einen roten Punkt, flocht ihr das Haar und band die Enden mit einem neuen roten Faden zusammen, und mit dem Kind, das nun schon ein sehr hübsches, rundliches kleines Mädchen war, trat sie unangemeldet ein.
Madame Wu blickte also zur Tür und sah Ch'iuming. Es war spät am Nachmittag, denn Fengmo war am Morgen

nach Hause gekommen. Die Sonne hatte den Hof verlassen, aber noch lag er in hellem Licht, und in diesem Licht stand nun Ch'iuming, ihr Kind auf dem Arm. Sie sah beinahe schön aus, was Madame Wu mit Schrecken bemerkte.

»Ah, unser dritter Herr – Sie sind nach Hause gekommen«, sagte Ch'iuming.

Fengmo antwortete nicht mehr als: »Ja, ja. Geht es Ihnen gut?«

»Sehr gut«, erwiderte Ch'iuming.

Sie gab ihm einen kurzen Blick und sah dann nicht wieder nach ihm hin. Vielmehr sprach sie zu Madame Wu: »Herrin, darf ich gleich jetzt eine Gunst von Ihnen erbitten, ohne daß Sie mich wegen der Störung für unhöflich halten?«

Madame Wu wußte, daß Ch'iuming nicht ohne bestimmte Absicht diesen Zeitpunkt gewählt hatte. Sie neigte das Haupt und sagte: »Setze dich und laß das schwere Kind auf seinen eigenen Beinen stehen.«

Ch'iuming errötete tief und tat, wie ihr geheißen. Sie brachte ihre Bitte vor, und Madame Wu hörte ihr zu.

»Sehr gut«, sagte sie, »sehr gut.«

Sie begriff sofort, welche Absicht Ch'iuming damit verband, daß sie gerade zu dieser Zeit kam. Ch'iuming wollte Madame Wu zu verstehen geben, daß sie sich jetzt, da Fengmo zurückgekommen war, aus diesem Hause zurückziehen wolle, um den Frieden der Familie nicht zu stören. Für solche Güte war Madame Wu dankbar.

Als Ch'iuming die erbetene Erlaubnis erhalten hatte, legte sie auch ein Wort für Rulan ein: »Da die Familientrauer vorüber ist, ihre eigene Trauer aber niemals enden kann, wünscht sie, ihren Kummer durch gute Werke zu lindern. Sie will eine Schule für Bauernkinder errichten.«

Bei diesen Worten blickte Fengmo, der die ganze Zeit mit gesenkten Augen dagesessen hatte, verwundert auf. »Das ist es«, erklärte er, »wozu ich nach Hause gekommen bin.«

Welch eine Überraschung! Ch'iuming wurde blaß, und Madame Wu konnte es nicht begreifen.

»Davon hast du mir nichts gesagt, mein Sohn«, rief sie mit silberner Schärfe aus.

»Ich war noch nicht so weit gekommen«, erklärte Fengmo. »Nach allem, was geschehen ist, mußte ich mir überlegen, welche Arbeit ich leisten könnte.«

Madame Wu erhob ihre schmale Hand. »Einen Augenblick!« gebot sie ihm. Und zu Ch'iuming gewandt, fragte sie freundlich: »Hast du sonst noch eine Bitte?«

»Nein«, antwortete Ch'iuming.

»Dann hast du meine Erlaubnis, fortzugehen, du und auch Rulan«, sagte Madame Wu. »Ich werde in den nächsten Tagen den Verwalter kommen lassen und ihm Auftrag geben, geeignete Häuser für euch und für die Schule ausfindig zu machen, und nachher könnt ihr gehen, wann ihr wollt. Aber ihr werdet besondere Möbel brauchen, bessere als man sie in einem Bauernhause gewöhnlich vorfindet, und andere Dinge auch. Bestimmt, was ihr braucht, und ich werde Ying sagen, daß sie alles vorbereitet.«

Ch'iuming erhob sich, nahm das Kind auf den Arm, dankte Madame Wu und entfernte sich. Rulan erwartete sie, und kaum hatte sie gehört, daß die Erlaubnis erteilt war, als sie auch schon mit Ch'iuming in einer frohen Stimmung, die sie noch gestern für unmöglich gehalten hätte, Pläne für das neue Leben zu machen begann.

»Ich muß mich irgendeiner Sache widmen«, sagte Fengmo. »Das habe ich von Bruder André gelernt. Er hat mich gelehrt, was ein Mensch den anderen lehren kann, aber nichts darüber hinaus.«

»Gut, mein Sohn«, sagte Madame Wu und wartete.

Er setzte sich wieder. »Der Weg zeigte sich mir durch einen reinen Zufall«, fuhr Fengmo fort. Er holte aus einer seiner Rocktaschen ausländischen Tabak und eine kurze ausländische Pfeife, stopfte sie und begann zu rauchen. Solche Rauchrequisiten hatte Madame Wu noch nie gesehen, aber sie unterdrückte ihre Neugier und unterbrach ihn nicht.

»In der Stadt dort drüben, wo ich lebte, gab es einen Wäscher unserer Rasse«, erzählte Fengmo. »Alle paar Tage trug ich meine Wäsche zu ihm.«

Madame Wu schaute verwundert drein. »Wusch er Wäsche für andere?« fragte sie.

»Für viele«, erwiderte Fengmo. »Es war sein Geschäft.«

»Heißt das, daß er auch für Ausländer wusch?« fragte Madame Wu mit einer gewissen Entrüstung.

Fengmo lachte. »Irgendwer muß ja die Wäsche waschen.«

Aber Madame Wu lachte nicht. »Unsere Landsleute sollten

doch nicht den Fremden ihre schmutzige Wäsche waschen«, sagte sie. Sie war unangenehm berührt und vergaß, daß Fengmo etwas hatte sagen wollen.
Er bemühte sich, sie zu beruhigen. »Nun, nun –«, sagte er. Dann setzte er fort: »Der Mann stammte nicht aus unserer Provinz, sondern aus dem Süden. Als ich eines Tages zu ihm ging, um meine Wäsche zu holen –.«
»Du hast dir selber die Wäsche geholt!« wiederholte Madame Wu. »Hattest du denn keinen Diener?«
»Nein, Mutter, dort drüben hatte keiner von uns einen Diener.«
Wieder bezähmte sie ihre Neugier. »Ich sehe, es ist ein höchst seltsames Land – später mußt du mir mehr davon erzählen. Weiter, mein Sohn«, befahl sie.
»Ich gehe also meine Wäsche holen, und da bringt mir der Mann einen Brief aus seiner Heimat«, fuhr Fengmo fort. »Mutter, zwanzig Jahre war er von zu Hause fort, und die Briefe, die er bekam, konnte er nicht lesen! Schreiben konnte er auch nicht. Ich las ihm also die Briefe vor und schrieb für ihn seine Briefe, und da erzählte er mir, daß in seiner Heimat niemand lesen oder schreiben kann – man muß in die Stadt gehen, um einen Schreibkundigen zu finden. Ich hatte diesen Jammer nie begriffen, bevor ich diesen Mann kennenlernte. Ich ging auf mein Zimmer zurück, schaute zum Fenster hinaus und sah die großen Gebäude der Universität und die Tausende von Studenten, die hier ein und aus gingen, die vielerlei lernten – und dieser arme Mensch konnte die Briefe nicht lesen, die er von zu Hause bekam! Da fiel mir ein, daß das auch für unsere Dörfer zutrifft. Von den Menschen, die auf unseren Ländereien leben, kann auch keiner lesen und schreiben.«
»Wozu auch?« fragte Madame Wu. »Sie kommen nicht, sie gehen nicht. Sie bestellen bloß den Acker.«
»Aber Mutter«, rief Fengmo aus, »lesen lernen heißt eine Lampe des Verstandes anzünden, die Seele aus ihrem Kerker befreien, ein Tor zur Welt öffnen.«
Diese Worte trafen Madame Wus Ohr und peitschten ihr Herz. »Ah!« sagte sie. »Das sind die Worte deines Lehrers!«
»Ich habe sie nicht vergessen«, sagte Fengmo.

»Rulan wird mir gerade die richtige Hilfe sein«, sagte er eifrig. »Früher habe ich an sie nicht gedacht. Und auch Linyi soll mir helfen, dann werden wir weniger an uns selber denken.«

Er war wieder auf den Beinen. »Weißt du, Mutter, wenn es mir hier, in unseren Dörfern, gelingt, dann kann das etwas werden, was sich überall verbreitet. Welch ein Segen wäre das –.«

Sie sah, wie dieses junge Gesicht sich erhellte von einem Schimmer des Lichts, das unauslöschlich in Andrés Augen gebrannt hatte. Sie wird dieses Licht nicht auslöschen.

»Mein Sohn, tu, was du für gut hältst.« Das war ihre Antwort.

Madame Wu lag in ihrem Bett wach, wie ihr das jetzt oft geschah. Es verdroß sie nicht, es beunruhigte sie nicht.

Was Herrn Wu betraf, so vollendete Jasmin, was seine Mutter in seiner Jugend begonnen hatte. Alles, was Madame Wu in ihm genährt hatte, war dahingeschwunden wie ein Licht, das erlischt, weil kein Brennstoff es unterhält. Er wurde dick und schwer, da er zuviel aß und trank, allerdings immer in Jasmins Gesellschaft. Er besuchte keine Blumenhäuser mehr, denn Jasmin schenkte ihm alle ihre Künste. Sogar ein früheres Bedürfnis nach der Gesellschaft von Freunden versiegte, und nur selten noch ging er ins Teehaus, um Neuigkeiten zu hören und den Stadtklatsch zu diskutieren.

Das alles wußte Madame Wu mit ihrem Ahnungsvermögen, und sie betrat den Hof nicht mehr, der einst ihr eigenes Heim gewesen. Und auch Jasmin kam nie zu Madame Wu. Die beiden lebten genau so weit voneinander getrennt wie zu der Zeit, bevor Jasmin ins Haus gekommen war.

Seltsam; jetzt, mitten in der Nacht, da das Haus schweigend dalag, dachte sie mit Besorgnis an ihren ältesten Sohn, Liangmo. Weshalb war sie seinetwegen besorgt, da doch er der zufriedenste von all ihren Söhnen war? Auch ihn mußte sie, wenn irgend möglich, erforschen.

Und in Fengmos Hof hielt sie sich nicht auf. Fengmo war ein Mann. Er hatte sich selbst erzogen, wie nur ein voll erwachsener Mann sich erziehen kann. Er hatte seine Seele nicht aufgegeben. Durch diesen Gedanken getröstet, trieb ihr Geist dem Schlafe zu wie ein leeres Boot auf mondbeschienenem Meer.

»Jetzt meine englischen Bücher!« kommandierte Fengmo.
Linyi lief, um sie aus der Kiste zu holen. Es waren zwei Armvoll Bücher. »Wieviel Bücher du hast!« rief sie aus.
»Das sind nur meine besten. Es sind noch Kisten unterwegs.«
Er kniete bei den Bücherregalen an der Wand nieder und reihte die Bücher ein, wie sie sie ihm brachte. Äußerlich ruhig und mit dauernd lächelndem Gesicht, war er im Innern ganz Aufruhr und Schmerz. Er hatte das Gefühl, er würde nie wieder schlafen können, und er bemühte sich fieberhaft, seine Sachen in Ordnung zu bringen, und die Reisekoffer, die nie wieder benutzt werden sollten, sich aus den Augen zu schaffen.
»Muß das alles heute abend eingeräumt werden?« fragte Linyi.
»Ja«, antwortete er. »Ich will wissen, daß ich für immer nach Hause gekommen bin.«
Es beglückte sie, diese Worte zu hören, und er, zu jung, um zu ahnen, warum es so war, sprach sie aus, ohne sie anzusehen. Ja er sah, indem er das sagte, ein anderes Gesicht vor sich. Er sah Margarets Gesicht, ihre blauen Augen, ihr braunes Haar und ihre Haut, die so weiß und glatt war, daß er ihre Berührung nie vergessen wird. Wird er je bereuen, was er an jenem Tage in dem Wald jenseits des Meeres getan hatte? Er hatte sich gezwungen, ihr zu entsagen, sobald er sie in seine Arme genommen hatte.
»Ich kann nicht weiter«, hatte er gesagt.
Sie hatte nichts gesagt. Sie war dagestanden, die blauen Augen auf ihn gerichtet. Es ist etwas Seltsames, Wunderbares um blaue Augen. Sie können nicht verbergen, was hinter ihnen liegt. Schwarze Augen sind herabgelassene Vorhänge, blaue Augen sind offene Fenster.
»Ich bin verheiratet«, hatte er ihr unumwunden gesagt. »Meine Frau erwartet mich zu Hause.«
Von chinesischen Ehen wußte sie nichts. »War es deine eigene Wahl, oder hat deine Familie es angeordnet?«

Er hatte sich Zeit gelassen, ehe er antwortete.
»Ich wurde zur Heirat nicht gezwungen«, sagte er. »Sagen wir – es war meine Wahl.«
Da hatte sie unbewegt dagesessen und hatte ihm zugehört, während er ihr zu erklären versuchte, was die Ehe in seiner Familie bedeutete.
In irgendeiner seltsam undeutlichen Art spürte er, daß er Margaret in der Seele verwundet hatte.
»Ich will aus Liebe heiraten«, sagte sie. »Liebe und Ehe *können* dasselbe sein!«
»Manchmal«, hatte er zugegeben, »aber nur durch einen himmlischen Zufall. Manchmal erblickt auch ein Mann meines Volkes, wenn er in der Hochzeitsnacht den Brautschleier vom Antlitz seines unbekannten Weibes lüftet, diejenige, die er selbst unter allen gewählt haben würde, wenn ihm die Wahl freigestanden hätte. Aber das ist ein vom Himmel gesandter Zufall.«
»Hier heiraten wir immer aus Liebe«, hatte sie stolz wiederholt.
Er hatte gespürt, wie der Abstand zwischen ihnen beiden wuchs. »Nein, das tut ihr nicht«, hatte er geantwortet. Er war entschlossen, ihr die Wahrheit zu sagen, und wenn sie beide darüber zugrunde gehen sollten. »Ihr heiratet genau so wie wir, nämlich, um eure Art zu erhalten, aber ihr täuscht euch selbst, indem ihr es Liebe nennt. Ihr fordert die persönliche Erfüllung, auch wenn ihr euch selbst betrügt. Ihr betet die Idee der Liebe an. Wir aber sind die Wahrhaftigen. Wir glauben, daß alle – Männer wie Frauen – heiraten müssen. Das ist unsere gemeinsame Pflicht dem Leben gegenüber. Findet Liebe sich ein, nun, das ist eine Gnade des Himmels. Aber für das Leben ist die Liebe nicht notwendig.«
»Für mich schon«, hatte sie leise gesagt.
Wer weiß, wie lange das Schweigen gedauert hatte, das nun eingetreten war! Er brach es nicht. Er ließ es wachsen und anschwellen – einen Orkan an Tiefe und Weite.
Sie brach das Schweigen, indem sie die Hand ausstreckte: »Dann heißt es also adieu sagen, nicht wahr?«
Er hielt ihre Hand lange in der seinen. »Ja, es ist ein Abschied«, hatte er bestätigt und hatte sie ziehen lassen ...

Das letzte Buch stand an seinem Platz, das letzte Kleidungsstück war zusammengelegt. Er nahm die Koffer und stellte sie auf den Korridor, wo am Morgen ein Diener sie finden würde. Dann ging er zurück ins gemeinsame Schlafzimmer. Linyi stand, unentschlossen und wartend, mitten im Zimmer. Ohne zu zögern, trat er auf sie zu und packte sie an den Schultern.

»Du wirst mir helfen«, sagte er. »Ich habe hier auf meiner eigenen Erde ein Werk zu verrichten, und dazu brauche ich dich. Ich kann diese Arbeit unmöglich allein tun. Du mußt mir versprechen, daß du mir mit all deinen Kräften beistehen wirst.«

Der unbändige Blick in seinen Augen erschreckte sie beinahe. Aber es war ein angenehmer Schrecken. Sie *wollte* sich vor ihm fürchten, sie brauchte seine Herrschaft.

»Ich will dir helfen«, flüsterte sie – »ich will alles tun, was du von mir verlangst.«

Fengmo war wie ein Feuer im Hause. Alles wurde angefacht, um die Flamme zu nähren. Er stand vor Tagesanbruch auf, frühstückte noch beim Schein der Kerzen, und mit dem frühesten Morgen ritt er schon auf seinem Pferd auf schmalen Wegen querfeldein nach dem Dorf, das er für seine erste Schule ausgesucht hatte. Jung und alt, alle müssen lernen! hatte er dekretiert. Er plante Schulen für Kinder und Schulen für Männer und Frauen und alte Leute.

Allerdings gab es viel Klage unter den alten Leuten, die sich nie um Bücher gekümmert hatten und nicht einsehen wollten, daß man lesen lernen müsse. »Wir haben nur noch ein paar Jahre zu leben – müssen wir uns da plagen, um zu wissen, was andere Menschen geschrieben haben?« So murrten sie. »Haben wir nicht unsere eigenen Gedanken?« riefen sie. »Haben wir nicht nach so vielen Jahren ein wenig Weisheit gelernt? Unsere eigene Weisheit genügt uns.«

Aber Fengmo war zu jung, um solche Einwände gelten zu lassen, und schließlich kamen die älteren Bauern zu Madame Wu, um sie zu bitten, sie möge ihrem Sohn Einhalt gebieten. Madame Wu empfing sie. Sie nahm es immer sehr genau damit, Tieferstehende höflich zu empfangen. Übergeordnete gab es für sie nicht, und die auf gleicher Stufe Stehenden konnte sie abweisen, nicht aber geringere Leute. Sie empfing sie also in vollem Staat in der Haupthalle des Hauses und ließ auch Herrn Wu rufen, daß er seinen gewohnten Platz rechts vom Mitteltisch einnehme – sie selbst saß links –, und daß so das Haus vor den Landleuten würdig vertreten sei. Herr Wu trat würdevoll ein. Er trug unter einer schwarzsamtenen, ärmellosen Jacke ein Kleid aus weinrotem Satin – alles neu, weil ihm die alten Sachen zu eng geworden waren. Madame Wu war erstaunt über seine Fettleibigkeit; es war schon einige Zeit her, daß sie ihn – außer bei Tische sitzend – gesehen hatte, und nun erschien er immer seltener an der Familientafel. Er wird früher sterben, als es nötig wäre, dachte sie, während sie seine Backen betrachtete, und dann sagte sie sich wieder, es sei besser, glücklich, wenn auch vor der Zeit zu sterben, als etwas später und weniger glücklich. Deshalb verhielt sie sich still und ließ ihn ungewarnt.

Als die beiden Platz genommen hatten, kamen die Bauern herein, angetan mit ihren blauen Baumwollkleidern und mit neuen Strohsandalen an den Füßen. Sie brachten kleine Pakete mit Kuchen, eingewickelt in dickes Packpapier und mit Schnüren aus Stroh zusammengebunden, und unter die Schnüre hatten sie glückbringende rote Papierstreifen gesteckt. Diese Päckchen überreichten sie, und Herr Wu nahm sie entgegen mit dem gebührenden Protest – so viel Höflichkeit sei nicht nötig.

Dann legten die Bauern, demütig vor den Edelleuten stehend, ihre Kümmernisse dar. Madame Wu hörte zu, und das tat auch Herr Wu, wenn auch mit geringerem Interesse. Herr Wu stimmte den Bauern von Herzen bei. »Diese Brüder haben vollkommen recht«, erklärte er. »Mein Sohn führt sich auf wie ein Narr, und ich werde ihm befehlen, sofort in mein Haus zurückzukehren und euch in Ruhe zu lassen.«

Aber Madame Wu kannte alle Seiten der Sache und hatte nicht die Absicht, Herrn Wu unverständig handeln zu lassen. Sie stimmte ihm also zunächst bei, um dann eine andere Meinung zu äußern. Sie sprach folgendermaßen:

»Der Vater meiner Söhne hat sehr weise gesprochen – man muß ihm gehorchen. Ihr, gute Brüder, seid alle über Vierzig. Man darf euch gewiß nicht zwingen, etwas gegen euren Willen zu tun. Aber es mag in eurem Dorf manche geben, die jung sind und denen ein wenig Bildung von Nutzen wäre – gerade so viel Bildung, daß sie ihre Abrechnung machen und sich dagegen schützen können, auf dem Markt betrogen zu werden.«

Sie wandte sich zu Herrn Wu und sagte mit einer Stimme, die mit zunehmendem Alter nur noch weicher geworden war: »Wie wäre es, wenn wir unserem Sohn verbieten würden, Leute über Vierzig zu unterrichten, außer wenn einer von ihnen es selber wünschte?«

Das war ein gerechter Ausgleich, und dabei blieb es. Von nun an waren die älteren Bauern, wenn sie wollten, von Fengmo unabhängig, und keiner brauchte zu fürchten, daß es ihm, was Pachtzins und Saatgut betraf, zum Nachteil gereichen könnte, wenn er aus eigenem Willen des Lesens und Schreibens unkundig blieb.

Als Madame Wu Fengmo von der Aufwartung der alten Bauern erzählte, lachte er. »Ich habe ein Mittel, mit dem ich gewinnen werde!« rief er – die Schwierigkeiten waren ihm willkommen. Der Erfolg seiner Arbeit war, daß auch einige der älteren Bauern unterrichtet werden wollten, als sie sahen, welchen Vorteil die jüngeren davon hatten, und Fengmo ließ sich keine Gelegenheit entgehen, es allgemein bekanntzumachen, wenn ein jüngerer Bauer aus seinen Kenntnissen Vorteil zog, indem er eine Rechnung lesen und eine Aufstellung prüfen konnte. Schließlich wurde es Mode, Lesen und Schreiben zu lernen, und auch andere Dörfer verlangten Schulen. Fengmo war so beschäftigt, daß Monate vergingen, ohne daß Madame Wu von ihm Nachricht hatte.

Das alles war schön und gut für Fengmo, aber es brachte Unruhe ins Haus. Ch'iuming und Rulan übersiedelten endgültig ins Dorf. Das beunruhigte Madame Wu, denn Fengmo verlangte von beiden Mitarbeit in seinen Schulen, und wie sollte da Ch'iuming ihre Liebe zu Fengmo verbergen können? Madame Wu war überaus besorgt. Wenn die beiden auch gleichen Alters waren, so gehörten sie nicht derselben Generation an, und es würde sich ein böser Skandal über dem Namen Wu zusammenziehen, wenn ein Schatten des Verdachtes auf die beiden jungen Leute fiele. Aber da kam eines Abends, als sie gerade mit solchen Gedanken beschäftigt war, Fengmo zu Besuch.

Sie empfing ihn bereitwillig, denn nun wußte sie, daß Fengmo für nichts Zeit hatte, was er nicht für wichtig hielt. Als sie ihn erblickte, fürchtete sie einen Augenblick lang, er sei wegen Ch'iuming gekommen – mit einer Nachricht, die sie nicht hören wollte. Es handelte sich auch tatsächlich um sie, aber was er sagte, war folgendes:

Er setzte sich breit auf seinen Stuhl, stemmte die Hände auf die Knie und fing sofort an. Seine Stimme war ruhig, aber seine Augen schauten traurig drein. Während er sprach, bewunderte sie sein Aussehen. Die frische Landluft hatte ihm eine gesunde rote Farbe gegeben, und der Erfolg seiner Arbeit hatte ihm ein sicheres Auftreten verliehen.

»Mutter«, fing er an, »ich muß dir etwas sagen, aber ich weiß nicht, *wie* ich es sagen soll. Ich werde also irgendwo beginnen.«

»Beginne, mein Sohn«, sagte sie.

Er strich mit der Hand über das kurzgeschorene Haar. Bei seiner Heimkehr war es lang und glatt gewesen, jetzt aber trug er es kurz geschnitten, wie alle Bauern – eine schwarze Bürste.

»Handelt es sich um Ch'iuming?« fragte Madame Wu.

»Wieso weißt du alles?« erwiderte er überrascht.

»Ich habe meine Methode«, sagte sie. »Nun, mein Sohn, was hast du mir zu sagen?«

Das Eis war gebrochen, er konnte sprechen. »Du weißt, Mutter, daß eine Frau mich nicht mehr aufregen kann.«

Seine Jugend machte sie lächeln, und etwas in seinem ernsten jungen Gesicht berührte sie im innersten Herzen. Ach, vielleicht sind die alten Gebräuche von Liebe und Ehe falsch – wer weiß? Sie beugte sich ein wenig vor.

»Ich erinnere mich–«, begann sie, unterbrach sich aber. Sie gedachte eines Tages, da sie nicht älter war als Fengmo. Sie war am frühen Morgen erwacht und hatte in das schlafende Antlitz ihres Gatten geblickt, und da hatte sie gewußt, das sie ihn niemals werde lieben können. Und doch hatte sie ihre Pflicht getan und war zufrieden gewesen – ihr Leben war auf seine Art glücklich gewesen.

Aber die Jugend in Fengmos Gesicht verschloß ihr den Mund. Sie lehnte sich wieder zurück. Nein, über sich selber konnte sie zu ihrem Sohn nicht sprechen.

»Was sollen wir tun?« fragte er.
»Wir wollen überlegen, was das Vernünftigste ist«, erwiderte sie.
Er aber hatte schon einen Plan. »Ich bitte dich um die Erlaubnis, Linyi mitzunehmen – auch wir werden auf dem Land leben.«
So sprach er, und obgleich Madame Wu einsehen mußte, wie gescheit das war, wurde sie doch traurig bei dem Gedanken, daß wieder ein Hof unter ihrem Dach leerstehen sollte. Dann wieder freute es sie, daß er daran gedacht hatte, Linyi um seiner eigenen Sicherheit willen mit aufs Land zu nehmen, und je mehr sie überlegte, desto geneigter wurde sie, seinem Wunsche zu willfahren.
»Ich bin einverstanden«, sagte sie schließlich, »jedoch unter *einer* Bedingung: nämlich, wenn sie eure Kinder zur Welt bringt, daß ihr dann für die Zeit der Geburt und einige Monate nachher hierher zurückkehrt. Die Enkel sollen unter unserem eigenen Dache geboren werden.«
Fengmo nahm diese Bedingung an, und einige Tage später versperrten die beiden jungen Leute die Türen ihres Hofes und zogen ins Dorf, in ein Haus mit Lehmmauern.

XV

Und Ch'iuming lernte. Als aber im folgenden Jahr Linyi ihr erstes Kind zur Welt bringen sollte, ereignete sich etwas höchst Seltsames. Es war das Jahr des großen Rückzuges, als der Feind von den Inseln des östlichen Meeres große Geländegewinne machte und viele Menschen von ihrem Besitz und ihrem Heim vertrieb. Diese Wanderer zogen jetzt durch die Stadt und das Land, und da die Familie Wu in dieser Gegend ansässig war, kamen auch bei ihr viele Flüchtlinge vorbei.
Unter denjenigen, die zurückblieben, befand sich eine ältere Frau, eine Witwe, die mit ihrem Sohn, dessen Frau und Kindern länger als die anderen im Gasthof verweilte. Dieser Sohn war jetzt ihr einziges Kind, und er erzählte dem Wirt, weshalb sie zurückblieben.
»Meine Mutter hat vor vielen Jahren ein Kind verloren«,

sagte er. »Gibt es eine Möglichkeit, verlorene Kinder wiederzufinden?«

»War das Kind nicht tot?« fragte der Wirt. Die Gäste waren wohlhabend, und er drückte sich höflich aus.

»Tot war es nicht, aber meine Großmutter, die von heftiger Gemütsart war und sich darüber ärgerte, daß meine Mutter drei Mädchen hintereinander zur Welt brachte, hat das Kind weggelegt«, antwortete der Mann.

»Wieso kamen Sie damals hierher?« fragte der Wirt.

»Es war ein schlechtes Jahr in unserer Gegend. Wir hatten eine Mißernte, und da zogen wir in diese Gegend, wo es reichlich zu essen gab. Unterwegs, eben hier, gebar meine Mutter.«

Der Wirt dachte nach. »Dann muß es in eben diesem Gasthof gewesen sein«, sagte er, »weil er der einzige in unserer Stadt ist – und ich lebe hier, seit ich auf der Welt bin, und vor mir saß mein Vater hier.«

»Ja, es war in diesem Gasthof, sagt meine Mutter, und deshalb sind wir zurückgeblieben. Meine beiden Schwestern sind tot, und meine Mutter kann den Verlust des Kindes noch immer nicht verschmerzen.«

»Ich werde einmal mit unserer Herrschaft sprechen«, sagte der Besitzer des Gasthofes. »Wenn irgend jemand es weiß, dann ist es Madame Wu.«

Der Wirt zog also seine besten Kleider an, und eines Abends, nachdem alle Gäste bedient waren, ließ er Madame Wu sagen, er hätte eine Frage an sie und ob sie ihn empfangen wolle.

Sie antwortete zustimmend, denn die Familie des Gastwirts hatte seit altersher im Hause Wu gedient. Eine Stunde später stand er vor ihr in der Haupthalle, und diesmal ließ sie nicht Herrn Wu bitten, zu kommen und den Mann anzuhören, denn es war eine ihm gar nicht gelegene Zeit. Herr Wu liebte es nicht, nach dem Abendessen gestört zu werden, aber es war die einzige Stunde, zu der der Wirt kommen konnte – so groß war jetzt in Kriegszeiten der Andrang von Gästen.

Als er vor Madame Wu stand, erzählte er seine Geschichte. Sie hörte ihm zu und stückelte alles zusammen, was sie wußte. Sie verriet dem Manne nicht, was sie dachte. Viel-

mehr sagte sie bloß: »Laß die Mutter zu mir kommen – sie soll mir alles erzählen.«
»Das ist das beste, gnädige Frau«, erklärte der Wirt und begab sich mit seiner Botschaft nach Hause.
Am nächsten Tag brachte der Sohn seine Mutter. Madame Wu empfing sie in ihrem Hof, während der Sohn draußen in der Haupthalle wartete.
Madame Wu konnte natürlich nicht wissen, was für eine Frau ihre Besucherin sein werde. Sie hatte ein Weib gewöhnlicher Herkunft erwartet, als aber die Fremde, auf den Arm einer Magd gestützt, eintrat, sah Madame Wu, daß es keineswegs ein gewöhnliches Weib war, sondern eine, wenn auch nicht mehr junge, Dame.
Sie begrüßte die Dame und lud sie ein, auf dem Ehrensitz Platz zu nehmen, was diese jedoch ablehnte, mit dem Hinweis darauf, daß sie in Eile sei. Schließlich aber saßen beide Damen, Tee wurde eingegossen und alles zu einem Gespräch vorbereitet.
Nach Erledigung aller höflichen Förmlichkeiten begann die Fremde folgendermaßen:
»Wir sind von unserem Wege nach Westen ziemlich weit abgewichen. Gewiß ist man schon weit von hier in Sicherheit, und wir sind an die zweihundert Meilen weiter gekommen, als es nötig gewesen wäre. Aber ich habe meine Gründe.«
Sie trocknete sich mit einem seidenen Taschentuch die Augen, eins nach dem anderen.
»Sagen Sie mir nur, was Sie auf dem Herzen haben«, sagte Madame Wu freundlich.
Dergestalt ermutigt, fuhr die Dame fort und berichtete von der Weglegung des Kindes. »Ich weiß, daß mein Kind nicht gestorben ist. Es war ein so gesundes Mädchen – gesünder als jedes meiner übrigen Kinder. Und sein Vater wollte nicht, daß es getötet werde, obwohl seine Mutter es wünschte. Es war ein guter Mann mit einer bösen Mutter. Leider starb er vor ihr, und er wagte nicht, mir etwas gegen den Willen seiner Mutter zu sagen.«
Sie hielt inne, um sich wieder die Augen zu trocknen. »Wie sehr wurden wir gestraft! Ein Kind nach dem anderen starb, Mädchen und Knaben, bis mir mein jüngster Sohn blieb.

Nun suche ich das Kind, das ich verloren habe, und deswegen bin ich so weit gewandert.«
»Wissen Sie, daß das Kind nicht getötet wurde?« fragte Madame Wu.
»Ich weiß es«, erwiderte die Dame, »denn als ich noch im Wochenbett lag, hörte ich, wie der Sohn auf die Mutter einredete und wie sie schließlich zugab, daß das Kind nicht getötet, sondern nur über die Stadtmauer geworfen werden solle.«
»War das Kind in einen roten Seidenrock gehüllt?« fragte Madame Wu.
Die Dame starrte sie an. »Ja, in meinen alten roten Rock«, keuchte sie. »Ich dachte, in diesem Rock würde es von jemandem bemerkt werden.«
Madame Wu stand auf und ging zur Truhe. Dort lag zwischen ihren eigenen Kleidern zusammengefaltet dasjenige, das Ch'iuming ihr vor langer Zeit zur Aufbewahrung übergeben hatte. »Hier ist der Rock«, sagte sie.
Das Gesicht der Dame wurde grau wie Blei. »Er ist es!« flüsterte sie. Sie umfaßte das Kleidungsstück mit den Händen. »Aber das Kind?«
»Es lebt«, sagte Madame Wu.
Und dann erzählte sie Ch'iumings Geschichte und wie das Mädchen ins Haus gekommen war. Die Dame hörte zu, weinend und voller Ungeduld und doch auch voller Furcht.
Schließlich sagte Madame Wu: »Gehen wir selbst aufs Dorf hinaus, und Sie werden sehen, daß für Ihr Kind gut gesorgt wurde.«
Ohne weiteren Aufschub ließ sie Sänften kommen, und die beiden Damen begaben sich sofort auf das Dorf hinaus.
Madame Wu hatte schon längst die Absicht geäußert, dem Dorf einen Besuch abzustatten und einmal selbst zu sehen, was Fengmo dort eigentlich mache. Aber der Winter war kalt, der Sommer heiß gewesen, dazu kam ein leichtes Fieber und ihre Neigung, mit ihren Büchern allein zu sein, und so hatte sie ihren Vorsatz nicht ausgeführt. Was sie heute sah, setzte sie in Erstaunen. Das Dorf war sauber und blühend wie nie zuvor, und die Menschen sahen gesünder aus denn je. Die Kinder hatten reine Näschen und gebürstetes Haar,

und die Dorfbewohner wiesen stolz auf ein neues Lehmgebäude: die Schule!
Neben der Schule stand sein eigenes Haus, und da ein Bote vorausgelaufen war, um ihre Ankunft anzumelden, war für die beiden Damen alles vorbereitet. Linyi war in der Hoffnung, das hatte man Madame Wu berichtet, aber ihr gesundes Aussehen überraschte sie. Noch mehr aber war sie erfreut über die Veränderung in Linyis Benehmen. Die junge Frau war ehrerbietig und aufmerksam, und von ihrer lässigen Art war nichts mehr zu bemerken.
Sie traten also in Fengmos Haus und setzten sich, man ließ Fengmo rufen, und als er kam, wurde die ganze Geschichte nochmals erzählt, man holte Ch'iuming und ihr Kind, und mit ihnen kam auch Rulan.
Als Ch'iuming eintrat, sahen Mutter und Tochter einander an und wußten im Augenblick, wer sie waren. Zwei Gesichter konnten einander nicht so ähnlich sein, wäre das eine nicht aus dem anderen geschaffen. Alle Anwesenden brachen angesichts des wunderbaren Abschlusses einer so seltsamen Geschichte in Lachen aus, und wenn auch Madame Wu von allen die Stillste war, so war ihre Freude doch die größte.
Die beiden weinten, die Dame küßte ihr Enkelkind. Selbstverständlich wollte sie Ch'iuming mit dem Kind zu ihrer eigenen Familie mitnehmen, aber dazu mußte Ch'iuming Madame Wus Erlaubnis erbitten.
Madame Wu sah deutlich, daß Ch'iuming nicht gut aussah. Trotz der reinen Landluft und der ländlichen Nahrung war sie blaß, ihre Augen lagen tief, als litte sie an Schlaflosigkeit, und Madame Wu merkte, daß ihr Blick Linyi auswich. Es wird Ch'iuming gut tun, wenn sie das Haus Wu verläßt. Sie gab die Erlaubnis.
»Du sollst gehen, aber nicht ehe ich dir und dem Kind neue Kleider habe machen lassen und alles, was du für die Reise brauchst. Mit leeren Händen darfst du mein Haus nicht verlassen.«
Die Dame protestierte – es sei nicht notwendig, aber Madame Wu bestand auf ihrem Angebot. Dann kehrten Ch'iuming und ihr Kind mit ihrer Mutter in den Gasthof zurück, und von diesem Augenblick an trennten sie sich nie wieder.
Seit jener Zeit sah Madame Wu Ch'iuming nicht wieder.

Einmal des Jahres kam ein Brief, geschrieben von einem Schreiber, und unterzeichnet von Ch'iuming. In diesen Briefen meldete Ch'iuming Jahr um Jahr nach einer begrüßenden Einleitung, daß sie gesund sei, daß das Kind wachse, und schließlich, als der Krieg vorüber war, daß sie wieder geheiratet habe – einen Witwer, einen kleinen Kaufmann in Peking, der einheimische und ausländische Waren verkaufte. Er besaß zwei junge Söhne, die Ch'iuming bald liebgewonnen hatte. Ihre Mutter starb schließlich, und Ch'iuming bekam selber einen Sohn und dann Zwillinge, auch Jungen. Ihr Haus war voll.
Madame Wu beantwortete diese Briefe sorgfältig mit Ermahnungen und weisen Lehren. Und aus der Güte ihres Herzens fügte sie jedem ihrer Briefe Nachrichten über Fengmo und seine Familie hinzu.

Ja, Fengmos Familie wuchs ebenfalls. Wie auch sein inneres Leben aussehen mochte, das Leben seines Körpers war fruchtbar, und Linyi bekam Kinder – einen Sohn, eine Tochter und noch zwei Söhne. Zu jeder Niederkunft kehrte sie ins Haus Wu zurück; wenn aber das Neugeborene einen Monat alt war, zog sie wieder aufs Dorf hinaus, um ihren Platz an Fengmos Seite einzunehmen. Fengmo behandelte sie streng, aber gerecht. Madame Wu wußte recht gut, daß er Linyi niemals lieben würde, aber sie wußte auch, daß er der Liebe nicht bedurfte. Er hatte andere Feuer, und diese flammten höher als die Liebe. Er brannte vor Eifer für das Volk. Er dürstete nach Schulen und wieder Schulen, und als die Schulen standen, gab er sich nicht zufrieden und begann von Spitälern zu träumen. Alle seine Seidenkleider hatte er weggeräumt. Sie lagen in den Truhen des Vorratsraumes seiner Familie, und er trug einfache Kleider, im Schnitt wie Uniformen, aber ohne Abzeichen oder Schmuck.
Alle bewunderten diesen Eifer, bis die Familie selbst davon betroffen wurde, und das war zuviel. So gab Fengmo sich nicht damit zufrieden, die Landbevölkerung und auch Yenmo, der ihn liebte, zu unterrichten, sondern er griff auch in das Leben seines älteren Bruders Liangmo ein, und das paßte diesem nicht. Es verhielt sich so, daß Fengmo nicht genug Lehrer für seine Schulen auftreiben konnte, und da er

sah, wie seine Schwägerin Meng müßigging und dick wurde, fragte er sie eines Tages, warum sie nicht Linyi und Rulan beim Unterrichten der älteren Frauen behilflich sein wolle, die sich mit der Erlernung des Lesens und Schreibens, mit Näharbeiten und anderen nützlichen Dingen plagten.

»Ich?« rief Meng aus. »Aber ich verlasse ja unser Haus nie, außer wenn ich meine Mutter besuche.«

»Aber du solltest es tun, Schwägerin«, sagte Fengmo. »Es ist deine Pflicht. Deine Kinder werden von Ammen betreut, dein ältester Sohn ist in den Händen eines Erziehers, und dein Haushalt wird von der Dienerschaft versorgt. Du solltest täglich für ein, zwei Stunden zu uns kommen und uns helfen.«

Meng wurde sehr erregt. »Ich kann nicht!« rief sie aus. »Liangmo würde es nicht erlauben.«

»Aber du hast Lesen und Schreiben gelernt«, sagte Fengmo hartnäckig. »In unserem Lande sollte niemand, der etwas gelernt hat, es für sich behalten.«

Mit schreckverzerrtem Gesicht hörte Meng zu. Fengmo hatte in diesen Tagen eine laute, schulmeisterhafte Stimme, und wenn er erst seine Ansichten zu predigen begann, konnte ihm niemand antworten. Nur seine unendliche Güte rettete ihn und machte ihn noch immer beliebt bei seinen Schülern.

»Ich werde Liangmo fragen«, stammelte Meng schließlich, und Fengmo ging davon, überzeugt, daß er ihr Herz aufgerüttelt habe.

Aber Liangmo wurde nur ärgerlich, als Meng ihm weinend erzählte, was Fengmo gesagt hatte. »Ich bin mir bei seinen Worten so schlecht vorgekommen«, schluchzte sie.

Er machte eine finstere Miene und sagte dann: »Meng, ich verbiete dir, mit meinem Bruder zu sprechen. Ich werde selber mit ihm reden.«

Das tat Liangmo denn auch – er nahm Urlaub vom Geschäft und suchte Fengmo auf. Im stillen staunte er über die Sauberkeit der Dörfer, denn Fengmos Tätigkeit erstreckte sich jetzt über die ganze Gegend. Aber er schürzte die Lippen und wollte sein Erstaunen nicht zur Kenntnis nehmen. Vielmehr brummte er, er wisse nicht, wer das alles bezahle, und arme Leute sollten es nicht so rein haben wie reiche – das liege in der Natur der Dinge. Auch brauche man keine

Spitäler für die Armen, denn es gebe ohnedies schon zuviel Menschen – weshalb sollten so viele am Leben bleiben?
Das Ende des Besuches war, daß es zwischen den beiden Brüdern zu einem heftigen Streit kam, der um so mehr ausartete, als Liangmo über Linyis Erscheinung aufgebracht war; er betrachtete sie als unpassend für eine Dame seiner Familie. Er erklärte, sie sei angezogen wie eine gewöhnliche Lehrerin und sehe älter aus als Meng. Bei diesen Worten neigte Linyi dazu, sich selbst zu bemitleiden, aber Rulan griff in den Wortwechsel ein, wobei sie sich auf die Seite Fengmos und des Volkes stellte. Und Liangmo verdroß es, daß Rulan offenbar von ihrer Trauer geheilt war, denn all ihr Eifer erschöpfte sich in der Arbeit, die sie in den Dörfern verrichtete. Das Ergebnis war, daß man in Unfrieden voneinander schied und Liangmo sich zu Madame Wu begab, um sich zu beschweren.
Nun verließ Madame Wu in diesen Tagen nie ihren Hof, außer um die Tempelkinder zu besuchen. Sie hatte deren Zahl nicht vermehrt.
Die Kinder Andrés aber behielt sie im Tempel, und sobald ein Mädchen sechzehn Jahre alt wurde, verlobte sie es mit einem geeigneten jungen Mann, und diese Mädchen hatten einen so guten Ruf, daß es immer ganze Listen von jungen Leuten gab, die eine Frau aus ihrer Mitte wünschten. Wenn ein Mädchen seinen sechzehnten Geburtstag erreichte, rief Madame es zu sich und erzählte ihm von den jungen Männern, die bereit waren, sie zu heiraten. Freilich wurde in der Stadt viel über diesen neuartigen Vorgang geredet, denn Madame Wu nannte nicht nur den Namen und das Alter der jungen Leute, erzählte nicht nur von ihren Eigenschaften, sondern zeigte auch Bilder von ihnen.
Niemand wagte es, Madame Wu zu kritisieren, und die jungen Leute wetteiferten um die Ehre, ihr ihre Bilder zu schicken, und sie legte sie den Mädchen vor, sobald sie in die Jahre kamen. Hatte das Mädchen seine Wahl getroffen, dann schickte Madame Wu ihr Bild dem jungen Mann, und die Tempelmädchen standen in so hohem Ansehen, daß niemals eine von dem Manne ihrer Wahl zurückgewiesen wurde.
In diesen Tagen des Alterns stand André deutlicher denn je vor ihrem inneren Auge.

Deshalb war sie nun für den Besuch Liangmos gerüstet, als dieser mit geschürzten Lippen hereinkam, um sich über seinen Bruder Fengmo zu beschweren. Sie traf ihre Söhne nicht täglich, ja nicht einmal jeden Monat, und so sah sie sie gleichsam stets mit neuen Augen, wenn einer ihre Räume betrat. Heute sah sie Liangmo als erfolgreichen Geschäftsmann, als das künftige Oberhaupt der Familie, als Kaufmann und Geldverdiener.

Nach der Begrüßung ging Liangmo sofort auf den Kern der Sache ein. »Mein jüngerer Bruder ist ein Fanatiker geworden«, beklagte er sich. »Jetzt will er sogar, daß Meng aufs Land hinausgeht und Unterricht gibt. Das ist unmöglich. Linyi sieht aus wie eine Lehrerin. Sie trägt das Haar kurz geschnitten, und es ist von der Sonne braun geworden. Rulan sieht aus wie eine Kommunistin. Das alles ist mir in der Seele zuwider. Paßt das für unsere Familie?«

Madame Wu lächelte. »Hast du nicht gefunden, daß die Dörfer sehr reinlich sind?« fragte sie.

Aber Liangmo wollte nichts Gutes sehen. »Ich denke in erster Linie an unsere Familie und nicht an Fremde und gemeines Volk«, sagte er eigensinnig. »Auf mir ruht die Verantwortung für die Familie, Mutter, wenn du und Vater nicht mehr sind.«

Selten sprachen die Söhne von Herrn Wu. Alle wußten, daß seine Wohnung, mochte sie was immer gewesen sein, jetzt alles eher als leer war. Er war schläfrig und zufrieden und hatte keinen anderen Wunsch, als in Ruhe gelassen zu werden. Allerdings war er bei seinen Enkelkindern sehr beliebt. Sie kamen lärmend in seinen Hof, er fütterte sie mit Süßigkeiten, die sie lachend in Empfang nahmen, und während sie spielten, machte er ein Nickerchen. Und Jasmin, im Gefühl ihrer Kinderlosigkeit, lockte sie oft in den Hof und behandelte die Kinder als ihre eigenen, so daß der alternde Mann, ihr Beschützer, keinen Mangel empfand. Alte Männer müssen Kinder um sich haben, das wußte sie, das vertreibt die Furcht vor dem Tode.

Aber Liangmo benahm sich als ältester Sohn sehr korrekt, erwies seinem Vater, wenigstens mit den Lippen, jederzeit Respekt und deckte seine Schwäche. Jetzt fuhr er mit seiner Beschwerde über Fengmo fort.

»Und unser jüngster Bruder, Yenmo – gehört es sich, daß er nicht in eine Schule geht?«

»Yenmo will nicht in die Schule gehen«, sagte Madame Wu sanft.

»Ist das ein Grund, ihn nicht dazu anzuhalten?« fragte Liangmo. »Sieht er aus, wie der jüngere Sohn unseres Hauses aussehen sollte? Es ist kein Unterschied zwischen ihm und einem Bauernsohn.«

»Nun, nun –«, sagte sie mit ihrer sanftesten Stimme.

Liangmo verstand, daß er schweigen sollte, und so ertränkte er seinen Ärger in einem langen Schluck Tee und blieb mit feierlichem Gesicht sitzen.

Lange Zeit sprach Madame Wu kein Wort. Sie kannte den Wert des Schweigens. Es war ein milder, grauer Tag, der Himmel war grau, die Wände waren grau, und aus dem Teich des Gartens stieg ein zarter Nebel auf, aus dem kalten Wasser in die für die Jahreszeit ungewohnt warme Luft. Erdgeruch hing über den Höfen.

»Bist du mit deinem Hof zufrieden?« fragte Madame Wu schließlich.

»Gewiß«, sagte Liangmo. Er setzte seine Teetasse hin. »Man gehorcht mir dort. Meine Kinder sind gesund und intelligent.«

»Und in der Stadt geht alles gut?« fragte Madame Wu.

»Recht gut«, sagte Liangmo. »Die Märkte sind vielleicht etwas schwach, aber nicht zu schwach für die Saison. Etwas ausländische Ware ist hereingekommen, jetzt, da der Krieg zu Ende ist. Das ausländische Spital errichtet ein neues Gebäude, und ich höre, daß neue Ausländer kommen.«

»Bedeutet das etwas Gutes?« fragte Madame Wu.

»Fengmo gefällt es«, sagte Liangmo trocken. »Was mich betrifft, so kann ich nur sagen, wir haben Glück. Meng braucht keinen ausländischen Arzt, und die Kinder sind nie krank.«

»Ich erinnere mich, einmal ein Enkelkind des Hauses Kang mit dem Kräutertee unserer Großmutter kuriert zu haben«, sagte Madame Wu leise. »Jetzt muß er schon ein großer Junge sein –.«

Im vergangenen Jahr war Madame Kang gestorben. In diesem Augenblick dachte Madame Wu an sie, wie sie sie im Sarg gesehen hatte. Der Sarg mußte doppelt so breit gemacht werden wie üblich, und da hatte Madame Kang dringelegen, gekleidet in ihre Satinkleider, die dicken Hände an den Seiten. Nach dem Tode der Freundin gedachte Madame Wu ihrer bisweilen in alter, noch immer nicht ganz erloschener Liebe, und die Freundschaft wandte sich frühern Tagen zu. Madame Kang war ein rosiges, heiteres, lebhaftes Mädchen gewesen, das sich nur über Kleinigkeiten kränkte, wie etwa, daß sie zu große Nasenlöcher hatte und daß die Nase zwischen den Brauen zu flach war. Herr Kang hatte bald darauf wieder geheiratet, eine junge Frau, die mit ihrer Eigenwilligkeit das große, schwer regierbare Haus unaufhörlich in Bewegung hielt.

Liangmo wartete, daß seine Mutter spreche. Schließlich sammelte sie ihre Gedanken wieder und lächelte ihn mit ihrem kleinen, holden Lächeln an. »Nun gut, mein Sohn«, sagte sie. »Die Seele jedes Menschen muß ihre eigene Gestalt gewinnen, und niemand kann einen anderen zwingen, ohne sich selbst zu schaden. Lebe in deinem Hause, mein Sohn, und laß Fengmo in dem seinigen leben.«

»Sag bitte Fengmo wenigstens *eines*, Mutter«, erwiderte Liangmo ärgerlich. »Er soll mit seinem langen Arm von meiner Familie fernbleiben.«

»Das will ich tun«, versprach Madame Wu.

Liangmo ging weg, und als Madame Wu das nächste Mal Fengmo sah, belehrte sie ihn:

»Erinnerst du dich, mein Sohn, daß dir dein Lehrer einmal sagte: Unterrichten heißt die Seele in den Himmel einladen, nicht aber, sie zwingen?«

»Wir lernten von ihm die Daseinsberechtigung des einzelnen«, sagte Fengmo.

»Würde er noch leben«, sagte sie Fengmo, »ich glaube, er würde alles gutheißen, was du tust.«

»Glaubst du?« rief Fengmo aus. Er richtete sich auf, und die Freude an ihren Worten gab ihm erneute Kraft. »Mutter, ich denke an etwas Neues. Was würdest du sagen, wenn ich die Ärzte am ausländischen Spital überreden würde, die einheimischen Ärzte zu unterrichten – sie sollen nicht Gelehrte aus ihnen machen, aber sie sollen sie in den Stand setzen, die vielen gewöhnlichen Krankheiten zu heilen. Bei uns sterben Menschen, ohne daß es nötig wäre.«

Er fuhr fort, mit eifriger, angeregter und lebhafter Stimme, aber sie hörte ihm kaum zu. Ihre Gedanken waren bei André. Sie sah seine großen, schönen Hände. Die eine lag, wie so oft, auf dem Kruzifix an seiner Brust. Als sein Rosenkranz zerriß, band er es an eine Schnur. Nun war auch das Kruzifix zerbrochen. Als die Banditen ihn töteten, zerschellte es im Fallen auf den Pflastersteinen. So hatte sie es gesehen, als André im Sarge lag.

»Gut, mein Sohn, gut«, sagte sie leise. »Gut – gut –.«

Erst als er, von seinen neuen Plänen erfüllt, aufstand, um wegzueilen, erinnerte sie sich des Versprechens, das sie Liangmo gegeben. Sie legte die Hand auf Fengmos Arm: »Denke nur an eines, mein Sohn – zwinge niemanden – Liangmo nicht und Meng nicht –.«

»Ach, die beiden!« rief Fengmo aus. »Ich habe sie schon aufgegeben –.« Und weg war er, und auch André war weg. In sich hineinlächelnd blieb sie allein sitzen.

Die Jahre sind über Madame Wu hinweggegangen. Niemals verläßt sie ihre vier Wände. Und doch weiß sie irgendwie mehr als genug von allem, was vorgeht. Sie ist berühmt für ihr geduldiges Zuhören und ihr nüchternes Urteil, und viele kommen zu ihr um Belehrung. Sie ist es, die alle wichtigen Angelegenheiten in Stadt und Land entscheidet.

Nach dem Ende des Krieges war die ganze Gegend in Verwirrung, und von Übersee kamen viele, um Abhilfe zu schaffen und bei der Lösung des Knotens mitzuhelfen. Das Haus der Familie Wu war davon nicht berührt. Fern von den betroffenen Bezirken wie eh und je blieb ihre Stadt. Aber aus diesem oder jenem Grunde kamen immer wieder Fremde durch die Stadt, und einer der Gründe war der, daß Fengmo sie einlud. So oft er den Namen eines Abendländers hörte, lud Fengmo ihn ein und bat ihn um seinen Rat, und die Leute kamen, denn Fengmos Arbeit war mit der Zeit überall bekannt geworden – zu seinem nicht geringen Ruhme.

Madame Wu empfing diese Ausländer natürlich nicht, denn sie verstand ihre Sprache nicht, und es war allzu schwierig, sich mit ihnen zu unterhalten. Außerdem, erklärte sie: »Mein Leben ist vollkommen. Ich brauche es nicht durch ein anderes zu ergänzen.«

Aber eines Tages ließ ihr Fengmo eigens sagen, es sei aus Übersee ein Mann gekommen, und er, Fengmo, habe einen besonderen Grund, ihn zu ihr zu bringen. Sie gab ihre Einwilligung, und wenige Stunden später kam Fengmo und mit ihm ein hochgewachsener junger, dunkelhäutiger Ausländer. Ja er war so dunkel, daß Madame Wu nach der Begrüßung ihn ansah und sich dann zu Fengmo wandte.

»Ist dieser Mann ein Ausländer? Seine Haut ist so braun.«

»Er ist ein Ausländer«, sagte Fengmo, »aber seine Vorfahren, ja seine Eltern, kamen aus Italien, wo auch Bruder André geboren wurde, Mutter.«

Eine tiefe Erregung bemächtigte sich ihres Herzens. Sie vergaß, daß sie außer ihrer eigenen keine andere Sprache sprach; sie beugte sich vor, die Hände auf dem Silbergriff ihres Stockes, und fragte den jungen Mann: »Haben Sie den fremden Priester gekannt?«

Fengmo sprang rasch ein, um zu dolmetschen, und dann sprachen Madame Wu und der junge Mann durch seine Vermittlung:

»Gekannt habe ich ihn nicht«, sagte der junge Mann, »aber mein Vater und meine Mutter haben mir von ihm erzählt, Madame. Er war mein Onkel.«

»Ihr Onkel!« rief Madame Wu aus. »Sie sind von seinem Fleisch und Blut!«

Sie starrte den dunkelhäutigen jungen Mann an und fand eine Ähnlichkeit nach der anderen. Ja, das waren Andrés dunkle Augen – aber nicht so groß. Ja, das war Andrés Schädelform, das waren seine Hände. Sie blickte nach den Händen des jungen Mannes, die schmaler waren als Andrés Hände, aber doch die ihr vertraute Form hatten. Alles war schmaler und kleiner als bei André, und der Blick der Augen war ganz und gar nicht Andrés Blick. Es war nicht dieselbe Seele.

Sie seufzte und zog sich zurück. Nein, es war nicht dieselbe Seele.

»Kamen Sie hierher, um Ihren Onkel zu suchen?« fragte sie.

»Ja«, erwiderte der junge Mann. »Meine Eltern wußten, wo er sich aufhielt, obgleich er in seinen letzten Jahren nicht mehr an uns schrieb. Als ich hier in der Nähe vorbeikam, wollte ich sehen, ob er noch lebt, und an meinen Vater nach Hause schreiben.«

»Er liegt auf unserem Besitz begraben«, sagte Madame Wu. »Mein Sohn wird sie zu seinem Grab führen.«

Eine kurze Weile saßen sie schweigend da. Madame Wu kämpfte mit einer seltsamen Eifersucht. Sie schloß die Augen und sah Andrés Antlitz auf dem samtenen Grunde ihres Innern. Du, sagte sie zu ihm, du gehörst nur zu uns.

Sie schlug die Augen auf und sah seinen Neffen vor sich sitzen. Ach, André hatte Familie und Verwandte, im Ausland, weit, weit weg!

Der junge Mann lächelte. »Sie wissen vermutlich, Madame, warum er so fern von uns lebte und weshalb er uns niemals schrieb?«

Fengmo antwortete an ihrer Statt: »Das wußten wir nie.«

»Er war ein Ketzer«, sagte der junge Mann feierlich. »Die Kirche hatte ihn als Abtrünnigen ausgestoßen – ohne Obdach, ohne Mittel. Wenn wir ihm Geld schickten, schickte er es zurück – er weigerte sich, nach Hause zu kommen.«

»Aber er hat nichts Böses getan«, rief Fengmo erschreckt aus.

»Es handelt sich nicht darum, was er *getan* hat«, erklärte der junge Mann, »sondern darum, was er *gedacht* hat. Seiner Ansicht nach waren die Menschen das Göttliche. Heutzutage würde man das kaum für eine Sünde ansehen, aber damals war es eine große Sünde. Er fühlte sich gezwungen, dem Kardinal einen Brief zu schreiben und ihm alles zu sagen. In dem letzten Brief, den er an meinen Vater schrieb, erzählte er die ganze Geschichte. Wir wußten nicht, was er meinte. Meine Mutter sagte, er sei wahrscheinlich von dem langen einsamen Leben verrückt geworden.«

Das alles übersetzte Fengmo seiner Mutter; sie hörte zu und sprach kein Wort. Sie hatten ihn ausgestoßen – sein eigenes Volk!

Sie schloß die Augen. *Wir* haben dich nicht zurückgestoßen, sagte sie zu ihm in ihrem Herzen.

Eine Weile blieb sie mit geschlossenen Augen sitzen, und die beiden jungen Leute starrten sie an. Fengmo, beunruhigt durch ihr regungsloses Stillsitzen, machte eine Bewegung, und da öffnete sie die Augen.

»Sag diesem jungen Ausländer, daß es ein sehr weiter Weg zum Grabe ist«, sagte sie. »Sag ihm, daß die Straße holprig und schmal ist. Wenn er hinkommt, findet er nur das Grab – sonst nichts.«

Der junge Mann hörte zu. »Wenn es so weit ist, dann gehe ich lieber nicht hin«, rief er aus. »Ich muß rechtzeitig zurück sein, um das Schiff nicht zu versäumen. Schließlich ist es ja, wie Sie sagen, nur ein Grab.«

Sie verabschiedeten sich, und Madame Wu war froh, daß sie gingen. Sie hatte das Bedürfnis, allein zu sein, um die neue Kunde, die sie nun von André hatte, in ihrem vollen Umfange zu erfassen. All die Jahre hatte er hier einsam gelebt!

Und doch nicht einsam, dachte sie. Er hatte die Findlinge und die Bettler, die er ernährte.

Und sie selbst – wie kam es, daß sie ihm ihre Tore geöffnet umd ihn eingelassen hatte? Sie wird es nie wissen. Er war zu ihr geführt worden, sie hatte das Tor geöffnet und er war hereingekommen, und ihr hatte er das ewige Leben mitgebracht.

Ja, nun glaubt sie, daß ihre Seele, wenn der Leib einst stirbt, weiterleben wird. Sie betet keine Götter an, sie hat keinen Glauben, aber Liebe hat sie in Ewigkeit. Die Liebe allein hat ihre schlafende Seele erweckt und sie unsterblich gemacht.

Sie weiß, daß sie unsterblich ist.